문학과 언어의 불화

신재기 비평집

문학과 언어의 불화

2022년 12월 27일 초판 1쇄 발행

지은이 신 재 기
펴낸이 김 성 민
펴낸곳 도서출판 브로콜리숲
출판등록 제2020-000004호
주소 41743 대구광역시 서구 북비산로 65길 36, 2층
전화 010-2505-6997
팩스 053-581-6997
홈페이지 www.brocolwood.com
인스타그램 brocolwood
전자우편 gwangin@hanmail.net

* 책값은 뒤표지에 표시되어 있습니다.
* 이 책 내용의 일부 또는 전부를 재사용하려면 반드시 저작권자와 브로콜리숲
  양측의 동의를 받아야 합니다.
* 본 서적은 2022년 대구문화예술진흥원 개인예술가 창작 지원으로 발간되었습
  니다.

문학과 언어의 불화

신 재 기 비평집

브 호
온 숨 。

/책/머/리/에/

언어는 문학의 한복판에 있다. 문학을 언어 예술이라고 하는 것은 문학의 매재가 언어라는 이유 때문만은 아니다. 언어는 문학의 단순한 표현 수단으로만 사용되는 것이 아니라, 문학이란 존재 그 자체이다. 언어로 구현된 작가의 생각과 느낌은 독자의 공감이란 장에서 마침내 문학으로서 존재 의미를 획득한다. 이 공감의 힘은 언어와 가치 공동체에서 나온다. 또한 작가의 개성도 바로 언어 운용의 고유성에서 구축된다. 이런 점에서 언어는 문학의 핵심이고 존재 방식이다. 작가와 시인, 비평가와 문학 연구자 그 누구도 문학의 언어 문제에서 벗어날 수 없다.

언어는 모든 존재의 유일한 실재이다. 언어 없이는 아무것도 존재할 수 없다. 생각도 감정도 언어에 의해 마침내 구체화한다. 미지와 어둠의 세계에 등불을 밝혀 질서를 창출하는 것도 바로 언어이다. 하지만 언어는 늘 사용자에게 호의적인 것만은 아니다. 사용자의 의도와 방향을 순종적으로 따라주지 않고 자기 에너지를 자유분방하게 방출한다. 작가나 글 쓰는 이는 언어를 자신의 울타리 안에 붙잡아 두고 싶지만, 언어는 이탈하거나 작가를 배반하기 일쑤다. 작가가 선택한 언어의 기호와 의미는 접착력이 떨어져 수시로 미끄러지고 만다. 언어는 고분고분하지 않고 배반과 불화를 예비하고 있다. 시인과 작가는 이러한 불화를 최소화하기 위한 고민과 노력을 통해 자기 정체성을 확립하고 성숙해진다.

문학에 입문하여 문학의 언어 문제를 항상 염두에 두었으나 이에 관해 한 번도 일관된 체계나 논리를 만들어내지 못하고 오늘에 이르렀다. 비평 활동 가운데 산발적으로 스쳐 가는 단상을 피력하는 것이 고작이었다. 늘 마음에 품었으나 지금까지 그 관심을 체계화하지 못한 데 대한

4

아쉬움이 적지 않다. 비평집의 표제를 '문학과 언어의 불화'로 붙인 것도 이러한 아쉬움을 넘어 좀 더 나 자신을 다잡아 이 문제를 심도 있게 논구 해봐야겠다는 뜻에서이다. 20세기 문학이나 철학에서 중요한 관심사로 대두된 것이 '언어'였고, 이를 중심으로 다양한 이론이 펼쳐졌으나 우리 의 문학비평에서는 이를 적극적으로 수용하지 못했던 것 같다. 필자로 서는 감당하기 어려운 버거운 주제라는 점을 잘 안다. 그렇지만 힘자라 는 데까지 관심을 이어갈 생각이다.

자기 자신이 하고 싶은 일만 하고, 쓰고 싶은 글만 쓸 수 있다면 얼마 나 좋겠는가. 그간 내 의지와는 무관하게 어쩔 수 없이 쏟아낸 글이 한두 편이 아니다. 대학에 재직하면서 의무적으로 써야 했던 논문, 문단 활동 을 하면서 외부 청탁에 의해 쓸 수밖에 없었던 비평문, 사회생활을 하면 서 거절하지 못하고 집필했던 잡문이 여기저기 흩어져 있었다. 이런 글 을 정리하여 이 책에 담았다. 여기에 수록된 글이 세상에 널리 알려지기 보다는 이 기회에 멀리 사라졌으면 하는 마음이다. 오래 방치해 둔 책상 위의 잡다한 물건을 정리하는 기분으로 이 책을 엮었다. 부족함에서 오 는 부끄러움, 넘치는 오만과 허영을 여기에 담아 날려 보냈으면 한다. 그 간의 열정을 빙자한 그 숱한 욕심의 끈을 잘라내고 단출한 마음으로 새 일을 찾아 나설 계획이다.

이 비평집은 대구문화예술진흥원으로부터 출판비를 지원받았기에 출간이 가능했다. 진흥원 측에 감사드린다. 그동안 바쁘다는 핑계로 가 족과 주위 사람들에게 소홀했던 것 같다. 미안하게 생각한다.

2022년 12월
신 재 기

/차/례/

제1부

언어

알레고리의 귀환

1.

알레고리는 추상적인 개념을 감각적이고 지적인 이미지를 통해 표현하는 비유의 한 종류다. 말하고자 하는 바를 다른 것에 빗대어 말하는 방식이 '비유'다. A를 B로 말함으로써 C의 의미를 확보한다는 점에서 비유는 언어의 효율적인 확장이다. 다시 말해, 비유는 기존 언어를 재결합하여 다른 의미를 만들어내기 때문에 언어 생산의 일환이라고 볼 수 있다. 이런 비유는 특히 문학적 언어 사용에서 두드러진다. 그런데 문학에서는 여러 종류의 비유를 두고 이런저런 논리로 상호 우열을 매긴다. 은유보다는 직유를, 상징보다는 알레고리를 낮추어 본다. 상징이 암시성, 다의성, 입체성을 지니지만 알레고리는 단순성, 경직성, 관습성을 보인다는 점이 열등하다는 이유다. 20세기에 들어와 발터 벤야민Walter Benjamin과 한스 게오르크 가다머Hans-Georg Gadamer 등과 같은 철학자가 이러한 차별적 인식에 문제를 제기하고 알레고리의 가치와 위상을 재정립하기에 이른다. 하지만 한국 문학에서 알레고리는 여전히 제대로 평가받지 못하고 있는 형편이다.

알레고리의 전형적인 모습을 보여주는 시 한 편을 읽어 보자.

껍데기는 가라.
사월四月도 알맹이만 남고
껍데기는 가라.

껍데기는 가라
동학년東學年 곰나루의, 그 아우성만 살고
껍데기는 가라.

그리하여, 다시
껍데기는 가라,
이곳에선, 두 가슴과 그곳까지 내논
아사달 아사녀가
중립中立의 초례청 앞에 서서
부끄럼 빛내며 맞절할지니

껍데기는 가라.
한라漢拏에서 백두白頭까지
향기로운 흙가슴만 남고
그, 모오든 쇠붙이는 가라.

신동엽의 〈껍데기는 가라〉는 시 전문이다. 이 시편의 화자는 '알맹이만 남고 껍데기는 가라'고 말한다. 연마다 '껍데기는 가라'는 메시지를 반복한다. 여기서 '알맹이'는 '진짜'를, '껍데기'는 '가짜'를 각각 뜻한다는 점을 금방 알 수 있다. '진짜만 남고 가짜는 물러가라'는 것이 이 시의 메시지다. 그런데 가짜와 진짜는 추상적 지칭이다. 맥락이 주어져야 그 구체성이 확보된다. 여러 가지 맥락을 설정할 수 있으나 '분단 극복' 혹은 '남북통일'이 설득력을 가질 것 같다. '중립의 초례청 앞에 서서 아사달과 아사녀가 부끄럼 빛내며 맞절한다'는 대목이 이러한 해석의 중요 단서일 수 있기 때문이다. 남북이 분단 극복을 위해 한자리에 만나 대화하든 민족 숙원인 남북통일을 논의하든, 그것이 껍데기를 물리치고 알맹이의 가치를 살리는 방향에서 이루어져야 한다는 점을 강조한다. 이 시편에서 '껍데기'에 해당하는 시어는 '쇠붙이' 하나인데 반하여 '알맹이'에 해당하는 시어는 '사월四月, 동학년東學年 곰나루, 아사달 아사녀, 중립中立, 부끄럼, 향그러운 흙가슴' 등 다양하다. 거짓된 이데올로기를 버리고 순수하고 진실한 태도로, 외세를 배제하고 역사의 주역인 민중이 주체가 되는 통일을 이루자는 것이 중심 의도다. 이 시에서 신동엽 시인은 자신의 '통일론'을 펴고 있는 셈이다.

　물론 이와 다른 해석도 가능하다. 어떤 경우든 이 시편은 하나에서 열까지 비유적 표현으로 짜여 있다. 사용된 시어 대부분이 겉으로 드러나는 것과는 다른 의미를 내장한다. 작품 전체의 의미도 마찬가지다. 낱낱의 시어, 시구 및 행과 연, 전체 시편 등 모두가 원래 의미를 뒤에 미뤄 놓고 암시적으로 표현하고 있다. 이것이 비유의 전형적인 모습이다. 어떤 비유인가? 상징, 은유, 알레고리가 혼효해 있으나 전반적으로 알레고리가 우세하다. 알레고리가 시 전체를 빼곡히 뒤덮고 있는 형국이다. '알레고리'라는 수사법 혹은 시적 방법이 시 전체를 관통한다는 말이다. 그런데 이 시를 창작한 시인도, 작품을 읽는 비평가 혹은 일반 독자도 모두 알레고리라는 개념을 의식하고 창작하거나 읽는 것은 아니다. 무의식적으로 알레고리가 채용, 작동되고 있을 따름이다. 시인이 창작 과정에서 상징이나 은유 등을 같은 자리에 놓고 비교를 거쳐 의도적으로 알레고리만을 선택한 것은 더욱더 아니다. 상징, 은유, 알레고리 등은 일반 글쓰기와 문학적 글쓰기에서 수사로 혹은 세계 인식 방법으로 자연스럽게 스며들어 하나의 글쓰기 방식으로 굳어졌다고 볼 수 있다.

문학에서 알레고리는 동서양을 막론하고 오래전부터 여러 모습으로 흔하게 사용되었다. 전통적으로 문학의 언어 사용은 알레고리적 구조에 깊이 뿌리내리고 있다. 전통과 관습에 젖어 너무 익숙한 터라 이에 큰 관심을 쏟지 않고 지나쳤다. 이런 과정에서 알레고리를 수사법 수준에서만 인식하고 그 너머의 역할과 의의에는 관심이 미치지 못했던 것 같다.

2.

일반적으로 문학을 '언어 예술'이라고 규정한다. 역으로 말하면, 문학이 성립하려면 '언어'와 '예술'이란 두 가지 요소를 충족해야 한다는 뜻이다. '언어'는 문학을 구체화하는 매체로서 절대 요건이다. 음성언어로 표현된 것(구비문학, 입말문학)과 문자로 표현된 것(글말문학)으로 구분할 수 있으나 언어로 구성된다는 점은 문학의 확고부동한 조건이다. 문제는 예술과 비예술의 문제다. 다시 말해 문학을 판가름하는 것은 언어를 예술적으로 사용하느냐 그렇지 않느냐에 달렸다고 하겠다.

'예술인 것'과 '예술이 아닌 것' 사이에는 여러 가지 다양하고 복합적인 요소들이 실제로 끼어들어 있다고 생각한다. 그러나 나는 그 가운데에서도 가장 결정적인 것으로서 '비유적 기능의 형식'이라는 것을 들어 풀이해 보고 싶다. 이것이야말로 '말을 자료로 하여 삶을 표현'한 것들 가운데서 예술과 비예술 곧 문학과 비문학을 가려내는 변별 자질로서 가장 본질적인 것이 아닌가 싶기 때문이다.[1]

'비유적 형식'이 예술과 비예술, 문학과 비문학을 구별하는 변별적 자질이라고 주장한다. 이 주장에 따르면, 문학의 본질은 '언어의 예술적 사용'으로서 '비유'다. 문학이 아름답고 창조적인 언어 표현으로 독자에게 감동을 주는 것이라고 했을 때, 이를 가장 극대화할 수 있는 것이 '비유'라는 뜻이다. 비유의 핵심은 언어를 '아름답고 창조적'으로 사용하는 것이기 때문이다.

비유는 말하고자 하는 바(원관념)를 다른 것(보조관념)에 빗대어 바꾸어 표현하는 것이다. 비유에는 은유, 환유, 알레고리, 아이러니 등이 있고, 상징도 비유와 멀리 떨어져 있지 않다. 비유는 문장 표현의 미적 효과를 높이기 위한 수사이지만, 언어를 무한히 확대하고 창의적 사유를 견인하는 원동력이기도 하다. 다른 각도에서 보면 문학 텍스트의 생산과 수용 구조도 이러한 비유, 특히 알레고리 형식과 유사함을 확인할 수 있다.

작가에 의해 생산된 모든 문학적 텍스트는 의도성을 지닌다. 작가는 작품을 통해 자기가 하고 싶은 말, 즉 의도를 드러내고자 한다. 자기 사상과 감정을 표현하는 데 무게를 두든, 독자에게 어떤 영향을 주는 데 목

---

1) 김수업, 《배달 문학의 갈래와 흐름》(현암사, 1992), 22쪽.

적을 두든 간에 작가는 텍스트에 자신의 의도를 담는다. 문학적 텍스트는 작가가 자기 의도를 달성하려는 노력의 결과물이다. 근대 활자 문화 시대에 오면 문학 텍스트는 작가의 사유와 감성을 즉흥적으로 드러내기보다는 계획적으로 구성하고 만들어내는 것으로 변화한다. 다시 말해, 문학적 글쓰기도 하나의 체계적 행위로 자리 잡는다. 이때 강조되는 요소가 주제와 구성이다. 주제는 텍스트에 구현된 작가의 중심 사상(의도)이고, 구성은 작가의 의도를 효율적으로 구현하기 위한 최선의 방법이다. 작가의 의도는 문학 텍스트의 중핵에 해당한다. 텍스트 전체를 관통하는 구심점이 주제다. 작품의 모든 요소는 주제를 향해 수렴한다.

독자와 비평가가 문학 텍스트를 수용하는 과정에서도 '작가의 의도'는 중요한 요소로 작용한다. 독자는 텍스트에 작가의 의도가 내재한다고 전제하고 작품을 읽는다. 독서는 작가의 의도 찾기와 진배없다. 의도가 비교적 선명하게 드러나는 경우도 있지만, 독자의 의도 찾기에 비협조적인 텍스트도 많다. 어쩌면 작가는 계획적으로 자기 의도를 깊이 숨겨 독자가 알아채지 못하도록 전략을 꾸미는지도 모른다. "작자는 전달하고 텍스트는 감추고 독서는 밝혀낸다"라는 말도 이런 맥락에서 나온 것이 아니겠는가. 설사 텍스트에 작가의 의도가 없다고 하더라도 독자는 언제나 작가의 의도가 텍스트에 내재한다고 전제하고 텍스트에 접근한다. 20세기 후반기부터 시작한 우리나라 학교의 문학교육도 작가의 의도가 작품의 의미를 밝히고 가치를 평가하는 토대임을 누누이 강조해왔다. 이러한 문학교육의 영향을 받은 독자는 작품 안에 작가의 의도가 내재한다는 점을 전혀 의심치 않는다.

작가의 의도(주제)가 원관념이라면, 구체적으로 형상화된 텍스트는 보조관념으로 볼 수 있다. 표면에 노출된 텍스트는 작가가 말하고자 하는 특정한 의도인 주제를 구현하는 물리적 덩어리다. 즉 주제를 구체적으로 형상화한 결과물이다. 작가는 자기가 말하고자 하는 주제를 형상화하여 표현하고, 독자는 형상화된 텍스트에서 내재하는 작가의 의도를 찾아낸다. 이처럼 작가와 독자는 모두 의도와 텍스트의 관계를 알레고리 형식으로 이해한다. 이런 이해 태도는 일반적으로 관습화되어 있다. 텍스트 생산과 수용에서 알레고리 형식을 의식하지 않고 자기 일을 수행하지만, 이 과정의 밑바탕에는 알레고리 형식이 확고하게 자리 잡고 있다. 문학 텍스트 생산이나 수용에서 알레고리 형식이 무의식적으로 작동한다는 것은 문학적 관습과 제도 차원이라 하더라도 언제나 만만찮은 저항에 직면하게 된다. 문학(텍스트의 생산과 수용)은 특정한 형식이나 방법에 고정되어 안정을 누리기보다는 기존 격률을 깨고 새롭게 자신을 바꾸려는 속성이 강하기 때문이다.

알레고리에는 의도(원관념)와 텍스트(보조관념)를 합리적인 사고(개념)의 끈으로 연결하려는 힘이 강하게 작용한다. 작가가 습관화된 알레고리 형식에 전적으로 모든 것을 위탁하고 제어 능력을 발휘하지 못하면, 메시지 중심의 협소한 텍스트를 생산할 가능성이 크다. 텍스트에 투입되는 주제가 강성을 띠게 되면서 작가는 자기 의도를 텍스트 전면에 배치하려고 한다. 여기서 더 나아가면 독자를 훈계하거나 계몽하려고까지 한다. 알레고리 형식을 지향하는 작가는 자아 밖의 세계 문제를 적극적으로 끌어안으면서 "현실과 언어 모두에게 깊이 관여하여 이들을 변화하려는 의무감에 가득 차 있다. 현실과 언어 모두 처음부터 혼돈의 상태로 그려지거나, 혹은 새로운 질서를 창조하기 위해 알레고리 작가는 현실을 과감히 허물고 파괴한다."[2] 알레고리 작가에 의해 생산된 텍스트

2) 전창배, 〈알레고리와 상징〉, 《비교문학》 제67집(2015. 10), 302쪽.

는 분명한 강한 주제의식을 드러내면서 독자에게 적극적인 반응과 변화를 기대한다. 이 같은 기대가 독자의 텍스트 해석을 특정 방향으로 유도하는 결과를 낳을 수도 있다. 중요한 것은 주제의식, 작가의 의도가 명확하면 할수록 표면화되고 단조로워지기 쉽다는 점이다. 단조로운 메시지 앞에 독자는 식상함을 느끼게 되는 것은 당연하다. 보편성을 앞세운 추상적인 메시지는 존재의 자유를 추구하는 문학의 본성을 훼손할 수밖에 없다. 이에 대비하여 작가는 창작에서 알레고리 형식을 다소 느슨하게 끌고 갈 필요가 있다.

텍스트를 수용하는 독자나 비평가도 마찬가지다. 텍스트에 내재할 것이라는 전제하에서 작가의 의도(주제) 찾기에 독서의 전 과정을 허비한다. 작가가 의도 주입에 일정한 거리를 유지했던 텍스트조차도 일괄적으로 의도의 산물로 간주하면 텍스트의 다양성은 훼손될 수밖에 없다. 독자나 비평가가 작품에 잠재된 의도 찾기에 몰두한다면, 이는 알레고리 형식을 지나치게 경직된 체계로 수용하는 태도다. 문학(예술) 텍스트가 알레고리 구조 형식으로 이루어져 있다는 점을 인정하더라도 오롯이 모든 의미와 가치를 작품에서 찾는 것은 바람직하지 못하다. 문학 작품의 의미와 가치는 전적으로 텍스트에 내장된 어떤 것에 의해 판명되는 것이 아니다. 텍스트는 특정 메시지를 전달하는 데 목적을 두기보다는 독자를 진실의 세계로 이끌어주는 데 무게를 두기 때문이다. 독자는 단지 텍스트로부터 무엇을 배우는 단계를 넘어 작품의 진리 탐구에 함께 참여한다. 텍스트를 수용하고 이해하는 독자는 텍스트의 의미와 개인의 삶을 연결해서 자기 삶을 되돌아보고 바꿔 나가는 일이다. 텍스트를 분석과 해석의 대상으로만 삼는 것은 텍스트와 독자의 만남으로 가능한 삶의 다양한 구체성을 사상시키고 추상적 보편성만을 추구하는 것이다. 이때 예술과 문학은 삶의 구체성과 멀리 떨어져 단지 취미의 대상으로 전락하고 만다. 독자는 텍스트에서 진리를 발견하고 배우는 것이 아니라, 텍스트의 진리 탐구에 공동으로 참여한다.

알레고리 형식에서 기표와 기의의 관계는 자의적이고 개방적이다. 작가의 의도와 텍스트의 연결은 고정되는 것이 아니라 문맥에 따라 유동적일 수밖에 없다. 이런 점에서 텍스트 생산과 수용 과정에서 작동하는 알레고리 형식은 관습화되어 거의 저항 없이 통용되지만, 작가나 독자는 이를 의식적으로 유연하게 인식해야 할 것이다.

3.

20세기에 들어와 유럽 철학자들의 알레고리에 대한 관심은 비유의 한 종류로 인식하는 수준을 넘어 세계 인식, 역사의식, 미학적 태도로까지 확산하고 있다. 발터 벤야민이 그 첫 길을 열었다. 알레고리 복권에 결정적인 역할을 했던 그는 알레고리 구조를 '형상과 의미 사이의 심연'으로 규정하였다. 알레고리는 말하려는 개념을 다른 구체적 형상(이미지)을 통해 표현한다. A를 말하려고 하면서 A와는 다른 B에 관해 말하고 말았으니 A는 B와 다른 것이 되고 만다. 이는 달리 보면 기의와 기표의 불일치, 의미와 텍스트의 불일치다. 이 같은 불일치로 언어는 온전한 의미를 구축할 수 없을뿐더러 진리의 한복판에 다가가지 못하고 기표들만 허비하고 만다. 하지만 이것이 바로 알레고리 형식이 지닌 고유성임을 벤야민은 간파했다. 그는 이렇게 말한다. "진리에 적합한 태도는 인식 속에서 의견을 개진하는 것이 아니라, 진리 속으로 파고들어 가 사라지는 것이다. 진리는 의도의 죽음이다." 진리는 주체의 의도나 지향성을 앞세워 직접적으로 다가갈 수 있는 대상이 아니다. 서로 이질적이거나 모순되는 것들의 연결과 병치, 양극적인 구조를 통해 화해를 허용하지 않는 대조와 그 변증법적 지양, 이율배반적인 문장 등 다양한 양태를 드러낸다.[3] 의미 접착성이 부족한 물화된 기표들의 격앙된 모습, 그 속의 불안정을 알레고리 형식의 특징으로 보았다.

> 하늘은 날더러 구름이 되라 하고
> 땅은 날더러 바람이 되라 하네.
> (중략)
> 산은 날더러 들꽃이 되라 하고
> 강은 날더러 잔돌이 되라 하네.
> 산서리 맵차거든 풀 속에 얼굴 묻고
> 물여울 모질거든 바위 뒤에 붙으라네.
> 민물 새우 끓어 넘는 토방 툇마루
> 석삼년에 한 이레쯤 천치로 변해
> 짐 부리고 앉아 쉬는 떠돌이가 되라네.
> 하늘은 날더러 바람이 되라 하고
> 산은 날더러 잔돌이 되라 하네.
>
> ―신경림의 〈목계장터〉 부분

'하늘, 땅, 산, 강(자연)이 화자(나)에게 구름, 바람, 들꽃, 잔돌, 떠돌이가 되라고 하네'라는 기본 통사구조에서 반복되는 시어들의 낱낱은 모

---

3) 전창배, 앞의 글 참조.

두 알레고리다. 부분적인 시구뿐만 아니라 시편 전체도 하나의 알레고리다. 운명에 순응하면서 살아갈 수밖에 없는 민중의 애환과 사연이 알레고리를 통해 형상화되고 있다. 자유분방한 떠돌이로서의 삶을 표상하는 '구름과 바람', 좌절하지 않고 땅에 뿌리내리는 정착의 삶을 표상하는 '잡초, 들꽃, 잔돌'이 대조적 이미지로 제시된다. 벤야민의 관점에서 보면 이러한 알레고리는 "이미지와 의미가 합일된 상태로 고정되어 있는 것이 아니라, 수집과 분산의 원칙에 따라 사물들이 배열되는 공간 속에서 알레고리적 이미지의 주위로 무수한 의미들이 모여들고 흩어지면서 '조각모음작품Stuckwerk'이 만들어지고 이 구도 속에서 모든 것이 새롭게 읽힐 수 있다."[4] 상호 이질적인 조각을 한 공간에 자유롭게 연결하고 있다는 점에서 이는 몽타주 기법이다. 몽타주는 알레고리의 의미 작용 양식이기도 하다.

알레고리를 내장한 몽타주 기법이 벤야민 글쓰기의 중심에 있다고 한다면, 이를 잘 보여주는 것이 《일반통행로》이다. 이 책은 아포리즘 형식을 띠는 여러 단상으로 구성되어 있다. 각각의 단상은 유기체적 연관성을 파괴하고 그 자체로서 독립성을 지니는 조각이고 단편들이다. 사고의 합리성에 토대를 둔 체계화 가능성을 부정한다. 이 책에서 벤야민은 비연속적이고 파편적인 글쓰기를 보여준다. 삶과 생활 과정에서 마주치는 사회적 현실(이념이나 확신이 아닌 사실들의 권역)의 모습을 순간적으로 포착한 단상을 단편 형식으로 표현한다. 각각의 글 조각은 일정한 체계없이 몽타주 형식으로 배치되고 있다. 이러한 글쓰기 방법에 관해 저자는 이 책 모두에 수록된 〈주유소〉라는 글에서 다음처럼 말한다.

---

4) 임석원, 〈발터 벤야민의 알레고리 개념 연구〉, 서울대석사학위논문, 2003.

문학이 제대로 효력을 발휘하려면 행동과 글쓰기가 엄격하게 교대되어야만 한다. 그렇게 하려면 괜히 젠 체하기만 하며 일반적인 제스처만 취하고 마는 저서보다 현재 활동 중인 공동체들에 영향을 미치기에 훨씬 더 적합한, 언뜻 싸구려처럼 보이는 형식들, 즉 전단지, 팸플릿, 신문기사와 플래카드 등을 만들어내야 한다. 그처럼 기민한 언어만이 순간순간을 능동적으로 감당할 수 있다.[5]

전체 통일성과 유기적 구조를 앞세웠던 기존의 글쓰기 방법을 정면으로 거부한다. 일관된 이념과 사고가 전체를 관통하는 대작은 하나의 환상이고 잘난 체하는 허영이라는 것이다. 삶과 현실에서 소외된 다양한 조각난 단편은 알레고리 방법을 통해 해독되어야 할 중요한 암호라고 전제한다. 그리고 실제로 미시 집중과 미시 감각의 글쓰기를 실천했다. 이러한 글쓰기는 《논어》 등의 동양 고전이 오래전에 채용했던 형식이기도 하다. 현재의 글마당에서도 이런 방법이 다양하게 시도되고 있다. 대중적 글쓰기 양식으로 자리 잡은 수필집과 에세이집, 가상공간에서 이루어지고 있는 하이브리드 글쓰기 등도 이러한 맥락에서 이해할 수 있다.

알레고리는 단순히 문장의 아름다움을 추구하는 수사법 이상의 의미를 지닌다. 세계관과 미의식까지 함유하는 개념이다. 더욱이 그 이념과 태도가 새로운 글쓰기 방법으로까지 응용, 확산하고 있다. 이는 알레고리가 이 시대에 와 재평가되고 있음을 말해준다. 알레고리의 복권과 귀환이 눈앞에 다가온 듯하다.

---

5) 발터 벤야민, 〈주유소〉, 《일반통행로》(새물결, 2007), 13쪽.

시와 언어의 불화

언어 앞에 선 시인

시인이나 작가는 늘 언어의 장벽 앞에서 방황한다. 그 장벽이 높고 견고하여 더 나아가지 못하고 그 자리에 주저앉아 좌절하거나 무력감에 빠지기 일쑤다. 이러한 낭패감을 경험하지 못한 사람은 아직 진정한 시인이 아닐 수도 있다. 훈련을 통해 기교를 습득하면 언어를 마음대로 부릴 수 있다고 생각하는 사람도 마찬가지다. 시인은 언어 조련사가 아니라, 언어에 절망하는 사람이기 때문이다. 시인이나 작가는 언어 앞에 자신의 무능을 자책하고 절망하는 가운데 창작의 에너지를 얻는다.

원래 언어의 출발은 기호와 표상 대상이 동일하다는 전제에서 출발했다. 하지만 인간의 사유와 문화가 복잡해지면서 기호와 대상, 사물과 이름 사이 간극이 생겨나고, 언어가 어떤 것이나 다 말할 수 있다는 믿음이 깨지고 만다. 대상을 지칭하려면 언어가 필수적이지만, 그 언어는 대상을 온전히 대치할 수 없다. "사람들은 가리키는 달은 보지 않고 손가락을 본다"라는 말이 암시하듯이, 언어와 대상은 일치하지 않는다. 그런데 시는 전적으로 이 같은 불완전한 언어에 기댈 수밖에 없다. 고도의 시혼을 지닌 시인일수록 자기 시가 결함투성이임을 내심 잘 알고 있다. 이 점을 자인하면서도 언어에서 탈출할 수 없다. 자신의 누추함과 한계를 절실히 실감하면서 그곳에 머물러야 하는 모순은 시인의 숙명이고 굴레다.

언어에 대한 시인의 고민 흔적을 자주 만난다. 우리 근대시가 출발한 20세기에 들어오면 이러한 고민은 시론이란 형태로 논리적 체계를 갖춘다. 1920~1930년대 김억, 임화, 박용철, 정지용 등이 그 대표적인 시인이다. 그런데 한 세기를 훌쩍 넘긴 한국 근대시문학사에서 언어에 관심을 쏟은 시인 중 아마 김춘수만큼 깊이와 지속성을 보인 경우는 드물다. 그의 시작은 언어와의 대결장이었다. 단지 시어 선택이나 언어 수사 문제로 고민했다는 말이 아니다. '시란 무엇인가'라는 물음에서 시작된 그의 고민은 '언어'와 '존재'의 문제로 확장한다. 시인이라면 누구나 밟을 성싶은 경로지만, 유독 이 문제에 관해 김춘수는 예민했다. 그러기에 더욱더 여기에 집중했고 여러 시편에서 이러한 주제가 반복해서 다루어졌다. 그는 감흥에 젖어 노래 부르는 것이 아니라, 언어로 만들어 내는 것이 시작이라고 보았다. 예술, 즉 'Art'를 '기술'로, 예술가를 무엇을 새롭게 만드는 '장인'으로 이해했던 시인이다. 김춘수는 이러한 시적 태도와 관점을 시론으로 풀어내는 데 그치지 않고 하나의 구체적인 시편으로 형상화했다. 그의 시에는 언어와 관련된 주제의 작품이 적지 않다. 어쩌면 김춘수는 평생 시작 과정에서 언어와 치열하게 맞섰던 시인이었다고 해도 과언이 아니다. 그의 많은 시는 시론이기도 하다.

언어와 존재

내가 그의 이름을 불러 주기 전에는
그는 다만
하나의 몸짓에 지나지 않았다.

내가 그의 이름을 불러 주었을 때
그는 나에게로 와서
꽃이 되었다.

김춘수의 〈꽃〉이란 시편 1, 2연이다. 너무나 잘 알려진 작품이다. 이미 이 시편에 관한 해석이 쌓이고 쌓인 터라 언급 자체가 부담스럽고 새삼스럽기까지 하다. 그 많은 해석 중 가장 일반적인 것 한 가지를 빌려온다. 모든 존재는 언어에 의해 드러난다는 관점이 그것이다. 하나의 무의미한 몸짓에 지나지 않던 것을 의미와 가치 있는 존재, 즉 '꽃'이라는 존재자로 드러나게 된 것은 이름을 붙여주었기 때문이다. 여기서 이름이 바로 언어인 것은 두말할 필요도 없다. 언어는 어둠에 묻혀 보이지 않던 존재를 마침내 빛의 세계로 인도한다. 존재는 전적으로 언어에 빚을 지는 셈이다. 언어로 명명되기 이전에 모든 존재는 존재로서 의미와 가치를 지니지 못한 어둠, 혼돈, 무명일 뿐이다. 언어에 의해 존재가 어둠에서 벗어날 수 있다는 점에서, 언어는 빛이고 질서다. 시인 김춘수는 이와 관련하여 (강의에서) 성경 창세기 "빛이 생겨라"는 하나님의 말씀으로 천지가 창조되었다는 대목을 자주 끌어왔다. 말씀(언어)을 우주 질서와 인간 이성과 동격으로 보았다. 혼돈(카오스chaos)을 질서의 세계(코스모스

cosmos)로 바꾸어 주는 것이 언어인데, 이때 언어는 바로 빛(밝음)이라는 것이다. 이처럼 김춘수 시편 〈꽃〉에서 보여준 언어관은 한마디로 말해서 "언어는 존재의 집"이라고 한 하이데거의 관점에 닿아 있다(김춘수가 하이데거의 존재론과 시론에 관한 선지식을 가지고 이 작품을 창작했는지는 더 따져봐야 하겠지만)고 하겠다.

언어는 인간과 만물의 존재를 구성하는 가장 근본적인 계기다. 모든 존재가 의미 있는 존재자로 드러나는 장(공간)이 언어다. 그래서 언어는 존재의 토대이고 숙소이고 안식처인 '집'인 것이다. 말라르메의 지론과 같이, 언어가 사물을 호명함으로써 사물은 어둡고 무질서함(사물성)에서 벗어나 순수한 현존이 가능해질 수 있다. 사물성은 말끔한 보편과 군더더기 없는 순수한 현존을 가로막는 걸림돌이기 때문이다. 이는 언어의 자유가 쟁취한 성과이고, 존재의 무의미를 퇴각시킨 자리에 꽂은 정신적 실존의 깃발이다. 여기까지는 존재의 빛으로서 언어는 전혀 갈등이 없는 듯하다. 하지만 김춘수는 이 지점에서 멈추고 되돌아본다. 언어가 존재를 드러나게 하는 빛이고 원동력이지만, 존재를 왜곡하는 폭력일 수 있다며, 언어의 투명성과 순수성을 회의한다.

바람도 없는데 꽃이 나무에서 떨어진다. 그것을 주워 손바닥에 얹어 놓고 바라보면, 바르르 꽃잎이 훈김에 떤다. 화분도 난[飛]다. '꽃이여'라고 내가 부르면, 그것은 내 손바닥에서 어디론가 까마득히 떨어져 간다.
지금, 한 나무의 변두리에 뭐라는 이름도 없는 것이 와서 가만히 머문다.

-〈꽃2〉 전문

앞의 시 〈꽃〉에서는 '꽃'이라고 이름을 불러주면 나에게로 와서 '꽃'이 되었는데, 이 시편에서는 '꽃'이라고 부르니 내 가까이 손바닥에 있던 것도 나에게서 까마득히 떨어져 간다고 한다. 언어로의 명명이 존재를 드러내기는커녕 오히려 흔적도 없이 사라지게 한다. 대상의 사물성과 물질성을 언어로 말끔히 씻어내고 순수한 현존을 기대했으나 "한 나무의 변두리에 뭐라는 이름도 없는 것이 와서 가만히 머문다"에서와 같이 언어 속으로 편입되지 못한 대상의 사물성이 언어 주변에서 머물고 있다.[6]

언어의 한계 내지 불완전성에 대한 인식은 〈꽃을 위한 서시〉 1연, "나는 시방 위험한 짐승이다./ 나의 손이 닿으면 너는/ 미지未知의 까마득한 어둠이 된다."에서 강한 모습으로 드러난다. 내 신부가 얼굴을 가리고 있다. 신부의 참모습을 보기 위해서는 다가가 베일을 벗겨야 한다. 하지만 내 손이 닿는 순간 신부는 '미지의 까마득한 어둠'이 되고 만다. 나는 지금 위험한 짐승이기 때문이다. 알레고리가 투명한 편이다. 시인에게 시작은 존재의 본질을 길어 올리는 일이다. 깊은 우물에서 물을 퍼 올리려면 두레박이 필수적이듯이 시인에게는 언어가 필수적이다. 그런데 언어를 운용하는 시인도 언어 자체도 모두 '짐승'과 같이 위험하다. 대상을 짐승처럼 본능적 욕망의 잣대로 함부로 재단하기 때문이다. 그것은 본질의 왜곡이고 존재에 가하는 폭력이다. 언어를 '위험한 짐승'으로 비유한 부분은 하이데거가 〈휠덜린과 시의 본질〉에서 언급한 "모든 재보 중에 가장 위험한 재보財寶인 언어"와 맥락을 같이한다. 언어로 존재자가 드러나지만, 이것으로 존재를 상실하는 모순을 피할 수 없다는 것이다. 언어의 대상 명명은 관념적 추상화이다. 추상화는 섬세한 구체성을 짓밟아버린다. 언어 안에 존재 상실의 가능성이 내재한다고 보는 이유도 여

---

6) 전병준, 〈김춘수 시에서 적극적 수동성의 윤리〉, 《한국시학연구》 27(2010), 296쪽.

기에 있다.

단어는 외부세계를 해석하는 충실한 도구이며, 끊임없이 구분하고, 추상화하고 측정하는 기술자적인 지성의 요구에 응답하는 충실한 도구이다. 그러나 나의 내적인 생명의 계기적인 상태들은 마치 석양에 지는 태양의 색깔처럼, 지속의 흐름 속에서 서로서로 융합되어 있고, 또 언어는 이러한 내적인 생명을 번역하려 하기 때문에 내적인 생명은 이 생명을 번역하려는 언어에 의해서 필연적으로 왜곡되게 마련이다.[7]

외적 사물의 존재뿐만 아니라, 지속의 흐름 속에 있는 내면의 생명까지 언어로는 도저히 포착하기 어렵다는 뜻이다. 언어는 진리를 드러내기보다는 가리기도 한다는 점, 이는 언어의 숙명적인 한계가 아닐 수 없다. 말의 작은 차이가 종종 사람들 간의 불화와 다툼의 씨앗이 되는 것을 목격한다. 의사소통 과정에서 언어는 끊임없이 소음을 발생시킨다. 언어는 존재 전체를 일부분으로 한정하고도 태연하다. 즉 진리를 왜곡한다. 그래서 인간은 오래전부터 초언어를 꿈꾸어 왔는지 모른다. 언어의 이러한 양의성, 불완전성, 한계는 동서고금의 여러 사상가에 의해 다양한 관점에서 지적되었다. 특히 시작 과정에서 언어의 한계는 시인에게 절망감을 안겨준다. 예민한 시인은 이 점을 쉽게 간과하기 어려웠을 것이다.

---

7) 앙드레 베르제/드 니 위스망, 《지식과 이성》(삼협종합출판부, 1999), 58쪽.

시적 언어의 지향

'꽃'을 소재로 한 김춘수의 시는 언어 문제에 대한 시인의 고민을 담고 있다. 〈꽃〉은 존재를 드러내는 언어의 인식적 기능에 초점이 맞추어졌다. 〈꽃2〉, 〈꽃을 위한 서시〉, 〈나목과 시〉 등에서는 언어의 한계 혹은 추상적 관념에 의한 존재의 왜곡 쪽으로 관심이 집중되었다.

> 시를 잉태한 언어는
> 피었다 지는 꽃들의 뜻을
> 든든한 대지처럼
> 제품에 그대로 안을 수가 있을까
>
> – 〈나목과 시〉에서

이 시에서처럼 김춘수는 언어가 대상(꽃들의 뜻)을 그대로 품어 안기 어렵다는 점을 전제하며, 언어를 회의한다. 단지 언어는 대상 언저리에서 머물면서 "설레이며 있는 것"이 고작이라고 생각한다. 그렇다면 남은 선택지는 무엇인가. 언어를 포기하는 길밖에 없다. 하지만 언어를 포기하면 시인은 시를 쓸 수 없다. 언어 없이는 시인이 될 수 없다. 한계와 모순과 절망 가운데서도 언어에 매달릴 수밖에 없다.

> 나는 시방 위험한 짐승이다.
> 나의 손이 닿으면 너는
> 미지未知의 까마득한 어둠이 된다.

존재의 흔들리는 가지 끝에서
너는 이름도 없이 피었다 진다.

눈시울에 젖어드는 이 무명의 어둠에
추억의 한 접시 불을 밝히고
나는 한밤내 운다.

나의 울음은 차츰 아닌 밤 돌개바람이 되어
탑을 흔들다가
돌에까지 스미면 금金이 될 것이다.

얼굴을 가린 나의 신부여

-〈꽃을 위한 서시〉 전문

'얼굴을 가린 신부'의 참모습을 보기 위해 온갖 노력을 다하지만 신부는 그대로 침묵과 무명 속에 있다. 대상에 대한 시인의 호명이 오히려 존재를 지워버리고 만다. 존재는 존재의 꽃을 제대로 피워보지 못하고 흔들리는 가지 끝에서 시들어 버린다. 언어가 존재에 다가가지·못한다고 해서 포기할 수 없다. 눈물로 불을 밝히고 전前언어인 울음으로라도 존재의 참모습에 다가가려고 시도한다. 그 울음이 돌개바람이 되어 무명과 어둠에 싸인 존재에 스며들어 금(金, 언어, 빛)이 될 수 있다는 희망을 버리지 않는다. 존재의 본질에 다가가기 위해 안간힘을 쏟는 시인의 간절한 희망이 잘 드러난다. 비장함까지 느껴진다. 시는 이처럼 언어로 절망하면서도 그 언어를 버릴 수 없는 간절함에서 태어나는 것임을 암시한다.

인간은 언어를 창조하고 사용하면서부터 자연으로부터 소외되기 시작했다. 구체적 존재인 자연 속에서 살지 못하고 언어가 만들어낸 추상의 세계에 속박되어 살아간다. 언어는 존재를 불안하게 흔들어 놓고 관념과 이데올로기의 굴레를 씌워 끝없는 고뇌와 욕망을 생산한다. 극락세계나 천국으로 가려는 기도는 바로 언어의 관념 세계에서 벗어나 원초적 자연 상태로의 귀의를 염원하는 것으로 볼 수 있다. 김춘수는 언어 문제를 평생 안고 시작에 임했던 시인이다. 그의 시 곳곳에는 존재를 왜곡하는 관념적 언어에서 벗어나 존재가 그대로 빛나는 원초적인 자연의 언어를 회복하려는 열망이 스며있다.

하이데거에 있어 시는 존재자에 의하며 가리워진 존재의 빛을 드러내는 일이다. 그렇다면, 이때의 존재란 무엇인가? 하이데거는 명확하게 말을 하고 있지는 않으나, '고향'이란 매우 시적인 비유(?)를 쓰고 있다. 현대란 존재의 빛으로부터 멀어져 있는 시대, 고향 상실자의 시대라고 한다. 가장 시에서 멀어져 있으면서 가장 시를 바라고 있는 시대가 현대가 아닐까 하는 역설이 가능해진다.[8]

김춘수는 다양한 각도에서 시의 언어 문제를 화두로 삼고, 무의미시란 개성적인 영역을 정립했다. 그의 이러한 시도와 관점이 무엇을 지향했는지 위 예문에서 실마리를 찾을 수 있다. 지식과 정보 생산에 매달리는 현대인의 언어 사용은 끝없이 언어 자체를 훼손시킨다. 말을 이용하기 때문이다. 이 점은 정치를 중심으로 언론과 정치인이 생산하는 언어

---

8) 김춘수,《김춘수 시론 전집 2》(현대문학, 2004), 603쪽.

를 보면 금방 이해되고 남는다. 언어를 되찾자는 것은 말의 본성을 되돌려주자는 것이다. 말을 단지 사유를 위한 도구로만 활용하지 말자는 뜻이이기도 하다. 말을 이용하기보다는 말에 봉사하자는 것이다. 이렇게 할 수 있는 것은 오직 시뿐이다. 시적 언어가 지향해야 할 길을 여기에서 찾을 수 있을 것 같다.

문학의 방언 채용

1. 감각적 구체성으로서 방언

"디비보면, 둘 다 같은 거지요."

비대면 랜선 강의 중 나도 모르게 뱉은 말이다. 퇴직 후 오랜만에 강의를 하다 보니 다소 흥분해서인지 어릴 때 사용하던 사투리가 무심결에 튀어나오고 말았다. 문제는 "죄송합니다. 사투리를 써서."라는 말이 자동으로 이어졌다는 점이다. 사투리를 써서 뜻을 이해하지 못한 수강생이 있다면 죄송하다고 말하고 그 뜻을 표준어로 정정하는 것이 마땅하다. 그런데 죄송하다는 말을 한 이유는 말뜻의 이해와는 상관없이 단지 표준어를 사용하지 않았다는 것 때문이었다. 강의 중 사투리 사용은 피하는 것이 바람직하나 그것이 큰 실수이거나 잘못은 아니다. 그런데도 사투리 사용을 무의식적으로 사과하는 것은 표준어에 대한 누적된 강박관념의 결과인 듯하다. 오랫동안 표준어를 사용해야 한다는 강박증을 안고 살아왔다. 더욱이 교육 현장에서 국어 관련 교과목을 가르쳐 온 사람으로서 표준어 사용은 큰 부담이 아닐 수 없었다.

나는 경북 의성에서 태어났다. 의성 지역의 언어나 문화적 특색은 안동 지역과 크게 다르지 않다. 초등학교 때까지 산촌에 갇혀 살다가 중학교 때부터 대구로 와서 학교에 다녔다. 나의 의성/안동 지역 사투리는 표가 날 정도였다. 내 말을 이상하게 여기는 친구도 있었다. 하지만 놀림감이 되지는 않았다. 대구 토박이 학생보다 경북 각 지역에서 온 학생이 더 많아 각양각색의 경상도 사투리가 전시장을 이루었기 때문이다. 서로 이상하고 낯설다는 생각은 했으나 엇비슷한 처지라 상대의 말씨를 놀림의 대상으로 삼지는 않았다. 책과 수업을 통해 표준어를 습득하고, 일상에서는 대구 말에 빠르게 적응해 갔다. 의식 속에는 고향 말을 버리고 표준어나 대구 말을 사용해야 한다는 원칙이 자리 잡았다. 방학 때 고향에 가면 친구들 앞에서 대구 말을 자랑삼아 사용하기도 했다. 하지만 태어나 처음으로 습득한 기층어는 쉽게 버릴 수 있는 것이 아니었다. 표준어 사용이란 단단한 강박의 표면을 뚫고 불쑥불쑥 고향 말이 튀어나오는 것은 어쩔 수 없었다.

방언은 표준어 밖에 있는 다양한 변종의 언어로서 사투리 혹은 지역어 등으로 명명되기도 한다. "지역이나 사회계층에 따라 차이를 보이는 한 언어의 분화체"(다음 백과사전)가 방언이다. 좁은 의미에서 방언은 "어떤 지역이나 지방에서만 쓰이는 특유한 언어"를 지칭한다. '표준어규정'에 따르면, 그 사정 원칙은 "표준어는 교양 있는 사람들이 두루 쓰는 현대 서울말로 정함을 원칙으로 한다"라고 되어 있다. 이런 규정으로 말미암아 사투리는 교양 없는 사람이 사용하는 말이고 표준어에 비해 열등하다는 편견이 널리 퍼져 있다. 표준어는 특정 시점에서 정해진 문법적 척도로 구체성이 없는 인공어에 가깝다. 그것은 언중의 언어 사용(의사소통/정보전달)의 효율성을 높이기 위한 장치일 뿐이다. "반면 방언은 생활세계 안에서의 민중적 정념은 물론 사전적 의미를 초과하는 감각적 구체성을 함축하고 있다."[9] 표준어는 국가를 단위로 언어 통일을 통해 의사소통의 효율성을 도모하기 위해 다양한 언어 현실을 균질화한다. 반면에 방언은 언중이 사용하는 언어 현실 그 자체다. 통제되거나 가공되지 않았기 때문에 원형의 울퉁불퉁한 모습이 그대로 남아 있다. 이런 점에서 방언은 존재와 삶의 구체성이 드러나는 현장이기도 하다.

2. 방언의 시적 변용

생활 체계를 유지하고 견인하는 구어는 그 자체가 방언이지만, 공식적인 문어에서는 몇몇 문학 작품을 제외하고는 방언이 소외되고 있다. 높은 문자 해독력을 지닌 한국어 언중은 쓰기와 읽기에서 표준어를 하나의 규범으로 별다른 거부감 없이 수용하고 있다. 심지어 이 표준어를 절대적인 것으로 신봉하는 사람도 있다. 이런 사람은 표준어가 개인의 교양과 우월성을 가늠하는 잣대라고 믿기까지 한다. 극단적으로는 사투리 사용자를 무식한 사람으로 간주하고 경멸한다. 이러한 경향은 문학에도 영향을 미치고 있다. 인공어와 다름없는 표준어를 문학 언어로 사용하는 것을 당연시한다. 이는 감각적인 구체성을 지향하는 문학의 본성과는 모순이다. 방언이 주는 지역적/토속적 정서를 잘 살린 문학 작품은 그리 많지 않다. 안타까운 현실이다.

---

9) 이명원, 〈문학과 방언 문제〉, 《한겨레신문》, 2017.2.10.

뻔질나게 돌아다니며
외박을 밥 먹듯 하던 젊은 날
어쩌다 집에 가면
씻어도 씻어도 가시지 않는 아배 발고랑내 나는 밥상머리에 앉아
저녁을 먹는 중에도 아무렇지도 않다는 듯
-니, 올은 외박하나?
-아뇨, 올은 집에서 잘 건데요.
-그케, 니가 집에서 자는 게 외박 아이라?

집을 자주 비우던 내가
어느 노을 좋은 저녁에 또 집을 나서자
퇴근길에 마주친 아배는
자전거를 한 발로 받쳐 선 채 짐짓 아무렇지도 않다는 듯
-야야, 어디 가노?
-예… 바람 좀 쐬려고요.
-왜, 집에는 바람이 안 불다?

그런 아베도 오래전에 집을 나서 저기 가신 뒤로는 감감무소식이다.
　　　　　　　　　　　　　　　　－ 안상학, 〈아배 생각〉 전문

　안동 사투리의 맛을 극대화한 작품이다. 이 시를 제대로 감상하고 이
해하려면 사용된 안동 사투리가 구현하는 언어적 물질성을 놓쳐서는 곤
란하다. 물질성이란 언어의 기표가 기의(의미와 관념)를 위해 도구로 사용

되는 것이 아니라, 의미에서 독립하여 자신의 힘으로 작동하는 기호적 층위를 말한다. 언어의 물질성 혹은 그 고유한 육질은 소통의 효율성을 앞세우는 공식 문법보다는 말을 운용하는 사람의 무의식에서 생성하는 것이다. 그 무의식은 생활 가운데에서 오랫동안 형성된 정서적이고 심리적인 집합체이다. 한 개인의 정체성과 개성은 이러한 언어의 무의식적 특징을 통해 발현된다. 특정 지역과 시대가 집단 무의식과 같은 공감대를 형성하는 것은 습관화된 언어를 공유하기 때문이다. 시는 언어의 의미와 관념보다는 그 기표의 물질성을 전면화한다. 문법적 규범에 저항하는 파롤의 자유로움, 의미에 고착되지 않으려는 시니피앙(기호)의 원심력에 의해 시적 언어의 물질성이 드러난다. 쉽게 말하면, 물질성은 사용된 시어의 감각적인 결이라고 할 수 있는 문채文綵이다. 위의 시는 안동 방언이라는 언어의 물질성이 시 전체를 압도하는 작품이다.

몇 개의 낯선 안동 사투리가 사용되기는 했으나 시어의 의미를 따라가는 선조적 읽기는 그리 어렵지 않다. 반면, 작품에 깊이 스며 있는 정서에 동화되려면 안동 방언의 고유한 느낌을 체감해야 한다. '아배(아버지), 올은(오늘은), 아이라(아니가?), 그케(그러게), 불다(불더냐?)' 등의 안동 방언이 시에 삼투되어 독특한 정조를 형성하고 있다. 이런 방언의 울림과 번짐이 이 작품의 시적 성취를 배증한다. 가령 "왜, 집에는 바람이 안 불다?"라는 시행에서 '불다'라는 말은 동사 '불다'의 기본형이 아니다. 동사 '불다'의 어간 '불'에 의문형 어미 '다'가 연결된 말이다. 의문형 어미 '다'의 사용은 안동말의 특이한 부분이다. '아이라?'에서 '-라'도 마찬가지로 의문형 어미로 사용되었다. 만약 여기에 의문부호가 붙지 않았다면, 많은 사람이 표기 오류로 판단했을지도 모른다. 이는 대화체에서 미묘한 어감을 자아내는 의문형이다. 안동 사람만이 쓸 수 있는 말이다. 이 시는 안동 지역에 내재하는 언어와 정서를 길어 올리고 있다.

방언을 사용했다고 좋은 시가 되는 것은 아니다. 또한, 토속어나 방언이 지역적 공간성이나 정서를 효율적으로 드러내는 것도 아니다. 중요한 것은 토속어가 시 전체의 의미나 분위기에 어떻게 기여하느냐의 문제다. 작품 〈아배 생각〉에 사용된 안동 방언이 시적 상승 효과를 불러오는 데 어떻게 작용하고 있는가? 이 시편의 중심에는 집에 마음 붙이지 못하고 방황과 일탈의 날을 보내는 아들, 그런 아들을 바라보는 아버지 사이의 대화가 놓여 있다. 이 부분이 바로 방언으로 채워진다. 둘은 갈등과 이해, 미움과 연민이 교차하는 이중적 태도를 보인다. 아들의 퉁명스러운 반응에 배어 있는 아버지에 대한 반항, 아버지의 비꼬는 듯한 말투에 내재하는 아들에 대한 불만이 토속어를 통해 잘 표현된다. 아들을 비꼬는 듯한 아버지의 말투는 사실 아들에 대한 사랑이고 걱정이다. 아버지물음에 데면데면하게 대답하는 아들의 퉁명스러운 태도에는 금방 사건으로 터질 듯한 긴장도 있으나 한편으로는 상대를 이해하는 끈끈한 가족애도 녹아 있다. 안동을 포함한 경북 북부 지역은 대도시와 멀리 떨어져 전통적인 농경문화가 깊이 뿌리내려 있는 고장이다. 1970년대부터 한국이 산업사회로 전환하면서 이농 현상이 가속화한다. 수많은 청소년이 농촌을 떠나 도시로 향하면서 가족 해체가 시작된다. 이 시는 전통과 근대의 가치관이 대립하면서 문화적 변동이 요동치던 시대상을 간접적으로 반영한다고 볼 수도 있다. 이 시편이 이러한 문화적 흐름까지 담을 수 있었던 것도 토속어의 적절한 배치에 힘입은 바 크다. 또한, 이 시에서 간과해서는 안 되는 것은 가난한 현실에 맞서는 민초의 고통과 애환을 해학의 언어로 풀어내고 있다는 점이다. 어렵고 절박한 현실에 직면해서도 넉넉함을 잃지 않는 안동 사람의 기질이 잘 드러난다. 이는 하회탈춤의 정조와 크게 다르지 않다. 안동 사람 특유의 기질과 정서가 토속적 시어를 통해 해학적으로 구현된 것이 안상학의 〈아배생각〉이 아니겠는가.

3. 언어를 위반하는 방언

　지방에 살다가 서울로 간 사람 대부분은 사투리를 버리고 서울말을 사용한다. 그것도 빨리 서울말을 배워 사용하려고 애쓴다. 지역어를 빨리, 그리고 말끔히 잊어버리고 서울말을 쓰며 서울 사람이 되고 싶어 한다. 특히 연예인으로 살아가려면 이는 필수적이라고 한다. 사투리 사용은 이들에게 넘어야 할 큰 벽인 모양이다. 이처럼 지역 사투리를 버리고 서울말을 쓰려는 이유는 무엇인가. 부드러운 억양, 섬세한 음조, 보편적인 표준어 등과 같은 언어 자체의 특징을 선호하기 때문이 아니다. 다른 이유가 있다. 바로 사회적 힘이다. 수도권 인구가 대한민국 전체의 반을 넘었다. 문화와 자본이 서울에 집중되어 있다. 서울 소재 대학과 지방대학의 양극화를 보면 금방 알 수 있다. 중앙 집중은 지방 소외를 넘어 소멸로 이어지고 있다. '중앙 선진(우월)'과 '지방 후진(열등)'의 골은 점점 깊어 간다. 서울과 중앙은 지방을 수시로 무시하고 모욕한다. 이러한 문제점을 지적하고 중앙과 지방의 균형을 주장하는 것은 대부분 정치적 목적을 달성하기 위해서이다. 목적 달성 후 금방 지방을 외면한다. 정치가와 중앙 관료 대부분이 그 주역이다. 그러니 일단 서울로 가야 하고 거기서도 가능하면 지방 사람이란 흔적을 싹 지워버리고 살아야 한다. 우선 지방 사람임을 표시 나게 하는 말부터 바꾸는 것은 당연한 일인지도 모른다. 이제 사투리는 재미있는 코미디 소재 중 하나일 뿐이다. 그 재미는 사투리를 사용하는 사람에 대한 상대적 우월감을 앞세우거나 그들을 조롱하는 데 뿌리를 내리고 있다.

표준어에 대한 비판과 지방 사투리의 문화적 의의를 옹호하는 사람도 많다. 이를 화제로 삼는 사람치고 방언 옹호자가 아닌 사람이 없다. 표준어와 방언을 구분하지 말거나 방언을 장려해야 한다고 말하기도 한다. 과연 실효성이 있는가? 방언 사용자가 너무 불쌍해서 동정하는 것은 아닌가. 만약 국가의 국어정책이 표준어를 해체하고 사투리 장려 쪽으로 나아가면 사투리를 옹호했던 이들이나 서울 사람은 벌떼처럼 일어나서 온갖 이유를 내세워 이를 반대할 것이다. 공적 언어에서 사투리 사용을 실천하거나 옹호할 때는 앞뒤를 재보며 그 진정성을 잃지 말아야 한다. 단지 표피적인 재미와 장난에 그친다면 오히려 사투리를 부정하고 깔보는 결과가 되고 만다. 가령 이런 경우이다. 아래는 '훈민정음' 서문을 재미삼아 경상도 버전으로 바꾼 것이다.

아있나 나라말이 중국 아들 꺼하고는 마이 틀리가꼬 글씨가꼬는 서로 이바구가 안돼가 불쌍한 우리얼라들이 머라카고시퍼도 그기 억수로 안돼가고마 돌아뿌는 얼라들이 억수로 천지삐까리더라. 그케가 우짜든동 새로 스물여덟자를 맹글어가 인자는 얼라들이 고마 쌔리 잘쓰게 할라칸다카이

-인터넷에서 퍼옴

물론 이는 웃자고 해 본 것에 불과하다. 경상도 방언을 한 번쯤 떠올리거나 사용을 시도해 보는 것 이상도 이하도 아니다. 여기에는 어떤 이유도 가치도 없다. 모두가 언어유희에 불과할 뿐이다. 이는 사투리의 가

치에 대한 우리의 평균적 인식이 어떤 것인지를 잘 말해주는 대목이다. 이처럼 재미 차원에서 장난스러운 사투리 사용은 그 진가를 훼손하는 것과 다르지 않다. 이는 문학 안에서도 마찬가지다. 요즘, 어떤 이유에서인지 사투리 동시, 사투리 동화, 사투리 수필이 공공연하게 한 장르로 설정되어 창작, 유통되고 있는 것을 목격한다. 사투리를 사용했다는 사실만 있고, '어떤 목적으로 왜 사용했는지'에 대한 충분한 대답이 마련되지 않았다면, 장난이나 독자 호기심을 자극하는 데에서 끝나고 말 것이다.

> 깨진 벽 틈새에 핀 민들레한테
> 번쩍번쩍 제복 입은 풍뎅이가 날아와 물었다
>
> 이거 니가 깼재?
> 내가 안 깼는데예
> 카마 누가 이랬노?
> 원래부터 이랬는데예
>
> 어데서 따박따박 말대답이고? 바른대로 안 대나?
> 너거 집 어데고? 너거 엄마, 집에 있재?
>
> 여기가 우리 집이고예
> 엄마는 어데 있는지 잘 모르는데예
>
> —김성민, 〈우리 집에 왜 왔니?〉 전문

위의 시에서 화자 진술로 이루어진 앞의 두 행은 표준어가 사용되었다. 반면에 두 등장인물의 대화 형식(구어/입말)을 취하는 나머지는 모두 방언으로 표현되었다. 문학 작품의 토대는 문어이다. 다만 현장감을 살리기 위해 적절하게 구어를 부분적으로 선택한다. 구어체의 특징을 의도적으로 전면화하는 작품도 있다. 문학 작품에서 화자의 진술은 문어를 기본으로 한다. 등장인물의 대화나 독백은 구어로 표현된다. 방언을 통해 문학적 효과를 얻으려면 그것이 구어 부분에 사용될 때이다. 문자로 쓰고 읽는 행위에서 표준어 사용은 흔들림 없이 확고하다. 근대화와 함께 공적 교육제도를 통한 표준어 중심의 문식력 교육이 가져온 결과다. 이제 문어에서 방언 사용(위의 '훈민정음 서문')은 어색함과 장난스러움으로 비칠 가능성이 크다. 문학에서 방언을 통해 토착적 정서를 부각하는 길은 구어 부분에서만 열려 있다. 위의 시가 구성에서 안정감을 주는 이유도 이러한 방언 사용의 정서적 경향을 따랐기 때문이다.

이 시편의 중핵은 깨진 벽 틈새를 뚫고 막 피어난 민들레와, 벽을 깼다는 점을 빌미로 민들레를 위협하는 풍뎅이 사이에 오가는 대화가 사투리로 표현되었다는 점이다. 풍뎅이는 민들레(사회적 약자, 어린이)가 핀 그 공간을 선점하고 있는 기득권자(기성세대, 힘과 권력을 가진 세력, 공권력)이다. 풍뎅이는 민들레가 벽을 깼다고 그를 윽박지르며 협박한다. 민들레가 자신이 저지른 일이 아니라고 하는데도 풍뎅이는 이 말을 믿지 않는다. 문제를 이성적으로 해결하려 하지 않고, 어른이라는 지위와 힘을 앞세워 상대를 누르려 한다. 이러한 풍뎅이의 태도에서 우리 사회가 안고 있는 구조적 모순과 구태의연한 관습을 발견할 수 있다. 여기서 번쩍거리는 제복을 입은 풍뎅이는 합리적 이성보다는 힘과 권력을 통해 약자인 민들레를 억압한다. 거칠고 투박한 경상도 방언은 이런 풍뎅이의 캐릭터를 효율적으로 구현하는 데 일조하고 있다. 경상도 혹은 대구 방언이 그 어조가 투박하지만, 그것이 곧바로 비합리성이나 폭력성으로 직결되는 것은 아니다. 이 시에서 풍뎅이의 위압적 언사에도 겁먹지 않고 담담하게 대응하는 민들레도 대구 방언인 '-예'라는 종결어미를 말마다 사용한다. 이는 투박한 느낌을 주는 경상도 방언의 일반적인 성격과는 판이하다. 어조가 사교적이고 여성적이다. 풍뎅이와 민들레가 같은 시공간에서 경상도/대구 방언을 구사하지만, 그 느낌은 정반대다. 시인의 의도가 어디까지 스며들었는지는 모르지만, 두 인물의 성격 다른 방언 사용이 해석의 다양성을 남긴다. 거칠고 강압적인 것에 유연함과 담담함으로 맞서는 구조는 이 작품의 방언 미학이 이룬 성취가 아니겠는가. 이 시를 잘 만들어진 작품으로 평가한다면, 그 결정적 요인은 방언 사용일 것이다.

방언은 언어가 구체적으로 실행되는 현실이라는 점에서 '파롤'의 성격을 지닌다. 살아 있는 현재의 구체적인 언어 현실이 방언이다. 문학이 이러한 방언을 채용하는 것은 현장 언어를 앞세워 문학적 심미성을 확대하기 위함이다. 옥타비오 파스는 "시적 창조는 언어에 대한 위반"으로 시작하고, 일상과 관계를 맺고 있는 "말들을 뿌리째 뽑아내어 일상적 언어의 획일적인 세계와 결별시킨다"[10]라고 하였다. 고정된 규범에 의해 획일화되고 추상화된 언어를 해체하는 것이 시적 창조라는 말이다. 그래서 시적 창조의 결과물로 주어지는 언어는 "이제 막 태어난 것처럼 생생한 것"이다. 시인은 "파롤을 재발견한 사람"이고, "파롤에 공명을 되돌려주고, 그것의 효력이 다시 살아나게끔 각각의 말들을 새로운 상황 속"[11]에 드러내는 사람이다. 이처럼 시적 창조는 언어의 파롤을 지향한다. 시에서 방언 채용의 의의도 이런 맥락에서 이해되어야 한다.

---

10) 옥타비오 파스, 《활과 리라》(솔, 1998), 47쪽.
11) 조르주 귀스도르프, 《파롤》(도서출판b, 2021), 104쪽.

오독誤讀

　작가에 의해 창작된 문학 작품은 독자가 읽음으로써 마침내 하나의 작품으로서 완성된다. 독자에게 읽히지 않고 작가의 책상 서랍 속에 잠들어 있는 원고는 엄격한 의미에서 작품이 아니다. 독자에게 수용되지 않은 원고 뭉치나 컴퓨터에 내장된 작품 파일은 아직 작품으로서 자격을 획득하지 못한 상태다. 그것은 하나의 물질적 사물로서는 엄연히 존재하지만 문학 작품으로서는 존재한다고 볼 수 없다. 그런데 독자가 읽음으로써 하나의 문학 작품은 마침내 존재하게 된다고 했을 때, 독자가 그 작품을 읽는다는 것은 무엇을 의미하는가. 문학 작품의 읽기/독서란 어떤 행위인가. 시간 순서로 배열되고 구성된 특정한 언어 텍스트를 독자가 따라가는데, 그 과정에서 독자는 무엇을 하는가. 한마디로 작품의 의미를 찾아내고 그 가치를 판단한다. 일반 독자의 읽기는 정서적 감응과 공감으로도 충분하지만, 전문 비평가의 작품 읽기는 분석과 해석을 통해서 그 가치를 평가하는 데까지 나아가야 한다.

독자의 작품 읽기 행위를 일반적으로 감상, 분석, 이해, 해석, 평가 등의 개념으로 규정하는데, 이러한 행위의 대상은 무엇인가. 무엇을 분석하고 해석하고 평가하는가. 요약하면 작품의 의미다. 일반 독자든 문학 전문가든 누구나 문학 작품이 어떤 의미를 포함하고 있다는 점을 아무 저항 없이 받아들인다. 문학 작품이 특별한 의미와 가치를 지니고 있을 것이라는 전제는 거의 무의식에 가깝다. 그리고 대개 그 의미를 작가가 작품을 통해 독자에게 전달하려고 하는 의도(메시지)로 이해하고 있다. 다시 말해, 우리는 문학 작품의 의미를 작가의 의도와 등치하는 데 익숙해 있다. 오독誤讀은 바로 이러한 관점에서 생긴 개념이다. 작가의 의도를 제대로 찾아내지 못하거나 잘못 짚은 경우에 '오독'이란 딱지를 붙인다. 그런데 이러한 오독이 문학 작품을 읽고 비평하는 과정에서 피할 수 없는 것인데도, 오독 자체를 '오류'나 '무능'으로 바라보는 편협한 관점은 문제가 아닐 수 없다. 어쩌면 이러한 오독이 문학의 생명을 이어가는 원동력일지도 모르는데 말이다.

오독은 피할 수 없는 일이다. 오독의 가능성은 문학 작품을 수용하는 과정에서 언제 어디서나 잠재해 있기 때문이다. 그것은 아무리 대비하고 주의해도 불청객처럼 예고 없이 찾아와 해석자의 심기를 불편하게 한다. 특히 남의 작품을 해석하고 평가하는 일을 주업으로 하는 비평가에게 오독은 언제나 마음에 커다란 부담으로 작용하기 마련이다. 문학 작품 수용 자체를 오독으로 간주하기도 하고, 오독은 작품의 의미를 재생산하고 확대하는 근원으로 이해하기도 한다. 이런 점을 염두에 두면, 오독을 편안하게 받아들일 수도 있다. 하지만 문학 작품의 의미가 고정되어 있다는 선입견이 남아 있는 이상 오독은 문학하는 사람을 따라다니며 괴롭힐 것이다.

오독의 개념이 나의 의식 속에 뚜렷한 정형으로 자리 잡게 된 계기는 대학교 3학년 때 우리 학과 주최로 열렸던 시화전이었다. 내가 대학에 다녔던 1970년대 중반, 우리 학과는 매년 2학기 가을에 시화전을 열었다. 인문학적 소양이 교양인의 기본 척도로 여겨졌던 시절이라 학과 단위의 시화전이었지만 주위의 많은 사람으로부터 주목을 받았다. 시화전에는 당시 우리 학과 교수였던 김춘수 시인의 시가 찬조 작품으로 출품되어 행사의 의미와 흥행을 더했다. 김춘수 시인의 명성은 그때도 대단했다. 선생님이 맡았던 '시론' 강의에는 정식 수강생보다 도강하는 사람이 더 많았을 정도였으니 말이다. 김춘수의 시와 시론이 있는 곳에는 대구 시내의 다른 대학 학생까지 모여들었다.

　1976년 가을 시화전이 열리던 그때 나는 대학교 3학년이었고, 학과 학생 대표였다. 시화전은 학과의 큰 행사였던 만큼 행사를 주최하는 책임자로서 그 준비와 진행에 온 힘을 쏟았다. 그해 시화전은 10월 초순 교내에서 나흘 동안 열렸는데, 전시장을 찾은 많은 사람이 하나같이 김춘수 선생님의 작품에 큰 관심을 보였다. 나는 손님을 맞이하는 주인의 입장이라 그들에게 선생님의 작품에 대해 이런저런 언급을 피할 수 없었다. 자제했어야 했는데 그러지 못했다. 작품에 대한 나의 발설은 결국 오독의 오물이 되어 되돌아오고 말았다.

　　물또래야 물또래야
　　하늘로 가라.
　　하늘에는
　　주라기紀의 네 별똥 흐르고 있다.
　　물또래야 물또래야

금송아지 등에 업혀

하늘로 가라.

　〈물또래〉라는 작품인데, 신작이었다. 선생님으로부터 시화전에 걸 작품만 받아 왔을 뿐, 작품의 의미에 대해서는 아무것도 물어보지 못했다. 시화전이 열리는 동안 이 짧은 한 편의 시에 대해 사람들의 궁금증은 끊이지 않았고, 무수한 오독이 난무했다. 나의 오독은 '물또래'를 깊은 우물에서 물을 길어 올리는 '물두레박' 정도로 평이하게 읽은 데에서부터 시작되었다. 당시 내 오독의 내용을 확실하게 기억하지는 못한다. 아마 우물 속에 갇혀 수직 운동을 반복하는 물두레박을 연상했던 것 같다. 이 같은 연상을 통해 우물 안의 단조로운 일상을 반복하는 실존의 권태로부터 탈출하여 존재의 시원으로 회귀함으로써 절대적 자유에 이르기를 염원하는 것으로 해석했던 것 같다. 지금 생각해 보면, 유치하기 그지없다. 나는 이 억지의 해석으로 시화전을 주최하는 국문과 학생으로서 체면을 유지하려 했다.

　그런데 이러한 내 해석이 오독으로 판명되어 무참하게 무너져 버린 것은 시화전 마지막 날 밤에 있었던 품평회 자리였다. 참석한 학생들이 자유롭게 김춘수 선생님께 질문하는 순서였다. 한참 만에 어떤 학생이 너무나 평이하면서도 가장 어려운 질문을 했다. "선생님, '물또래'가 무엇입니까? 혹시 우물물을 길어 올리는 물두레박을 말합니까?" 그 자리에 참석했던 모든 사람이 하나같이 알고 싶었던 점이다. 모두 자신의 무지를 살짝 감추고 있다가 누군가 한 사람이 십자가를 짊어지는 순간 안도하면서도 긴장하기 시작했다. 선생님은 얼굴을 좌우로 떨면서 특유의 웃음을 머금고 아주 가벼운 어조로 대답했다. "물또래는 곤충의 이름입니다. 어떤 특별한 의미를 지니지 않는 하나의 기호일 뿐이지요." '물또래'가 생물학 사전을 뒤적이다가 한 귀퉁이에서 발견한 작은 곤충의 이름이었다는 말을 듣는 순간, 나는 알몸을 드러내고 거리를 질주하는 듯한 부끄러움에 어쩔 줄 몰랐다. 그 자리에 참석한 모든 사람이 나를 쳐다보면서 야유를 보내는 듯했다. 나의 존재가 조금씩 녹아 점점 작아지다가 끝내는 흔적도 없이 사라질 것 같았다. 나의 오독은 무참하게 찢어진 속살을 드러내고 말았다.

이 〈물또래〉라는 시편은 김춘수의 무의미시 범주에 속하는 작품이다. 언뜻 보면 어떤 의미가 전제된 것 같지만, 사실은 몇 개의 이미지들이 병치되었을 뿐, 그것들의 통일된 의미 고리는 부재한다. 시간적 원리에 입각한 언어의 통사적 기능을 배제하고, 이미지를 하나의 동시성의 공간 속에 둠으로써 그것들의 자유로운 움직임, 즉 무의미 뒤에 남는 음향적인 잔상만을 의도했던 것이다. 여기에는 주술에서 볼 수 있는 리듬만이 부각될 뿐이다. 의미의 인식보다는 율동의 느낌을 추구한다. 시인은 '별똥, 주라기, 금송아지' 등의 이미지를 통해 독자로 하여금 의미를 찾아 나서도록 유혹한다. 그리고는 그 의미 찾기의 노력이 헛수고임을 깨닫게 함으로써 의미에 매달리는 시작詩作과 시 독해 태도를 비판하는 것이다. 일종의 언어의 자유로운 유희를 실험하고 있다. '물또래'가 사전에서 발견한 곤충의 이름이라고 하였는데, 아마 여기에서도 시인의 언롱言弄이 개입되었을 가능성이 크다. 일반적으로 사전에는 표제어로 '강도래'가 올라 있고 주석으로 '물도래'가 그 동의어로 표시되어 있다. 시인은 '물도래'를 음성적 어감 차이를 겨냥하여 '물또래'로 바꾸었던 것이다. 처음부터 의미를 배제한 언어 사용이었음을 알 수 있다. 이렇게 말하는 자체도 어쩌면 오독일 수 있다. 그때 나의 문학 공부는 여기에 이르기에는 태부족이었다. 당시 김춘수의 시를 제대로 이해하는 사람도 많지 않았다. 그리고 보면 나의 오독은 그리 부끄러운 일이 아니었다. 오히려 당시 학부생이었던 나와 같은 초보적 수준에서의 오독이 유치하지만 초해석의 창의성을 발휘할 수도 있는 법이다. 문학에 대한 이해와 비평적 안목이 깊은 전문 비평가라고 작품에서 작가의 의도를 단번에 족집게처럼 찾아내는 것은 아니다. 아이러니하게도 전문가의 다양한 관점이나 복잡한 사유가 심한 오독을 불러올 가능성이 더 클 수도 있다.

> 南天과 南天 사이 여름이 와서
> 붕어가 알을 깐다.
> 南天은 막 지고
> 내년 봄까지
> 눈이 아마 두 번은 내릴 거야 내릴 거야.
>
> ─김춘수, 〈남천〉 전문

이 시편이 발표된 이후 어느 신문에서 당시 유명한 중견 비평가가 '남천'을 사람이 죽은 뒤에 가는, 도솔천 아래 명부를 뜻한다고 해석한 일이 있었다. 필자가 학부 시절에 김춘수 선생님으로부터 시론 강의를 들을 때였다. 선생님은 고개를 좌우로 흔들면서 웃음을 머금고 말했다. 본인은 자기 집 화분에 심은 화초인 '남천'을 시적 대상으로 삼아 쓴 시였는데, 비평가가 기상천외하게도 불교의 '도솔천'을 끌어와서 해석을 했다는 것이다. 이 이야기를 학부 졸업 때까지 수업 시간에 몇 번이나 되풀이했다. 그가 이 사례를 이야기한 까닭은 그 평론가를 비난하기 위해서가 아니라, 시(문학)는 시인(작가)의 의도와는 무관하게 독자에게 다양하게 읽힐 수 있음을 설명하기 위해서였다. 다시 말해, 오독의 가능성을 학생들에게 이해시키려고 했던 것이다.

비평가로서 혹은 평범한 독자로서 문학 작품 가까이 다가갈수록 작품은 자신의 진실을 더 깊이 감추는 것 같다. 희미한 징조나 근거에 매달려 작품한테 진실을 보여 달라고 애원하지만 대부분 허사로 끝났다. 확신 없는 해석을 이어가면서 실제 삶과는 동떨어진 관념만을 쌓는 것이 문학 작품 읽기인지도 모를 일이다. 이 지독한 오독을 청산할 수 있는 길은 어디에도 없다.

임화의 문학 언어론

1. 임화의 문학 언어에 대한 관심

한국 근대문학사에서 '임화'라는 인물은 넓게 보아 문학운동가, 문학 비평가, 시인으로 기록될 수 있다는 점에 대부분 주저하지 않고 동의할 것이다. 그 경중을 따진다면 결과는 분석자의 주관에 의존할 수밖에 없으나 한국 근대문학사 격변기의 중심에 섰던 임화에게 문학인의 이름을 붙인다면 아마 '비평가'라는 명함이 가장 적합할 것이다. 45세 나이로 일생을 마감하기까지 1920~1940년대에 걸쳐 30여 년 동안 한국 근대문학과 관련하여 비평과 문학이론을 끊임없이 쏟아냈다. 그가 보여주었던 비평적 관심 분야는 다양했다. 그는 지치지 않는 필력을 바탕으로 활발한 비평 활동을 전개하였다. 이런 연유로 임화의 비평 세계를 한두 가지 항목으로 정리하기란 쉬운 일이 아니다. 지금까지 이루어진, 임화의 문학비평에 대한 연구를 참조해 보면, 그의 비평은 1933년을 기점으로 새로운 방향전환을 하기 시작한다. 그리고 1935년 조직 '카프'가 해산된 이후 임화의 비평은 마르크스주의 이론을 어느 정도 주체적으로 소화하여 성숙한 측면을 드러낸다. 동시에 당대 문학에 대한 자신의 입장을 다방면에 걸쳐 피력하면서 논리적 일관성을 세우려고 노력했다.

문제는 그가 지향하고자 했던 문학의 방향과 당면한 정치 사회적 여건 사이의 괴리로 말미암아 그의 비평이 모호한 측면을 보이고 부분적으로는 모순점까지 드러내었다는 점이다. 임화의 비평 읽기도 이 지점에 이르면 연구자마다 적잖은 차이를 보인다. 특히 전향 문제와 관련하여 그의 비평을 들러다보면 정치적 실천과 문학이론 사이의 괴리가 뚜렷하게 드러난다. 마르크스주의 비평가로서 임화가 이론과 실천의 불일치를 드러냈다면, 그것은 모순일 수밖에 없다. 하지만 그가 1930년대 후반기 및 해방기에 보여준 다양한 비평적 논의를 이러한 관점으로만 재단한다면, 임화의 비평은 비평사에서 더 이상 거론할 필요도 없다. 바람직한 연구 태도는 우선 그의 비평 세계를 구성하는 다양한 측면을 면밀히 검토하는 일이다. 이러한 작업이 어느 정도 축적된 연후에 그의 비평 세계를 종합적으로 평가하는 것이 합당하다. 이런 의미에서 본고는 임화의 비평 중 문학 언어에 대한 관점을 분석하고 그 성격을 검토해 본다.

문학이 '언어적 사실'이라는 점을 외면하고 문학의 본질을 말하기 어렵다. 문학 작품은 언어로 표현된 실체이기 때문이다. 언어는 문학이라는 예술 양식의 유일한 표현 매체이고 재료이다. 그것은 음악의 재료가 소리이며 회화의 재료가 선과 색채인 것과 똑같다. 문학은 언어적 사실로 존재하고, 언어는 문학의 존재를 규정하는 기본 조건이다.

문학 작품이 창작, 유통, 평가되는 과정에서 문학의 본질에 대한 사고는 필수적이므로 문학에 대한 이론적이고 비평적 사유의 중심에는 언제든지 언어 문제가 놓인다. 그런데 문학이 언어를 표현 매체로 한다는 것은 문학 언어를 일차적이고 물리적인 차원에서 파악하는 수준이다. 이는 문학에 대한 특별한 관점이라기보다는 문학의 일차적 외피에 대한 관찰에 불과하다. 문학 언어에 대한 연구 및 관심은 그것의 물리적 외피 차원을 벗어나는 지점에서 시작되어야 한다. 문학의 표현 매체와 재료가 언어라는 사실을 확인하는 수준은 문학 언어론 이전의 단계이다. 목공예의 재료가 나무라는 물리적 사실을 확인하는 것을 두고 목공예에 대한 비평적 관심이라고 할 수 없는 것과 같다. 문학이 언어를 매체로 하는 예술이라는 점을 아무리 강조한다고 해서 그것이 문학 언어론이 될 수 있는 것은 아니다. 문학 언어론은 문학 언어가 작가의 사상과 정서를 전달하는 단순한 매체 수준을 넘어선다는 전제에서 출발한다.

1930년대 중반부터 시작된 임화의 문학 언어론은 1940년대 초반까지 지속된다. 그의 비평 활동 기간 중에서 중요한 시기마다 문학과 언어의 관계에 대한 견해를 피력한다. 임화의 문학 언어론과 관련이 있는 평문으로는 다음과 같은 것이 있다.

  -〈언어와 문학〉,《문학창조》창간호, 1934.6.
  -〈언어와 문학〉,《예술》창간호, 1935.1.
  -〈언어의 마술성〉,《비판》1936.3.
  -〈조선어와 위기하의 조선문학〉,《조선중앙일보》, 1936.3.8~24.
  -〈언어의 현실성〉,《조선문학》6호, 1936.5.
  -〈예술적 인식 표현의 수단으로서의 언어〉,《조선문학》, 1936.6.
  -〈예문藝文의 융성과 어문 정리〉,《사해공론》7호, 1938.7.
  -〈문학어로서의 조선어〉,《한글》, 1939.3.

- 〈언어를 의식한다〉(일문),《경성일보》, 1939.8. 6~20.

　임화의 문학 언어론은 크게 두 가지 측면에서 접근할 수 있다. 하나는 마르크스주의 비평가로서 그가 문학 언어를 어떤 관점으로 보았느냐 하는 것이다. 다른 하나는 일제 강점기라는 특별한 상황에서 위기에 처한, 민족문학과 관련하여 민족어에 대해 어떤 입장을 취했느냐 하는 점이다. 전자는 문학 언어의 보편성 문제에 초점을 맞추는 본질론에 해당한다면, 후자는 식민지 지배하라는 특수 상황에서 문학 언어의 민족성 문제를 파악하는 상황론의 성격을 띤다. 식민지 시대 문학 언어론이라는 점에서 본다면, 후자가 문제의 핵심이다. 물론 전자와 후자는 구분되어야 할 다른 성격의 과제라기보다는 연결된 하나의 문제다. 다만 본고에서는 우선 순서대로 전자의 문제부터 검토해 볼 따름이다. 먼저 임화의 비평문에 드러나는 문학 언어에 관한 주장과 설명에 주목해 본다. 그리고 언어가 문학 작품에 작용하는 본질적 기능에 관해 그가 어떻게 사유했는지를 중점적으로 살펴본다. 후자의 민족어 문제는 공간을 달리하여 검토할 생각이다.

2. 문학 언어의 형상성 강조

　한국 근대문학이 출발하면서 문학에 대한 기존 인식이 전환되고 새로운 비평적 담론이 대두한다. 그 출발이 전통 문학관에 대한 비판이든지 서구 문학이론의 적극적 수용이든 간에 당시 비평적 담론은 문학을 새로운 차원에서 인식하면서 패러다임의 변화를 시도했다. 여기에 '문학은 언어 예술'이라는 당연한 명제가 크게 부각되었고, 이를 기점으로 다양한 문학이론에 관한 논의가 활발하게 이루어졌다. 무엇보다도 근대 전환기의 큰 변화는 한글이 공용어로 대두되었다는 점이다. 마침내 언어생활에서 언문일치가 실행될 수 있었다. 한편으로는 근대문학 발흥 시기가 일제 강점기였던 만큼 문학 언어와 관련된 당시 일부 논의는 자연스럽게 '언어 민족주의'를 이념적 테제로 삼기도 했다.

1945년 해방 전까지 일제 강점기 한국 근대문학의 전개 과정에서 문학 언어 문제는 비평의 주요 관심사가 될 수밖에 없었다. 그 중심에 문학의 '언어 예술성'과 '언어 민족주의'가 있었다. 이 양자는 맥락을 같이한다. 여기에다가 프로문학파의 언어관은 현실주의 관점에서 언어의 현실성, 계급성, 이데올로기성에 관심을 보였다. 임화의 문학 언어론은 '언어 민족주의' 차원에만 머물지 않고 마르크스주의 문학관 쪽으로 확대하면서 치열한 논의를 펼치는 동시에 개성적 면모를 보여주었다. 그 첫 자리에 문학 언어는 '형상적 언어'라는 관점이 자리 잡고 있다. 다시 말해, 임화는 문학 언어의 특징을 '형상적 언어'에서 찾았다.

초기 마르크스주의 문학관에 따르면, 모든 예술은 현실과 인간의 삶을 그대로 재현한다고 보았다. 즉 상부구조는 토대에 의해 일방적으로 결정된다는 입장을 취했다. 그런데 예술과 문학의 고유성과 특수성을 부정하고 사회 현실의 재현만을 강조했던 이러한 속류 사회학주의는 강한 도전을 받는다. 예술은 객관적 현실을 그대로 반영하는 것이 아니라, 반영 주체의 가치관에 의해 새롭게 창조된다는 관점이 대두했다. 이러한 맥락에서 부각된 개념이 '예술의 형상적 사유'이다. 여기서 사유한다는 것은 객관적 현실을 인식한다는 뜻이고, 형상화한다는 것은 인식 주체의 주관적 가치관의 개입을 암시한다. '형상'은 '개념'과 대립한다. "개념은 추상적인 것이어서 이지적으로 이해할 수밖에 없으나, 형상은 구체적인 것이므로 감각을 통하여 파악할 수 있다." 그리고 "문학예술의 기본적 특질은 철학·과학 등의 의식 형태처럼 개념의 형식을 운용하여 현실을 인식·반영하는 것이 아니라, 형상의 형식을 통하여 현실을 인식·반영하는 데 있다."[12]

한국 마르크스주의 문학 창작방법론의 전개 과정에서 '형상' 문제가 제기된 것은 1933년 백철이 사회주의 리얼리즘을 소개한 이후 프로문학파에서 그 수용을 두고 지속적인 논의가 이루어졌던 시기였다. 이러한 논의는 문학이 현실의 단순한 모사가 아니라 작가의 특수한 입장에서 창조되는 것이라는, 문학의 특수성에 대한 인식에서 비롯되었다. 임화가 문학의 형상성 문제를 거론한 것도 이 무렵이었다. 이때를 기점으로 임화의 문학비평은 유물론적 세계관과 계급성에 밀착하여 문학예술의 고유성에 관한 인식이 부족했던 과거 프로문학파의 입장에 대해 비판적이고 반성적인 입장에서 전개되었다.

문학에 있어서 형상의 문제는 전혀 그것에 의하여서만 문학이 다른 모든 것으로부터 구별되는 동시에 그것의 양부良否에 의하여 우열이 좌우되고, 또한 그것이 없는 예술이 성립하지 못하는 이 본질적인 문제가 오늘날에 이르기까지 우리의 예술 이론의 활동적 영역에 있어서 그다지 높은 달성을 보지 못했다는 것은 커다란 마이너스가 아니면 아니 된다.[13]

---

12) 蔣孔陽(김일평 역), 《형상과 정형》(사계절, 1987), 24쪽.

13) 임화, 〈문학에 있어서 형상의 성질 문제〉, 《조선일보》, 1933.11.25. 이 글에서 인용한 임화 평문은 한국학술진흥재단 홈페이지 '연구결과물검색'에 게재된 하정일의 《임화전집 비판적 정본》(2002.3.)에서 확정된 텍스트를 따랐음.

임화는 문학이 다른 양식과 구별될 수 있는 고유성을 '형상'에서 찾고, 문학의 형상성을 강조했다. 그가 문학 언어의 형상성을 강조하는 것은 당연한 일이었다. 문학이 언어를 매재로 하여 표현하는 예술이고 문학의 핵심 요소가 형상성이라 한다면, 문학 언어는 작품의 형상성을 가장 잘 드러낼 수 있어야 하는 것은 필수적이기 때문이다.

추상과학이 제 사물의 현상을 추상적인 것으로서 향수하고, 그것을 논리적 문장으로 혹은 개념의 기호―숫자, 도형―로 표현하는 대신에, 문학은 제 사물을 그 순수한 상태대로 향수하여, 추상적인 논리로써 아니라 형상적인 언어로써 표현하는 것이다. 다시 말하면 문학이 그 가운데 있는 제 내용을 이야기하는 언어적 방식은 다른 과학이 자기를 증명하는 언어적 방법과 본질적으로 다른 것이다. 이 본질적 차이라는 것은 물론 먼저도 말했거니와 과학이 제 사물을 사유를 통하여 추상화해가지고 그것을 한 개의 논리적 개념으로서의 언어와 문장을 만드는 반면에, 문학예술은 제 사물을 그것 이외의 것으로는 그것의 구체적 자태를 표시할 수 없는 가장 타당적인 표현으로서의 언어와 그 기록으로써 표시하는 것이다.[14)]

과학이 대상을 추상적이고 논리적인 문장으로 표현하고 수용한다면, 문학과 예술은 형상적 언어로 표현하고 향수한다고 주장한다. 과학과 문학이 똑같이 언어를 통해 사유하고 표현하지만, 과학의 언어가 대상을 논리적인 개념으로 추상화하고 사유하는 반면에 문학 언어는 대상을 있는 그대로 나타낼 수 있는 가장 적합한 언어로 표현하고 기록한다

---

14) 임화, 〈언어와 문학〉, 《문학창조》 창간호, 1934.6.

고 보았다. 임화는 문학이 존재하는 사물의 구체적 형상을 드러내기 때문에 개념으로 추상하는 과학과 달리 순수하다고 본다. 문학이 존재하는 것에 가장 가깝고 구체적 언어를 통해 표현한다는 것은 그만큼 문학 언어가 물질적이라는 뜻이다. 추상적으로 가공되지 않고 존재의 모습과 성격을 충실하게 드러내는 언어가 문학어라는 말이다. 이런 점에서 임화는 "언어는 문학 가운데에 비로소 자기의 이상의 가장 완미完美한 체현자"라고 하였다. 언어가 추상적 개념이나 주관적 논리에 의하여 왜곡되거나 손상되지 않은 채 있는 그대로를 구상적으로 보여줄 때 가장 이상적인 상태라고 인식한다. 형상이 문학의 고유한 특성이고 문학이 언어로 표현되는 이상, 문학적 형상화는 언어에 의해서만이 가능하다. 따라서 문학 언어의 핵심을 형상성에서 발견하는 것은 순리적이다.

문학 언어의 핵심 요소가 형상성이라는 임화의 주장에서 주목해야 할 대목은 문학 언어와 그 밖의 언어의 구분 문제이다. 문학 언어를 일상어나 과학어와 비교하여 그 차이점을 말하면서 마치 처음부터 언어 자체에 분명한 경계가 있는 것으로 규정하는 경우가 있다. 문학 언어를 다른 특정한 언어와 "그 자체로서 폐쇄된 독립적 영역으로 설정하는 것은 옳지 않다. (중략) 문학을 위하여 별다른 독립적인 언어의 영역을 설정해 주는 것보다는 언어 사용의 일반 규칙들 중 문학이 어느 것을 특별히 더 집중적으로 따르든지, 또는 어기든지를 따져 보아야 한다는 것"[15]이 중요하다. 같은 언어지만 그것을 어떻게 사용하느냐에 따라 문학적 사용, 일상적 사용, 과학적 사용 등으로 구분이 가능하다는 것이다. 임화가 문학 언어의 형상성을 강조하는 것도 문학 언어를 다른 언어와 따로 구분하는 것이 아니라, 언어를 어떻게 사용하느냐의 문제로 인식하는 입장이다.

---

15) 이상섭, 《언어와 상상》(문학과지성사, 1980), 104쪽.

임화는 존재하는 대상 자체를 다치지 않고 물질적 차원에서 형상화된 언어를 문학 언어로 보고, 그것의 완미성과 순수성을 강조한다. 이를 통해 추상적·과학적 언어 사용과 분명한 차이를 지적하고 있다. 그런데 상징 기호로서 언어 자체는 처음부터 구체성보다는 추상성을 지닌다. 세계나 실재가 언어에 의해 대치되거나 언어가 세계를 정확하게 표상하고 매개할 만큼 투명하지 않다는 입장에서 보면, 문학 언어의 형상성이라는 것도 절대적일 수 없다.

다음으로 생각해 볼 문제는 임화가 언어의 형상성을 문학의 핵심으로 꼽았는데, 그 근거를 어떻게 마련하고 있느냐 하는 점이다. 언어를 통한 문학적 형상화는 작품 가운데 표현된 인간 삶의 현실과 세계의 표상이 진실하다는 뜻이다. 그것은 현실을 모사하여 정확하게 재현한다는 것이 아니라, 창작자의 주체적인 관점에 따라 언어를 통해 현실의 의미를 구체적 표상으로 드러낸다는 말이다. 언어 자체가 하나의 추상 기호인데, 이것이 어떻게 가능한가? 이에 답하는 임화의 논리는 다소 거칠다.

문학적인 일체의 현상의 설명에 있어서 그것을 과학적으로 이야기하려면 문학적인 현상 그것의 '역사적인 동시에 논리적인' 방법으로서 해야만 한다는 것이다. 왜 그러냐 하면 문학은 가공적으로 추상된 것이 아니라 인간과 그 생활과 함께 물질적으로 존재해왔기 때문이다. 그러면 문학과 그 제 현상은 어떻게 물질적으로 존재해왔는가? 첫째 그것은 인간생활의 일정한 역사적 시대의 소산이고 둘째는 그것도 소여所與의 역사적 시대의 물질적인 환경 가운데서 생활하던 인간의 의식적 활동 가운데의 하나이었다.[16]

16) 임화, 〈집단개성의 문제〉, 《조선중앙일보》, 1934. 3. 13.

문학은 인간 생활의 역사적 소산이고 그 시대의 물질적 여건 가운데 생활하던 의식적 활동이므로 문학의 존재는 '물질적'이라는 주장이다. 여기서 물질적이라는 것은 문학이 관념을 통해 추상된 것이 아니라, 물질적 생활과 역사적 현실을 반영한다는 뜻이다. 반영은 물질적 토대에 바탕을 두기 때문에 작가의 주체적인 관점에 의해 차이를 보이지 않고, 논리적이고 역사적으로 결정된다는 말과 같다. 이 대목에서 임화의 입장은 후퇴한다. 그는 '문학적 형상' 개념을 앞세워 문학이 현실을 반영하는 과정에서 결정론적인 입장보다는 토대와 상부구조의 상호 변증법적인 작용을 중시함으로써 주체의 역할을 강조했다. 그런데 여기에서는 마치 문학적 존재 양식이 인간 생활의 토대에 의해 결정되므로, 즉 고정되어 있기 때문에 그것을 문학적 형상화를 통해 정확하게 표상할 수 있다고 본 것이다.

　　문학이 현실적 토대에 의해 결정되고 현실 생활을 정확하게 반영한다는 점을 인정하더라도, 그 반영이 언어를 통해 이루어지는데 이것이 어떻게 가능한가? 이 대목에서 임화는 마르크스의 어록을 인용한다. "언어는 실천적인 다른 인간에게도 존재하고 따라서 또 나(자아) 자신에 대하여서도 존재하는 현실적인 의식이다. 그리고 언어는 의식과 함께 그 태초에 다른 인간과의 교통의 욕망과 그 필요에 의해 발생"[17]했다는 것이다. 동물적 차원의 인간 존재가 의식을 가지고 공동체로서 살아가기 시작하면서 상호소통을 위해 언어를 사용하게 되었고, 인간 대 인간과 자연 대 인간과의 관계를 맺으면서 언어는 공동체 의식을 생산하는 계기가 되었다고 설명한다. 의식이란 한 인간 존재의 개인적 차원에서 출발하지만 공동체 생활을 통하여 그러한 개인적 의식은 집단성을 드러낼 수밖에

---

17) 같은 곳.

없다. 문학이 언어적 형상화를 통해 인간 삶의 보편성에 접근할 수 있는 것은, 형상화로 표출되는 모든 것이 사회 현실의 여러 형식에 의해 제약을 받기 때문이라는 것이다.

문학의 '형상성' 강조에는 언어가 구체적이고 특별한 현상에 대한 세밀한 모방을 통해 보편적이고 본질적인 진실에 도달할 수 있다는 전제가 깔려 있다. 개별 존재의 형상을 통해 사회의 전형적인 보편성을 획득하는 것이 문학이라는 주장과 연결된다. 임화가 "개인은 집단적이었고 집단은 개인적이었다"라고 한 것도 이런 차원에서 나온 말이다. 문학적 형상화가 현실 생활의 조건에 의해 결정된다는 것은 마치 작가의 주관적 입장이 전혀 무시되고 모든 것이 외부 여건에 의해 결정된다는 결정론으로 비칠 가능성이 크다. 그런데 실제로 '문학의 형상성'은 개별성을 통해 보편성에 이른다는 문학의 '정형성'과, 구체적인 형상화를 통해 현실에 대한 작가의 주관적 입장이 개입된 '경향성'을 동시에 의미한다.[18] 임화의 문학 언어의 형상론이 문학의 특수성에 대한 인식에서 출발하였지만, 처음에는 정밀한 논리를 보여주지 못했다. 단지 문학은 언어를 통해 현실을 구체적으로 형상화한다는 점을 강조하면서 문학 언어가 추상적인 과학의 언어와는 다른 형상적 언어라는 인식에 도달했다는 점에 그 의의가 있다고 하겠다. 물론 문학 언어가 형상성을 왜 가져야 하는지에 이르러서는 그 분석이 치밀하지 못했지만, 문학이 언어의 형상적 사용이라는 점을 통찰한 것은 문학의 특수성에 대한 인식이 전제되었기 때문에 가능했다. 이런 점에서 임화의 형상적 언어론은 당파성과 계급성만을 일방적으로 강조하던 속류 사회학주의에서 벗어나는 계기가 되었다.

---

18) 장공양, 앞의 책, 39~41쪽.

3. 문학의 형식으로서 언어

문학 언어는 인간 삶의 현실을 구체적으로 형상화하는 것이어야 한다는 임화의 주장은 문학 언어의 현실성을 강조하는 방향으로 나아간다. 이 대목에서 임화의 논리는 일관성을 잃고 부분적인 모순을 드러낸다. 이는 1930년대 중반 이후 임화의 문학 언어관이 소비에트나 일본을 통해 받아들인 서구의 문학 언어 이론을 충분히 소화하지 못한 채 당시 문단 현실에 피상적으로 적용했기 때문으로 추측된다.

임화는 문학과 언어의 관계를 설정하면서 언어를 단지 사유나 내용을 전달하는 도구로 생각함으로써 언어의 고유한 영역을 가볍게 보았다. 그는 언어의 사회 현실적 제약성을 인식하지 못하고 언어의 초월적 측면을 강조하는 입장을 '언어의 마술성'이라고 지칭하고, 이를 비판한다. 임화는 "태초에 말(언어)이 있으니 그것은 하느님과 더불어 있었느니라"는 성경 구절, 말은 신이 인간에게 내려준 보배로운 선물이라고 보는 관점, 인간은 언어적 동물이며 문학은 언어의 산물이라는 일반적인 주장 등이 '언어의 마술성'을 인정하는 데에서 태동되었다고 보았다. 문학이 언어를 표현 수단으로 하는 예술이긴 하지만, 태초에 말이 있어 인간이 존재하기 시작했거나 문학이 출발한 것은 아니라는 것이다. 이는 성경 구절의 내포적 의미를 외연 그대로 받아들인 오류이다. 문학 언어가 감정과 의미를 표출하는 단순한 수단으로만 보는 것은 문학 언어의 부분적 특성만을 인식한 결과이다.

문학은 어디까지든지 언어를 유일의 표출 수단으로 한다. 그러나 언어는 어디까지든지 하나의 표출 수단에 지나지 않는 것이고, 문학이 존재 그것의 유무를 제약하는 근원적인 무엇은 아니다. 다시 말하면 문학에 있어 언어는 내용적인 무엇에 상응하는 표출의 수단, 즉 부차의 일 속성에 불과하다.[19)]

　언어는 문학 존재의 근원적인 속성이 아니라 문학이 궁극적으로 전달하고자 하는 어떤 내용을 표출하는 부차적 수단에 불과하다고 설명한다. 이때 임화가 말하는 문학 언어는 메시지 전달 기능만 강조되는 그런 것이다. 언어는 문학 작품에 종속되어 있다는 점을 내세우고, 문학 안에서 언어 자체의 자율적인 역할을 고려하지 않았다. 언어는 그 외부에 존재하는 대상에 명칭을 제공하는 명명법이라는 주장과 다르지 않다. 문학에서 언어가 차지하는 자율성이나 고유한 범주를 인정하지 않는다. 문학이 언어를 통하여 목표를 달성하기 위해 언어를 통제하려 하고 언어는 문학에 봉사하면서 자신의 범주를 확보하기 위해 문학에 맞서고자 한다. 이런 점에서 "언어와 문학 사이의 분쟁이 문학의 실재 그 자체를 형성한다."[20)] 문학과 언어는 서로 맞서고 분쟁을 불러일으킬 수 있는불화 관계에 있다. 언어에 대한 임화의 인식은 여기에 미치지 못했다. "언어는 독자적으로 존재하는 사고에 단지 이름을 제공하는 것", "언어는 이미 존재하는 사고를 표현하는 수단을 제공한다는 것"[21)]이라는 상식적 언어관을 보여준다.
　임화의 이러한 상식적 언어관의 밑바탕에는 내용과 형식을 이분법적인 것으로 인식하고 문학에서 내용을 중시하는 관점이 짙게 깔려 있다.

　우리는 어느 작가의 형식상 개인적인 특징이라고 볼 수 있는 것도 그

19) 임화, 《언어의 마술성》, 《비판》, 1936.3.
20) 베상 주브(하태환 역), 《롤랑 바르트》(민음사, 1994), 56쪽.
21) 조너선 컬러(이은경·임옥희 역), 《문학이론》(동문선, 1999), 97쪽.

의 작품의 내용상의 것과 일정한 관련 하에서 관찰하는 것이며, 실제로 문학사 상의 특정한 형식상 유파라는 것이 외견상의 형식적 유사類似뿐만 아니라, 내용에 이르러서도 일정한 근사近似된 관련을 가지고 있었음을 볼 수가 있는 것이다. 이러한 여러 사실은 곧 문학의 형식, 또 그 가장 외견적 부분인 언어의 특색이 반드시 내용이라고 불리는 소재와 사상이 갖는 제약성의 한 개 연장이라고 볼 수 있는 것이며, 반대로는 언어상 또 형식적의 어떠한 특색의 면밀한 관찰이 그 작품의 의미하는 내용상 제 부분에까지 투입投入할 가능성을 주는 것이라고 믿을 수가 있다.[22]

언어를 문학의 외형이나 형식으로 보고, 문학의 형식으로서 언어는 소재와 사상이라고 할 수 있는 내용에 의해 결정된다는, 내용 결정론을 주장하고 있다. 형식적 특징을 공유하는 문학 유파들도 일정 부분 내용상의 근사성을 가지고 있다고 본다. 문학의 형식적·언어적인 특색은 그 자체로만 의미를 지니는 것이 아니라 내용상의 문제와 관련되어 있다는 뜻이다. 문학 언어는 표현 대상인 소재나 사상과 분리되어 존재하지 않는다는 것은 언어가 항상 일정한 무엇을 의미한다는 관점을 전제하기 때문이다. 이러한 주장은 대상의 의미와 그 의미를 담는 언어 기호의 일치를 굳게 믿는 데에서 출발한다. 낱낱의 단어와 문장은 논리의 작용을 통해 그 대상을 사유하고, 정확하게 표현하는 수단으로 존재한다는 주장과 같다.

임화가 문학에서 내용과 형식의 상호 관련성을 전혀 고려하지 않고 있는 것은 아니다. 문학비평에서나 창작에서 내용과 형식은 한 개의 양면이며 불가분의 관계에 있다고 본다. 비평에서 양자 중 어느 하나에 편

22) 임화, 〈언어의 현실성〉, 《조선문학》, 1936.5.

중하거나 과소한 관심을 보이면 정확성을 얻기 어려우며, 창작에서도 양자에 대한 관심의 균형을 잃어버리면 그 결과는 부정적일 수밖에 없다고 하였다. 임화는 "내용에 대한 필요한 관심이 부족한 채로 형식에의 용의用意로 기울어질 때 어느 틈엔지 작품이 현저히 형식주의화하는 결과를 맺는 것이요, 반대로 형식에의 필요한 관심을 용의함이 없이 내용상의 개변改變 확충을 기할 때 그 작품은 곧 좋은 내용을 서투른 외형으로 담은 결과를 남기는 것이다"[23]라고 말한다. 문학에서 내용과 형식은 서로 분리될 수 없다는 점에 일면 동의하는 듯이 보인다. 하지만 이는 문학이론 일반을 의례적으로 언급하는 수준에 불과하다.

임화의 문학 언어론을 관통하는 논리는 내용에 의해 언어, 즉 형식이 결정된다는 점이다. 산나물을 담는 대나무 바구니에 물을 부으면 그 물이 샐 수밖에 없고, 물을 담는 그릇은 윗부분이 뚫려 있어도 되지만 기체를 담는 용기는 완전히 밀폐된 것이어야 한다고 주장한다. 무엇을 담느냐에 따라 그 그릇이 결정된다는 말이다. 문학도 이와 마찬가지로 형식은 그 내용에 의해 제약을 받는다고 보고 있다. 이러한 임화의 주장에서 언어 기호와 의미의 합리적 일치성 및 언어의 의미 표상성을 극단적으로 강조하고 있음을 확인할 수 있다. 하나의 단어와 문장은 그것에 맞는 대상의 내용을 가장 적절하게 의미하며, 대상을 정확하게 드러내기 위해서는 한 자도 바꿀 수 없는 거의 절대적으로 합리적인 언어 선택이 요구된다는 것이다. 문학에서 언어가 다른 형태로 작용할 가능성이 없지 않지만, 그것은 가공된 것이든 아니든 간에 소박한 자연적 상태의 언어, 실제 이야기되고 있는 언어, 예술적 소재로서 언어라는 기본 원칙에서 출발한다고 주장한다. 문학의 언어도 언어인 이상, 현실적 표상이라는 기본 원

23) 같은 글.

리에서 벗어날 수 없다는 입장을 드러낸다.

내용과 형식의 관계에 대한 이원론적 관점과 일원론적 관점은 동서양을 막론하고 언제나 논쟁의 대상이 되었다. 초기 마르크스주의 예술론이 내용 우선론에 출발했으나 사회주의 리얼리즘의 수용과 함께 대두된 관점이나 인식론에서 가치론으로의 전환과 함께 형성된 이론들은 내용 우선론은 비판하면서 양자의 상호 관련성을 중시했다. 임화가 1930년대 중반 이후 사회주의 리얼리즘론으로부터 직·간접적으로 영향을 받고 그의 비평적 논리 전개에서 과거 유물론의 속류화를 비판한다. 그리고 낭만주의 문학론, 주체 재건론, 엥겔스의 발자크론 수용, 잉여 세계의 발견, 창조적 비평론 등에서 현실적 대상은 그것을 인식하는 주체의 관점이나 세계관에 의해 다르게 판단될 수 있다는 점을 지속적으로 내세웠다. 이는 예술이나 문학이 현실을 객관적으로 반영하는 데 그치는 것이 아니라, 주체의 세계관에 의해 예술적으로 재구성될 수 있음을 인정하는 관점이다. 임화의 이러한 선택에는 작가의 이데올로기성이나 실천이 주는 압박감으로부터 자유로울 것이라는 계산이 깔려 있다.

그런데 문학 언어론에 이르러서는 왜 이처럼 완강한 내용 결정론을 전개하였을까? 첫째로 그의 비평이론이 인식론주의에 크게 기울어 있었다는 점과 무관하지 않다. 1930년대 임화의 비평은 '주체 재건론'으로 요약될 수 있다. 그는 당대의 문학이 나아가야 할 방향을 리얼리즘이라고 전제하고, 이를 달성하기 위해서는 붕괴된 작가의 세계관을 확립하고 무력해진 작가의 정신이나 사상을 강화해야 한다고 주장했다. 이 같은 주장은 당시 문학이 현실의 표피만을 포착하는 관조주의적 경향을 드러내는 데 대한 비판에서 출발한 것이다. 그 내용대로 사회적 실천을 통해 작가가 주체를 확립하기란 현실적으로 불가능한 상황이었다. 임화는 '주체 재건론'에서 세계관의 확립이라는 측면에서 한 발 물러서 '객관적인 현실 인식'이라는 측면으로 선회한다. 결국 주체 재건 대신 리얼리즘 방법을 부각하는 결과에 이르렀고, 객관적 현실 인식이라는 측면이 지나치게 강조되고 말았다. 주체의 능동적 계기로서 세계관의 확립은 구호 수준을 뛰어넘지 못했다.[24] 현실의 객관적 반영과 주체의 능동적 역할을 동일선상에 두기는 했으나 주체의 역할보다는 현실의 객관성 쪽으로 무게를 두었다. 주체의 역할이 중요하지만, 주체는 객관적 현실과는 독립된 어떤 의식이 아니라 반영을 통한 현실의 정확한 인식을 위한 도구로써 필요하다고 보았다. 임화 비평의 현실 인식주의의 성격이 이런 식으로 표명되었던 것이다. 임화는 문학에서 주체가 반영을 통해 현실을 객관적으로 인식하는 수단이 언어라고 하였다. '언어는 예술적 인식의 수단'이라는 임화의 주장은 문학이 사회적 현실의 재현이라는 것과 맥락을 같이한다. 객관적 현실을 그대로 반영하거나 재현하기 위해서는 필요한 것은 주체가 선택하는 언어가 아니라 대상에 적합한 언어라고 주장한다. 마르크스주의 이론에서, 현실에 대한 문학의 형상적 인식은 현실의 객관적 모습을 재현하는 과학과는 달리 대상을 인간의 관계 속에서 가치 규정적 의미로서 이해한다. 이런 점에서 임화의 인식론 혹은 반영론은 문학의 미적 특수성에 대한 고려가 부족하다고 볼 수밖에 없다.

임화가 주장하는 현실 인식론은 주체의 언어가 개입되지 않은 채 오직 대상의 객관적인 반영만을 강조한다. 따라서 객관적 대상이 전면에 드러나 중시되기 때문에 언어는 주체에 의해 선택되는 것이 아니라 객관적 대상에 의해 결정된다. 여기서 동원되는 언어는 대상에 예속되어 언어 자체로서 자율성을 지니지 못한다. 언어는 대상을 인식하고 표현하는

---

24) 신재기, 〈임화의 주체 재건론 비판〉, 《한국근대문학비평가론》(월인, 1999), 140~149쪽.

수단으로서만 의의를 지닐 따름이라고 본다. 예술적 인식과 표현 수단
으로서 의의가 있다는 임화의 언어관은 다음과 같은 예문에 더욱 선명하
게 드러난다.

　　실로 무한히 많은 삼라만상을 유한한 언어로 어떻게 인식할 것이며,
　그러므로써 언어가 현실을 반영한다는 것은 불충분하지 않는가 하는
　의문은 결코 사태를 온당하게 해결하는 것은 아니다. 왜 그러냐 하면 인
　간은 여태까지 자기의 생활에 필요하고 가능한 대상만을 문제로 해왔
　고 그것과 관계를 맺어왔으며, 또 언어도 이러한 인간생활의 관계되는
　모든 것을 인식하고 표현함에 적당하게 생탄生誕 발달해온 것이다. 인간
　이 필요한 모든 것에 이름 없는 것이 없고, 인간이 체험한 사건, 사태 중
　에 명명 안 된 것이 없고, 인간이 느끼고 생각한 것 가운데 언어적 형식이
　부여 안 된 것이 없다.[25]

　언어가 현실에 존재하는 것이나 인간의 감정과 정서 모두를 표현하고
인식할 수 있다고 본다. 인간 생활과 관련된 모든 것을 언어로 인식하고
표현할 수 있다는 것은 언어의 무궁한 기능 때문이 아니라, 언어는 현실
적인 제 조건에 의해 규정되기 때문이라고 파악한다. 객관적 현실이 언
어를 만들어 내는 원동력이며, 이렇게 탄생한 언어는 현실과 대상을 객
관적으로 인식하고 표현하는 도구의 기능만 하면 된다. 언어는 대상을
인식하는 도구에 지나지 않으므로 객관적 현실이나 대상만이 전면에 부
각될 수밖에 없다. 이상의 논의를 통해 볼 때, 임화가 언어를 문학의 형
식으로만 규정하고 내용 우선주의 논리를 전개했던 이유를 알 수 있을

　25) 임화, 〈예술적 인식 표현으로서의 언어〉, 《조선문학》, 1936.6.

것 같다.

임화가 형식으로서의 언어보다 객관적 현실 반영을 중시하는 내용 결정론을 전개하게 된 두 번째 이유는 당시 언어 지상주의자들을 기교파로 몰아세우고 비판했던 것과 같은 맥락에서 이해된다. 김기림에 의해 설명되었던 순수시가 지향하는 음악성의 추구, 그리고 형태시가 지향하는 회화성의 추구를 임화는 묶어서 '기교주의'라고 규정하였다. 임화의 주장에 따르면, 기교주의는 정지용과 신석정 등과 같은 시인이 "외국의 기교파나 순수시인들과 같이 시는 언어의 기교라고 하는 대신, 신시와 경향시의 언어적인 결함을 공격하고 똑바른 조선어를 쓰라는 데서 출발한 것"[26]이라고 하였다. 기교주의에 대한 임화의 비판은 기교파가 언어의 형식적인 측면을 중시함으로써 내용과 사상을 무시했다는 점에 그 초점이 맞춰진다. 형식에 앞서 내용을 앞세우고 있음을 확인할 수 있다. 기교파 시인들이 시어로서 잘 다듬어진 아름다운 모국어의 중요성을 강조하자 임화는 문학에서 언어는 의미를 전달하는 수단에 불과하다면서 시에서 언어가 차지하는 무게를 낮추어 버린다. "언어는 어디까지든지 하나의 표출 수단에 지나지 않는 것이고, 문학의 존재 그것의 유무를 제약하는 근원적인 무엇이 아니다"[27]라고 말한다. 문학 언어에 대한 임화의 이러한 입장은 갈수록 더욱더 확고해졌다.

비록 인간의 사회생활의 오래인 과정 가운데서 그것은 서로 상이한 외형을 가진 영역에로 분리, 개별화되었다 하더라도 언어 없이 문학이 있을 수 없다는 말은 사실상 성립하지 않는다. 인간의 생활이 없으면 우열

---

26) 임화, 〈담천하의 시단 1년〉, 《신동아》, 1935. 12.
27) 임화, 〈언어의 마술성〉, 《비판》, 1937. 5.

을 상쟁相爭하던 이 양자가 공히 있을 수 없기 때문이다. 우리의 많은 어학자들이 고조古調하는 것 같이 "말은 문화의 어머니"라든가 "말 없이 문화는 없다"는 류의 말은 일견 그럴 듯하게 들리면서도 그 실은 인간 생활의 하나의 관념적 산물인 언어를 가지고 문화와 생활 모든 것을 규정할려는 관념론의 표현인 것이다. 즉 문화의 국한된 부분에서 나타나는 한개 형식상의 유별, 차이를 갖는 외관상의 마술성 위에서 고의로 확대, 과장한 것이다.[28]

언어 없이 문학이 성립하지 않는다는 주장도 부정한다. 언어의 자기 나름의 범주를 만들 수 있다는 점을 인정하지 않는다. 언어의 자율성에서 노출되는 특성을 '마술성'이라고 규정하면서 이를 비판한다. 임화의 이런 태도는 문학의 핵심이 내용으로서 현실이나 사회적 생활이라는 현실주의적 관점에서 비롯되었음을 알 수 있다. 마르크스주의 문학론을 전개했던 그로서 이 같은 입장을 취하는 것은 어쩌면 당연한 일인지도 모른다. 그러나 다른 공간에서 주체의 재건을 주장하고 엥겔스의 발자크론을 수용하면서 작가 의도의 굴절을 인정했던 그가 문학 언어의 자율성을 고려하지 못한 것은 자기 내부 논리의 어긋남이라고 볼 수밖에 없다. 다른 예술 매체들과 문학 매재로서 언어가 가지는 속성을 깊이 있게 파악하지 못했다고 볼 수 있다. "여타의 예술이 사용하는 자연 소재의 사물 매재와 달리 문학이 사용하는 언어는 한계와 함께 광대한 가능성도 함축하고 있다. 우선 언어는 다른 매재가 지니지 못한 역사성·사회성으로 인하여 많은 의미의 자질들을 자체 속에 함축하고 있을 뿐 아니라 상상력과 결부되어 시공간을 초월할 수 있는 가능성을 지니고 있

28) 같은 글.

다"[29)]라고 하였다. 그리고 문학에서 언어를 형식으로 규정하고 내용을 위한 수단에 불과하다는 주장은 문학 언어를 형상 언어로 보았던 관점과도 얼마간의 괴리를 드러낸다.

4. 문학 언어의 특수성에 대한 인식 부족

문학이 언어를 매제로 사용한다는 것은 여타 예술이 자연 소재의 매재를 사용한다는 것과는 다르다. 문학 언어는 문학적 대상의 모방과 표현의 수단이긴 하지만, 그것으로 끝나는 것이 아니라 다른 차원에서 다양한 의미 자질을 함축한다. 따라서 비평가의 문학 언어관은 그의 문학관을 판단하는 기본 토대이다. 이런 점을 감안하여 임화의 문학 언어론을 살펴보았다. 민족어 문제나 언어의 이데올로기적인 성격과 같은 외적 측면을 제외하고 문학 언어의 기본 성격을 어떻게 인식하고 있는지에 관해서만 집중적으로 분석해 보았다.

임화는 '형상'이 문학의 고유한 성격이므로 문학이 언어로 표현되는 이상, 문학적 형상화는 언어에 의해서만이 유일하게 가능하다고 하였다. 문학 언어의 특징을 형상성에서 발견한다. 문학의 '형상성' 강조는 구체적이고 특별한 형상을 통해 보편적인 진실에 도달할 수 있다는 전제에서 출발한다. 임화의 문학 언어의 형상론이 문학의 특수성에 대한 인식에서 비롯되었으나 그 초기에서는 정밀한 논리를 드러내지 못한 것으로 보인다. 문학 언어가 형상성을 왜 가져야 하는지에 이르러서는 그 분석이 치밀하지 못했다. 하지만 문학은 언어의 형상적 사용이라는 점을 인식했

---

29) 최유찬,《문학·텍스트·읽기》(소명출판, 2004), 25쪽.

다는 것은 문학의 특수성에 대한 인식 없이는 불가능한 일이다. 임화의 형상적 언어론은 당파성과 계급성만을 일방적으로 강조하던 속류사회학주의에서 벗어나는 단초가 되었다고 평가할 수 있다.

임화는 언어를 문학의 한 형식으로 보고, 문학 형식으로서 언어는 소재와 사상이라고 할 수 있는 내용에 의해 결정된다는 내용 결정론으로 나아갔다. 그의 문학 언어론을 관통하는 논리는 내용에 의해 형식이 결정된다는 점에서 시작한다. 이는 그의 비평이론이 인식론주의와 깊은 관계에 있음을 말해준다. 다시 말해, 객관적 현실을 인식하는 수단이 언어라고 보았던 것이다. 임화가 주장하는 현실 인식론은 주체의 언어가 개입되지 않은 채 오직 대상의 객관적 반영만을 강조한다. 임화가 내용 결정론을 전개하는 두 번째 이유는 당시 언어 지상주의자들을 기교파로 몰아세우고 비판하기 위해서다. 기교주의에 대해 임화는 형식으러서 언어를 중시함으로써 내용과 사상을 무시했다고 비판했다. 그럼으로써 그는 현실을 모사하는 기본 역할을 넘어 문학 언어 자체가 발휘할 수 있는 다양한 의미 자질을 고려하지 못하고 말았다.

문학에서 사용되는 언어를 단지 의미와 정서를 전달하는 수단으로 인식한다면, 문학 언어론은 성립될 수 없다. 문학에서 언어는 문학의 부차적이고 수동적인 것에 불과하다는 생각은 문학이 언어로 되어 있다는 물리적 사실을 확인해 주는 수준에 불과하다. 문학의 언어는 사고와 상상력과는 분리된 것으로서 그것들을 드러내기 위한 수단으로 판단하는 것은 문학 언어의 성격을 깊이 인식하지 못한 결과이다. 이 점은 임화의 문학 언어론이 지니는 한계가 아닐 수 없다.

박용철의 시적 언어론

1. 박용철의 시적 언어에 대한 관심

박용철朴龍喆에 대한 기존 연구는 대체로 그를 한국 현대시문학사에서 탁월한 시론을 전개한 비평가로 평가한다. 이러한 긍정적 평가는 박용철 연구의 첫 장을 열었던 김윤식에서부터 시작되었다. 그는 "1930년 전후 한국 시사를 구명하기 위해서는 박용철의 저변을 알지 못하고는 불가능할 것"이라고 하면서, 박용철의 시론에 대해서는 "서정시의 본질을 가장 정확히 드러낸 것의 하나이며, 이러한 서정시의 본질적 시론은 한국 시사에서 일찍이 가져본 적이 없었다"[30]라고 평가했다. 그 후 여러 사람에 의해 이루어진 박용철 연구는 이 같은 평가를 토대로 구체적인 각론을 펼쳤다고 볼 수 있다.

박용철의 시론이 한국 시사에서 처음으로 서정시의 본질에 주목했다

---

30) 김윤식, 〈순수시론-박용철론〉, 《한국근대작가론고》(일지사, 1974), 145쪽.

는 점을 높이 평가하는 이유는 무엇인가? 단지 처음이란 역사적 사실 하나 때문만은 아니다. 그 이유는 무엇보다도 그의 시론이 1930년대 시단에서 '순수시'의 논리와 방법을 제시하고, 순수시론이 한국 시론사에서 주요한 갈래로 인식되는 계기를 마련했다는 점일 것이다. 그뿐만 아니라, 이 같은 이론화는 당시 시문학파 시인의 창작방법과 결부됨으로써 그들의 고유한 시적 경계를 확정하고 각인시키는 구심점이 되었던 것으로 판단된다. 다시 말해, '30년대 중반까지 이합집산의 의미 외에 당대 문단에서의 논리적 차별성을 확보하고 있지 못하던 시문학파'[31]는 박용철의 순수시론에 힘입어 문단의 중심으로 편입되었다. 박용철 시론의 의미는 서정시 본질에 접근하여 순수시론을 전개했다는 점보다는 1930년대 시문학파의 차별성을 부각하고 그들의 시적 성향을 방법으로 이론화했다는 점에서 찾을 수 있다. 박용철의 시론이 당시 김영랑을 위시한 시문학파 시인의 시적 방법을 대변했다는 점이 이를 잘 말해준다.

1930년대 시문학파의 시적 방법의 특성과 그 의미는 무엇인가. 논자에 따라 설명에 차이를 보이긴 하지만, 대부분 '시어에 대한 관심'을 우선으로 꼽았다. 김용직은 "시문학파의 시가 그 이전 것과 뚜렷이 다른 또하나의 면으로는 그 시어에 대한 현대적 인식을 들 수 있지 않을까 생각된다"[32]라고 하였다. 최동호는 시문학 시인들이 "공통적으로 시어의 조탁, 형식의 세련 등을 추구하여 종래의 감정의 유로에 의한 영감적 시와는 다른, 제작되고 쓰여지는 시에로 전환하는 결정적인 계기를 마련하였다"[33]라고 했다. 오세영은 "순수시파의 시는 30년대 다른 유파의 시들과 같이 시의 언어에 대하여 높은 가치를 부여하고 따라서 언어의 감각성을

---

31) 이명찬, 〈박용철 시론의 의미〉, 《한국현대시론사》(모음사, 1992), 271쪽.
32) 김용직, 《한국현대시연구》(일지사, 1974), 216쪽.
33) 최동호, 《현대시의 정신사》(열음사, 1985), 25쪽.

추구하는 데 남다른 노력"34)을 쏟았다고 하였다. 창작 과정에서 시어가 차지하는 위상과 그 의의를 인식하기 시작했다는 공통된 견해이다. 이는 문학의 매재가 언어라는 상식에서 출발하는 것이 아니라, 언어 자체가 시의 중요한 자질임을 전제하고 있다. 물론 이러한 시문학파의 시적 특징은 주로 김영랑과 정지용 시에 해당한다고 볼 수 있다. 하지만 시문학파 형성의 주축이었으며 그들의 시적 방법을 이론화하였던 비평가 박용철도 어떤 통로로든 시적 언어 문제에 관심을 보였고, 나름대로 자기 입장을 드러냈음을 확인할 수 있다. 이런 점에서 박용철의 시적 언어에 대한 관심과 수준은 그의 시론을 평가하는 또 하나의 단서가 될 수 있다.

2. 민족 언어의 완성: 민족 고유어와 토착어 발견

1930년 《시문학》지를 창간하면서 문단에 나온 박용철은 그 창간호 '편집후기'에서 '민족 언어의 완성'이라는 포부를 밝힌다. 이것이 어떤 특정 문제에 대한 체계적 논구 형태의 글이 아니라 편집 후의 소감을 피력하는 글로 가볍게 읽을 수 있지만, 박용철 시론이 여기에서 출발했다는 점을 고려해 볼 때 그 의의가 절대 가볍지 않다.

사람은 생활이 다르면 감정이 같지 않고 교양이 같지 않으면, 감수感 受의 한계가 딿아 다르다. 우리의 시를 알고 느껴줄 많은 사람이 우리 가운데 있음을 믿어 주저하지 않는 우리는 우리의 조선말로 쓰인 시가 조선사람 전부를 독자로 삼지 못한다고 어리석게 불평을 말하려 하지도

---

34) 오세영, 《20세기 한국문학연구》(새문사, 1989), 109쪽.

않는다.

이것이 우리의 자한계自限界를 아는 겸손이다.

한 민족의 언어가 발달의 어느 정도에 이르면 구어로서의 존재에 만족하지 아니하고 문학의 형태를 요구한다. 그리고 그 문학의 성립은 그 민족의 언어를 완성식히는 길이다.[35]

'우리 시', 즉 '조선의 시'는 조선말로 써지고 조선 사람에게 읽히는 것이라는 점을 말하고 있다. 조선의 시를 규정할 수 있는 핵심 요소가 조선말임을 강조하고 있는 셈이다. 한 민족의 언어는 발달 과정에서 의사소통을 위한 일상적 사용 단계에서 만족하지 않고 정서적 감응을 불러일으키고 시적 기능을 발휘하는 문학적 사용 단계로 발전한다고 보았다. 민족은 문학이란 문화적 양식을 통해 자신의 언어를 발전, 완성할 수 있다고 설명한다. 문학이 민족 언어를 완성한다는 것은, 문학이 민족 언어로 표현될 때 민족문학이 될 수 있으며, 민족문학은 민족을 문화적으로 결속하는 원동력이라는 의미도 함께 내포한다. 민족과 언어와 문학은 긴밀한 관계 속에 놓일 수밖에 없다. 언어와 문학, 문학과 민족, 민족과 언어는 삼각형에서 제외될 수 없는 세 개의 핵심 변수이다.

박용철의 이 같은 관점은 넓게 보아 1920년대에 강하게 부각되었던 '언어 민족주의' 문학론의 연장선에서 이해할 수 있다. 민족주의는 그 시작에서부터 민족국가보다는 민족 문화, 민속, 모국어 및 민족 역사 등을 통한 민족정신의 표현이라는 측면을 강조했다. 따라서 "언어적 민족주의는 민족국가의 건설보다는 문학 · 민속 · 모국어 및 역사 등을 통해 그 민족정신을 표현하는 문화민족주의(cultural nationalism)에 포함되는 민족

---

35) 박용철, 〈시문학 후기〉, 《박용철 전집》 2권(시문학사, 1939), 218쪽. (이하 '전집')

주의의 일 현상이다. (중략) 언어는 한 민족을 다른 민족의 존재로 독자적인 국가를 형성할 그 권리를 인정받는 가장 중요한 기준이 되는 것이다. 원래 민족주의 이론이 언어를 민족성의 표지로 강조한 까닭은 언어가 어떤 집단의 주체성의 외적 징표이며, 그 계속성을 보장하는 중요한 수단으로 인식했기 때문이다."[36]

한국 시문학사를 살펴보면, 1920년대에 이르러 시가 말이나 글로 표현되는 '언어 예술'이라는 인식이 통용되기 시작한다. "시란 우리 사람의 자연이나 인생에 대하야 늦긴 바 정서를 개성과 상상을 통하야 가장 단순하고 솔직하게 운율적 언어로 표현한 것"[37]이라는 정의나 "그럼으로 시가는 일개의 독립한 언어 예술"[38]이라는 언급 등에서 볼 수 있는 것처럼, 1920년대의 시론들은 시를 정의하면서 언어 예술성을 내세우는 경우가 적지 않았다. 시의 언어 예술성에 대한 이러한 인식은 서구의 시와 이론을 수용하는 과정에서 촉발된 것으로 볼 수 있다. 외국 시를 번역하면서 그들만의 독특한 언어적 존재 양식을 접하게 되고, 그러한 경험을 축적하는 과정에서 시는 그 나라 언어 특성에 기초를 둔다는 인식에 이르게 되었다. 시는 민족의 언어적 특성에 바탕을 둔다는 인식은 결국 언어 민족주의를 낳게 한 동인이 되었다. 한국의 시도 한국어와 한국인의 독특한 사상과 정서를 바탕한다는 의식과 더불어 1920년대 한국 시론은 민족주의 성향을 강하게 드러냈다.

다음 예문에서 볼 수 있듯이, 1920년대 민족주의 시론은 무엇보다도 한국어를 강조한다.

---

36) 송명희, 〈이광수의 언어적 민족주의와 민요·시조의 연구〉,《우리어문연구》1집(1985), 79쪽.
37) 양주동, 〈시란 엇더한 것인가〉,《금성》, 제2호(1924. 1), 103~104쪽.
38) 김기진, 〈시가의 음악적 방법〉,《조선문단》11호(1925. 8), 77쪽.

이 점에서 조선시가의 밟지 아니할 수 업는 길의 하나로는 조선말을 존중함에 잇다고 합니다. 남의 말을 빌어다가 자기를 표현함은 설은 일임니다. 누구라서 언어를 존중치 아니하고 천대賤待와 구사驅使함으로써 진정한 표현을 어들 시가를 내일 수가 잇겟슴니가! 시인의 개성이라는 도간이에서 녹아 정화된 언어인 이상 그 언어에는 그 시인의 시가만이 담길 수 잇는 것을 볼 수가 잇슴니다.[39)]

시에서 언어의 중요성을 강조한다. 시인의 개성이 그 시인만의 독특한 언어 사용을 통해 구현될 수 있다는 주장은 시어의 무게를 충분히 인식하고 있음을 말해준다. 이 같은 시의 언어 예술성에 대한 인식은 한국 시에서 한국어의 중요성을 인식하는 계기가 되었고, 민족주의 시론을 태동시키는 원동력이 되었다. 민족주의 시론의 태동은 서구 자유시의 수용과 함께 확산하였던 서구 지향주의에 대한 자기반성이 그 배경으로 작용했다. 이에 못지않게 언어의 예술성에 대한 자각이 또한 밑거름으로 작용했다. 물론 박용철의 언어 민족주의적 입장은 1920년대의 경우와 같이 직접적으로 표명된 것은 아니다. 하지만 시의 창작과 수용 과정에서 민족 언어의 중요성을 인식하고, 민족 언어는 그 민족어로 표현된 문학에 의해 완성될 수 있다는 주장에서 박용철 시론의 민족주의적 지향성을 충분히 확인할 수 있다.

그렇다면 '민족 언어는 문학적 언어 사용을 통해서 완성될 수 있다'는 박용철의 선언적인 명제는 그의 시론에서 어떻게 구체화되고 있는가. 박용철은 문학을 통한 민족 언어의 완성을 강조하는데, 민족 언어를 완성

---

39) 김안서, 〈밝아질 조선 시단의 길(상)〉, 《동아일보》, 1927.1.2.

한다는 것의 의미는 무엇인가. 한 민족이 사용하는 언어는 공시적으로는 민족의 주체성이나 고유성을 드러내는 외적 징표이고, 통시적으로는 그 민족의 특수한 역사와 전통을 이어오는 중요한 수단이다. 이런 점에서 민족어의 의미는 두 가지 측면에서 생각해 볼 수 있다. 하나는 민족의 고유성을 가장 잘 드러낼 수 있는 언어라는 의미를 지닌다. 여기서 언어는 어휘와 그것을 구사하는 방법, 즉 언어의 형식적 차원과 관련성에 무게를 둔다. 이 경우 민족 언어를 완성한다는 것은 민족의 고유성을 잘 드러내는 어휘를 발굴하고, 민족어의 전통적 언어 사용 규칙을 찾아 활용하고 그 가치를 인식한다는 의미로 받아들일 수 있다. 다른 하나는 민족 문화의 전통을 유지하고 민족의 혼을 담은 언어를 지칭한다. 민족의 고유한 사상과 감정을 담고 민족의식을 고취할 수 있는 언어가 민족 언어라는 뜻이다. 이때 언어는 정보를 전달하고 사물과 생각을 합리적으로 인식하는 수단에 머물지 않고 내적 정서와 생각을 외부로 표현하는 기능적 측면에 무게를 둔다. 이는 어휘가 아니라 문장의 차원이다. 문장이 담고 있는 사상과 거기에 표현된 주체의 의식이 문제될 수밖에 없다. 전자가 문학 작품에서 언어의 기술적인 구사와 관련되어 있다면, 후자는 문학 작품에서 드러나는 작가의 정신적 지향과 관계가 깊다.

박용철이 말하는 '민족 언어의 완성'은 전자 쪽을 지향하는데, 궁극적으로 언어의 완성이지 민족의 완성은 아니다. 다시 말해, 민족의 완성을 위한 민족어의 발견이 아니라, 언어의 완성을 위한 민족어의 발견인 셈이다. 이 점은 김영랑 시에 대한 다음과 같은 언급에서 확인할 수 있다.

이러한 시구의 아름다움에 대해서 아무러한 느낌이 없다거나 또는 그런 것쯤을 아무렇게도 알지 않는 사람과는 영랑시집을 이야기하는 것이 헛된 일이리라. 그는 부자유 빈궁 같은 물질적 현실생활의 체취體臭 작품에서 추방하고 될 수 있는 대로 순수한 감각을 추구한다. 그는 의식적으로 언어의 화사華奢를 버리고 시에 형태를 부여함보다 떠오르는 향기와 같은 자연스런운 호흡을 살리려 한다. …(중략)…

그의 시에는 세계의 정치경제를 변혁하려는 류類의 야심은 추호도 없다. 그러나 '너 참 아름답다 거기 멈춰라'고 부르짖은 한 순간을 표현하기 위하야 그 감동을 언어로 변형시키기 위하야 그는 사신적捨身的 노력을 한다. 그는 우리의 신경을 변혁시키려는 야심이 있는 것이다. 정밀한 언어는 이 겸손한 야심을 어느 정도까지 실현하고 있다.[40]

이 예문은 김영랑 시집에 대한 비평인데, 박용철 자신의 시적 관점이 잘 드러난다. 여러 정황 분석을 통해 볼 때, "박용철이 영랑의 작품을 시의 척도로 삼았던 것"[41]이 분명하다. 박용철의 입장에서는 김영랑의 시가 '문학을 통해 민족 언어의 완성'을 모범적으로 실천한 경우로 이해했다. 위 예문에서 박용철이 말하는 김영랑 시의 중요한 특징은 아름답고, 감각적이고, 정밀한 언어 구사다. 이러한 언어는 물질적인 현실 생활을 담거나 세계의 정치 경제적인 변혁에 봉사하지 않는다. 김영랑은 그의 시작품에서 아름다움이 절정에 도달한 순간을 포착하고, 그것이 주는 감동을 언어로 표현함으로써 독자의 의식이나 사상적 인식의 변화보다는 새롭고 풍부한 감각적 반응을 불러일으키고자 했다는 것이다. 그의 시적 언어가 독자의 지적 인식보다는 감각적이고 정서적 감응을 지향한다고 보았다. 박용철이 주장하는 최적의 시어는 아름다운 언어인데, 이

---

40) 박용철, 〈김윤식저 영랑시집〉, 전집 107~108쪽.
41) 김명인, 〈순수시론의 환상과 현실〉, 《어문논집》 제22집(1981), 245쪽.

아름다운 언어는 의도적으로 화사한 언어를 선택한다든가 시의 규격적인 형태를 고집함으로써 성취할 수 있는 것이 아니라, 언어의 자연스러운 향기와 호흡을 살리는 가운데에서 도달할 수 있는 것이다. 말의 자연스러운 향기와 호흡을 살리는 것은 섬세한 감정을 포착하고 순수한 감각을 추구함으로써 가능하다. 따라서 박용철이 말하는 아름다운 언어는 순수한 감각적인 언어이고, 순수한 감각을 잘 포착할 수 있는 정밀한 언어이다. 민족 언어를 완성한다는 것은 민족어 가운데 아름답고 감각적인 언어를 찾아 그것의 심미적 가치를 최고화한다는 의미로 받아들일 수 있다. 이처럼 '민족 언어의 완성'이란 박용철의 논리는 민족의 완성보다는 언어의 완성 쪽으로 기울어져 있다.

김영랑의 시어가 가지는 특징을 한마디로 아름다운 고유어 발굴이라고 한다면, 이는 그의 시에서 향토색 짙은 전라도 토착어 사용과 같은 맥락에 놓인다. 민족의 전통이 숨 쉬는 순수하고 아름다운 고유어가 민족 언어라고 했을 때, 그러한 언어는 공식적인 표준어보다는 지방색을 띠는 토착어에서 그 진수를 만날 수 있다. 토착어는 한국어의 고유성과 질량을 가장 잘 드러낼 수 있는 말이다. 박용철의 '민족 언어의 완성'이라는 논리도 이 점에 주목한다. 그는 백석의 시에서 풍부하게 구사된 평안도 방언은 해득하기 난해한 점도 있지만, 작품 전체를 음미하는 데는 아무런 지장이 없다는 점에서 모국어의 위대함을 깨닫도록 해준다고 하면서 토착어의 특징을 다음과 같이 파악하였다.

비유를 빌어 말할 수가 있다면 방언은 곧 깨트려서 뿌다귀와 모소리가 있는 돌이오 사전에 오르는 표준어(中和語)는 그것들이 맞부듸쳐서 깎이고 달아져 동글아진 돌이다. 회화어가 막자갈이라면 문어는 바둑돌이다. 자연국어가 뿔있는 돌이라면 비활용어 한문고문이나 나전문羅甸文이나 신조어 에스페란토 같은 것은 동그라진 돌이다. 향토의 야성과 도회의 문화를 자연한 돌과 연마된 돌에 비길 수도 있다. 다듬이돌이 개념의 고정과 존재의 안정을 얻은 반면에 뿔있는 돌은 생생히 유동하는 생명을 가지고 있다.[42]

언어를 돌에 비유한다. 그 돌을 다듬어지지 않은 자연 그대로의 돌과 잘 다듬어진 돌로 나누고, 이 양자를 서로 대립 관계로 파악한다. ① 방언, 회화어, 자연 국어/뿌다귀와 목소리가 있는 돌, 막자갈, 뿔 있는 돌 ↔ ② 표준어, 문어, 비활용어(한문 고문, 라틴어, 에스페란토)/깎이고 동글어진 돌, 바둑돌이 그것이다. ①의 방언과 회화어와 자연 국어는 자연의 돌이나 뿔 있는 돌에 비유될 수 있는데, 향토의 야성과 생생하게 유동하는 생명력을 지닌다. 반면에 표준어로 대표되는 ②의 언어는 연마된 돌이나 다듬어진 돌에 비유될 수 있는데, 도시 문명의 성격에 어울리며 고정된 개념과 존재의 안정된 상태를 지향한다. 여기서 박용철은 토착어나 방언의 본원적 생명력을 중시한다. 토속적인 야성에 뿌리내리고 있는 이러한 언어는 다듬어지지 않은 자연 그대로의 원시성을 지니고, 고정되어 있지 않고 언제나 활력으로 넘쳐나는 생명력을 지니고 있기 때문이다. 이 같은 맥락에서 박용철은 다듬어지지 않는 자연 그대로의 평안도 방언을 구사한 백석의 시편들이 "서슬이 선 돌 생명의 본원과 접근해 있는 예술"[43]이라고 하였다. 토착어의 시적 의의를 중시하는 박용철의 시론이 도달한 지점은 '생명의 본원'이다. 이 '생명의 본원'은 향토의 현실 생활에서 발열

---

42) 박용철, 〈백석 시집 '사슴' 평〉, 전집 122쪽.
43) 같은 곳.

되는 건강한 생활력을 말하는 것도 아니고, 인간의 근원적인 존재 차원을 지칭하는 것도 아니다. 단지 토착어가 환기하는 정서와 감각에 불과하다. 박용철은 백석의 시에서 섬세한 토착어가 환기하는 한국인의 고유한 정서에 주목하고 그것을 건강한 생명의 본원으로 파악했다.

이 지점에서 드러나는 박용철의 언어관은 영국 낭만주의 시인 워즈워스의 입장과 상통한다. 박용철의 시적 언어관이 서구 낭만주의에 그 맥이 닿아 있음을 확인할 수 있는 대목이다. 워즈워스는 시어로서 일상어를 사용할 수 있지만, 그것이 시골 사람이 사용하는 언어라야 한다고 했다. 언제나 가장 좋은 대상과 교감하여 가장 좋은 인류 언어를 찾아내는 시골 사람은 "사회적 지위도 낮고 상호 관계도 일정하고 좁은 범위에서 이루어지므로 교만이나 허영심의 영향을 덜 입기 때문에 자신들의 감정과 생각을 단순하고도 꾸밈없는 표현 방식으로 전달한다"[44]는 것이다. 시골 사람이 자연 대상과 교감하는 말을 사용하고, 그 말을 통해 자신의 감정과 생각을 단순하고 꾸밈없이 표현하기 때문에 시적 언어로서 최적이라고 주장한다.

이 점과 관련하여 이상섭은 이렇게 말한다.

그(워즈워스)는 시골 말씨야말로 변함없는 자연환경 속에서 단순 소박한 생활의 필요에 따라 생긴 말씨이므로 인간 언어의 최상의 상태를 유지하고 있으며 따라서 도시의 언어보다 더 영속적이고 '철학적'이라는 다분히 급진적인 사상을 서슴지 않고 표명한다. 이는 '낭만적 원시주의'의 언어관으로서 이른바 '문화'라는 인간의 의식적 노력의 산물이 언어를 타락시킨다는 사상인 것이다. 자연스러운 것이 최선의 상태라는 것

---

44) 워즈워스, 〈서정시 서문〉, 이상섭, 《영미비평사》(민음사, 1996), 205에서 재인용.

이 낭만적 원시주의의 기본 정신이다. 따라서 가장 자연스러운 언어가 가장 좋은 시가 될 것이다. 시골 말씨가 당연히 가장 좋은 시가 될 것이다.[45]

이 설명에 따르면, 워즈워스가 시골 말씨를 최적의 시어로 규정한 것은 그것이 자연스럽기 때문이다. 자연스러운 것은 인위적인 때가 묻지 않았으므로 순수하고 아름답다. 그리고 원시적인 것에는 근원적인 생명과 힘이 넘친다. 자연과 늘 접하고 그들과 대화를 나누는 시골 사람들의 꾸밈없는, 자연스러운 언어는 아름다움과 생명력으로 충만해 있다는 것이다. 이런 생각의 근저에는 시를 언어와 우주가 교감하는 능력으로 파악하는 낭만주의 관점이 깔려 있다. 다음으로 자연스러운 언어는 작위적 언어 사용으로 상실된 인간성을 회복할 수 있다는 점에서 윤리적 의의를 지니기도 한다고 본다. 인위적인 문화와 기술, 그리고 타락한 역사에 의해 잃어버린 인간의 원시적인 생명력을 자연적인 시적 언어를 통해서 되찾는다는 것이 워즈워스가 의도한 바다.

워즈워스의 이러한 낭만주의 언어관이 박용철의 언어관 형성에 직접 영향을 주었다고 판단할 수 있는 명백한 근거는 없다. 김윤식은 이 점과 관련하여 "이를 두고 우리가 섣불리 박용철이 워즈워스의 〈Lyrical Ballads〉를 읽었을지도 모른다고 생각하는 것은 읽지 않았다고 상상하는 것만큼 환상적"[46]이라고 언급한 바 있다. 그런데 김영랑의 시에서 자연스러운 호흡을 가진 감각적 언어의 중요성을 강조하고, 영랑과 백석의 토착어 구사를 원시성에 뿌리내리고 있는 본원적 생명력으로 파악한 것

---

45) 같은 곳.
46) 김윤식, 앞의 책, 371쪽.

은 워즈워스의 '낭만적 원시주의' 언어관에 가까이 접근해 있음을 단적으로 말해 주는 대목이 틀림없다.

박용철의 '문학을 통한 민족 언어의 완성'이라는 명제는 시의 창작과 수용 과정에서 민족 언어의 중요성을 인식하고, 민족 언어는 그 민족어로 표현된 문학에 의해 완성될 수 있다는 주장으로 해석된다. 이런 점에서 박용철의 시론은 넓게는 민족주의 입장에서 출발하였다. 그런데 '민족 언어의 완성'이란 박용철의 시론은 구체적인 부분에 이르러서는 '민족을 위한 언어'가 아닌 '언어를 위한 민족'의 완성 쪽으로 기울었다. 민족보다 언어의 중요성을 우선했다. 그 전개 과정에서 그의 입장은 민족의 아름다운 고유어와 향토색 짙은 토착어에 대한 관심으로 확장되었고, 이러한 기준 아래서 김영랑과 백석의 시를 긍정적으로 평가했다. 여기에는 감각적 언어를 통해 섬세한 감정과 정서를 포착하고, 자연이나 우주와 교감하는 자연스러운 언어를 통해 인간의 원시성을 회복한다는 낭만주의 시적 언어관이 자리를 잡고 있다.

박용철은 간단할 수 없는 '민족 언어의 완성'이라는 포부를 내세웠지만, 민족 언어의 내포를 '고유어와 토착어'라는 어휘 차원으로 제한하고 하나의 완성된 의미를 담는 문장의 차원으로 확대하지 못했다. '민족'이란 말의 의미는 민족어의 몇몇 어휘 속에 단편적으로 언급될 수 있는 것이 아니라, 문장과 문장을 잇는 논리에 의해 제대로 표출될 수 있는 것이 아니겠는가. 박용철의 시론은 '민족' 대신에 서구 낭만주의 언어관에 편향되어 감각성과 원시성을 띠는 어휘를 발견하는 데 끝나고 말았다. 어떤 민족 언어가 그 자체로 별문제 없이 사용되고 그것을 사용하는 구성원의 변화를 끌어내지 못한다면, '민족'이란 개념은 무의미하다. 특별한 조건에 의해 외적으로 다른 언어로부터 도전받거나 내적으로 심각한 갈등 속에 놓일 때, '민족 언어'는 유효성을 발휘한다. '민족 언어'는 처음부터 '민족'이라는 집단을 전제한 이데올로기적인 의미를 내포한다. 박용철은 '민족어의 완성'이라는 거창한 포부를 밝혔지만, "낱말의 배후에 숨어 있는 국어가 지닌 역사의 중량감"[47]을 파악하지 못했다. 그뿐만 아니라, 민족 언어의 완성은 1930년대란 시점에서 "민족어의 보존"[48]이란 의미를 지닌다는 데까지 인식이 미치지 못했다. 고유어와 토착어에 대한 사랑으로 민족어를 완성하기에는 역부족이 아닐 수 없다.

3. 변설辨說 이상의 시: 시적 언어의 자율성 강조

박용철은《시문학》창간 후 〈시문학 창간에 대하야〉라는 글에서 "시란 것은 시인으로 말미암아 창조된 한낱 존재"라고 규정하면서 이른바 '존재로서의 시론'을 전개한다. 이 '존재로서의 시론'은 작품 수용자인 비평가나 감상자의 입장에서 시를 파악한 것이다. 그 이후 박용철의 시론은 시작품과 시인에 대한 비평, 하우스만 시론 번역, 김기림 및 임화와의 기교주의 논쟁 등을 통하여 시의 창조 과정에 대해 관심을 보인다. 그러다가 그의 시론의 정점인 동시에 최후라고 할 수 있는 〈시적 변용에 대해서〉라는 평문에 와서는 시 창작 과정에 관한 관점을 본격적으로 피력한다. 이 글은 일종의 시 창작에 관한 원론적 탐구로서 넓게는 창작방법론에 해당한다. 또한, 시가 언어로 표현되기 전 단계에서 시적 발상이 어떻게 이루어지는지를 고찰하고 있다는 점에서 '선시적先詩的 시론'이라고도

---

47) 김명인, 앞의 글. 254쪽.
48) 같은 곳.

부른다. 그런데 선시적 시론에 이르기까지의 박용철 시론은 전반적으로 표현론의 입장을 취한다. 모방론 혹은 재현론의 반대편에 서고 있는 표현론은 작가의 주관적 체험이 밖으로 드러난 것이 문학 작품이라고 보는 입장이다. '표현'이란 외부에 있는 어떤 대상과는 관계없이 주체 자신을 드러내면서 새롭게 창조한다는 의미를 지니므로, 표현론은 전적으로 관심의 초점이 작가나 시인에게 맞춰질 수밖에 없다.

① 시인은 진실로 우리 가운데 자라난 한 포기 나무다. 청명한 하늘과 적당한 온도 아래서 무성한 나무로 자라나고 長林과 曇天 아래서는 험상궂인 버섯으로 자라날 수 있는 기이한 식물이다. (중략) 꽃과 같이 자연스러운 시, 꾀고리 같이 흘러나오는 노래, 이것은 도달할 길 없는 피안을 이상화한 말일 뿐이다. 비상한 고심과 노력이 아니고는 그 생활의 정을 모아 표현의 꽃을 피게 하지 못하는 비극을 가진 식물이다.

② 영감이 우리에게 와서 시를 잉태시키고는 수태를 고지하고 떠난다. 우리는 처녀와 같이 이것을 경건히 받들어 길러야 한다. 조금이라도 마음을 놓기만 하면 消散해 버리는 이것은 鬼胎이기도 하다. 완전한 성숙에 이르렀을 때에 태반이 휘동그란이 돌아 떨어지며 새로운 창조물 새로운 개체는 탄생한다.[49)]

①에서는 시인의 비상한 고심과 노력 없이는 자연스러운 꽃과 같은 시를 쓸 수 없음을, ②에서는 영감에 의해 시인 내면에 잉태된 시는 거기서 오랫동안 숙성해 원숙한 단계에 이르면 새로운 창조물로 탄생한다는

---

49) 박용철, 〈시적 변용에 대해서〉, 전집 7~8쪽.

점을 말한다. 둘 다 작품이 창조되기까지의 과정에 관한 언급이다. 그 과정은 시인과 관련되어 있다. 시는 곧 시인의 창조물이라는 점이 그 핵심이다. 이처럼 박용철의 선시적 시론은 전적으로 표현론에서 출발한다.

박용철의 시론이 표현론에서 출발하는데, 이것이 선시적인 단계에서 머물고 만다면 표현론의 논리 전체를 감당할 수 없는 것은 당연하다. 후시적後詩的 단계까지는 나아가지 못하더라도 적어도 현시적現詩的 단계에 대한 대응책이 마련되어야 하나의 시론으로서 온전한 논리를 갖추었다고 볼 수 있다. 시인의 정신이 숭고함과 천재적 영감으로 넘쳐난다고 하더라도 그것이 구체적으로 표현되지 않고는 무의미하다. 현시적 단계란 시 창작방법 차원을 말하는데, 여기서 시적 표현의 매재로서 언어와 만날 수밖에 없다. 시적 표현이 언어와 만나는 지점에서 문제가 되는 것은 단지 표현의 구체적 기법만이 아니라, 시적 언어에 대한 자의식일 수 있다. 시적 표현의 출발도 언어이고 최종 목적지도 언어이기 때문이다.

박용철의 시론이 선시적 단계에 쏠린 것은 사실이나 언어 표현 문제에 대한 관심이 결코 가벼웠던 것은 아니다. 이 점과 관련하여 김윤식은 박용철의 시론이 일면적이라고 지적하면서 그 한계를 이렇게 말한다.

아무리 순수한 정신을 가졌다 하더라도 시는 태반이 저절로 회동그란이 떨어지는 것처럼 되지는 않는 것이다. 시는 언어로 씌어지기 때문이다. 그 순수한 선시적인 것만 확보하면 저절로 시가 떨어지는 것이 아니라, 그 선시적인 것이 시가 되기 위해서는 시어와 치열한 격투 및 타협이 있어야 하고, 그 후에 비로소 한 편의 시가 탄생하는 것이다. 이 언어와의 격투나 타협 때문에 그토록 고상, 순수한 시정신도 상당히 비속해질 수밖에 없는 것이다. 따라서, 지나치게 선시적인 자리에 순수만을 고집하는 이러한 결백성은 자칫하면 한 줄의 시도 쓰지 못하고 언어도단에 머물 가능성을 조장하게 되며, 이러한 실례는 바로 박용철 자신인 것이다.[50]

박용철 자신도 선시적 단계에서 더 나아가야 한다는 점을 인식했던 것으로 보인다. "시는 시인이 늘어놓는 이야기가 아니라, 말을 재료로 삼은 꽃이나 나무로 어느 순간의 시인의 한쪽이 혹은 온통이 변용하는 것이라는 주장을 위해서 이미 數千言을 벌여 놓았으나 다시 돌이켜보면 이것이 모두 미래에 속하는 일이라 할 수 있다"[51]라고 하였다. 시적 변용은 선시 단계에 해당하는 영감에서 시작되지만, 그것의 궁극적인 도달점은 선시 단계를 넘어선 미래의 일이라는 말이다. 박용철은 선시 단계에 있는 시인의 신비한 영감이나 강렬하고 진실한 내적 충동을 언어로 표현하는 것이 중요하다고 인식했다. 이러한 인식은 시적 표현(시작)의 어려움을 강조하는 대목에서 충분히 확인할 수 있다. 그는 이러한 시적 표현을 '기교' 대신에 '기술'이라고 부르고, "기술은 우리의 목적에 도달하는 도정"이며, "표현을 달성하기 위하야 매재를 구사하는 능력"[52]이라고 하였다. 그 표현의 어려움을 다음과 같이 말하고 있다.

우리는 그것의 표현을 향한다. 그러나 그 표현의 길이란 얼마나 곤난하고 데스퍼레트 한 것이냐. 낙타가 바늘구녕을 들어가기보다 어렵다는 비유가 있다. 여기나 해당할 것인가. 우리는 한가지 가슴에 뭉얼거리는 덩어리를 가지고 언어 가운대서 그것에 가장 해당한 표현을 찾으려 헤맨다. 언어의 원 세계를 샅샅이 뒤진다. 이렇게 써놓고 보아도 아니오 또

50) 김윤식, 앞의 글, 394~395쪽.
51) 박용철, 앞의 글, 9쪽.
52) 박용철, 〈'기교주의'說의 허망〉, 전집 18쪽.

달리 써놓고 보아도 그것이 그것은 아니다. 이 소위 作詩苦라는 것은 체험이 아니고는 상상하기조차 어려운 것이다.[53]

무엇 때문에 표현, 즉 작시가 그렇게 어려운가? 우선 이 예문에서 보면, 박용철은 적절한 언어를 찾기가 힘들기 때문이라고 말한다. 시인의 영감과 충격을 표현하기 위해 언어를 샅샅이 뒤져보지만, 그것에 꼭 들어맞는 언어를 찾기가 쉽지 않다. 시작의 어려움에 대한 이러한 언급은 시적 표현의 중요성을 인식했다는 말과 다르지 않다. 시적 표현이 언어로 이루어진다는 점에서 그것은 또한 시적 언어에 대한 자의식을 충분히 가졌다는 증거이기도 하다. 그의 다른 글에서도 이 같은 시적 표현의 중요성에 대한 언급을 발견할 수 있다. 김영랑의 시집을 언급하면서 "감동을 언어로 변형실키기 위하야 그는 捨身的 노력을 한다"[54]라고 하였고, 백석의 시집에 대해서는 "향토의 생활이 제 스사로의 강열에 의하야 필연의 표현의 의상을 입었다"[55]라고 했다. 그가 말하는 시적 기술은 '필연의 표현, 가장 해당하는 표현'으로서 감동과 영감을 언어로 변형하는 일이다. 다시 말해 시적 변용을 하는 것이다. 그것을 성취하기 위해서는 '捨身的 노력'이 필요하다고 했다. 이러한 언급을 통해 유추해 보건대, 시적 언어에 대한 그의 자의식은 절대 가벼운 것이 아니었다.

그렇다면 이 시적 표현의 어려움을 극복하는 방안은 어떤 것인가? 박용철의 시적 언어에 대한 자의식은 언어의 한계성에 대한 인식에서 시작한다. 그는 "언어란 조잡한 인식의 산물"[56]이라고 하였다. 언어의 도구

---

53) 같은 글, 전집 19쪽.
54) 박용철, 〈병자시단의 일년 성과〉, 전집 108쪽.
55) 박용철, 〈백석시집 '사슴'평〉, 전집 122쪽.
56) 박용철, 〈'기교주의' 說의 虛妄〉, 전집 20쪽.

적 기능이 갖는 한계성에 대한 지적이다. 그의 주장에 따르면, 소통 수단으로서 언어는 최대공약수와 같이 왜소하고 평균 점수와 같이 정확하지 못하므로 미세한 사고를 발표할 때는 표현과 생각 사이의 오차를 느끼지 않을 수 없다고 하였다.

언어의 한계에 대한 이러한 인식의 근원은 무엇인가? 언어가 지니는 인식상의 한계와 그 가치에 대한 회의적 입장은 동양의 선가禪家에서 말하는 '불립문자不立文字'에서 쉽게 확인할 수 있다. 언어가 일상의 실용적 측면에서는 의사소통을 위해 필수적이고 유용한 기능을 하지만, 철학적이고 종교적 차원에서 궁극의 진리를 구하는 데에는 적절하지 못하다.[57] 특히 불교 교리에서 보면, 사물의 언어화라는 것은 결국 유동적 존재를 고정화함으로써 인간과 대상과의 관계를 소유 관계로 변화시키고, 그 결과 진리를 향한 구도의 길에서 멀어지게 한다. 언어의 한계성과 그것에 대한 회의적 입장이 동양의 불교에서 오랫동안 전통으로 내려온 익숙한 관점이긴 하지만, 박용철이 이 같은 불가의 언어관에 접근해 있다는 증거는 찾기 어렵다. 오히려 당시 서구 문학사조의 수용과 함께 부차적으로 파급된 언어 이론에 접맥되어 있을 가능성이 크다. 다음의 예문에서 그 단서가 보인다.

상징 시인들이 그들의 유현幽玄한 시상을 이 조잡한 인식의 소산인 언어로 표현하게 되었을 때에 모든 직설적 표현법을 버리고 한 가지 형체를 빌려서 그 전全정신을 탁생托生시키는 방법을 취한 것이다. 이것은 불가능을 가능하게 하려는 필연의 길이었다.

---

57) 장경렬, 〈상상력과 언어〉, 김상환·장경렬 외, 《문학과 철학의 만남》(민음사, 2000), 151쪽.

다다이즘 이후 입체파 초현실파 등이 언어의 발생 보존자인 선인들 또는 범인들과 정말 상이한 정신 상태를 가질 때에 그 상이는 너무 컸기 때문에 그들은 매재媒材를 기술로 극복하는 타협의 길을 취하지 않고 그것을 전체로 파괴하고 뛰어넘는 것이다. 그러나 언어를 파괴하고 개작하는 것은 이 외관부터 공명한 파괴자들뿐이 아니라, 모든 가치 있는 시인 즉 모든 창조적인 시인은 자기 하나를 위해서 또 그 한때를 위해서 언어를 개조하고 있는 것이다. 그렇지 않고는 그의 목적은 도달할 수 없는 것이다.[58]

이 예문의 언급대로라면, 언어의 한계성 인식에서 시작되는 박용철의 시적 언어관은 서구의 상징주의, 다다이즘, 초현실주의 등의 문예사조와 깊은 관련성을 지닌다. 그 내용은 두 가지로 정리된다. 첫째는 직설적 표현법을 거부하고 '정신을 형체에 의탁하여' 표현하는 상징주의의 방법이 그것이다. 둘째는 표현의 기술적 방법을 강구함으로써 언어와 타협하는 길을 버리고 기존의 언어를 파괴하고 개조하는 다다이즘 내지는 초현실주의 언어관이다.

상징은 어떤 사물을 나타내는 과정에서 그것을 직접적으로 언급하지 않고 다른 사물이나 기호에 의하여 암시하거나 연상시키는 방법이다. 충분한 정의라고 볼 수 없지만, 문학에서 상징이란 "작가나 시인이 가진 추상적 사상이나 감정을 표현하기 위해서 감각을 통해 정신에 작용할 수 있는 구체적인 이미지나 사물을 이용하는 것"[59]을 말한다. 언어와 시적 언어의 암시적이고 상징적 기능을 앞세우고 있는 상징주의는 당연히 언

---

58) 박용철, 〈시적 변용에 대하야〉, 전집 20~21쪽.
59) 최유찬, 《문예사조의 이해》(실천문학사, 1995), 236쪽.

어의 함축적 의미를 지향한다. 따라서 "상징주의 시는 대상을 지시 · 설명 · 서술하는 지시언어가 아닌 우의 · 암시 · 상징하는 함축적 언어를 시어로 채택"[60]하는 것은 당연하다. 상징주의는 이처럼 함축적 의미를 지향하기 때문에 언어의 지시적 의미를 파기한다. 상징주의 언어관의 밑바탕에는 언어에 대한 깊은 불신이 깔려 있다. 인간이 대상을 인식하고 사유하는 데 언어는 필수적이다. 하지만 그 언어에 의해 인식된 것은 대상 자체가 아니라 관념화된 것이다. 그래서 언어는 대상의 본 모습을 왜곡하고 감추어버린다. "언어는 인식과 사유에 절대적인 근거이긴 하되 참된 근거는 되지 못한다"[61]는 것이 바로 상징주의의 언어관이다. 이러한 언어관에 의하면 지시 언어는 대상의 본질적이고 절대적인 세계에 이르는 데 방해물이 될 뿐이다. '인식적 측면에서 언어는 조잡하기 때문에 직설적 표현법을 버린다'는 박용철의 주장은 이처럼 상징주의 언어관에 기대고 있다.

박용철은 상징주의 언어관에서 다다이즘이나 초현실주의 등과 같은 1920년대 유럽의 아방가르드 계열에서 주창했던 '언어의 파괴' 단계까지 나아갈 정도로 과격한 언어관을 보여준다. 전통 타파를 문학의 과제로 삼았던 아방가르드는 기존의 문학 언어가 지닌 한계성을 인식하고 그것의 혁신을 강조했다. "기존의 문학에서 작가들은 언어를 외적 대상인 묘사, 표현에 쓰이는 모방적 재현적 기능을 중시하여 단순한 매재나 창구로서 인식한 데 반해서 아방가르드 작가들은 언어가 바깥 세계와는 무관하게 예술의 제일 수단이라고 파악했고 순수한 기호로서 언어 자체에

---

60) 김기봉, 〈상징주의 시에서 언어의 문제〉, 《불어불문학연구》 21집(한국불어불문학회, 1986), 56쪽.
61) 김기봉, 〈상징주의〉, 오세영 편, 《문예사조》(고려원, 1983), 186쪽.

관해 관심을 표시했다."[62] 이러한 아방가르드의 언어관도 상징주의와 마찬가지로 언어와 현실의 괴리에 대한 인식을 전제한다. 다다이스트 브르똥은 "예술의 제반 속박에 첨가해서 언어란 '전통 중에서 가장 나쁜 전통'인 것이다. 왜냐하면 언어는 우리에게 공식과, 우리들에게 속하지 않고, 우리의 진실된 속성과 연관 있는 것은 거의 아무것도 표현하지 않는 언어의 연상을 강요하기 때문"[63]이라고 하고, 언어가 의사소통을 원활하게 해준다는 생각은 '끔찍한 착오'라고 했다.

　박용철은 언어의 한계성을 극복하기 위해서 '정신을 형체에 의탁하여' 표현한다고 하였는데, 이는 상징의 방법을 뜻하기도 하고, 또한 T.S. 엘리엇의 '객관적 상관물' 이론과도 무관하지 않다. 그는 정지용의 시작품 〈유리창〉을 해석하면서, 시인이 생생한 감정을 직설적으로 노출하지 않고 그냥 씹어 삼킨 다음 구체적인 형체로 표현했다고 하였다. "시인의 비애의 감정은 유리의 형체"[64]를 통해 태어났다는 것이다. 시의 원천인 영혼의 충동은 그 자체로서 말을 가지지 못하고 온전한 하나의·감정 상태로 존재하는데, 이것의 표현은 반드시 형체를 통해서 가능하다고 보았다. 직접적인 영향 관계를 따질 길이 없으나, 이 같은 박용철의 관점은 엘리엇의 객관적 상관물 이론에 접근해 있다.

　박용철의 시적 언어론이 상징주의, 아방가르드, 엘리엇 등과 같은 서구의 여러 이론에 접맥된 것처럼 보인다고 해서 일관성이 없는 것은 아니다. 이 같은 다양한 통로를 통해 개진되는 그의 시적 언어론은 시의 언어가 기본적으로 산문이나 지시 언어가 아니라는 관점에서 출발한다. 이것이 바로 박용철이 주장하는 '변설 이상의 시'이다.

---

62) 최유찬, 앞의 책, 321쪽.
63) C. W. E. Bigsby(박희진 역), 《다다와 초현실주의》(서울대 출판부, 1979), 89쪽.
64) 박용철, 〈을해시단총평〉, 전집 92쪽.

① 시는 아름다운 변설辨說, 적절한 변설, 논리정연理路整然한 변설, 이러한 약간의 변설에 그칠 것이 아니다. 특이한 체험이 절정에 달한 순간의 시인을 꽃이나 혹은 돌맹이로 정착시키는 것 같은 언어 최고의 기능을 발휘시키는 길이다.[65]

② 아름다운 변설, 적절한 변설을 누가 사랑하지 않으랴. 그것은 우리 인생의 기쁨의 하나다. 시가 언어를 매재로 하는 이상 최후까지 그것은 일종의 변설이라고 볼 수도 있다. 그러나 그것은 결정結晶되고 응축되어서 그 가운대의 일어일어一語一語가 일상용어와 외관의 상이함은 없으나 시적 구성과 질서 가운대서 승화된 존재가 되어야 한다.[66]

위의 두 예문에서 박용철은 시가 변설 이상임을 주장한다. '변설'이란 말은, 그의 설명을 빌리면, '늘어 놓는 이야기' 혹은 '직설적인 표현'을 말한다. 시적 언어는 지적이고 논리적 설명을 위한 과학적이거나 산문적인 언어 사용과는 다르다는 뜻이다. 언어의 지시적 기능에 기대어 대상을 설명하는 것이 시가 아니라는 주장과 같다. 그렇다면 시적 언어가 '변설 이상'이라면, 그것은 어떤 것인가? 언어의 지시적 의미 사용이 아니라면, 그 반대인 함축적 의미 사용만을 뜻하는가. 그렇다고 해도 틀린 말은 아니지만 충분하지 못하다.

①에서 박용철은 변설 이상의 시적인 언어는 '시인의 특이한 체험이 절정에 도달하는 순간 그것이 꽃이나 돌로 정착되는 것과 같은 언어'라고 하였다. 이는 언어가 사물을 단지 지시하는 투명한 기호가 아니라, 그

---

65) 같은 글, 87쪽.
66) 같은 글, 93쪽.

자체가 살아있는 힘의 덩어리일 수 있다는 의미다. 콜리지Samuel Taylor Coleridge의 관점에 따르면, '말이 곧 사물'인 것이다. 그는 사물의 언어에 대해, "초점적인 말은 실재감을 획득한다. ─그것은 열을 내고 불타며, 우리의 촉감을 자극한다. 우리가 그것을 붙잡지 않는다면, 그것이 우리를 붙잡는 듯하다. 마치 살과 피가 있는 진짜 손처럼. 그리하여 직접적 현존인 양 행동한다. 그것은 하나의 직관"[67]이라고 했다. 시인의 체험은 지시적이고 산문적인 언어로 설명함으로써 표현되는 것이 아니라 시인의 직관에 의해 표현된다. 그렇게 표현된 언어는 대상을 지시하는 기호로서의 기능에 그치지 않고, 더 나아가 그 자체가 시적 대상이 될 수 있다. 여기서 언어는 도구로 사용되지 않는다. 언어 그 자체가 목적이다. 이때 언어의 자율성이 최대한 확보될 수 있다고 본다.

②에서 '시도 최후까지 일종의 변설'이라고 한 것은 시가 언어로 표현되는 이상, 지시 혹은 표상이라는 언어의 기본 기능을 무시할 수 없다는 말이다. 언어의 지시와 표상의 기능이 소통을 목적으로 하는 것과 같이 시도 어떤 형태로든 소통을 꿈꾸기 때문이다. 박용철은 일상어와 시어가 처음부터 구분된 것이 아니라, 그 사용에 따라 달라진다고 보았다. 시작품 전체의 구성과 질서에 의해 시적 언어는 일상적 언어와는 다른 차원의 존재로 승화된다는 것이다. 박용철은 그것을 언어의 '결정과 응축'이라고 하였다.

'시는 변설 이상이다'라는 명제에서 박용철은 시적 언어의 성격에 주목하고, 시적 언어가 의미를 전달하기 위한 도구적 언어가 아니라 함축적이고 자율적인 언어임을 강조했다. 시적 언어의 고유한 측면을 정확하게 지적했다고 볼 수 있다. 프랑스 상징주의 이후, 그리고 러시아 형식주

---

67) 이상섭, 〈현대 문학의 언어의 문제〉,《언어와 상상》(문학과 지성사, 1980), 91쪽.

의를 거치면서 신비평 및 구조주의에 이르는 20세기 문학이론은 무엇보다도 문학의 표현 매체인 언어에 관한 관심을 확대해 왔다. 여기에는 문학이 언어 미학, 혹은 언어 양식이라는 인식이 강하게 작동했다. 이 같은 일련의 관심은 문학에 대한 다양한 이론을 구축했으며, 시적 언어의 고유성과 자율성을 깊이 인식하는 데 크게 기여했다. 박용철의 시적 언어론에 관한 긍정적 평가도 이와 같은 측면에서 가능하다. 시적 언어의 자율성을 강조하는 그의 언어관이 비록 당시 서구의 다양한 문예사조 수용과 함께 성립된 것이긴 하지만, 한국문학에서 그것을 처음으로 논리화하고 작품 해석에 적용하려 했다는 점은 그 의의가 가벼울 수 없다. 1910~1920년대에도 문학 언어에 대한 이론적 관심이 없었던 것은 아니지만, 그 수준이 '문학은 언어 예술'이라는 상식 차원에 머물렀고, 민족어 내지 모국어를 강조하는 민족주의 입장을 지지하는 것이 고작이었다. 시적 언어의 경계를 분명히 하다 보면, 그것의 고유성만 강조되고 언어의 사회적 문맥이나 의미 영역의 효력이 가볍게 간주될 가능성이 짙다. 그렇지만 박용철의 시적 언어론이 시의 가장 고유하고 본질적인 부분을 인식했다는 점은 그 의의가 절대 말소되지 않을 것이다.

4. 박용철 시론의 성과와 한계

'문학은 언어 예술이다'는 명제는 단순히 언어가 문학의 매재라는 점을 말하는 차원 이상의 의미를 지닌다. 문학이 언어로 되어 있다는 당연한 사실을 말하는 것은 사실 확인이 아니라, 그 사실이 지니는 의미와 가치를 이미 전제하고 있다. 시적 언어에 대한 관심은 시의 표현 매체가 언어라는 점을 새삼 확인하는 것에 그치지 않고 시의 존재나 창작에 대한 자의식이 표출되는 출발 신호라고 할 수 있다. 이러한 자의식에서 시에 대한 비평과 이론적 사고가 시작되고, 체계화된 시론이 탄생한다.

1930년대 한국 시단에서 서정시의 본질에 대해 밀도 있는 인식을 보여주었던 박용철의 시론에 주목하고, 그중에서도 그의 시적 언어론을 중점적으로 검토하였다. 박용철이 1930년대 시 창작방법에서 시어에 대한 남다른 관심을 쏟았던 '시문학파'의 이론적 방향을 제시했던 비평가였다는 점을 감안할 때, 그의 시적 언어론은 그의 시론 전체를 평가하는 데 주요한 단서를 제공해 줄 수 있다.

박용철의 시적 언어론은 크게 두 가지 방향으로 드러났다. '민족어의 완성'과 '변설 이상의 시'가 그것이다. 박용철은 《시문학》 창간호에서 '민족어의 완성'이라는 자기 시론의 중심 방향을 제시했다. 시 창작과 수용에서 민족 언어의 중요성에 대한 인식이라고 보았을 때, 그의 시론은 이른바 1920년대 언어 민족주의 입장에서 출발한다. 그런데 구체적인 부분에 이르러서는 민족보다 언어의 중요성을 우선했던 것으로 보인다. 이같은 그의 입장은 민족의 아름다운 고유어와 향토색 짙은 토착어에 대한 관심으로 구체화되었고, 이 기준에 따라서 김영랑과 백석의 시를 긍정적으로 평가하기에 이른다.

많은 연구가 박용철이 선시적 시론을 펼친 것으로만 이해하는데, 사실 박용철은 시적 표현, 즉 언어 표현 문제에 대해서도 상당한 이론적 관심을 드러냈다. 그 결과 그의 시적 언어론은 부분적으로 상징주의, 아방가르드, 엘리엇 등과 같은 서구의 다양한 이론에 접맥되어 있음을 확인할 수 있었다. 여기서 그는 시의 언어가 기본적으로 산문적이고 지시적인 언어가 아니라는 관점을 보여주었는데, 그것이 바로 '변설 이상의 시'

다. 이는 시적 언어의 함축성과 자율성에 대한 깊은 인식의 결과라고 할 수 있다.

결과적으로 박용철의 시적 언어론은 '민족어의 완성'이라는 측면에서는 민족 고유어와 토착어의 발견을 통해 섬세한 감정과 정서를 포착하고 인간의 원시성 회복으로 확대되었다. 그리고 '변설 이상의 시'라는 측면에서는 시적 언어의 고유성과 자율성을 강조했다. 이는 크게 낭만주의 언어관과 시적 태도에 닿아 있다는 점에서 모두 동일한 문맥으로 이해된다. 하지만 전자의 경우 '민족 언어의 완성'이라는 주장은 '민족'보다 '언어' 쪽에 무게가 실려 당대의 시대 현실에 밀착되지 못했다는 점에서 부정적일 수밖에 없다. 후자의 경우도 사회적 맥락과 거리를 보인다는 점에서 전자와 마찬가지지만, 시적 언어의 자율성을 강조하는 언어관을 문학이론에서 처음으로 논리화하고 작품 해석에 적용하려 했다는 점은 그 의의가 절대 가벼울 수 없다.

제2부

수필

자전적 글쓰기로서 수필

1. 수필, 자아 반영적 글쓰기

수필은 작가가 자기 자신을 성찰하고 자기 삶을 되돌아보는 글쓰기다. 즉 자기를 드러내고 찾으려는 문학이 수필이다. 이런 점에서 수필의 본질은 수필가 개인의 정체성 탐구라고 할 수 있다. 모든 수필 작품이 전적으로 자아를 드러내는 것은 아니다. 수필의 장르 영역은 아주 넓다. 자아가 문면 뒤에 숨고 관찰 대상이 전면에 드러나는 작품도 적지 않다. 그렇지만 장르 보편성이란 관점에서 보면, 수필에는 글 쓰는 주체로서 자아가 한복판에 있다. 첫째, 수필 창작은 수필가 개인의 일상 체험을 구성하는 일에서 출발한다. 다시 말해, 일상성은 수필의 본질이다. 수필이 타인의 이야기를 할 때도 있고, 주체 밖에 존재하는 사물이나 사건에 관해 말할 때도 있으나 대부분의 수필은 작가 개인의 자질구레한 일상 체험을 글감으로 삼는다. 둘째, 수필은 작가의 체험을 문학적 언어 행위를 통해 독자에게 직접 전달하는 형식이다. 고백은 수필의 기본 형식이다. 시와 소설의 화자는 시인이나 소설가와 동일 인물이 아니지만, 수필의 화자 '나'는 바로 수필가이다. 수필을 '비전환적 표현'이라고 규정하는 까닭도 여기에 있다. 수필에서는 수필가 자신이 전면에 나서서 자기 자신을 직접 말한다. 이렇게 볼 때, 수필은 넓은 의미에서 자전적 글쓰기, 혹은 자아 반영적 글쓰기라고 할 수 있다.

수필이 자아 반영적 글쓰기라는 인식은 한국 근대수필이 출발할 때부터 확립되었다. 1930년대 전반기에 처음 대두한 수필 장르 비평은 이때부터 수필이 '자아'를 드러내는 '고백의 문학'이라는 점을 강조했다. 1930년대 김광섭은 수필가의 개성적인 심경을 표현한 글이 수필이라고 했다. 수필은 수필가 개인의 내면적인 정서를 표현하는 개성의 문학이라고 주장했다.[1] 김진섭도 수필을 고백의 형식으로 파악하고 "수필만큼 단적으로 쓴 사람 자신을 표시하는 문학은 다시 없으며"[2]라고 말했다. 그리고 "누구에게 있어서나 수필은 자기의 심적 나체다. 그러니까 수필을 쓰려면 먼저 '자기의 풍부'가 있어야 하고 '자기의 미'가 있어야 할 것이다"[3]라는 언급에서 알 수 있듯이, 이태준도 자아의 개성을 표현하는 글이 수필임을 주장하였다. 이처럼 수필이 '나'에 관한 이야기이고, '자아'가 중심이 되는 글쓰기라는 관점은 한국 근대수필 초창기부터 보편적 원리로 통용되었다. 이러한 관점은 지속하여 지금도 수필이 자기 고백의 형식이라는 점은 누구나 수긍하는 부분이다. 자아 반영적 글쓰기라는 특징은 수필문학의 본질적인 요소임을 알 수 있다.

'개성의 표현' 혹은 '자기 고백'은 수필의 명찰처럼 붙어다녔다. 그런

1) 김광섭, 〈수필문학소고〉, 《문학》, 1934.1.
2) 김진섭, 〈수필의 문학적 영역〉, 《동아일보》, 1939.3.14, 23.
3) 이태준, 《문장강화》(창작과 비평사, 1988), 167쪽.

데 너무 익숙하면 회의와 비판이 끼어들기가 어려운 법이다. '개성의 표현' 혹은 '자기 고백'이라는 속성은 수필을 이해하는 데 거의 선입견으로 작동하여, 수필에 관한 다양한 이론적 탐구를 방해하는 결과를 낳았다. 한국 수필은 전반적으로 '수필적 자아'에 편중되다 보니, 자아의 주관적 감성이나 내면 의식이 범람하는 서정수필이 주류를 이루게 되었다. 마치 서정수필이 수필의 본령인 양 오인함으로써 수필의 다른 긍정적 요소가 소외된다. 특히 서정수필은 이야기를 최소화함으로써 독자한테서 멀어지는 원인을 제공하기도 했다. 서정성 강조는 현재 디지털 문화의 흐름에는 제대로 부응하지 못하는 태도이고 방향이다.

스토리텔링은 이 시대 문화의 핵심 요소이다. 디지털 시대에 활자 매체가 살아남으려면 스토리텔링을 외면할 수 없다. 2000년대에 들어와 수필 인구와 작품은 엄청나게 확대되었다. 양적 팽창과 함께 대중적 소통의 기회가 왔는데도 독자 확보라는 점에서 기대에 미치지 못했던 것은 '자기 고백의 형식'이라는 수필의 본성에 대한 이론적 논구와 함께 실제적인 창작방법으로서 전략적 실천이 없었기 때문이다. 특히 디지털 시대에서 '자기 고백'의 요소를 극대화하기 위한 방법 모색이 부족했다.

이 글에서는 '개성의 표현' 혹은 '자기 고백'으로서의 수필이 지니는 본질적 위상을 이론 측면에서 논의하고, 창작방법 측면에서 이 같은 특징을 효율적으로 구현하는 방안을 탐색해보려고 한다. 이러한 방안은 오늘날 디지털 문화 환경에서 강한 서식력을 보여주는 수필이 대중과 소통하는 문학 장르로 새롭게 정착하는 데 이바지할 수 있다고 믿기 때문이다.

2. 자전문학으로서 수필의 장르적 위상

1) 자화상으로서 수필

글쓴이의 생각 및 정서와 무관한 글은 없다. 간접적이든 직접적이든, 적든 많든 간에 글에는 글쓴이의 의식이 스며든다. 롤랑 바르트가 '작가의 죽음'을 선언했고, 수용미학은 작가 손을 떠난 작품은 작가의 무관한 것으로서 오롯이 독자의 몫이라고 강조한다. 하지만 이는 문학을 바라보는 관점의 하나로서 '작가'라는 요소의 무게를 상대적으로 가볍게 본다는 뜻이지, 작품에서 글쓴이의 자아가 완전히 제외되었음을 뜻하는 것은 아니다. 모든 글에는 기본적으로 '자아 반영적'이고 '자전적'인 요소가 녹아 있다. 비록 강도 차이는 있다 하더라도 자아를 반영하지 않은 글은 없다. 이런 점에서 특정한 장르를 떠나 현대문학의 전반적인 성격을 '자서전적'이라고 규정하기도 한다. 그렇다고 모든 글쓰기를 '자아 반영적' 혹은 '자전적'인 것이라고 말할 수는 없다. 일반적 차원을 떠나 자전적 특성이 두드러지는 특별한 장르의 글쓰기를 지목하여 '자전적 글쓰기'라고 일컫는 것이 합당하다.

자전적 글쓰기의 대표적 장르는 '자서전'이다. 자서전 문학의 기본 규약을 제안한 필립 르죈Philippe Lejeune은 자서전을 "한 실제 인물이 자기 자신의 존재를 소재로 하여 개인적인 삶, 특히 자신의 인성人性의 역사를 중점적으로 이야기한, 산문으로 쓰인 과거 형상형의 이야기"[4]라고 규정하고, 이러한 정의를 가능하게 한 네 가지 요소를 제시한다.

---

4) 필립 르죈(윤진 옮김), 《자서전의 규약》(문학과 지성사, 1998), 17쪽.

1. 언어의 형태

ⓐ 이야기

ⓑ 산문으로 되어 있을 것

2. 다루어진 주제: 한 개인의 삶, 인성의 역사

3. 작가의 상황: 저자(그 이름이 실제 인물을 지칭함)와 화자의 동일성

4. 화자의 상황

ⓐ 화자와 주인공의 동일성

ⓑ 이야기가 과거 회상형으로 씌었을 것

　　자서전을 규정하는 기본 규약으로 '언어, 주제, 작가, 화자'라는 네 영역에서 여섯 가지 항목을 제시하고 있다. 네 범주의 여섯 가지 요소를 만족하게 하는 작품이 '자서전'이라는 주장이다. 그리고 자서전과 인접한 장르로서 회고록, 전기, 사소설, 자전적 시, 일기, 자전 에세이 등이 위의 여섯 가지 요소 중 무엇이 없는지 분석했다. 이 가운데 '자기 묘사 이야기(autoportrait)' 혹은 '수필(essai)'은 "1의 ⓐ 이야기"와 "4의 ⓑ 이야기가 과거 회상형으로 씌었을 것"이라는 조건을 충족하지 못했다고 보았다. 한마디로 자전적 수필은 이야기, 즉 서사성이 부족하다는 뜻이다. 물론 르죈이 지칭하는 프랑스의 '자기 묘사 이야기'와 '에세이'가 우리의 '자전적 수필'과 전적으로 같은 장르라고 말하기 어렵다. 장르의 기본 속성상 둘은 인접해 있으나 한국 수필은 르죈이 제시한 자서전의 조건 중 '이야기', 이야기하는 방법으로서 '과거 회상'이라는 요소를 갖추지 않았다는 점에서 그 차이가 있다는 것이다.

　　자서전의 기본 화법은 "저자와 화자 그리고 주인공 간의 동일성(작가=

화자 = 등장인물)"이라는 구조를 갖추어야 한다고 했을 때, 수필은 이 부분에서 자서전과 오차가 없다. 즉 수필은 자서전과 동일한 내부 구조를 지니고 있다. 작가와 화자가 일치하는 구조에서 출발한다. 글 속의 일인칭 화자 '나'가 바로 '작가' 자신이다. 작가가 글에서 자기 자신에 관해 말하거나 이야기하는 형식이다. 작가와 화자가 동일하다는 것은 작가가 독자에게 자신의 이야기를 직접 전달한다는 뜻이다. 이는 작가와 다른 화자를 내세워 간접적으로 자신을 반영하는 허구적인 형식과는 구별된다. 따라서 자서전과 수필은 허구적 요소를 배제하고 실제 경험에 근거하여 구성한다는 점에서 역사적 기록과 같은 성격을 가진다고 하겠다. 하지만 경험적 사실을 그대로 기록하는 것이 아니라, 과거 기억을 현재의 관점에서 재구성한다. 이것이 자서전과 수필이 창조성을 지니는 문학의 한 장르로 간주될 수 있는 근거이다. 작가와 화자의 일치라는 기본 구조는 자서전과 수필이 같은 위상의 자전문학임을 말해 주는 대목이다. 작가가 실제 경험을 재료로 삼아 자기 삶을 드러내는 문학이 자서전과 수필이다. 자전적 글쓰기 영역에 속하는 장르에는 여러 가지가 있으나 자서전과 수필만이 '작가=화자'의 등식을 완전하게 갖추고 있다.

이러한 기본 구조의 동일성에도 불구하고 자서전과 수필 사이에는 거리가 있다. 그 거리는 어디에서 생기는 것인가? 르죈의 제시한 자서전의 규약에 따르면, 수필은 자서전과 비교하여 언어의 형식에서 이야기 방식을 채택하지 않고, 화자의 이야기 방식에서도 '과거 회상형'을 취하지 않는다고 했다. 자서전을 기준으로 보았을 때, 수필은 전적으로 이야기성에 의존하지 않는다는 말이다. 수필에는 자아의 과거 이야기를 담아내는 작품도 있지만, 그렇지 않은 작품이 오히려 더 많다. 현재 작가의 눈앞에 있는 사물이나 상황에 대해 말하는 수필도, 이야기와 과거 회상의 방식과 무관한 수필도 수없이 창작되고 있다. 이야기하기는 수필의 부분적 속성일 뿐, 장르 전체를 규정하는 본질적인 요소라고는 할 수 없다. 이처럼 수필은 자서전과 화법의 기본 구조에서는 일치하면서도 이야기성과 회상 방식이라는 구체적 방법에서는 차이를 드러낸다.

　자아의 생애를 담은 자전적 수필이 자서전과 다른 점은 이야기성의 부족이라고 했다. 자전적 수필은 이야기 요소를 부분적으로 채택할 따름이지 하나의 완결된 이야기(스토리)를 구성하기 어렵다는 말이다. 그 이유는 어디에 있는가. 우선 수필은 시간의 흐름 속에서 사건을 인과적으로 배열할 수 있는 언어의 연속적 공간이 짧다. 일반적으로 "'사건, 문맥, 시간 계열'의 요건을 갖춘 언어 행위"[5]를 이야기라고 한다. 특정 문맥을 가진 사건이 시간 계열로 구성되었을 때 이야기가 성립한다는 말이다. '시간'이 이야기를 구축하는 핵심 요소다. 폴 리쾨르는 "이야기가 재-형상화하는 세계는 어떤 시간적 세계"[6]라고 전제하고 이야기의 시간성을 아래와 같이 설명한다.

　　어떤 스토리를 이야기한다는 활동과 인간 경험의 시간적 특성 사이에는 단순히 우연적인 것이 아니라 초문화적인 필연적 형식을 드러내는 상관관계가 존재한다는 가설을 검증할 때가 왔다. 달리 말해서, "시간은 서술적 양태의 엮음으로써 인간의 시간이 되며 이야기는 그것이 시간적 실존의 조건이 될 때 그 충만한 의미에 이른다."라는 가설이다.[7]

　　인간의 시간이 의미를 가지려면 서술적 양태인 이야기로 엮어져야 한

---

5) 노에 게이치(김영주 역),《이야기의 철학》(한국출판마케팅연구소, 2009), 24쪽.
6) 폴 리쾨르(김한식·이경래 역),《시간과 이야기》1(문학과 지성사, 1999), 160쪽.
7) 같은 책, 125쪽.

다는 점이 요지다. 일화를 시간 순서에 따라 선조적으로 연결하든 주제 의식을 전제하고 형상화 차원에서 구성하든 간에 이야기는 시간의 연속 위에서 이루어진다. 시간 연속이 뚜렷하고, 그 연속이 처음과 중간과 끝 이라는 완결된 구조를 지향할 때 이야기가 확립된다. 다시 말해, "동시적 으로 느껴지는 상황에 비해 시간 연속이 긴 스토리는 훨씬 더 서사적이 다."[8] 수필의 형식은 이러한 이야기성/서사성을 확보하기에는 처음부터 한계를 지니고 있다. 시간의 연속을 따라 자아의 생애를 구성하기에는 수필의 서술시간이 짧다는 뜻이다. 짧은 길이의 수필에서 자아는 완결 된 하나의 이야기보다는 조각난 삽화를 통해 형상화될 가능성이 크다. 자서전이 자아의 전체 생애를 시간의 연속성 위에서 구성한다면, 수필은 정지된 삽화를 통해 자아를 순간적으로 반영한다. 이런 점에서 자아 반 영적 글쓰기로서 수필의 방식은 자서전과는 성격을 달리하는 '문학적 자 화상'에 가깝다고 하겠다.

필립 르죈은 자서전과 비교하여 '자화상'의 개념을 제시하면서 몽테 뉴의 《수상록》은 "우리가 자서전을 정의한 것과는 관계가 없는 텍스트 임을 알 수 있다. 연속적인 이야기가 없으며, 개인의 인상에 대한 역사가 조직적으로 전개되지 않는다. 자서전이라기보다는 자화상에 가깝다."[9] 라고 하였다. '자서전'의 일반 규약과 비교해 보았을 때, 몽테뉴의 《수상 록》이 우리 수필과 유사한 글쓰기임을 알 수 있다. 자화상은 시간의 흐 름이나 시간적 계열을 중심으로 구성되는 자서전에 비해 시간이 정지된 현재 상황과 공간에 초점을 맞춘다는 점에서 수필과 다르지 않다. 자서 전이나 자화상은 둘 다 자기 반영적 글쓰기로서 '나는 누구인가'라는 근

8) 박진·김행숙, 《문학의 새로운 이해》(청동거울, 2004), 17쪽.
9) 이가야, 〈자서전 이론에 대한 몇 가지 고찰〉, 《프랑스문화예술연구》 23집(2008), 287쪽에서 재인용.

본적인 물음에서 출발한다. 다만, 자아를 발견하고 성찰하는 방법이 다를 뿐이다. 자서전은 자기 인성의 역사를 이야기 형식으로 재구성함으로써 자아의 정체성과 고유성을 찾고자 한다. 반면에 자화상은 지금 거울속에 비친 나의 모습을 통해 자아를 발견하고 성찰한다. 어떻게 살았기에 지금의 내가 되었는가를 추적하여 이야기하는 것이 자서전이라면, 나는 현재 누구인지를 말하는 것이 자화상의 방식이다. 자서전이 나의 생애를 이야기한다면, 자화상은 현재의 자아를 말하거나 설명한다.

자전적 글쓰기로서 수필이 자서전보다는 문학적 자화상에 더 가깝다면, 이러한 자화상으로서 수필의 특징은 어떻게 드러나는가?

시간의 흐름이 중시되는 일반적인 자서전이라 할지라도 떠오르는 이미지를 통해 그리고 그 순간 상상력이 동원될 수밖에 없는데, 조금이라도 더 진지하게 자기 자신을 그릴 수 있는 방법이 바로 '주제'와 '장소'를 중심에 둔 글쓰기라는 것이다. 즉, 일반적인 자서전이 탄생과 유년기 그리고 성년기 등의 연대기적인 흐름에 따라 서술되는 것에 반해, 자화상은 각 작품마다 화자에게 중요한 주제에 따라, 혹은 떠오르는 이미지—장소와 관계될 수밖에 없는—의 흐름에 따라 이어지는 고유한 특성을 지니게 된다.[10]

자화상에는 자서전의 시간성 혹은 이야기성이 소멸하고 공간성으로서 장소가 부각된다는 설명이다. 장소는 자아를 의미화하는 맥락으로 작용한다. 자화상의 주체인 자아는 장소라는 맥락에 의해 의미나 주제를 형성하게 된다는 말이다. 물론 장소만 오직 의미의 문맥으로 작용하

---

10) 같은 글, 292쪽.

는 것은 아니다. 존재의 의미는 시간과 장소의 조합이 문맥으로 작동될 때 고유성을 확보한다. 하지만 시간이 소거된 자화상에서는 자아의 의미는 공간적 요소로서 구체적인 '장소'의 기능에 의해 드러날 수밖에 없다. 이는 화자가 의도한 주제가 장소와 관련된 이미지를 통해 구체화하였기 때문이다. 따라서 자화상으로서 수필은 '주제'와 '장소'라는 두 가지 특징을 지니는데, 이들은 상호 보완적이라고 할 수 있다.

첫째, 주제의 전면화다. 자서전이 자아의 생애사를 이야기하는 방식을 취하는데, 이때의 이야기 방식은 형상화를 바탕으로 자기 삶의 역사를 구체적으로 보여준다. '보여주기'가 주축을 이룬다. 물론 스토리를 벗어나 작가의 해석과 성찰이 더해지겠지만, 작가의 해석적 진술보다는 구체적인 이야기의 형상화가 그 중심에 놓인다. 반면에 자화상의 방식으로서 수필은 말하기를 통해 자아를 성찰하고 재현한다. 이때 언어 운용은 구체적 묘사나 스토리 전개가 아니라, 어떤 대상을 인식하는 주체나 자아에 관해 말한다. 이때 '말한다'라는 의미는 '진술한다, 설명한다'에 가깝다. 화자가 무엇이 어떠하다고 설명하는 방식에서는 화자의 의도가 투명하게 노출된다. 따라서 수필은 화자가 전달하고자 하는 메시지를 직접 진술하는 문학 양식이다. 그렇다고 모든 수필이, 혹은 한 편의 수필 작품의 모든 언어가 주제를 행해 설명적 진술로 이어지는 것은 아니다. 만약 그렇게 된다면, 그것은 문학이 아니라 설명이나 논설이 되고 말 것이다. 수필은 경험을 제시하거나 형상화하지만, 그 초점은 주제 드러내기에 맞춰진다는 뜻이다. 수필을 주제의 문학, 혹은 교술문학이라고 하는 까닭도 여기에 있다.

둘째, 자화상으로서 수필의 특징은 상대적으로 시간성보다 공간적 특징이 강하게 드러난다. 자화상은 자서전과 같이 긴 이야기를 통해 자아의 정체성을 탐구하지 않고, 시간이 정지된 어떤 상황에 부닥친 자아를 성찰한다. 수필은 짧은 길이의 산문이다. 긴 시간에 걸친 이야기를 담을 수도 없고 이야기를 서술하는 시간도 매우 짧다. 이야기를 담고자 하더라도 이야기하는 시간이 짧아서 이야기의 시간은 매우 짧은 삽화가 될 가능성이 짙다. 시간성이 무력화된 자화상으로서 수필은 공간적인 장소가 두드러지기 마련이다. 수필을 일상의 기록 혹은 일상에 대한 송찬이라고 말한다. 여기서 일상은 바로 공간적인 장소를 바탕으로 엮어지는 삶의 현실이다.

우리의 일상은 시간과 공간의 교직交織에 의해 이뤄진다. 하루의 일상은 시간 속에서 인식되지만, 그것의 구체적인 흔적과 기억은 공간과의 마주침에서 발생한다. 우리의 삶은 일상적인 공간을 떠나서는 성립할 수 없다. 일상 공간은 현재 내가 사는 공간이다. 그것은 우리 삶의 현장이면서 살아 있음의 바탕이다. 즉, 존재의 근본이다. 우리가 항상 소비하는 공간으로서 일상 공간은 인간의 삶이 가장 뚜렷하게 녹아있는 공간이다. 그래서 인간 삶의 진정한 모습과 의미는 일상 공간에서 찾을 수 있다. 특별하고 경이로운 공간으로의 진입도 일상 공간을 통해서만 가능하다. 삶의 참모습과 진실한 의미가 깃든 일상 공간은 우리 삶을 표시나지 않게 지탱해 주는 숨은 지주라 하겠다.[11]

일상 공간에는 삶의 진실한 의미가 배어 있다. 일상을 기록하고, 일상적인 삶의 의미를 성찰하는 것이 수필이다. 따라서 수필은 '일상 공간의 부각'이라는 특징으로 드러난다. 이는 자기 반영적 혹은 자서전적 글

---

11) 신재기, 〈일상 공간의 의미 발견〉, 《경산 신아리랑》(학이사, 2010), 177쪽.

쓰기로서 수필이 '문학적 자화상'과 닿아 있음을 말해준다. 그런데 '문학적 자화상'은 수필의 고유한 특징이면서도 또한 극복해야 할 과제일 수도 있다. 특히 시간성과 이야기로부터 멀어짐으로써 수필이 서정성 쪽으로 편향될 가능성이 크기 때문이다. 수필은 자서전의 범주에 들어있으면서도 자서전과 차별성을 분명히 드러낸다. 자화상으로서 수필의 위상은 수필의 고유한 문법이지만, 현재 수필이 넘어서야 할 과제이기도 하다.

2) 자기 고백의 의미

자전적 글쓰기는 '자아'를 말하는 것에서 출발한다. 앞에서 언급했듯이, 자서전 연구가 필립 르죈은 자서전을 "한 실제 인물이 자기 자신의 존재를 소재로 하여 개인적인 삶, 특히 자신의 인성人性의 역사를 중점적으로 이야기"[12]하는 것이라고 했다. (자신의) '존재/ 개인적인 삶/ 인성의 역사'가 자서전의 중심 화제라는 말이다. 자신의 존재와 삶에 관해 말하거나 이야기하는 것이 자전적 글쓰기이다. '나/자아'에 관해 말하고 이야기하는 것을 자전적 글쓰기라고 한다면, 그것이 '고백 형식'을 취하는 것은 당연하다. 남이 잘 알고 있는, 혹은 타인의 눈에 객관적으로 비치는 '나'에 관해 새삼스럽게 말하고 이야기할 필요는 없다. 남은 모르고 나만 알고 있는 것, 내가 말하지 않으면 누구도 알 수 없는 '나'를 드러내는 것이 자전적 글쓰기다. 이처럼 자전적 글쓰기는 내 안에 감추어졌던 것을 다른 사람이 알 수 있도록 밖으로 드러낸다. 다시 말해, '고백 형식'을 취한다. '고백'의 사전적 의미는 "마음속에 숨긴 일이나 생각한 바를 사실

12) 필립 르죈, 앞의 책, 17쪽.

대로 솔직하게 말하는 것"이다. 내면에 들어 있는 나의 일과 생각을 솔직하게 이야기하는 것이 자전적 글쓰기의 기본 형식이다.

주체가 특정 대상한테 자신의 진실을 전달하는 고백 형식은 중세 가톨릭의 고해 성사에서 유래했다는 것이 일반적인 견해다. 이러한 고백 행위는 세속적 종교나 권력의 영역에서는 "타인에 의해 어떤 사람에게 주어지는 신분·자기동일성·가치의 보증"으로 이루어졌다. 그러다가 이 같은 타율적인 고백은 "어떤 사람 자신의 행위와 생각에 대한 자인自認으로서의 고백"으로 넘어간다. 진실의 고백이 권력에서부터 개체화(individualization)한다. 푸코는 이 점과 관련하여 "개인은 오랫동안 다른 이들의 신원보증이나 타인과 유대(가족, 국적, 후원자)에 대한 표명을 통해 자기 자신의 존재를 인정받아 왔으나, 그 다음에는 그가 자기 자신에 관해 말 할 수 있거나 말해야 하는 진실의 담론을 통해 존재의 정당성을 인정받게 되었다"[13]라고 하였다. 따라서 고백 형식은 근대 개인의 발견과 밀접한 관계를 맺는다. 주체가 자신을 고유한 하나의 개체로 인식할 때 자기 고백이 성립한다. 고백은 자신을 어떤 절대적 권위에 종속시키는 것이 아니라, 현재를 뛰어넘어 자아를 재정립하는 과정이기 때문에 개체로서 인간 자율성에 대한 인식이 전제되지 않고는 불가능하다. '에세이'가 근대 사회에 들어와 개인 의식이 확립되면서 출발한 문학인 것과 같이, 우리의 수필도 1920년대 개인의 자율성과 개성에 대한 인식이 확산하면서 문학의 한 장르로 정착하게 된다. 종교의식에서 시작된 고백은 개인 의식의 성장과 함께 일상적인 양식으로 확대한다. 자서전, 서간, 일기, 수필, 자전적 소설 등은 모두 고백 형식에 바탕하는 자전적 글쓰기의 대표적 양식이다.

---

13) 푸코(이규현 역),《성의 역사》·1권(나남, 1990), 75쪽.

한국 근대수필은 그 출발에서부터 고백의 문학으로 인식되었고, 지금도 그것은 변함없이 통용되고 있다. 그런데 수필을 고백의 문학이라고 규정할 때, '고백'은 수필 장르의 일반적 특징을 넓은 의미에서 지칭하는 것으로 봐야 한다. 수필문학을 세밀하게 들여다보면, 수필이 지니는 순수한 고백 영역은 매우 좁다. 모든 수필이 고백 형식을 취하는 것이 아니다. 자전적 측면과 거리가 먼 수필도 있다. 많은 작품이 자아 반영적 특징을 보인다는 점에서 수필이 고백의 문학이라고 규정할 따름이지, 문장 수사적인 측면[14]에서 고백의 방법을 채용하는 작품은 일부에 불과하다. 숨겨놓은 것을 밝히는 것 이상으로 작가와 독자의 눈에 똑같이 드러나는 대상에 관해 말하는 수필도 많다. 수필을 고백의 문학이라고 할 때, 고백을 사전적 의미로만 파악해서는 곤란하다. 고백의 수사학에 관해 '재판의 수사학'과 '자기 묘사의 수사학'으로 구분한 다음의 설명은 수필에서 '고백 형식'을 넓게 이해할 필요가 있음을 말해준다.

고백의 수사학에 따르면, 모든 글쓰기에는 다소간 윤리적이며 모랄리스트적인 태도가 내재되어 있는데, 자서전은 작가가 자신의 죄를 고백하거나 자기 행동을 변호하고 정당화하며, 타인을 비난하는 특별한 방식으로 이해된다. 반면에 자기 묘사의 수사학에 따르면 자서전은 현재와 과거라는 서로 다른 시간대에 속한 두 인물이 서로 대화하는 과정에서, '고백되어진 삶의 이야기'라는 형태를 통해 과거에서 현재에 이르는

---

14) 케르브라(Marie-Claire Kerbrat)는 자서전의 수사학적 기획을 '판단하고 변호하기', '칭찬하기', '복수하기', '교육시키기', '고백하기', '자신을 정당화하기', '자신을 묘사하기'라는 7가지 유형으로 구분하였다. 여기서 '고백하기' 좁은 의미의 '고백'이라고 할 수 있다. 유호식, 〈자기에 대한 글쓰기 연구(1)-고백의 전략〉, 《불어불문학연구》, 43권(2000), 182쪽에서 재인용.

삶의 여정을 다시 경험하고자 한다는 것이다.[15)]

　고백의 수사학은 자기 죄를 밝히고 반성하는 것에만 한정되는 것이 아니라, 자기 행동을 변호하는 것에서부터 과거 삶을 이야기 형태를 통해 재경험하는 것까지 포함한다고 설명한다. 자전적 글쓰기로서 수필의 고백은 자기만의 과거 경험을 드러내고 자기 내면에 숨겨진 생각과 감정을 솔직하게 표현하는 것만을 뜻하지 않는다. 어두운 장막에 가려진 것을 밝은 빛 아래로 끌어냄으로써 그것이 사실로 드러나게 하는 방식은 고백의 일차적 의미다. 문학 작품의 하나로서 수필에서 '고백'은 작가의 실제 경험을 이야기하는 것에서 더 나아간다. 수필은 작가의 실제 체험을 재료로 삼아 통일된 자아의 이미지를 만들어낸다. 수필에서 고백의 문법은 '나는 지금 어떤 존재인가', '나는 어떤 존재로 살아왔는가', '나는 어떤 존재로 살아야 하는가'라는 물음이 서로 혼합된 형태로 주어진다. 여기에서 고백은 전적으로 '실재의 자아'를 드러내는 것에서 끝나지 않는다. 문학에서 고백은 실재하는 자아를 이야기하는 것에서 시작되지만, 오히려 자아의 부재가 그 중심에 놓인다. 자아의 과거 경험은 기억으로 재생된다. 기억의 재생은 사실과 실제를 드러내는 것이 아니라 자아의 부재와 욕망으로 재편성하고 해석하는 것이다. 이런 점에서 고백은 사실 지향적이 아니라 가치 지향적이다. 역설적으로 말하면 자전적 글쓰기의 동력은 자아의 부재에서 생겨난다. 자전적 글쓰기에서 고백은 자기 삶의 의미를 구성하고 만들어가는 창조적 행위라는 점에 그 의의가 있다. 수필의 고백도 마찬가지다.

　자전적 글쓰기 형식에서 '고백'의 담론은 어떤 기능을 하는가? "고백

15) 같은 곳.

은 말하는 주체와 언표의 주어가 합치하는 담론의 의식"이라고 한 푸코는 고백의 기능에 관해 다음과 같이 말한다.

> 고백은 또한 진실이 자체의 명확한 표명을 위해 제거해야 했던 장애와 저항에 의해 진실의 정당성이 입증되는 의식이다. 마지막으로 그것은 언표행위 자체가 그것의 외적 결과와 관계없이 그러한 행위를 하는 자에게 내재적 변화를 초래하는 의식이다. 언표행위만으로 그는 자신의 무고함을 인정받고, 속죄되고, 영혼이 정화되고, 과오의 짐을 벗으며, 해방되고, 구원을 약속받는다.[16]

첫째, 고백은 그 결과 진실의 정당성이 입증되는 의식이라고 주장한다. 우선 고백은 일종의 의식으로 본다. 고백은 개인이 자신의 마음속에 깊이 숨어 있는 것을 밖으로 표출하는데 그것은 단순한 독백이 아니다. 고백 내용이 진실이라는 점을 청자가 믿도록 해주어야 한다. 고백을 듣는 사람에게는 믿음을 주어야 하고, 자기 자신도 자정 과정을 거쳐 자아를 새롭게 확립하려면 고백이 진정에서 우러나오지 않으면 안 된다. 그 고백이 진실한지 그렇지 못한지에 대해 자기만은 알고 있기 때문이다. 진실은 고백의 핵심이라는 점은 푸코에 의해서도 강조되고 있다.

고백의 상식적 의미는 마음속에 숨겼던 것을 사실대로 솔직하게 말하는 것이다. 허구의 세계에 뿌리내리고 있는 시나 소설에서는 고백이 불가능하다. 고백 성향이 있는 시와 소설이 있지만, 그 형식 자체가 순수한 고백의 형식을 취하지는 않는다. 수필은 일인칭 화자가 자신에 관해서 말한다. 여기서 일인칭 화자는 수필가다. 수필가 자신에 관해서, 혹은 자

---

16) 미셸 푸코, 앞의 책, 76쪽.

기 눈을 통해서 사건과 상황을 직접 말하기 때문에 말한 내용이 사실과 일치하지 않으면 수필가는 거짓말을 하는 결과가 된다. 따라서 고백 형식에서 중요한 것은 자기 내면을 솔직하게 드러내는 일이다. 진실에 도달하는 것이 고백의 핵심이다. 고백의 문학인 수필에서도 진실성은 무엇보다 중요하다. 수필이 자신에 관해 말하고 자기 내면에 숨긴 것을 드러내는 고백의 형식을 취한다면, 진실성을 외면하고는 독자로부터 공감을 얻기 어렵다. 진실성은 주체가 자기 내면을 얼마나 솔직하게 말하느냐에 따라 판가름 난다. 그것은 어떤 객관적 사실에 의해 입증될 수 없다. 다시 말해, 그것을 읽는 독자에게 진실하다는 믿음을 어떻게 주느냐의 문제다. 자아를 과장해서 말하거나 부분을 숨기고 일부만을 말한다면, 독자의 믿음을 얻을 수 없다. 또한, 작가가 숨긴 진실을 말할 때 그것이 하나의 정제된 덩어리로 존재한다면, 그 포장을 풀고 있는 그대로 내보이면 진실성을 확보할 수 있다. 그런데 진실이라는 것은 판정되어 따로 존재하지 않는다. 언어로 구성되어 표현됨으로써 마침내 모습을 드러낸다. 고백의 진실은 이미 결정된 것이 아니라, 고백하는 과정에서 밝혀진다는 뜻이다. 고백의 진실성은 언어 진술 그 자체에 내포되어 있다는 말이다. 따라서 진실성을 드러내는 다양한 방식과 수사는 수필에서 필수적이다. 모든 작품은 자기 나름대로 주체의 진실을 보증하는 고유한 형식을 취하고 있다고 하겠다.

둘째, 고백의 언표 내용과는 관계없이 고백하는 행위자한테 내재적 변화가 수반된다. 푸코는 윗글에서 "무고함을 인정받고, 속죄되고, 영혼이 정화되고, 과오의 짐을 벗으며, 해방되고, 구원을 약속받는다"라고 했다. 예상되는 외적 저항과 내적 프라이버시의 손상을 감수하고서도 자신의 과오와 부끄러움을 표출할 수 있는 용기는 자기 성찰의 힘에서 나온다. 자기 성찰이 전제된 고백이든지 고백의 결과로서 자기 정화가 일어나든지 간에 고백이라는 의식을 통과하는 과정에서 고백하는 주체는 내재적 변화를 가져온다고 볼 수 있다.

고백의 효과는 그 양식에 따라 다양하다. 가톨릭의 고해 성사는 제도적으로 죄를 용서받는 통로이고 자기 신앙심을 다잡는 의식이다. 이성에게 사랑을 고백함으로 사랑의 성취라는 욕망을 달성하게 된다. 제 자신의 부끄러운 치부나 비밀, 지은 죄를 말로 털어놓음으로 자기 정화를 이룰 수 있다. 이러한 정화 과정을 통해 안정된 상태로 나아가면 자신의 정체성을 확인하고 자신에 대한 믿음까지 얻게 된다. 그렇다면 수필의 고백 형식은 수필가에게 어떤 내재적 변화를 주는가? 한마디로 말하면, 그것은 '자기 성찰'이다. 고백은 자기 성찰의 과정이다. 자기 성찰은 윤리적 인간으로 나아가고 개인이 건강한 모럴을 형성하는 데 필수적이다. 수필가는 고백을 통해 자신을 이해하고 새롭게 바꾸어가는 능력을 얻는다. 이는 자기 성찰의 과정이 있기 때문에 가능하다.

3. 수필 창작방법론 모색

1) 일상의 적극적 수용

사람은 누구나 행복하고 가치 있는 삶을 갈망한다. 과연 어떤 삶이 행복하고 가치 있는가? 행복은 주관적인 만족이다. 자기가 만족하면, 그것은 행복한 삶이 될 수 있다. 어떤 객관적 기준이나 조건과는 무관하게 자기 삶에 대해 주관적으로 만족하는 상태가 행복이다. 하지만 행복이 인생 전부일 수는 없다. 삶의 의미는 주관적 행복 그 이상이다. 의미 있는 삶은 단지 행복만을 얻는 것이 아니라, 어떤 가치를 실현하는 것이다. 추구할 만한 가치를 설정하고 그것을 지향하는 것이 삶의 의미다. 이를 객관적 가치라고 할 수 있다. 물론 인간 삶에서 시공간을 초월하는 절대적 가치가 이미 정해져 있는 것은 아니다. 삶의 객관적 가치는 외적 권위, 사회제도와 관습에 의해 주어지지 않는다는 말이다. 인류가 역사를 통해 가꾸어온 보편적 가치 영역 안에서 개인은 자아의 성장과 변화를 도모한다. 주관적이고 본능적인 만족 차원에 안주하지 않고 의식적인 실천을 통해 자기가 추구하는 가치를 실현한다. 객관적 가치를 생산하면서 더 큰 주관적 만족을 이루는 것이 인생의 의미이고 목표다. 자기 한계를 극복하고 주관적 만족보다 더 높은 차원으로 자기를 발전, 상승시켜 나아가는 것이 인생의 의미일 것이다.

에이브러햄 매슬로우Abraham H Maslow는 성장 동기의 개념을 적용하여 인간의 욕구를 5단계로 나누고, 최종 단계를 '자기실현의 욕구'로 설정했다. 생리적 욕구, 안전의 욕구, 사회적 욕구, 존경의 욕구, 자기실현의 욕구가 바로 그것이다.

이제 객관적 가치와 주관적 만족의 의미 모델은, 더 큰 객관적 가치의 생산과 더 큰 주관적 만족이 교차 반복되면서 자기완성으로 이어지는 형태로 전환한다. 즉 삶의 의미는 객관적 가치와 주관적 만족의 '확대재생산'을 통한 자기완성으로 확장된다.[17]

---

17) 이윤, 《굿바이 카뮈》(필로소피, 2012), 116쪽.

개인이 삶의 과정에서 자신의 욕구를 성취하고 꿈을 실현하여 존재감을 확인하는 것이 자기실현이다. 그러나 이러한 차원의 자기실현은 주관적인 욕구 충족 혹은 그 결과로 주어지는 주관적 만족의 차원을 완전히 벗어났다고 보기 어렵다. 물론 자아의 범위는 넓다. 순간적 자아뿐만 아니라 영원한 자아도 있다. 개인적 자아에 갇혀 살 수도 있고, 반면에 사회적이고 역사적인 자아로 살 수도 있다. 모든 사람은 자신을 위해서만 살아가지 않는다. 공동체를 위한 자아로 살 수도 있다. 그러나 '자아실현'은 개인의 범위 안에 한정되는 것으로 이해될 가능성이 크다. 자아실현이 개인 차원에서 공동체적이고 보편적인 차원으로 확대될 때 '인간 존재의 완성'을 이루어낼 수 있다.

자아를 실현하고 인간 존재를 완성하는 것이 인간 삶의 궁극적 의미라고 했다. 그렇다면 그 방법은 무엇인가? 누구에게나 통용되는 객관적 방법이나 매뉴얼이 따로 만들어져 있는 것이 아닐지라도 보편적인 방향은 제시되어야 할 것이다. '어떻게 살 것인가'라는 물음에 대한 철학적 대답은 이 보편성 위에서 이루어진다고 하겠다.

첫째, 자아를 실현하고 인간 존재를 완성하는 일은 과거를 재발견하는 데에서 출발한다. '어떻게 살 것인가'라는 물음 자체는 전적으로 앞으로의 일이고 과거와는 무관하다고 생각하기가 쉽다. 과거는 묻어둔 채 앞으로 어떻게 살 것인가가 중요할 뿐이라는 생각은 오류다. 미래를 설계하고 미래의 빛을 찾아가려면 '현재 나'의 위치를 제대로 파악해야 한다. 그런데 '현재 나'는 과거의 마지막에 서 있는 '나'다. 살아온 과거를 재발견하지 않고는 나의 현재를 파악하기 어렵다는 말이다. 미래 희망을 찾아가는 길에서 현재와 과거는 서로 충돌하고, 거기서 과거는 끊임없이 재해석, 재생산된다. 물론 과거의 추억을 그리워하고, 그 안에 갇혀 사는 사람은 내일의 빛을 찾을 수 없다. 하지만 내일의 빛을 찾아가는 길은 내가 살아온 삶에 대한 성찰에서 찾아야 한다. 그 길이란 내 밖에서 주어지는 것이 아니라, 내 안에서 자발적으로 찾아야 하기 때문이다. 인생살이는 과거의 축적이다. 그것을 버리고 내일만을 기약한다는 것은 자기 인생을 모두 버리는 것과 다르지 않다. 과거는 내일 내 삶을 비추어 주는 전조등과 같은 것이다. 현재와 미래에 의해 과거가 끊임없이 재해석됨으로써 내 인생의 의미는 그만큼 풍부해진다. 과거의 시간 속에 묻힌 내 삶의 보물을 발견하고 그것을 초석으로 삼아 미래의 길을 찾아간다.

둘째, 인간 존재의 완성은 일상이란 작은 세계의 의미를 발견하는 데에서 출발한다. 일상이란 무엇인가. 인간 존재의 바탕이면서 삶이 전개되는 구체적인 시공간이다. 많은 사람이 자신의 가치 있는 진짜 삶은 일상 너머 어딘가 따로 있다고 생각한다. 일상은 자기 삶의 변두리 한 부분을 차지하는 무의미한 것으로 간주한다는 말이다. 삶의 진정한 가치와 행복은 자질구레한 일상을 벗어난 다른 어디에 있다는 생각은 거의 무의식적으로 작동한다. 대부분 일상을 사소한 생활의 파편이 무질서하게 분절된 채로 지나가는 것으로 인식한다. 하지만 인간 삶의 현주소는 무의미한 것으로 간주하는 일상이다. 일상은 삶 자체이며 의미이다.

인생에는 현실 속에선 드러나지 않았던 수많은 중요한 가치들이 포함되어 있어. 그리고 또 다른 생각도 해 볼 수 있어. 카프카의 표현을 빌리자면 우리에게 있는 유일한 인생, 그것은 우리의 일상이야. 우린 세상이 어떻게 변하든 사랑을 나누고 슬픔을 달래고, 용기를 내고 친구를 만나 이야기를 하고 갈등을 풀고 용서를 구하고 용서를 할 줄 알아야 하고 어느 선에선가 타협을 하고 돈을 벌고 일을 하러 가야 하고 가족들을 먹

여야 해. 현실주의자가 되어야 하는 거지. 단 희망을 이 사이에 깨문 현실
주의자. (중략) 우리 인간은 수많은 하찮은 것을 만들어내지만 그 하찮은
것 속에서 수많은 숭고한 것을 만들어내는 존재야. 용기도, 사랑도, 믿
음도, 신도, 그러므로 사소하고 하찮은 것 속에서 어떤 것을 자기 중심
점에 놓아야 할지를 잊지 말아야 해. 바로 그 자리에서 고유한 희망의 원
리를 만들어내야 해.[18]

　사소한 일들, 작은 세계를 건져 올려야 자신을 판단하고 성찰할 수 있
다. 일상은 세계로 흘러드는 한 알의 작은 소금과 같기 때문이다. 인생은
정제할 수 있는 어떤 가치와 모습으로 존재하는 것이 아니라, 지루하게
이어지는 잔잔한 일상 그 자체이다. 일상은 인간의 유일한 인생이다. 그
런데 왜 우리는 일상의 진정한 의미를 인식하지 못하는가. 일상을 흐르
는 시간의 강물에 흘려보내기 때문이다. 시간의 강물은 혼돈이고 무의미
의 세계다. 혼돈 속에서 존재는 빛을 발할 수 없다. 그래서 무의미하다.
혼돈의 어둠 속에서 일상의 의미를 건져 올리는 그물이 필요하다. 일상
을 발견하고 기록할 필요가 있다. 사생활의 기록, 나 자신의 작은 이야기
를 잔잔하게 기록하는 것은 지금까지 살아보지 못한 가장 아름다운 날
을 찾아가는 희망의 날갯짓이기 때문이다.
　셋째, 객관화하지 않고는 나를 제대로 파악하기 어렵다. 우리는 '자아
발견'이나 '자기 성찰'이란 말을 자주 사용한다. 주체로서 자아가 마치
거울 속에 비친 객체로서 '나'를 파악하는 방식으로 자기 자신을 제대로
파악할 수 있다고 생각한다. 내가 자기 자신을 가장 잘 아는 존재이면서
가장 잘 모르는 존재일 수도 있다. 나를 되돌아볼 때마다 나의 진실과 정

18) 정해윤,《사생활의 천재들》(봄아필, 2013), 31~32쪽.

체성은 바뀐다. 내 몸을 비추어보고 내면을 파고들면 파고들수록 나의 참모습은 오리무중이다.

'나'의 진실이나 '정체성'을 파악하려면 내 안에 나를 끌어내어 어느 정도 객관화할 필요가 있다. 나를 찾아가는 우회로의 하나가 나에 관한 이야기와 기록이다. 인간 존재의 완성이나 자아실현은 시간의 파도에 휩쓸려 간 작은 일상에서 삶의 보석을 찾아내는 일로부터 시작된다. 그것은 자기 삶을 이야기하고 기록함으로써 가능하다.

지금까지 자아를 실현하고 인간 존재를 완성하는 방법으로 과거의 발견, 일상의 의미를 찾아 해석하는 일, 자기 객관화를 통한 정체성 확립을 등을 제안했다. 수필 쓰기의 의의가 바로 여기에 있다. 개인의 일상 체험에서 자기 존재의 의미와 가치를 정립하는 것이 수필 쓰기다. 물론 수필 쓰기만이 자아를 실현하고 존재의 완성을 이루어낼 수 있다는 뜻은 아니다. 수필 쓰기가 우리에게 줄 수 있는 중요한 의미가 그렇다는 것이다. 이런 점에서 오늘날의 수필 창작이 지향해야 할 방법은 바로 일상성의 적극적 수용이라고 할 수 있다.

수필은 문학의 한 장르이면서도 문학으로서 제대로 대접받지 못하는 실정이다. 이 점이 뚜렷한 객관적 증거나 통계로 파악되지는 않지만, 문단 제도나 풍토에서 수필 폄하의 분위기를 실감할 수 있고, 그 실제 사례도 자주 확인한다. 그 원인의 하나가 문학주의다. 근대문학 출발기에 이광수와 김동인 등을 필두로 주창된 문학주의는 문학적 관점을 떠나 문학 권력의 계보를 형성한다.[19] 이러한 문학주의는 문학의 자율성과 예술성을 강조하면서 현실 생활과 멀리 떨어진 유토피아를 지향한다.[20] 근

19) 이경수, 〈문학주의 기원과 '순수'문학의 형성 과정〉, 《한국문학연구》, 제6호 (2005), 215쪽.
20) 김행숙, 〈내면의 미적 발견과 유토피아〉, 《한국학연구》, 21호(2004), 115쪽.

대문학 출발기인 1920년대에 문학 장르의 하나로서 태동한 수필은 이러한 문학주의에 의해 주변문학으로 인식된다. 그것은 수필이 작가의 실제 체험에 의존하여 자질구레한 일상을 기록하는 글쓰기라는 의식이 강하게 작동되었기 때문이다. 비루한 현실을 극복하고 이상 세계를 지향하는 것이 문학인데, 개인의 일상으로 파고드는 수필을 문학으로 인정하기 어려웠던 것이다. 현실성, 사회성, 역사성, 정치성 등을 순수하지 못한 문학 외적 요소로 이해했던 문학주의는 시와 소설을 문학의 중심에 두고 수필을 수준 미달의 잡문으로 인식하는 편견을 낳았다. 지금도 달라진 것이 없다. 이들의 편견에는 수필은 '신변잡기'라는 선입견이 따라다녔다. 오랫동안 이러한 관행은 '수필 = 신변잡기 = 비문학'이라는 등식 속에 갇혀 있었다. 신변잡기는 수필이 배척해야 할 속성이 아니라, 인정하고 재생산해야 할 대상이다. 수필은 일상을 먹고 사는 문학이다. 수필은 태생적으로 일상을 본질로 삼는 문학이기에 신변잡기로서의 성격은 수필의 결함이 아니라 고유성이다.

수필은 일상에 대한 사랑이다. 그런 뜻으로 수필이 더러 신변잡기란 꾸중을 들을 소지를 아주 배제하지 못한다. 일상성이란 신변의 잡동사니 바로 그것이기 때문이다. 그것 자체로 작은 그릇인 수필은 스스로 작은 것들을 찾아 사람을 베푸는 것이다. 수필은 일상성에 바치는 송가다.[21]

일상이 수필의 본질적 요소임을 강조하고 있다. 신변의 작은 것들을 소중하게 인정하고 기록하는 문학이 수필이다. 그런데 한국 근대수필은

---

21) 김열규, 〈수필의 문학적 기능〉, 김태길 편, 《수필문학의 이론》(춘추사, 1991), 87쪽.

이러한 일상성을 벗어난 특별한 자리에 수필의 본질이 있다는 착각을 떨쳐버리지 못했다. 이는 문학주의란 환상에 깊이 빠져 있었기 때문이다. '문학의 죽음'을 예견하는 디지털 시대에 문학이 독자에게 다가가는 길은 순수문학주의의 환상을 지워버리고 현실 생활과 일상을 적극적으로 끌어안는 일이다. 21세기의 도래와 함께 확장일로를 걷는 수필의 창작방법은 일상성을 극대화하는 데에서 그 해답을 찾아야 할 것이다.

2) 이야기 수필의 확대

글쓰기에서 문학과 역사는 이야기 형식을 취한다. 문학에서는 소설이 이야기 형식을 취하는 대표 장르이지만, 수필도 부분적으로 이야기를 채용한다. 수필의 주종은 말하기이므로 교술문학이라고 하지만, '이야기하기' 수필도 많이 창작되고 있다. 일련의 사건을 특정한 플롯으로 엮어가는 것이 이야기하기다. 사건이 연결되어 가는 과정에는 시간의 경과가 필수적이다. 반면에 '말하기'는 어떤 대상에 대해 작가의 생각과 느낌을 진술하는 것인데, 여기에서는 시간의 경과가 감지되지 않는다. 수필은 시간이 정지된 자화상의 성격을 지니므로 처음부터 이야기성에 취약할 수밖에 없다. 이점은 수필의 기본 성격이긴 하지만, 현대 수필이 보완해야 할 과제이기도 하다.

이야기하기의 수필은 과거 일어났던 일을 해석적으로 구성하는 글쓰기다. 그런데 일반적으로 소설의 이야기는 허구적으로 꾸며낸 세계로, 수필의 이야기는 실제 현실에 있었던 세계로 각각 인식한다. 수필의 표현 방식은 자신에 관해 이야기하기다. 수필의 이야기는 자신에 관한 것이기 때문에 고백 형식을 취하는 것은 당연하다. 원래 이야기는 입과 귀의 문학이다. 구비전승하던 이야기는 문자 보급과 인쇄술 발달로 새로운 국면을 맞이하면서 기록성을 확보한다. 이야기가 음성을 통해서만 표현되는 것이 아니라, 문자 기록을 통해 표현되면서부터 이야기 영역은 크게 확장한다. 개인의 내면을 담게 된 것이 그 확장의 좋은 예이다. 물론 이는 문자나 활자와 같은 매체의 발달이 수반되었기에 가능했으나, 근대사회에 와서 이루어졌던 개인의 발견과 맞물리는 부분도 크다. 근대사회에 들어와 마침내 자기 자신을 이야기하는 방법을 터득했다. 자기 내면으로 들어가 자신의 영혼이 경험한 역사를 이야기하는데, '나'만이 유일하게 그렇게 할 수 있음을 인식한다. 자기 내면을 고백하는 글쓰기는 이처럼 근대에 와서 개인의 발견과 함께 시작되었다. 소설과 수필이 그 대표 장르이다. 그중 수필은 오늘에 이르기까지 '나'를 발화자로 하여 자기 내면과 영혼의 세계를 이야기하는 장르로 성장해 왔다.

언어 활용 영역 중에 주체가 자기 사상과 느낌을 표현하는 것에는 '쓰기'와 '말하기'가 있다. 전자는 문자언어로 기록하는 서자書字 행위이고, 후자는 음성언어로 발음기관을 통해 말을 발화하는 행위이다. '말하기'는 '말하다'라는 행위로 구체화한다. '말하다'는 음성언어로 표현하는 모든 행위를 나타낸다. 그런데 '말하다'와 유사한 의미로 통용되는 것이 '이야기하다'이다. 둘은 거의 구분하지 않고 혼용된다. 그런데 좀 더 깊이 분석해 보면, 둘 사이에 작은 차이를 발견할 수 있다. "네가 이 약속을 지킬 수 있는지 말해 봐라/ 이야기해 봐라"의 경우를 예로 들어보자. 일상에서 둘을 모두 사용할 수 있으나 전후 문맥으로 본다면 '말해 봐라'가 더 적절하다. "어제 너에게 어떤 일이 있었는지 말해 봐라/ 이야기해 봐라"에서는 어떠한가. '말하다'보다는 '이야기하다'가 더 적절하다. "그러므로 '말하다'에는 순간순간의 상황에 맞춰 단어나 문장을 적절히 변화시켜 적용할 수 있다는 의미가 강하다. 임기응변으로 표현하고 있다고 할 수 있다. 그에 비해 '이야기하다'는 일정한 줄거리 또는 기승전결의 구성을 갖는 이야기를 서술한다는 느낌이 강하다."[22] 언어 행위 측면에서 보면, '말하다'와 '이야기하다'는 차이점보다는 공통점이 더 많다. 그러나 둘이 가지는 '발화 행위의 레벨 차이'는 작지만 유의미하다. 말하기 행위와 구분되는 이야기 행위는 어떤 특징을 보이는가.

과거의 경험은 항상 기억 속에 해석학적 경험으로 존재한다. 우리는 지나가 버린 지각적 경험 그 자체를 이야기하는 것이 아니라, 상기된 해석학적 경험을 과거형이라는 언어형식을 통해서 이야기하는 것이다. '지각적 체험'을 '해석학적 경험'으로 변용시키는 이러한 해석학적 변형의 조작이야말로 '이야기하다'라는 원초적 언어행위, 즉 '이야기행위'를 성립시키는 기반인 것이다.[23]

'이야기'는 과거의 일을 현재의 의미로 변용시키는 행위라고 주장한다. 과거 사건을 구성적으로 관여하는 것이 이야기라는 뜻이다. 이야기의 대상은 과거 일이다. 과거를 현재에서 재구성하는 것이 이야기이므로 이야기의 시간적인 벡터는 현재를 기점으로 이야기가 일어난 과거 어느 시점으로 향한다. 과거를 재구성한다는 것은 해석한다는 말이다. 이야기하는 것은 이야기 주체가 지각한 과거 체험을 현재 재현하는 것이 아니라, 과거 체험을 상기 작용을 통해 해석학적으로 변형하는 것이다. 실

---

22) 노에 게이츠, 《이야기 철학》(한국출판마케팅연구소, 2009), 94쪽.
23) 같은 책, 25쪽.

재했던 구체적 체험이 주체의 상기 작용을 거쳐 의미 있는 경험으로 구성되는 것이 이야기다. 따라서 이야기하는 것은 과거 기록에서 출발하나 그 기록은 새로운 의미를 부여하는 반성적 언어 행위이다. 이 반성적 언어 행위를 가장 실천적으로 수행하는 것이 바로 수필 쓰기다.

시간은 강한 물살처럼 모든 존재를 흔들고 해체한다. 흐르는 시간을 멈추게 할 수 없는 것은 인간이 직면한 한계이고 숙명이다. "우리가 다양한 경험을 기억으로 만들고 그 기억을 시간적·공간적으로 정리하고 배열해서 많은 이야기를 지어내는 것은 바로 덧없이 흘러가버리는 시간의 흐름 속에서 해체되어 가는 자기 자신에 대항하기 위해서이다."[24] '이야기'는 어쩌면 이 무자비하고 비극적인 시간의 흐름을 멈춰 세우는 일인지도 모른다. 시간 속에 묻혀 가는 다양한 경험을 기억으로 저장하여, 그것을 시공간 속에 배열함으로써 물살에 떠밀려 사라져 가는 자신의 존재를 확인하는 것이 이야기하기다. 인간은 수필 쓰기와 같은 다양한 방식으로 이야기하기를 멈추지 않는다. 수필이 자기 경험을 이야기로 엮어내는 것도 시간에 대항하여 자신을 바로 세우려는 기획이라고 할 수 있다. 이야기하기로서 수필이 시간 속으로 묻혀버리고 말 내 인생을 문자로 기록함으로써 인생의 새로운 의미가 빛으로 드러난다. 막연한 파편으로 산재하던 인생 조각이 하나의 통일된 줄기로 재탄생한다. 그래서 수필 쓰기는 내 삶의 재창조이다. 나를 이 세상에 태어나게 하고 함께 삶을 영위했던 다양한 사람과 내 삶의 여정에서 명멸했던 무수한 사건에 대해 기록하는 것이 이야기 수필이다. 내가 사랑하고 미워했던 사람, 나를 기쁘게 하거나 슬프게 했던 모든 일을 담는다.

자기 인생 경험을 이야기하고 글로 남기는 것은 과거를 말하는 행위

---

24) 같은 곳.

이다. 그런데 과거를 지금에 와 들추어내는 일이 무슨 소용이 있는가. 우리에게 중요한 것은 앞으로 어떻게 살 것인가의 문제가 아닌가. 현실의 문제를 해결하는 데 과거의 이야기가 직접적으로 특별한 도움을 줄 수 있는가. 자신의 생애나 삶을 이야기하는 일에서 얻는 이득은 무엇인가. 나는 내 이야기를 함으로써 다른 사람의 관심을 원한다. 이야기를 통해 귀중한 정보를 주면 다른 사람은 나를 신뢰한다. 이러한 신뢰는 나의 사회적 지위 확보에도 영향을 미친다. 무엇보다 이야기는 구성원이 서로 협력할 수 있도록 도와주는 윤활유와 같은 역할을 한다.

이야기는 화자에게나 청자에게나 전략적이다. 때로는 비정할 만큼 이기적이기도 하고, 때로는 관대하고 친사회적이기도 하다. 자연 선택은 다층적으로 일어나기 때문에 개체나 집단이 다른 개체나 집단과 경쟁할 때 다양한 측면에서 도움을 준다. 그러나 이야기는 협력하는 집단에게 특히 큰 도움을 준다. 구성원들에게 서로의 행동을 알려주기 때문이다. 이렇게 친사회적 가치를 확산한다는 점에서 이야기는 화자와 청자에게 모두 이익이다. 이야기는 다양한 관점에서 바라보는 능력을 키운다. 이 능력은 협력의 진화와 정신적 유연성의 성장을 모태로 하는 동시에 그것을 지원하기도 한다.[25]

이야기의 효용에 관한 이러한 주장은 사회적 측면을 중시한다. 또한, 이야기하기는 화자의 심리적 측면에서도 다양한 효력을 발휘한다. 자기 삶에 대한 깊이 있는 성찰을 통해 삶을 더욱더 풍성하게 할 것이고, 못다 한 말을 풀어놓음으로써 마음의 상처를 치유할 길도 열릴 것이다. 우리

25) 브라이언 보이드(남경태 역), 《이야기의 기원》(휴머니스트, 2013), 252쪽.

는 알고 있는 이야기에 내 이야기를 덧붙여 지속해서 이야기를 만들면서 살아간다. 남의 이야기를 들으면서 자신을 바로잡고, 내 이야기를 풀어놓음으로 심리적 해방감도 느낀다. "우리는 우리에게 주어진 이야기의 틀을 참조하여 파편적으로 흩어져 있는 여러 일들을 일관성 있는 이야기로 만들고, 그 속에서 의미를 발견하고, 우리가 해야 할 일을 찾아낸다. 이야기와 삶은 서로에게 속해 있다. 이야기가 우리 삶의 일부이듯이 우리의 삶 역시 이야기의 일부이다."[26] 이야기를 통해 내 인생의 의미를 새롭게 성찰하고 더 아름답고 좋은 삶을 꿈꾼다.

수필은 소설처럼 완결된 서사를 담을 수 없다. 시간의 경과를 토대로 하는 이야기보다는 정지된 순간의 사유와 감정을 드러내는 자화상에 가깝다고 했다. 그렇다고 수필이 이야기와 전혀 무관한 것은 아니다. 완결되고 긴 시간이 요구되는 서사를 구성하기는 어렵지만, 과거의 다양한 일화와 일상의 체험을 수필의 형식에 맞게 이야기할 수 있다. 수필에 적합한 이야기 형식을 발견하고 실천하는 일은 디지털 시대 수필이 시도해야 할 창작방법의 하나라고 생각한다. 오늘의 우리 수필에 절실히 요구되는 바는 바로 풍성한 이야기다.

4. 창작방법의 새로운 모색

수필은 자아를 반영하고 성찰하는 문학이다. 수필 창작은 수필가 개인의 일상 체험을 구성하는 일에서 출발하고, 작가의 체험을 독자에게 직접 전달하는 고백 형식을 취한다. 따라서 수필은 넓은 의미에서 자전

26) 정영훈, 〈스토리텔링의 유혹〉, 서동욱 외, 《한평생의 지식》(민음사, 2012), 209쪽.

적 글쓰기, 혹은 자아 반영적 글쓰기라고 할 수 있다. 이 글은 이러한 자전적 글쓰기로서 수필의 위상을 이론적 측면에서 살펴보았다. 이를 바탕으로 현대 수필이 필요로 하는 두 가지 창작방법을 제안했다.

자아를 반영하는 자전문학으로서 수필의 위상은 '자화상'이라고 규정할 수 있다. 자전문학의 대표적 장르인 자서전과 비교했을 때, 수필도 자서전처럼 작가가 실제 경험을 재료로 삼아 자기 삶을 드러낸다. 작가와 화자가 동일하다는 점에서 둘의 구조는 일치한다. 반면에 기본 구조의 동일성에도 자서전과 수필 사이에는 거리가 있다. 언어의 형식에서 이야기 방식을 채택하지 않고, 화자의 이야기 방식에서도 '과거 회상형'을 취하지 않는다는 점이다. 자화상으로서 수필은 지금 거울 속에 비친 나의 모습을 통해 자아를 발견하고 성찰한다. 어떻게 살았기에 지금의 내가 되었는가를 추적하여 이야기하는 것이 자서전이라면, 나는 현재 누구인지를 말하는 것이 자화상의 방식이다. 자서전이 자기 생애를 이야기한다면, 자화상은 현재의 자아를 말하거나 설명한다. 이런 자화상으로서 수필의 특징은 '주제'와 '장소'의 부각이라는 두 가지 특징을 지닌다. 주제의 전면화와 일상 공간의 부각이 그것이다. 이는 수필의 고유한 특징이면서도 또한 극복해야 할 과제일 수도 있다.

자전적 글쓰기는 내면에 들어 있는 나의 일과 생각을 솔직하게 말하고 이야기하는 고백 형식을 취한다. 고백은 실재하는 자아를 이야기하는 것에서 시작되지만, 오히려 자아의 부재가 그 중심에 있다. 실제의 경험은 자아의 부재와 욕망으로 재편성하고 해석하는 것이다. 수필 쓰기에서 고백도 작가의 체험을 구성하고 만들어 가는 창조적 행위다. 고백은 그 결과 진실의 정당성이 입증되는 의식이다. 고백 형식은 진실성을 외면하고는 독자로부터 공감을 얻기 어렵다. 진실성은 주체가 자기 내면을 얼마나 솔직하게 말하느냐에 따라 판가름난다. 수필의 고백 형식은 자기 성찰의 과정이다. 자기 성찰은 윤리적 인간으로 나아가고 개인의 건강한 모럴을 형성하는 데 필수적이다. 수필에서 작가는 고백을 통해 자기를 이해하고 새롭게 바꾸어가는 능력을 얻는다.

디지털 시대 오늘의 수필은 창작방법에서 일상을 적극적으로 수용하고 이야기를 확대할 필요가 있다. 수필은 자아를 실현하고 인간 존재를 완성하기 위한 자기 성찰의 문학이다. 개인의 일상 체험에서 자기 존재의 의미와 가치를 정립하는 것이 수필 쓰기다. 이런 점에서 오늘날의 수필 창작이 지향해야 할 방법은 일상성의 적극적인 수용이다. 수필은 태생적으로 일상을 본질로 삼는 문학이기에 신변잡기로서의 성격은 수필의 결함이 아니라 고유성이다. 디지털 시대에 문학이 독자에게 다가가는 길은 순수문학주의의 관념과 환상이 아니라, 현실 생활과 일상을 끌어안는 것이다. 21세기의 도래와 함께 확장일로를 걷는 수필의 창작방법은 일상성을 극대화하는 데에서 해답을 찾을 수 있다.

다음으로 디지털 시대 수필이 추구해야 할 창작방법은 이야기성의 확대다. 구체적 체험이 주체의 상기 작용을 거쳐 의미 있는 경험으로 구성되는 것이 이야기다. 따라서 이야기하는 것은 과거 기록에서 출발하나 그 기록은 새로운 의미를 부여하는 반성적 언어 행위이다. 수필의 본질은 이러한 반성적 언어 행위이다. 비록 수필이 정지된 순간의 사유와 감정을 드러내는 자화상에 가까워서 소설처럼 완결된 이야기를 담아내기 어렵지만, 과거의 다양한 일화와 일상의 체험을 수필 형식에 맞게 이야기할 수 있다. 수필에 적합한 이야기 형식을 발견하고 실천하는 일은 디지털 시대 수필문학이 시도해야 할 아주 중요한 창작방법의 하나이다.

수필은 넓은 의미에서 자전적 글쓰기에 해당한다. 그렇다고 자전적 요소가 수필의 전부는 아니다. 수필의 장르 경계는 넓고 그 모습도 다양하다. 수필을 하나의 고정된 장르 체계로만 인식하고 특정 창작방법을 주장하는 것은 오류다. 이 글에서는 수필이 지니는 자전적 측면에 초점을 맞추어 수필의 위상과 창작방법을 탐색해 보았다. 21세기 디지털 시대를 맞아 새로운 면모와 활기를 드러내는 수필문학이 독자 대중에게 다가가는 문학으로 그 자리를 공고히 다지려면 창작방법의 새로운 모색은 필수적이라고 할 수 있다.

은하수를 잃은 자아의 방황과 고뇌
─이육사의 수필

1. 이육사의 수필

이육사는 시인이다. 수필도 썼고 문학평론도 남겼지만, 그를 수필가 혹은 문학평론가라고 부르지 않는다. 그렇게 이름을 붙이면 뭔가 어색하다. 그 까닭이 무엇일까. 그가 남긴 문학 작품 중 수필보다 시작품 수가 많고, 그의 시가 문학사적 가치가 뛰어나기 때문에 그를 시인으로만 부르는 것은 아니다. 이육사가 활동했던 시대에는 '수필가'라는 인식이 일반화되지 않았다. 전문 수필가가 없었다는 말이다. 당시에 수필을 썼던 문인 중 누구도 시인이나 소설가란 이름을 제치고 수필가로 부르지 않는다. 그리고 오늘에 이르기까지 오랫동안 그들의 수필에 관해 관심을 보인 경우도 드물다. 과연 이런 문인들의 수필은 주목할 만한 가치가 없는가. 수많은 수필 작품이 창작되고 읽혔으나 한국 근대문학사 구성에서 수필은 항상 제외되어 왔다. 1930년대부터 문단에서 시인이나 소설가의 옆자리에는 대부분 수필이 자리 잡고 있었다. 이육사의 경우도 마찬가지였다. 부각되지 않아서 그렇지 이육사의 수필도 그의 문학 전체에서 차지하는 무게가 절대 가볍지 않다. 왜가? 그 답을 찾아 나선다.

1920년대 다양한 명칭으로 불리던 '수필류'의 글이 1920년대 말에서 1930년대 초 무렵에 이르면 '수필'이란 명칭으로 통합되어 정착한다. 용어 통일이 이루어졌다는 것은 '수필'이 당시 문단에서 하나의 문학 장르로 세력을 구축했다는 뜻이기도 하다. 여기에는 문학 생산의 토대인 매체들이 '수필류'에 주목하게 된 것과 무관하지 않다. 신문과 잡지 등의 대중매체는 상업적 목적을 앞세워 수필을 적극적으로 문학판 안으로 끌어들인다. 1930년대 이후 문인, 학자, 예술인 등 전문 지식인은 대부분 수필류의 글을 발표한다. 수필이란 장르에 대한 자의식보다는 매체의 청탁에 응하여 수필을 썼다. 하지만 자신의 주력 장르가 있는 만큼 수필은 언제나 그들에게 주변적인 것일 수밖에 없었다. 수필을 적극적으로 옹호한 문인도 없지 않았으나 '시인, 소설가, 평론가'란 이름을 버리고 수필가로 자처한 사람은 아무도 없었다. 수필은 문학 본류에 합류하지 못한 채 변두리에 머무는, 그 존속이 불안한 장르였다. 자기가 수필을 창작하면서도 그것을 제대로 인정하지 않으려는 이중의 모습을 보이는 작가가 대부분이었다. 이육사가 수필에 관해 어떤 관점을 가졌는지 전하는 기록은 없다. 수필을 문학의 한 장르로 인식하고 수필을 창작하였는지, 아니면 당시 문학 제도의 일반 관습에 따라 수필을 창작했는지는 알 수 없다. 다만 그의 작품을 통해 수필에 대한 그의 인식 태도를 어렴풋하게나마 유추해 볼 따름이다.

이육사가 남긴 글에서 수필은 이렇게 등장한다.

"수필을 하나 우리 신문에 써 주실 수가 없겠습니까? 금번 당선된 감상이라든지…"

"감상이요, 감상이 무엇 별것 있습니까. 오히려 여러분이 너무 과대하신 촉망을 가지는 모양입니다. 금후 더욱 힘써 보겠습니다." 하며 수필을 써주기로 승낙하였다.[27]

이육사의 〈신진작가 장혁주 군의 방문기〉란 글의 한 대목이다. 장혁주의 일어로 쓴 소설 〈아귀도餓鬼道〉가 1932년 일본 잡지 《개조改造》의 현상문예에 2등으로 입선하였다. 당시 《조선일보》 대구 기자였던 육사(이 무렵 곧 퇴사)가 장혁주(1936년 도일 전까지 대구에서 활동)를 만나 방문기를 집필하여 발표한다. 이 방문기를 보면 육사는 장혁주에게 '수필' 한 편을 구두로 청탁한다. 이는 육사가 남긴 문헌에서 '수필'에 관한 최초의 언급이 아닌가 싶다. 여기서 당시 이육사의 문학에 대한 인식 안에 '수필'이란 장르가 정착되었음을 짐작할 수 있다. 하지만 이육사가 수필에 관해 특별한 관점이나 수필을 쓰게 된 동기를 직접 말하는 글은 없다. 그도 다른 문인과 마찬가지로 당시 수필에 대한 일반적인 인식을 공유했을 것으로 추측할 뿐이다.

수필이란 무엇이냐 하는 것을 여기서 새삼스러이 정의를 해가지고 덤빌 것은 아니지만 하여간 소설이나 평론에 비하면 유한한 문학 형식이라고 해도 과언이 아닌 것은 소설이나 평론은 일종의 구성적인 적극성을 가지는 데 비하서 수필은 유로적流露的인 소극성밖에는 가지지 않는 것이다. 가령 말하자면 소설이나 평론이 글을 짓는 것이라면 수필이라는

27) 《조선일보》, 1932.3.29.

것은 이야기하는 정도에 지나지 않는다.

이러한 사실로 보면 작가나 평론가는 퍽 피곤한 것이 사실이다. 이제
는 소설이나 평론에서 현실을 분석하고 비판하고 종합하는 적극적인 노
력을 하기에 힘이 부치니까 그저 힘 안 들고 평평담담平平淡淡하게 이야
기하는 정도의 수필로 쏠리게 되는 것이 사실이다. 위에서 창작계를 말
할 때도 한 말이지마는 작가들이 무기력한 소시민 지식층의 생활상을
그린 데는 공통된 경향이 있는 것은 작가 자신을 말하기 때문인데 아무
리 무기력하더라도 그것이 소설로 나타날 때는 그래도 노력이 있고 적
극성이 있지마는 그것도 못 하고 수필이나 쓰는 정도에까지 전락한 것
은 거의 종언에 가까운 피곤상을 보여주는 것인데 이렇게 보아오면 우
리 문단에서 연례에 없던 수필 범람의 현상이란 결코 반가운 현상이 아
닐 뿐만 아니라 도리어 서로 조상弔喪해야 할 현상의 하나라고 아니 할
수 없을 것이다.[28]

이육사의 동생인 이원조가 당시 수필 범람 현상을 비판한 글이다.
1937년 한 해의 문학계를 총평하는 자리인데, 수필까지 그 대상에 넣었
다. 흔치 않은 일이었다. 그만큼 문단에 수필 범람이 두드러졌던 모양이
다. 이원조는 이때 《조선일보》 학예부장으로서 문단 권력의 중심에 있었
다. 언술의 흐름이 거침없다. 수필은 소설이나 평론과 비교하여 소극적
이고 유한한 문학 형식이라고 단언한다. 소설과 평론이 현실을 분석하
고 비판하기에 지쳐 평이하게 이야기하는 수준에 있는 수필 쪽으로 쏠
림 현상이 일어났다는 진단이다. 수필의 범람은 무기력함과 피곤함에 빠

---

28) 이원조, 〈정축 1년간 문예계 총관 – 주류 탐색의 한 노종표로서〉,《조광》제26호,
1937.12. / 양재훈 엮음,《이원조 비평 선집》(현대문학, 2013), 227~228쪽.

진 문학계를 반영한다고 보았다. 그러면서 수필을 문학의 울타리 안으로 받아들이지 않는다. 수필을 낮추어 깔보는 태도가 글 전반에 배어 있다. 시대 흐름을 간파할 수 있는 저널리즘의 한복판에 있던 이원조인데도 1930년대 후반기 수필 범람 현상을 장르 비교론을 통해 인식하고 있다는 점은 아쉬움을 남긴다. 이것이 수필에 대한 1930년대 후반기의 평균적인 인식이었다. 이육사가 수필에 관해 동생 이원조와 같은 견해를 가졌을 것이라고 말하는 것이 아니다. 이육사에게 있어 수필은 시, 소설, 평론 등과 같이 문단의 일반적인 흐름에 따라 혹은 닥치는 상황에 따라 발표한, 전체 글쓰기의 한 부분이었을 뿐이다. 시와 평론을 썼듯이 자기 생각을 드러내는 하나의 통로로서 수필이란 글쓰기를 선택했을 것이다. 따라서 이육사의 수필은 그의 문학에서 혹은 그의 글쓰기 전체에서 특별한 영역으로 굳이 분리해 바라보려고 애쓸 필요는 없다.

한국문학사에서 이육사만큼 긍정적 평가를 받는 문인은 흔치 않다. 그의 뛰어난 시편들이 이러한 평가의 근거가 되고 있지만, 이에 못지않게 나라를 상실한 시기에 나라 찾기에 투신한 인물이었다는 점은 이러한 평가에 빈틈을 내주지 않았다. 어떤 면에서는 문학인보다는 나라 구하기에 투신한 지사로 더 높이 평가되는 면도 없지 않다. 이것이 문인으로서 그에 관한 다양한 해석과 평가를 가로막는 요소일지도 모른다. 한편, 훌륭한 시인의 수필도 당연히 남다를 것이라는 선입견을 품고 다가가는 것은 금물이다. 지금까지 시인으로서 그에 대한 평가가 혹이나 우상화의 방향으로 쏠려 그 경직됨이 다양한 접근을 막았다면, 위대한 시인이 아닌 한 인간의 면모를 소박하게 바라볼 기회를 제공하는 것이 그의 수필일 수 있다. 그의 수필이 시인 이육사를 이해하는 것과 무관하지 않지만, 단순히 그 보조 수단이 되어서는 곤란하다. 이육사의 수필은 그의 삶에 대한 솔직하고 개인적인 기록이다. 그의 수필을 문학이란 가치 기준으로 해석하고 평가하기에 앞서 이육사란 한 인물의 진정한 모습에 한 발 더 가까이 다가가도록 길을 열어주는 소중한 통로로 인식하는 것이 바람직하다. 이육사의 수필이 있기에 그의 시와 삶은 더욱더 빛나는 것이 아니겠는가.

2. 현실에 대한 비극적 인식

수필은 '기록과 해석'의 문학이다. '기록'은 작가의 실제 경험을 글감으로 삼는다는 점을 겨냥한 말이다. 존재와 사실을 문자화하여 드러내거나 보존하는 것이 기록의 기능이다. 기록의 형식이나 목적에 따라 그 장르가 구분되겠지만, 수필의 기록성은 작가 자신의 실제 경험에 방점이 찍힌다. 수필에서 작가가 한 말과 기록된 경험은 독자에게 의심 없이 사실로 수용된다. 기록의 결과와 사실의 일치를 입증할 객관적 증거가 없다고 하더라도 독자는 수필 속의 모든 이야기와 작가의 말을 사실로 인정한다. 어떤 경우든 문자 기록은 사실과 연관성이 깊다. 그 농도에 차이가 있을 따름이다. 농도의 후박을 굳이 따지자면, '역사 → 전기 → 자서전 → 회고록 → 수필 → 자전적 소설→ 시 혹은 소설' 순으로 자리가 정해질 것 같다. 오늘날 접하는 수필의 양태는 그 이전과 비교하여 문학적 요소가 강화되어 크게 달라졌으나 근저에는 기록성이란 측면이 면면히 흐른다. 수필의 이러한 기록성은 때에 따라 큰 힘을 발휘할 때가 있다. 특히 한 인물이 살아온 삶의 여정을 정리하고 인간성을 이해하는 데 기여하는 바가 크다. 시공간에 따라 정리되는 한 인간의 객관적 연보가 앙상한 나뭇가지와 같은 것이라면, 여기에 잎을 달아주어 생명체로 존재토록 하는 것이 수필과 같은 자전적 기록이다. 생활과 밀착된 경험을 담는 수필에는 글쓴이의 내밀한 생각과 느낌이 진하게 녹아있기 때문이다. 이런 점에서 수필은 문학 이전에 자아의 인간적 면모를 솔직하게 드러내는 양식이라고 할 수 있다.

이육사의 수필도 마찬가지다. 작품 수가 그리 많은 편이 아니지만, 그의 수필은 육사의 인간적 면모를 이해하는 데 중요한 단서를 제공해준다. 작품 곳곳에 그의 일상과 내면을 직간접적으로 말해주는 대목이 널려 있지만, 그중에서도 그의 유년기 기억을 소환하는 부분이 눈길을 끈다. 그 중심 작품이 〈은하수〉[29]인데, 이 글은 이육사란 인물의 서사적 통일성을 집약적으로 보여준다. 액자형 구성이 그의 삶을 하나의 서사로 구성하고 있다. 우리에게 익숙한 〈구운몽〉의 구조와 다르지 않다.

① 지나간 일을 낱낱이 생각하면, 오늘 하루는 몰라도 내일부터는 내남 할 것 없이 살아갈 수가 없을 것이다. 왜 그러냐 하면 다가올 날보다는 누구나 지나간 날에 자랑이 더 많았던 까닭이다. 그것도 물질로는 바꾸지 못할 깨끗한 자랑이었다면, 그럴수록 오늘의 악착한 잡념이 머릿속에 떠돌 때마다 저도 모르게 슬퍼지는 수도 있는 것이다.

② 가령 말하자면 내 나이가 칠팔 세쯤 되었을 때, 여름이 되면 낮으로 어느 날이나 오전 열 시쯤이나 열한 시경엔 집안 소년들과 함께 모여서 글을 짓는 것이 일과이었다. 물론 글을 짓는다 해도 그것이 제법 경국문학經國文學도 아니고 오언고풍五言古風이나 줌도듬을 해보는 것이었지마는, 그래도 그때는 그것만 잘하면 하는 생각에 당당히 열심을 가졌던

29) 《농업조선》, 1940.10.

모양이었다. (중략)

숲 사이로 무수한 유성같이 흘러 다니던 그 고운 반딧불이 차츰 없어질 때에, 가을벌레의 찬 소리가 뜰로 하나 가득 차고 우리의 일과도 달러지는 것이었다. 여태까지 읽든 외집外集을 덮어치우고 등잔불 밑에서 또 다시 경서經書를 읽기 시작하는 것이었고, 그 경서는 읽는 대로 연송連頌을 해야만 시월 중순부터 매월 초하루 보름으로 있는 강講을 낙제치 않는 것이었다. 그런데 이 강講이란 것도 벌써 경서를 읽는 처지면《중용》이나《대학》이면 단권책이니까 그다지 힘들지 않으나마,《논어》나《맹자》나《시전》,《서전》을 읽는 선비라면 어느 권에 무슨 장이 날는지 모르니까 전질을 다 외우지 않으면 안 되므로 여간 힘든 일이 아니였다. 그래서 십여 세 남짓 했을 때 이런 고역을 하느라고 장장추야長長秋夜에 책과 씨름을 하고 밤이 한 시나 넘게 되야 영창을 열고 보면, 하늘에는 무서리가 내리고 삼태성이 은하수를 막 건너선 때 먼 데 닭 우는 소리가 어지러이 들리곤 했다.

③ 이렇게 나의 소년 시절에 정들인 그 은하수였[건]마는, 오늘날 내 슬픔만이 헛되이 장성하는 동안에 나는 그만 그 사랑하는 나의 은하수를 잃어버렸다. 딴이야 내[가] 잃어버린 게 어찌 은하수뿐이리오. 동패어초東敗於楚하고 서패어제西敗於齊하고 서상지어진칠백리西喪地於秦七百里를 할 처지는 본래에 아니였던 것을 오히려 다행이라고나 할까? 그러나 영원한 내 마음의 녹야錄夜! 이것만은 어데도 찾을 수가 없는 것 같고 누구에게도 말할 곳조차 없다.(하략)30)

①과 ③이 액자 외화外話이고, ②가 액자 내화內話이다. 이 글에서 외

---

30) 이하의 본문 인용은《내 마음의 녹야》(손병희 편저, 이육사문학관, 2021)의 '현대어' 편을 따랐음.

화 ③은 내화의 마지막 단락에 붙어 이어진다. 원래는 단락 구분이 되었는데 편집상 오류가 있었는지도 모른다. 그리고 작품 구성상 위에 예시한 외화③ 뒤 '하략' 부분은 사족과 같아 없으면 좋을 거라는 아쉬움이 있다. 외화는 작가가 글을 쓰는 당시(1940년 10월, 육사 나이 37세)의 심경을 드러내고, 내화는 유년기(7~10세)의 경험을 기억한다. 이 글의 핵심은 과거와 현재의 괴리이다. 작가가 처한 현재 상황과 유년기 경험 사이의 뛰어넘을 수 없는 거리에서 오는 비극성이 이 작품의 주제인데, 이는 육사 생애의 서사적 통일성을 한눈에 보여준다.

〈은하수〉와 똑같은 구조의 작품에는 〈청란몽靑蘭夢〉[31]이 있다. 이 수필에서 내화는 꿈을 기술하고 있다. 그 한 단락에서 "소낙비가 지나가고 무지개가 서는 곳은 맑은 시내물이 흘렀다. 계류溪流를 따라 올라가면 자운영 꽃이 들로 하나 다복이 핀 두렁길로 하날에 다을 듯한 전나무 숲 사이로 들어가면 살짐 맥이들은 닛풀을 뜯어먹다가 벗말을 불러 소리치곤 뛰어가는 곳, 하이얀 목책이 죽 둘린 넘어로 수정궁같이 깨끗한 집들이 질비한 곳에 화강암으로 깎어 박은 돌계단이 길다할게 하양夏陽의 열은 햇살을 받어 진주 가루라두 휘뿌리는 듯 눈이 부시다"라고 한다. 이는 작품 〈은하수〉에서 한학을 수학하고 은하수를 가슴에 품었던 유년기 이야기와 맥락을 같이한다. 실제 경험이 꿈으로 대체된 것이 다르다.

②의 내화는 작가의 7, 8세 때 한학 수학 경험을 구성하고 있다. 시기로 본다면, 1910년 전후로 육사가 안동 예안에 설립된 '보문의숙寶文義塾'에 백형을 따라 다니면서 신학문에 입문하기 시작할 무렵이기도 하다. 육사가 집에서는 조부로부터 전통 한학을 익히고 한편으로는 근대 신교육기관에서 새로운 지적 세계와 접하던 때였다. 이 글에서는 전적으로

31) 《문장》, 1940. 9.

한학을 공부했던 경험에 초점이 맞춰 있다. 이때는 육사의 유년기幼年期에 해당한다. 성장 발달 단계서 유아기를 벗어나 유년기에 이르면 보통 학교 교육을 받으면서 지식 전반과 사회성을 습득한다. 한 개인으로 인격(정체성)이 형성되는 때이다. 그가 유년기를 보냈던 원촌리는 100여 호가 모여 살던 동네다. 대부분 같은 집안이었고 대대로 그 땅을 지켜온 사람들이 씨족 공동체를 이루면서 살았던 곳이다. 집안 어른이 스승이고, 동네 아이들은 학생이다. 한자리에 모여 한시를 짓고 경서를 읽었다. 윗글에 따르면 육사는 10세 무렵 밤새워 경서를 외웠다. 지금으로 본다면 초등학교 저학년에 해당하는 어린 나이에 그 어마어마한 학습의 무게와 규율에 얼마나 힘들었겠냐고 애처롭게 생각할 수도 있다. 하지만 다른 방향에서 보면 육사의 유년기 환경은 엄청난 호혜가 아닐 수 없다. 유년기의 이러한 성장 환경은 누구나 쉽게 누릴 수 있는 것이 아니다. 그것은 어떤 면에서 낙원에 가까운 세계다. 이처럼 이육사에게는 행복한 유년기가 있었다.

'유년기'는 현대 교육학과 발달 심리학이 고안한 개념이다. "유년기 개념의 형성은 과학적 이성과 철학적 사고로 급격하게 전환되었던 당시의 세계관과 시대적 배경, 특히 산업화가 진행되면서 늘어난 중산층을 중심으로 아이 양육을 중요시하는 가족 단위가 형성되었던 사회적 변화와 연관되어 있다."[32] '유년기'는 근대 중산층 어린이에게만 국한되는 제한적인 개념이며, 여기에는 이미 그 대상자를 보호하고 바르게 교육해야 한다는 이상이 내포되어 있다. 육사의 유년기를 행운이나 유토피아로 규정할 수 있는 것은 일제 강점기에 접어드는 시기의 아이들에게는 대부분 유년기가 없었다고 볼 수 있기 때문이다. 대부분 유아기를 벗어나면

---

32) 이동후, 《미디어는 어떻게 인간의 조건이 되었는가》(컬처룩, 2021), 143쪽.

서 유년기 혜택을 누리지 못하고 성인으로 편입된다. 성인으로 편입된다는 것은 무엇보다도 성인 사회의 규율에 복종해야 하고, 아동 노동에 투입되어야 할 처지에 놓인다. 육사가 유년기를 가졌다는 것만으로도 선택받은 것과 다르지 않다는 말이다.

이육사는 유년기에 한시 짓기를 배우고 경서를 읽었다. 경서뿐만 아니라 동서양의 다양한 고전을 접하면서 자아 정체성을 형성해 갔다. 이것은 그의 인생 항로의 방향과 가치를 선택하는 토대가 되었을 것이다. 어떤 형태로든 풍성한 인쇄 미디어 환경에서 유년기를 보냈다는 것은 행운이다. 읽을 책이 있고, 그것으로 인도하는 스승이 있고, 공부해야 하는 시스템이 있고, 경쟁할 동료가 있었다. 한적이든 번역서이든 당시의 인쇄 매체를 별로 구애받지 않고 접했던 것은 유년기로서 최적의 여건이 아닐 수 없다. 그가 유년기를 보냈던 1910년대 안동은 말할 것도 없이 전통적인 농경사회 문화가 견고하게 자리 잡고 있던 지역이다. 그런데도 그가 아동 노동에 참여했다는 흔적은 보이지 않는다. 그에게는 부족하지 않은 책이 있었고, 새로운 지적 세계가 무한히 펼쳐져 있었다. 영민한 유년기의 육사는 이 비옥한 성장기 대지의 자양분을 마음껏 빨아들였을 것이다. 육사의 인간적 정체성과 삶의 방향은 여기서 형성되었다고 볼 수 있다. 유년기의 이러한 리터러시 경험은 "활발한 개성 감각, 논리적이고 순차적으로 생각할 수 있는 능력, 상징으로부터 거리를 둘 수 있는 능력, 고차원의 추상화를 다룰 수 있는 능력, 만족감을 유예할 수 있는 능력"[33] 등을 갖춘 기회가 되었고, 이로써 자기 내면에 이상형의 어른을 만들어갔다.

하지만 낙원의 경험은 그 자체가 상실을 예고한다. 삶의 현실과 세속

---

33) 이동후, 앞의 책, 139쪽.

은 낙원에서 추방된 세상이다. 낙원회귀는 희망이고 꿈이다. 이육사가 소환하는 유년기는 기억대로 그렇게 갈등과 균열 없는, 평화와 꿈이 넘치는 시공간이 아니었을 수도 있다. 현실의 좌절과 상실이 너무 크기 때문에 유년기가 무한한 낙원으로 기억되었을 수도 있다는 것이다. 따라서 이육사 수필에서 중요한 의미는 낙원과 같은 유년기 이야기 ②가 전부가 아니다. 유년기를 기억하고 그 행복을 회상하는 지금의 현실인 ①과 ③의 변수를 염두에 둘 필요가 있다. 양자가 극복할 수 없는 숙명적인 거리로 인식되는 데서 생기는 비극성이 이육사 수필의 요체다. 이것이 그의 수필을 입체적으로 독해해야 할 이유이다. ①에서 작가는 오늘의 자신이 처한 현실을 '슬픔'으로 규정한다. 지나간 날, 즉 고향에서 보낸 유년기는 "물질로는 바꾸지 못한 깨끗한 자랑"이라고 한다. ③에서는 "나의 소년 시절에 정들인 그 은하수였마는 오늘날 내 슬픔만이 헛되이 장성하는 동안에 나는 그만 그 사랑하는 나의 은하수를 잃어버렸다"라고 한다. '은하수'는 하늘의 별과 땅의 생활이 분리되지 않고 하나였던 '낙원'을 상징한다. 그는 유년기를 지나 사회 현실과 대면하면서 질곡의 날들을 건뎌내야 했다. 좌절과 한계에 직면하면서 슬픔만 키웠고 사랑하는 은하수마저 상실하고 말았던 것이다.

　육사의 유년기 기억 깊은 곳에는 낙동강과 은하수가 자리 잡고 있었다. "나는 어린 마음에도 지상에는 낙동강이 제일 좋은 강이었고 창공에는 아름다운 은하수가 있거니 하면 형상할 수 없는 한 개의 자랑을 느끼곤 했다"[34]라고 했다. 어릴 적 그의 집 앞에는 낙동강이 흘렀다. 낙동강은 그가 고향에서 성장기를 보내던 시절 친숙한 자연환경이었고, 내면의 벗이었다. 낙동강을 이렇게 말한다.

---

34) 〈은하수〉, 《농업신문》, 1940.10.

내 고장이란 낙동강 가에는 고 하이얀 조약돌들이 일면으로 깔리고, 그곳에서 나는 홀로 앉아 내일 아침 화단에 갖다 놓을 차디찬 괴석들을 주우면서 그 강물 소리를 듣는 것이었습니다. 봄날 새벽에 유수를 섞어서 쩡쩡 소리를 내며 흐르는 소리가 청렬한 물숨 좋고 여름 큰물이 내릴 때 왕양한 기상도 그럴 듯하지만, 무엇이 어떻다 해도 하늘보다 푸른 물이 심연을 지날 때는 빙-빙 맴을 돌고 여울을 지나자면 소낙비를 모는 소리 나고, 다시 경사가 낮은 곳을 지날 때는 서늘한 가을부터 내 옷깃을 날리고 저 아래로 내려가면서는 큰 바위를 때려 천병만마를 달리는 형세로 자꾸만 갔습니다. 흘러 흘러서…. 그때 나는 그 물소리를 따라 어디든지 가고 싶은 마음을 참을 수 없어 동해를 건넜고, 어느 사이 플루타르코스의 영웅전도 읽고 시저나 나폴레옹을 다 읽은 때는 모두 가을이었습니다마는 눈물이 무엇입니까. 얼마 안 있어 국화가 만발할 화단도 나는 잃었고 내 요람도 고목에 걸린 거미줄처럼 날려 보냈나이다.[35]

마을 가까이에 흐르는 낙동강을 친구 삼아 놀면서 강가의 조약돌을 주워 화단에 갖다 깔곤 했다. 흐르는 강물은 다양한 소리와 형상으로 유년기 육사에게 다가왔다. 소리에는 청렬淸冽함과 왕양汪洋함이 있었다. 하늘보다 더 푸른 물이 심연을 흐를 때는 소낙비를 몰고 오는 소리가 났고 강물에서 불어오는 바람이 옷깃을 스칠 때도 있었다. 큰 바위를 지나면서 흐를 때는 천병만마가 지나가는 형세였다. 무엇보다 낙동강은 육사에게 소리로 먼저 다가왔다고 한다. 그는 강이 흐르는 소리를 따라 어디든지 가고 싶었고, 그 꿈과 상상력은 어느새 동해를 건너 끝없이 펼쳐

---

35) 〈계절의 오행〉, 《조선일보》, 1938.12.24~28.

졌다. 강물 소리는 새로운 세계를 경험하고픈 강한 내적 욕구를 자극했고, 이런 욕구는 영웅전을 읽음으로써 다른 세상과 새로운 가치로 확장해 갔다.

　그의 수필에 나타나는 어린 소년 이육사는 조부로부터 같은 동네 아이들과 한학 공부에 몰두했고, 밤하늘의 은하수와 별들을 바라보며 성좌의 명칭과 전설을 되새겼으며, 흘러가는 낙동강의 강물 소리를 들으면서 미지의 세계를 꿈꾸었다. 이 시절을 정지된 화면으로 보면 낙원과 다름없다. 하지만 이러한 유년기를 기억하는 수필 주체로서 이육사는 나이 40에 이르렀고, 그 시절에서 30년을 지난 시점에 서 있다. 30년 전 자신의 유년기를 이처럼 완벽한 유토피아로 구성하는 것은 지금의 현실이 그렇지 못하다는 비극적 인식에서 비롯된 것이다. 이런 상황을 가장 잘 설명해 줄 수 있는 것이 루카치의 《소설의 이론》 첫 문장인, "별이 빛나는 하늘을 보면서 갈 수 있고 또 가야 할 길의 지도를 읽을 수 있던 시대는 얼마나 행복했던가"라는 말이 아닐까 한다. 하늘의 별빛과 그것을 바라보는 유년의 이육사가 하나였다면, 지금 현실에는 갈 길을 밝혀줄 별이 사라지고 없다. 밤하늘의 별을 쳐다볼 때는 별과 하나 되고, 흐르는 강물 소리를 들을 때는 강과 하나가 되어 흘렀으며, 시를 짓고 경서를 읽으면서 성인의 가르침을 마음에 새겨 자기 것으로 만들 때는 어떤 내면의 갈등도 생각의 균열도 없었다. 이처럼 이육사의 수필에서 세계와 자아가 분리되지 않고 하나였던 유년기를 불러오는 것은 지금 그 별이 사라졌음을 말하기 위함이었다. 육사 수필의 유년기 소환은 그때의 아름다운 추억을 되살려 현재의 위안으로 삼기 위함이 아니라, 현실의 균열과 절망을 바라보는 비극적 인식의 방법이다.

3. 사유 확산의 문장과 풍경 묘사

시가 이육사 문학의 중심임은 누구도 부인하기 어렵다. 하지만 그의 글쓰기 전체를 놓고 보면 산문도 상당한 무게를 지닌다. 그의 산문은 크게 수필과 평론으로 구분할 수 있다(물론 〈황엽전〉이라는 소설이 한 편 있고 6편의 번역 작품도 있다). 발표 시기로 보면 육사는 문단에 나와 1930년대 중반까지는 주로 시사평론을 발표한다. 수필의 경우 〈창공에 그리는 마음〉이 1934년에, 나머지 14편은 1937년 이후 6년여 동안에 걸쳐 발표되었다. 전체 12년 문학 활동 기간에 전반기에는 주로 저널리즘 글쓰기인 시사평론을 주로 발표하였고, 1930년대 후반기부터는 문예적 글쓰기에 집중함으로써 시인 혹은 문학가로서 자기 정체성을 확립해 갔다. 수필도 대다수가 1930년대 후반기에 창작되었다. 여기서는 그의 수필이 지니는 산문문학으로서 언어적 특성에 주목해 본다.

수필을 산문문학이라고 규정한다. 이때 '산문'은 단순히 '운문'의 반대 개념만을 지칭하는 것은 아니다. 그렇다면 무엇을 겨냥하는 말인가. '산문'은 그것이 사용되는 맥락에 따라 의미가 다양하게 변주되기 때문에 그 속성을 명확하게 단정하기는 어렵다. 산문은 인쇄 매체의 발달과 함께 등장한다. 15세기 후반기 금속활자 사용이 확대되면서 산문 글쓰기가 정착되었다. 이 점과 관련하여 옥타비오 파스는 다음과 같이 말했다.

산문의 진척도는 사유가 말을 정복한 정도로 가늠된다. 산문은 언어의 자연스러운 경향에 대항한 영원한 싸움을 통해 성장한다. 산문의 가장 완벽한 형태는 담론과 예증인데, 거기서 리듬과 리듬의 끊임없는 가고 옴은 사유의 행진 자리를 양보한다.

시가 닫혀진 질서처럼 보이는 반면에, 산문은 열리고 직선적인 건축물의 모습이 되려고 한다. 발레리는 산문을 행진에, 시를 춤에 비유하였다."[36]

산문의 핵심은 '사유'라는 주장이다. 말의 자연스러운 결을 따라가는 것이 운문이라면, 산문은 사유 체계를 세우기 위해 언어의 자연성을 해체하고 재구성하는 것이라고 본다. 이때의 재구성은 논리에 기반을 둔 작업이다. 산문은 논리에서 생명을 얻는다. 논리 체계를 구성하기 위한 언어의 적절한 운용과 배치가 산문 쓰기의 기본이라고 볼 수 있다. 이육사 수필은 산문의 이러한 기본 특성을 충분히 구현한 것으로 보인다. 물론 이육사가 산문의 기본 속성을 학습하고 수필을 쓴 것도 아니고, 더 나아가 산문의 본질을 '사유와 논리'로 한정할 수 있는 것만도 아니다.

이육사의 산문 문장은 정확하고 논리적이다. 특히 1930년대 전반기에 발표했던 시사평론은 더욱더 그렇다. 1930년대 후반기 수필에 이르면 시사평론에서 드러났던 논리적 체계가 다소 후퇴하고 묘사가 그 중심 자리를 차지한다. 이것은 그의 논리와 사유 중심의 글쓰기를 폐기한 것이 아니라, 글의 장르가 바뀌면서 문체도 변화한다. 변화 가운데에서도 그 기저에는 논리적 사유가 강하게 작동하고 있음을 볼 수 있다. 이육사의 수필에서 의외로 비문이 적다. 호흡이 길어 오늘날 독자들이 읽기에 부담스러울 정도의 긴 문장이 없지 않다. 그렇지만 문장이 정확하고 연결이 논리적이어서 문장 길이가 독해에 크게 지장을 주지는 않는다. 1930년대 후반기는 1933년에 제정된 한글맞춤법이 제대로 정착되지 못한 때다. 신문과 잡지마다 표기와 편집이 제각각이어서 혼란이 비일비

---

36) 옥타비오 파스, 《활과 리라》(솔, 1998), 87쪽.

재하던 시기였다. 이육사 문장의 정확성은 일찍 유년기부터 읽고 쓰기에 단련된 결과일 것이다. 인쇄 매체를 통한 문식력 교육은 무엇보다도 언어 사용의 정확성에서 출발하기 때문이다.

이육사 수필에서 산문의 논리성을 가장 잘 구현 대목은 단락 구분이다. 1930년대 수필 문장에 대한 객관적인 비교 분석에 근거하는 것은 아니지만, 단락에 관한 인식 없이 쓴 글이 대부분이다. 당시 신문이나 잡지의 편집도 지면 조정에 따라 단락을 임의로 나누는 경우가 허다하여 드러난 단락 구분이 글쓴이의 의도인지 편집상 편의에 의한 결과인지 판단하기 어렵다. 하지만 이육사 수필의 단락 구분은 글 전체의 논리적 체계에 충분히 이바지하고 있다. 당시 많은 수필을 창작했던 노천명, 정지용, 이태준 등의 작품과 비교해 보면 이육사 산문에서 단락 구분은 단락의 기능을 충분히 발휘하고 있다. 단락 구분은 전체의 통일성을 위한 부분의 설계다. 부분을 안배하는 일이지만, 거기에는 언제나 전체가 전제된다. 글쓰기가 생각과 감정이 넘쳐나 주체하지 못해 흘러내리는 표현이 아니라, 어떤 의도를 드러내기 위해 완결된 건축물을 축조하는 것과 같다는 인식이 수반되면서 단락 구분의 역할이 대두했다. 사유를 논리적으로 구축하는 산문 글쓰기는 당연히 전체 단락의 조화로운 구성을 중시할 수밖에 없다.

이육사 수필 문장의 단락은 다른 사람들과 비교하여 두터운 편이다. 호흡을 길게 가지고 간다. 문장 하나하나의 길이가 길고 짧은지는 분석해봐야 하겠으나 한 단락의 길이가 긴 것은 분명한 것 같다. 1938년 3월 《조선일보》에 발표된 〈전조기〉의 첫 단락을 읽어보자.

(전략) ① 그렇지만 나에게는 아무리 고쳐보려고 해도 고쳐지지 않는

버릇이란 손톱을 깎고 줄로 으르고 수건으로 닦고 하는 것이다. ② 그 것도 때와 곳을 가릴 것도 없이 욕조나 다방이나는 말할 것 없고 기차 나 배를 타고 멀리 여행이라도 하면 심심풀이도 되고, 봄날 도서관 같은 데서 서너 시간 앉아 배기면 제아무리 게으름뱅이는 아닐지라도 윗눈썹 이 기중기처럼 아래 눈썹을 끌어당길 때도 있는 것이고 그럴 때에 손톱 을 자르고 줄로 살살 으르면 자릿자릿한 재미에 온몸에 게으름이 다 풀 리는 것이다. ③ 그야 내 나이 어릴 때는 아침 일찍이 손톱을 자르면 어른 들은 질색을 하시며 말리기도 하였다. 그리고 말릴 때에 누구인지 지금 에 기억되지는 않아도 우리 집에 자주 오는 손이 말하기를 아침에 손톱 깎고 밤에 머리 빗는 것은 몸에 해롭다고 하는 것이었고, 내 생각에도 그 런 방문은《동의보감》에라도 씌어 있는 줄 알았기에, 그 뒤로는 힘써 시 간을 한나절 지난 뒤에 손톱을 닦곤 하였지만, 나도 나대로 세상맛을 보 게 된 뒤로는 쓴맛 단맛을 다보고 시고 떫은 구석과 후추, 고추 같은 광 경에 부대낄 때가 시작이 되고는 손톱치레를 할 만한 여가도 없었고 어 느 사이에 손톱은 제대로 자라 긴 놈, 짧은 놈, 삐뚤어진 놈, 꼬부러진 놈, 벌떡 자빠진 놈, 앙당 아스러진 놈, 이렇게 되어 내 손이란 그 꼴이 마 치 오징어를 뒤집어 삶아 놓은 것이 되었다

단락 구분을 염두에 두지 않았는지는 모르겠으나 한 단락의 길이가 아주 길다. 여기에다 문장까지 길다. 특히 세 번째 문장이 더 그렇다. 하 나의 화제에 진입하여 몇 개의 문장으로 개념적 설명과 사실적 진술을 통해 말하고자 하는 바를 급하게 마무리하지 않는다. 꼬리를 이어 사유 를 확산해 가는 글쓰기 방식을 보인다. 이육사의 시가 압축과 절제의 미 학을 살렸다는 것이 일반적인 진단이라면, 수필의 경우는 반대로 대상에

밀착하여 세부적인 것까지 놓치지 않으려는 문장 스타일을 보여준다. 패턴으로 굳어진 것은 아니지만, 하나의 단락을 구성하면서 앞에서 뒤로 갈수록 문장의 길이가 길어지는 경우를 종종 확인할 수 있다. 이는 어떤 대상과 문제에 관한 주체의 사유 깊이와 넓이가 점점 확장해가는 모양새다. 이러한 사유의 점층적 확장은 삶과 존재의 복잡하고 역동적인 문맥을 다양한 시선으로 탐색하는 방식이다. 메시지 전달이나 계몽을 의도하는 글쓰기는 복잡한 사유와 관계를 압축하고 정리한다. 반면에 문제를 던지고 그 해결을 모색하는 문장은 한 갈래의 생각에 집중이 요구되므로 단락이 두터워지고 동원되는 언어 양도 늘어나기 마련이다.

1930년대 후반기에 이르면 이육사의 글쓰기는 전반기 시사평론 쓰기에서 문예적 글쓰기로 넘어온다. 사색과 논리를 기저로 하는 글쓰기 태도를 유지하면서 새로이 '묘사'가 그의 문장 대열에 진입한다. 이육사의 산문 쓰기가 사유를 논리적으로 확장해 가는 서술 중심의 문장이었는데, 어느 시점에 이르러 대상과 맥락의 구체성을 부각하는 묘사가 등장하게 된 것이다. 수필의 문장은 설명적 서술을 근간으로 한다. 여기에 대화, 서사, 묘사 등이 가미되어 작품마다 언어 표현의 개성을 구축하는 것이 일반적이다.

① 소낙비가 지나가고 무지개가 서는 곳은 맑은 시내물이 흘렀다. 계류溪流를 따라 올라가면 자운영꽃이 들로 하나 다복이 핀 두렁길로 하늘에 닿을 듯한 전나무 숲 사이로 들어가면 살짐맥이들은 잇풀을 뜯어먹다간 벗말을 불러 소리치곤 뛰어가는 곳, 하이얀 목책이 죽 둘린 너머로 수정궁같이 깨끗한 집들이 즐비한 곳에 화강암으로 깎어 박은 돌계단이 기다랗게 하양夏陽의 옅은 햇살을 받아 진주 가루라도 훌뿌리는 듯 눈이

부시다.[37]

  ② 때로는 산을 돌고 때로는 평원을 지나 솔밭 속을 지나는데, 푸른 솔가지 사이로 보이는 양관洋館들이 모모의 별장이라 하고 해수욕장이 있다 하나 너무나 대중문학적이고, 그곳[에]서 얼마 안 가면 T읍, K의 집에서 조반을 마치고 난 나는 K의 분에 넘치는 관대를 받아 자동차로 해안선을 일 리 남짓 달렸다. 천연으로 된 방파제를 돌아서 바닷속으로 돌진한 육지의 마지막이 거의는 층암절벽으로 된 데다가 동편은 석주들이 쭉 늘어선 것이 마치 아테네의 폐허를 그 해상에 옮겨 세운 듯하며, 그렇게 생각하면 할수록 서편의 만灣은 '이오니아'의 바다와 같이 맑고 푸르고 깨끗하고 조용한 것이었다. 그러나 바람이 한번 불면 파도는 동편 석주를 마주쳐 부서지는 강한 음향과 서편 백사의 만을 쓸어오는 부드럽고 고은 음향들이 산 위의 솔바람과 한데 합치면, 그는 내가 이때까지 들은 어떠한 대교향악도 그에 미칠 수는 없는 것이었다.[38]

  ①은 꿈속의 풍경을, ②는 강원도 총석정 풍경을 묘사한 글이다. 전자가 상상으로 공간을 만들어냈다면, 후자는 실제 체험했던 공간을 재현한 것이다. 일반적으로 소설에서 공간적 배경으로서 풍경은 특별한 분위기를 드러내거나 시공간의 성격을 암시하는 물질적 토대이다. 소설 〈무진기행〉에서 무진의 안개 묘사는 등장인물의 심리 상태를 상징하는 것과 같이 묘사에 의한 풍경은 어떤 의미를 함의하는 구체적 표상으로 작용한다. 이육사가 그의 수필에서 묘사를 통해 보여주는 풍경은 완상의

---

37) 〈청란몽〉, 《문장》, 1940.9.
38) 〈연륜〉, 《조광》, 1941.6.

대상으로 순수한 자연 산수가 아니다. 위의 예문 ②는 총석정의 빼어난 경관에 심취한 주체의 태도가 엿보이기는 하지만 연결된 뒷부분을 보면 단순한 자연 풍경을 예찬하는 것이 아님을 알 수 있다. 더욱이 ①의 묘사는 꿈을 가정한 것이기에 처음부터 풍경 너머에 다른 의도를 두고 있다. 풍경 제시가 자연 대상 자체를 재현하는 차원이 아니라, 주체의 의식이 풍경이란 형식을 통해 표현된다. 풍경은 그것을 구성하는 주체의 내부를 상징하거나 비유한다는 뜻이다. 육사가 묘사하는 풍경은 이상 세계로 제시된다. 그 원형은 유년기의 '은하수'와 '낙동강'이다. 이는 유년기에 대한 동경이면서 현실에 대한 비극적 인식이다.

1930년대 기행문이나 자연을 대상으로 하는 수필에서 보여주는 풍경 묘사는 경이로움을 전제하는 예찬이 주를 이루었다. 자연의 아름다움과 신비로움 발견, 자연의 섭리를 교훈으로 삼는 주체의 자아 성찰, 자연의 위대함과 순수함에 대비되는 인간의 나약함과 욕망 노출 등이 하나의 전형을 이루었다. 이와 비교해 이육사 수필에서 자연 풍경은 낙원 상실 모티브에서 출발한다고 하겠다.

4. 은하수 상실의 출구

이육사의 문필 활동이나 창작 활동 기간은 그리 길지 않다. 고작 10여 년 정도다. 여기다가 중국 땅을 수시로 드나들며 독립운동에 참여하고 일경에 검거되어 몇 번이나 옥살이를 했던 터라 문학 창작에 집중할 틈이 별로 없었다. 말년에는 건강이 악화하여 병원에 입원 치료를 받거나 요양을 떠나는 등 문학 활동에 전념하기에는 현실이 악조건이었다.

이러한 물리적 여건 때문에 그가 남긴 문학 작품은 그리 많지 않다. 수필은 15편 정도에 불과하다. 짧은 길이의 수필 몇 편을 통해 특별한 사상이나 세계관을 펼친 것도 아니고 남다른 문예미학적 성과를 이룬 것도 아니다. 저널의 청탁으로 그때마다 발표된 것이 그의 수필 전부이다. 그러기에 15편의 수필에 어떤 일관된 사상이나 문학적 관점이 뚜렷하게 구현되었다고 보기는 어렵다. 그의 수필은 과거와 현재를 오가면서, 혹은 일상의 현실과 상상의 세계를 넘나들면서 자기 생각과 소회를 적은 소박한 글이다. 육사 개인의 이런저런 기록으로 간주하고 행간에 드러나거나 묻힌 의미를 되새기는 가운데 육사라는 한 인물을 좀 더 깊이 이해하는 계기가 된다면, 그의 수필 읽기는 충분한 의의를 지닌다. 하지만 여기서 한 걸음 더 나아가 위험을 무릅쓰고 육사 수필의 메타적 의미를 추상해 보는 것도 의미 있는 일이라고 생각한다. 작은 단서라도 주어진다면, 당연히 그렇게 시도해 봐야 할 것이다. 이런 의미에서 그의 수필 중 독자의 관심을 강렬하게 유인하는 다음과 같은 대목에 주목해 본다.

① 생활의 원리와 양식에 갈등이 없거늘 나의 현실은 어찌 이다지도 착종錯綜이 심한고? 마음은 창공을 그리면서 몸은 대지를 옮겨 디뎌 보지 못하는가?

−〈창공에 그리는 마음〉에서

② 이렇게 나의 소년 시절에 정들인 그 은하수였[건]마는, 오늘날 내 슬픔만이 헛되이 장성하는 동안에 나는 그만 그 사랑하는 나의 은하수를 잃어버렸다. 딴이야 내 잃어버린 어찌 은하수뿐이리요. (중략) 그러나 영원한 내 마음의 녹야錄夜! 이것만은 어데로 찾을 수가 없는 것 같고 누

구에게도 말할 곳조차 없다.

-〈은하수〉에서

③ 얼마 안 있어 국화가 만발할 화단도 나는 잃었고 내 요람도 고목에 걸린 거미줄처럼 날려 보냈나이다.

-〈계절의 오행〉에서

④ 그리하는 동안에 사실은 나의 꿈도 깨어지고 내 사랑하는 푸른 지평선도 잃게 되는 것입니다.

-〈계절의 오행〉에서

⑤ 때로 화창花廠을 들러도 보고 난꽃을 찾아도 보았으나 내 머릿속에 태워부친 그것처럼 사라질 줄 모르는 향기는 찾아볼 수 없었다. 꿈은 유쾌한 것, 영원한 것이기도 하다.

-〈청란몽〉에서

모두 상실의 의미를 내포하는 문장이다. ①에서는 창공을 그리는 마음과 대지에 묶인 몸 사이의 거리를 드러낸다. 꿈을 실현할 수 없는 현실에 대한 인식이다. '창공/꿈'의 상실로 해석된다. ②에서는 사랑하는 '은하수'를 잃었다고 한다. 은하수는 '낙원/희망'을 상징한다. 그것은 유년기의 순수함과 행복이기도 하다. '녹야'도 '은하수'와 같은 의미로 해석된다. ③에서는 국화가 만발한 '꽃밭'을 잃고, '요람'도 날려보냈다고 한다. '꽃밭'이나 ④의 '푸른 지평선' 모두 은하수의 다른 표상들이다. ⑤에서는 꿈에서 맡았던 향기를 현실에서 찾아 나섰으나 찾지 못했다는 이야기다. 잃어버렸고, 날려버렸고, 찾지 못했다는 서술어는 강한 상실을 드러내는 말이다. 잃어버리고 다시 찾지 못하는 '은하수, 녹야, 화단, 지평선, 향기'는 같은 맥락에 있는데, 모두 '꿈, 낙원, 유년기'의 구체적 표상이라고 할 수 있다.

인간 세계를 호흡하는 순간부터 모든 존재는 세계와의 갈등 구조 속에 놓인다. 현실과 세속은 존재의 완결성을 깨트리고 그 틈새로 불안과 슬픔을 밀어넣는다. 현실은 존재를 흔들고 무너뜨리는 태풍과 같은 우연적이고 치명적인 힘으로 작동한다. 대처할 방법을 허용치 않는 비극적 상황 앞에서 인간은 자신의 나약함과 무력감을 떨쳐버릴 수 없다. 여기서 누구나 상실감에 빠지게 된다. 세속은 현실적인 어긋남과 적당하게 타협하도록 종용한다. 하지만 이육사처럼 강철같이 단련된 정신은 부러질지언정 굽히지 않는다. 이 지점에서 초월적 세계로의 진입을 준비할 수밖에 없다. 이육사의 수필 〈질투의 반군성〉 결미에 화자는 태풍이 몰아치는 바닷가에 이르렀을 때 "파도소리는 반군의 성이 무너지는 듯하고 하얀 포말에 번개가 푸르게 빈질 때만은 영롱하게 빛나는 바다의 일면! 나는 아즉도 꿈이 아닌 그날 밤의 바닷가로 태풍의 속을 가고 있는지도 모릅니다"라고 한다. 태풍으로 파도가 해변에 부서지는 극한상황에 이르렀을 때 하늘의 번개와 하얀 포말은 비극적인 소멸이 아니라 영롱하게 빛날 수 있다는 것이다. 마치 그의 시 〈절정〉이 연상되는 부분이다.

내가 들개에게 길을 비켜줄 수 있는 겸양을 보는 사람이 없다고 해도, 정면으로 달려드는 표범을 겁내서는 한 발자국이라도 물러서지 않으려는 내 길을 사랑할 뿐이오. 그렇소이다. 내 길을 사랑하는 마음, 그것은 내 자신에 희생을 요구하는 노력이오. 이래서 나는 내 기백을 키우고 길러서 금강심에서 나오는 내 시를 쓸지언정 유언은 쓰지 않겠소. 그래서 쓰지 못하면 죽어 광석光石이 되어 내가 묻힌 척토瘠土를 향기롭게 못 한다곤들 누가 말하리오. 무릇 유언이라는 것을 쓴다는 것은 팔십을 살고도 가을을 경험하지 못한 속배들이 하는 일이오. 그래서 나는 이 가을에도 아예 유언을 쓰려고는 하지 않소. 다만 나에게는 행동의 연속만이 있을 따름이오. 행동은 말이 아니고 나에게는 시를 생각는다는 것도 행동이 되는 까닭이오.[39)]

　이육사의 수필에서 반복되던 현실에 대한 비극적 인식이 새로운 출구를 찾는다. 표범을 겁내지 않고 정면으로 맞서겠다는 결기 어린 다짐이 그것이다. 금강심에서 우러나오는 시를 쓰겠다고 한다. 중요한 것은 행동인데, 시인이 시를 쓰는 일도 행동이 된다고 한다. 이육사의 수필 중에서 작가의 의지가 가장 강하게 드러나는 부분이다. 그의 현실에 대한 비극적 인식은 이런 점에서 행동의 단계로 나아가기 위해 자기 자신을 다잡고 점검하는 일의 일환이라 하겠다. 이 지점에서 이육사 수필은 하나의 서사적 통일성을 드러낸다. 작가의 윤리적 성찰과 메시지를 전달하는 데 무게를 두고서는 좋은 문학이 될 수 없다. 교술로서 수필이 작가의 판단과 주장을 담을 수도 있다. 그러나 이런 쪽으로 기울면 수필은 문학이 아니라 논설로 전락하고 만다. 결기 어린 다짐을 외부로 드러내어 남에게 보이려는 정치적 태도는 문학성 포기를 자초하는 일이다. 현실과 세속의 균열 속에서 내면의 갈등과 좌절로 방황하는 모습이 솔직하게 드러나는 수필이 수필답다. 이러한 강한 의지와 금강심만을 강조하는 것은 이육사의 시나 삶을 무조건 우상화하는 관행적 해석과 다를 바 없다.

---

39) 〈계절의 오행〉, 《조선일보》, 1938. 12. 24~28.

중요한 것은 그러한 금강심에 이르기까지 '은하수'를 잃어버린 현실 앞에서 고뇌하고 방황하는 이육사의 인간적인 모습이다. 이육사의 수필은 이러한 모습을 잘 보여준다. 이육사 수필에 대한 평가는 이 부분에서 출발해야 할 것이다.

1940년《문장》1월호의 '조선문예가총람'에 이육사는 "평론가 이원조의 백씨"라고 소개되고 있다. 당시 이육사의 문단 활동이 어떠했는지를 짐작할 수 있는 부분이다. 창작 활동을 활발하게 전개하여 문단의 주목을 받았던 문인이 아니었던 만큼 그의 수필이 당시 독자에게 특별하게 다가가지 못했음은 짐작이 가고도 남는다. 이육사 문학에 대한 평가도 시를 중심으로 이루어지고 수필은 외면당해 왔다. 이는 이육사에게만 해당하는 것만은 아니라고 하더라도, 그의 수필이 많은 연구자나 비평가를 거쳐 제대로 평가될 수 있는 기회가 없었던 점은 아쉽다. 1930년대 수필문학은 저널의 부추김에 편승하여 미문주의에 앞장서거나 일상의 표피를 가볍게 기술하며 개인의 사소한 신변을 이야기하는 수준에 머물렀다. 이런 경향과는 달리 이육사의 수필 언어에는 진중함과 무게가 실려있다. 자기 과시의 현학이나 독자에 가르침으로 주겠다는 계몽적 기획도 절절하게 절제되어 있다. 이런 부분이 이육사 수필의 강점이 아닌가 싶다. 1930년대 수필문학이 확장되는 과정에서 다른 문인들이 썼던 수필과 비교를 통해 이육사 수필이 가지는 개성적인 측면을 찾아내는 것이 남은 과제다.

수필가 김동리를 만나다

1. 김동리의 수필집과 수필 작품

한국 현대수필문학사 100년 동안 수필을 쓰지 않은 문인은 거의 없다. 시인, 소설가, 극작가, 평론가란 이름을 달고 문단 활동을 하면서 그들 대부분은 수필을 창작했다. 이들의 수필에 대한 인식과 활동의 문학사적 가치는 충분히 주목할 만한데도 지금까지 학문적 관심을 거의 받지 못한 것은 아쉬운 일이 아닐 수 없다. 그들의 수필은 시인이나 소설가로서 연구되는 데 참고할 만한 보조 자료에 지나지 않았다. 21세기에 들어와 수필문학의 외형이 확장했으나 문단에서 수필에 대한 인식은 여전히 '주변문학'이란 장벽을 넘어서지 못했다. 앞으로도 수필이 학문의 장에 편입될 가능성은 희박하다. 대학을 벗어난 공간에서 몇몇 학자가 한국 수필문학 연구의 맥을 이어가는 실정이다.

김동리는 한국 문단에 큰 획을 그은 소설가다. 순수문학론을 주창한 문학이론가며 비평가이기도 하다. 시와 아동문학 분야에도 작품을 남겼다. 여기에다 한국문인협회 이사장을 역임한 문단 활동가였다. 이런 김동리의 문학 활동은 충분히 알려져 있으나 수필가로서 그에 대한 관심은 거의 없었다. 그가 남긴 수필 작품의 양은 엄청나다. 소설가로서 무게가 워낙 크기 때문인지는 모르겠으나 김동리 수필에 대한 목록 작업은 제대로 이루어지지 않은 상태이다. 2013년 탄생 100주년을 맞아 '김동리기념사업회'에서 발간한 '김동리문학전집'에 따르면, 수필은 전체 33권 중 5권 분량을 차지한다. 26권《수필로 엮은 자서전》(72편, 451쪽), 27권《생각이 흐르는 강물》(296쪽), 28권《사색과 인생》(318쪽, 53편), 29권《밥과 사랑과 그리고 영원》(404쪽, 85편), 30권《운명과 사귄다》(352쪽, 77편)이 그것이다. 대략 1,800쪽 350편에 해당하는 작품 분량이다. 그런데도 김동리가 '수필가'란 이름으로 깊은 관심을 받아본 적은 없었다. 지금까지 그는 수필가가 아니었던 셈이다.

아래는 '김동리기념사업회(도서출판 계간문예)'에서 2013년에 출간한 《김동리문학전집》에 정리된 그의 수필집 목록이다.

①《녹음 아래서》, 범우사, 1958.

②《자연과 인생》, 국제문화사, 1966(425쪽).

③《사색과 인생》, 일지사, 1973.

④《고독과 인생》, 백만사, 1977(313쪽).

⑤《취미와 인생》, 문예창작사, 1978(363쪽).

⑥《운명과 사귄다》, 휘문출판사, 1978(442쪽).

⑦《명상의 늪가에서》, 행림출판사, 1980.

⑧《밥과 사랑과 그리고 영원》, 사조사, 1985.

⑨《생각이 흐르는 강물》, 갑인출판사, 1985.

⑩《사랑의 샘은 곳마다 솟고》, 신원문화사, 1988.

①은 정확한 내막을 확인하지 못했으나 오류일 가능성이 크다. 범우사에서 '범우에세이선(42번)'으로 출간된《綠陰 아래서》는 그 초판 연도가 1976년 11월 10일이다. 그리고 ①, ②, ⑧을 제외하고는 '출판사 이름' 조차 빠져 있다(위 목록의 출판사면은 필자가 찾아 적음 것임). 김동리 수필집에 관한 목록 작업이 아직 미흡한 상태임을 말해주는 대목이다.

1960~1970년대에 오면 '한국수필문학전집류'가 연이어 출간된다. 이런 전집류 대부분은 김동리 수필을 수록하고 있다. 여기에 수록된 작품을 통해 그의 어떤 작품이 대표작으로 수용되었는지 가늠해 본다.

① 양주동, 오종식, 조윤제, 조지훈, 최정희가 편집위원으로 참여한 《한국수필문학전집》4권(1965년에는 문원각과 국제문화사, 1972년에는 신구문화사에서 출간)은 〈樹木頌〉, 〈斷章〉, 〈흰나비〉, 〈閑談二題〉(편지, 책임) 4편의 작품을 수록했다.

② 1974년 조연현이 '한국 문단의 저명인사 50여 명이 기고한 한국수필문학선집'이란 부제로 편찬한《낙엽을 태우면서》(보경출판사)에는 〈樹木頌〉, 〈閑談二題〉 2편이 수록되었다. 앞의 전집을 그대로 옮겨온 것이나 다름없다.

③ 1975년 국제펜클럽 한국본부가 편찬한《한국대표수필문학전집》(12권 중 6권, 을유문화사)에는 〈은행잎〉, 〈滿月〉, 〈귀뚜라미〉, 〈芭蕉〉, 〈無窮花〉, 〈수목송〉, 〈운명에 대하여〉 등 7편의 작품이 대표작으로 수록되었다.

④ 1976년 〈綠陰 아래서〉(범우사)에는 〈만월〉, 〈귀뚜라미〉, 〈무궁화〉,

〈모과나무〉, 〈수목송〉, 〈녹음 아래서〉, 〈한담 2제〉, 〈흰나비〉, 〈고향을 그리다〉, 〈문학의 동기〉, 〈운명에 대하여〉, 〈행복론〉, 〈유아론〉 13편이 실려 있다.

⑤ 1988년에 동신출판사가 간행한 《한국수필문학대전집》(전10권 중 9권 – 한국인의 사색)은 〈행복론〉, 〈녹음 아래서〉, 〈女三人稱 代名詞 '그녀'의 解明〉, 〈稱號에 대하여〉, 〈趣味·餘技〉 등 5편의 작품을 싣고 있다.

전집류의 대표작 선정이 어떤 과정을 거쳐 이루어졌는지 신뢰감을 얼마나 줄 수 있는지는 알 수 없다. 어쨌든 앞에 열거한 작품은 지금까지 김동리 수필의 대표작으로 독자에게 수용되었다.

2. 김동리의 수필관

김동리는 일찍이 1952년 부산에서 《문학개론》(정음사)을 펴낸다. 저자는 서문에서 이 책에 관해 "1952년 2월에 초판이 나왔고, 1953년 5월 3판이 나왔다. 그러니까 저 1.4후퇴에서 약 1년이 지난 피난지 부산에서 초판이 나왔고, 약 1년 남짓 되는 동안에 두 번이나 중판이 되었다. 그것도 매쇄每刷에 5천 부씩이나 되었던 것으로 기억한다"라고 했다. 당시 많은 독자가 김동리의 문학개론를 읽었던 것으로 짐작된다. 1950년대에 출간된 문학개론서가 수필을 제외하는 것이 일반적이었는데, 김동리는 그것도 1950년대 초반에 출간한 그의 《문학개론》에서 '수필'을 하나의 독립된 문학 장르로 분류한다. '제2부 문학의 제양식'에서 서정시, 서사시, 극시(희곡), 소설, 수필, 평론 순으로 구성하고 각 항목을 설명하고 있다. 수필은 '1) 수필과 평론, 2) 수필의 의의, 3) 수필의 2종'으로 나누어 상술한다. 여기서 수필에 관해 이렇게 말한다.

수필은 산문문학의 한 양식이다.

산문문학은 그 매재媒材 형식이 율문이거나 산문이거나를 묻지 않고 창작문학에 속하지 않는 일체의 문학을 의미한다. 이것은 창작문학이 그 매재媒材 형식이 율문이거나 산문이거나를 묻지 않고 '그 존재의 총계에 플러스'하는 일체의 문학을 의미하는 것과 마찬가지다. 창작과 산문의 구별은 그 매재 형식에 있지 않고 그 내용과 '직능'에 있다는 것은 위에서도 이미 말한 바이다. 그러므로 수필은 '존재의 총계에 생명을 플러스' 하는 것이 아니라 '기존한 사물에 대한 논의와 비판'을 행하는 산문문학의 하나인 것이다.[40)]

김동리는 문학을 창작문학과 산문문학으로 양분한다. 전자는 어떤 존재의 총합에 '알파 α'가 더해져 새로운 것으로 거듭나는 문학을 말한다. 문학의 창조적 행위에 무게를 두는 관점이다. 반면에 하나의 존재를 논의하고 비판하는 것을 산문문학이라고 했다. 수필은 산문문학의 한 양식인데, 그 어떤 다른 산문 양식(역사, 철학, 웅변, 서간, 일기, 신화, 전기, 제문, 축사, 弔辭, 비명, 과학)도 아닌 고유한 것이라고 하였다. "그것은 자기 자신(수필) 이외의 그 어떠한 '류'에도 양식에도 속하지 않는, 그러므로 그 어떠한 격식에도 체계에도 구속되지 않고 단편적 문장(산문)이 수필인 것이다. 그것은 대상에 있어 사유의 전 영역에 긍亘하는 것이며 그 형식에 있어 그 어떠한 격식과 체계에도 구속되지 않는다"[41)]라고 설명한다. 수

---

40) 김동리, 《문학개론》(정음사, 1952), 82~86쪽.
41) 같은 책, 90쪽.

필 장르에 관한 김동리의 관점은 다음과 같이 정리할 수 있다. 첫째, 창작문학이 아닌 산문문학이다. 둘째, 다른 어떤 산문문학에도 해당하지 않는 고유한 양식이다. 셋째, 형식에서 어떤 체계와 격식에도 구속되지 않는다. 넷째, 대상에 관한, 모든 영역의 사유다. 김동리의 이런 관점은 1950년대 수필에 대한 평균적 인식 수준이다. 주목할 부분은 그의 수필론에는 수필에 대한 긍정적 태도가 잠재한다는 점이다. 이러한 긍정적 관점과 태도는 이후에도 지속된다.

수필문학은 본디 그 양식상樣式上의 특질로서, 작자 자신을 소재 내지 주제로 삼는 면이 있어, 이는 서정시抒情詩에 통하나, 그것을 주관적인 정감에만 맡기지 않고, 다시 이론적인 분석과 객관적인 연역으로 발전시켜 나가는 사색적인 기능機能에 있어 철학과도 통한다. 따라서 이 양면面의 가로 세로 울리는 진폭振幅은 넓다.

오늘날 이 서정시적 일면을 빙자하여 '신변잡기 운운'을 수필로 대신하고, 철학적인 일면에 인연을 담아 주인 없는 강단 노우트를 주인 있는 수필의 이름으로 옮기는 따위마저, '넓은 진폭'의 소치로 돌린다면, 이를 수필문학 그 자체의 미덕으로 볼 수 있을까.[42]

김동리 수필관의 핵심이 잘 드러나는 대목이다. 수필의 본질과 당시 수필 창작 경향의 문제점을 간명하게 설명하고 있다. 이처럼 작품집 서문에서 짧게 수필의 본질과 문제의 핵심을 간파했다는 것은 놀라운 일이다. 여기에 드러나는 수필에 대한 그의 인식이 즉흥적인 것이 아니라, 오랜 창작 경험과 문단 활동을 통해 축적된 것으로 짐작된다. 그는 수필에

---

42) 김동리,《자연과 인생》(국제문화사, 1965), '책머리에'.

관해 뚜렷한 관점을 견지한 작가였다. 여기에다 이러한 관점은 토대가 탄탄하고 설득력이 있다.

김동리는 수필을 진폭(영역)이 넓은 장르로 전제하고 그 고유성을 찾는 데 두 개의 축을 설정한다. '서정시'와 '철학'이 그것이다. '서정시'의 축에서는 '서정'에 무게를 둔다. '서정'의 핵심은 '자아'이다. 서정의 힘에 의탁하여 '자아의 드러냄'(표현)은 객관적 대상조차 '자아화'한다. 작가 자신을 드러내는, 자기 자신에 관해 이야기하는 문학이 수필이라는 것이다. 이는 단지 '고백의 문학'이란 수필의 유형적 특징을 지적하는 것이 아니다. 서정시와 마찬가지로 개인의 특수한 정감이 수필의 토대라고 주장한다. 이는 창작 주체(생산자), 즉 작가의 관점에서 수필을 규정한 것이다. 수필가 개인의 주관적이고 특수한 정념이 수필의 토대를 이루지만, 그것이 독자에게 전해져 공감을 끌어내려면 보편성을 획득해야 한다. 이에 김동리는 '사색', 즉 '철학'이란 수필의 또 다른 축을 설정한다. 서정과 사색, 주관과 객관, 특수성과 보편성, 문학(좁은 의미)과 철학, 생산과 수용이란 두 축으로 수필의 큰 틀을 세우고 이 양자의 상호작용(울림, 변증법적 통일)이 이루어지는 진폭을 수필의 영역으로 인식했다. 양자의 상호 울림 없이 어느 한쪽으로 치우치는 것을 경계하고 비판한다.

'순수문학'은 김동리 문학을 대변하는 아이콘이나 다름없다. 그의 문학이 보여준 반근대적 속성은 근대의 초극을 위한 것이라고 보기 어렵다. 그는 "토착적 한국인의 삶과 정신을 깊이 있게 탐구하면서, 그것을 통하여 우주 속에 놓인 존재로서의 인간에게 주어진 운명의 궁극적인 모습을 이해하려는 끈질긴 노력"[43]해 왔다. 반세기 동안 문필 활동을 이어오면서 누구보다도 자기만의 길을 고집했던 사람이다. 이러한 일관성은 작가의

---

43) 김동리기념사업회 편, 〈김동리 문학의 원점과 그 변주〉(계간문예, 2006), 45쪽.

고유성이고 개성으로 해석될 수도 있지만, 이념적 차원으로 전이되면 도그마로 고착하기 쉽다. 고정된 도그마는 문학 공간을 협소화하거나 자기 밖 타자의 존재를 불경시不敬視한다. 그런데 수필에 관한 김동리의 태도는 도그마와는 거리가 멀다. 유연하고 폭이 넓다. 수필을 문학의 품안으로 포용하는 데 그리 까다롭지 않다. 의외였다. 하지만 이러한 여유 있는 수필관이 수필을 생산하는 원동력으로 작용했을지는 모르지만, 창작 현장에 그대로 실현되었다고 보기는 어렵다. 이론으로서 수필관과 구체적 창작 사이에 어긋남이 확연하게 드러나기 때문이다.

3. 김동리 수필의 '인생'이란 이데아

김동리의 수필세계는 울창한 숲과 같다. 그 숲은 수많은 나무가 빽빽하게 우거져 있어 전체를 도무지 종잡을 수 없다. 숲의 윤곽이나 그것을 헤쳐나갈 길이 보이지 않아 막막하다. 작품 양이 많고 그것이 발표된 기간도 길다. 전체 작품의 상하좌우나 의미 있는 질서를 끌어내기가 쉽지 않다. 그러나 아무리 복잡하고 무질서하게 보여도 엉킨 매듭을 풀 수 있는 단서는 있기 마련이다. 암흑 가운데 스며드는 한 줄기 빛처럼 말이다. 그의 수필집 표제와 작품집 중간 제목에서 출구를 찾아본다.

1966년에 출간된 첫 수필집《자연과 인생》(국제문화사)에서 네 번째 수필집《취미와 인생》(문예창작사, 1978)까지 그 표제가 같은 패턴을 유지한다. 'ⓑ 자연/사색/고독/취미 + ⓐ 인생'이 그것이다. ⓐ가 ⓑ를 포함하는 상위 층위다. '인생'이 그 정점에 있다. ⓑ의 '자연/사색/고독/취미'는 '인생'을 구성하는 하위 층위다. 위에 제시된 작품집 ⑥~⑩의 표제도 이러한 패턴의 변형이다. 즉 '운명, 명상, 밤, 사랑, 영원, 생각'도 마찬가지로 'Ⓐ인생'에 포함되는 Ⓑ의 하나이다.

　작품집《자연과 인생》의 부部제목을 보자. '1부 자연과 인생, 2부 취미와 인생, 3부 철학과 인생, 4부 교양과 인생, 5부 여성과 인생, 6부 사회와 인생'으로 구성되어 있다. 작품집《취미와 인생》은 '1.취미와 인생, 2.고향과 인생, 3.사상과 인생, 4.청춘과 인생'으로 짜여 있는데, 이것도 수필집《자연과 인생》과 같은 구조다. 이상의 분석을 통해 유의미한 하나의 틀, 'Ⓓ 개별 작품의 구체적인 주제 → Ⓒ개별 작품 제목 → Ⓑ 작품집 부제목 혹은 각 수필집 표제의 앞부분 → Ⓐ 인생'을 가정해 볼 수 있다. 'Ⓐ 인생'은 매우 추상화된 개념으로서 그 이하 Ⓑ/Ⓒ/Ⓓ와 직접적인 연관성이 약하다. Ⓐ는 김동리 수필의 본원을 암시하는 상징이고 메타이다. Ⓑ는 김동리 수필의 중심 테마다. Ⓐ가 김동리 수필의 메타적 이념이라면, Ⓑ는 그의 수필이 보인 관심사이고 Ⓐ를 구체화하는 주제라고 할 수 있다. 그렇지만 Ⓐ와 Ⓑ, Ⓑ와 Ⓒ/Ⓓ의 유착성은 느슨하다. 김동리 수필의 주된 내용을 이루는 것은 Ⓑ이다. 자연, 고독, 취미, 철학, 교양, 여성, 자아, 문학, 사회, 운명, 자신 등이 이에 해당한다. 이 중에서 김동리 수필을 파악하는 데 고려해야 할 핵심 요소는 자연, 문학, 철학으로 볼 수 있다.

　김동리 수필의 사다리를 한 계단씩 밟고 올라가면 그 정점에 이르러 인생을 만난다. '인생'은 그의 수필을 지배하는 '이데아'와 같은 것이다. 이것이 그의 주력 장르인 소설에서도 그런지는 모르겠으나 수필에서는 하나의 '이데아'이고 '토대'에 가깝다. 그런데 문학은 언어의 세계이다. 언어는 자의성과 동시에 역사성(사회성)을 지닌다. 언어는 발화자의 욕망과 이념에 끈이 닿아 있지만, 발화자를 배반하고 어긋남을 만들어낸다. 어쩌면 이 배반과 어긋남을 생산하는 에너지가 문학의 원동력일 수 있다. 김동리 수필에서는 문학으로서 언어와 한 작가의 이데아 사이의 어긋남이 극심하다. 그의 수많은 수필에서 '인생'을 정면으로 직시하고 바라본 작품은 거의 없다. 물론 현재 문단에서도 수필집 표제 대부분은 수록된 40~50여 편의 작품 중 한 편의 제목을 가져와 붙인다. 이러한 작품집 표제가 때에 따라 전체를 상징하거나 대표할 수도 있으나 대체로 그 관련성은 매우 낮은 편이다. 표제 작품은 그 작품집 속에 반드시 포함되어 있다. 물론 김동리의 모든 수필이 넓은 의미의 '인생'을 형상화한 것이라고 해도 틀린 것은 아니다. 하지만 여기까지 이르면 '인생'이란 말은 사어死語나 다름없다. 이는 '공기'에 '인생'을 갖다붙이는 것과 같다. 사람이 살아가는 데 공기는 필수적이니 공기도 인생의 중요한 부분이라고 말하는 것과 다르지 않다는 것이다.

김동리가 그의 수필을 '인생'이란 우산 아래 두었던 까닭은 무엇일까? 두 가지 가능성을 생각해 볼 수 있다. 첫째는 김동리 자신의 내재적인 문학관에서 그 뿌리를 찾을 수 있다. 많은 연구자가 언급했듯이, 김동리 문학관의 핵심은 '구경적 생의 형식'으로 요약할 수 있다.

문학적 생산은 생이 현유現有하는 데서만 가능하다면 '문학하는 것'도 이 원칙에서 벗어날 수 없을 것이다.
그러므로 '문학하는 것'은 먼저 '사는 것'이 아니어서는 아니 된다.[44]

김동리의 주장에 따르면, 문학 작품을 창작하는 것('문학하는 것')은 '사는 것'이고, '사는 것'은 주어진 삶을 긍정하는 것이다. 문학은 삶(인생)을 긍정하는 표현이다. 인간의 삶이란 각자 다르지만, 공동의 운명 같은 구

---

44) 김동리, 〈문학하는 것에 대한 사고〉, 《문학과 인간》(전집 32권), 86쪽.

경적(궁극적, 보편적)인 것이 있다. 이 공통된 운명을 발견하고 그것을 타
개하는 정신적 노력의 일환이 문학이라고 주장한다. '구경적 생'이란 인
간에게 주어진 보편적인 운명 혹은 그 운명을 발견하고 넘어서서 자신
만의 인생을 완성하는 것을 말한다. "모든 문학적 창조는 우리가 어떻게
하면 보다 더 참되게 높게 아름답게 깊게 살 수 있느냐 하는 데 집중"[45]
되어야 한다는 것이다. 이러한 문학관은 그가 문단 활동 초기(40~50년대)
에 형성된 것으로 그의 문학 전체에 중요한 동력으로 작동했다. 그가 '인
생'을 수필의 정점으로 인식했던 것은 결코 우연한 일이 아니었다.

둘째, 김동리 수필이 '인생'이란 화두에서 파장된 원인은 당대(1950~
1970) 문단 분위기 혹은 매체 환경에서 찾아볼 수 있다. 1950~1960년대
는 철학적 인생론이 수필계를 풍미했던 시대다. 수필 문단이 본격적으
로 형성되지 못한 상황에서 이러한 분위기는 대중 매체와 출판사들에 의
해 조성되었다. 안병욱, 김형석, 김태길 등이 당시 철학적 수필의 대표적
인 작가였다. 철학자인 이들은 '철학적 에세이'라는 대중적 글쓰기를 통
해 독자에게 다가갔다. 김태길은 문단에서 비평 활동을 활발하게 펼쳤
던 사람으로서 철학자보다 수필가로 널리 알려지기도 했다.

1950~1960년대 전후 시대 한국문학 공간의 분위기를 수필가 손광성
은 이렇게 설명한다.

젊은이들은 희망을 잃고 삶의 지표를 상실하고 방황했다. 이와 같은
암울한 시대 상황 속에서 우리에게 절실한 것은 우리 정신을 지탱해 줄
삶의 지표였다.
이런 요구에 화답하듯 김형석 선생의 《고독이라는 병》이 출판되었다.

---

45) 같은 글.

그리고 안병욱 선생이 여기에 가세했다. 독서계는 철학자들의 수필, 그러니까 비문학적 에세이 시대로 접어들었다. 그때 이어령 선생도 "우리는 내일이 없는 민족"이라고 자학하기를 서슴지 않았다.[46]

　김형석의 《고독이라는 병》(동양출판사, 1960), 이어령의 《지성의 오솔길》(민중서관, 1960), 안병욱의 《사색 노우트》(동양출판사, 1960), 김태길의 《웃는 갈대》(동양출판사, 1962), 조연현의 《여백의 사상》(정음사, 1962), 조지훈의 《돌의 미학》(고대출판사, 1964) 등은 김동리의 《자연과 인생》(1965)이 출간되기 전에 나온 수필집이다. 이밖에도 적잖은 수필집이 1960년대 초반에 출간되었지만, 지속해서 독자층을 넓혀간 것은 김형석, 안병욱, 김태길 등 철학자의 수필이었다. 그리고 이들 세 사람은 모두 1920년생으로 외국 유학을 거쳐 서양철학을 전공한 학자이기도 했다. 이들보다 7년 앞서 태어난 김동리가 수필 창작에 있어 이들의 영향을 받아 철학적 주제를 추구했다고 보기는 어렵다. 하지만 어떤 통로든 이들은 김동리 수필의 타자로 작동했음이 분명하다. 문화적 흐름은 무의식적인 것이다. 의식은 거부할지라고 무의식에서 그것은 개인의 욕망을 자극하기 마련이다. 김동리가 의도적으로 이들과 거리를 유지하려고 하면 할수록 나타나는 차이만큼 더 가까이 다가갔을 수도 있다. 김동리 수필이 동양사상, 기독교와 불교 등의 종교사상, 샤머니즘적 신비주의 등 과도한 사상과 지식을 인유한 것도 우연이 아니다.

　그런데 김동리 수필이 '인생'이란 주제를 최고의 정점에 두었으나 그것을 구체화하지 못하고 관념과 추상 안에 가두었던 것이 아닌가 싶다.

---

46) 손광성, 〈한국현대수필사에서 피천득 수필의 위상〉(피천득 다시 읽기 9강 유인물), 2016. 11.

구체적인 실존이 진정한 인생이 아니겠는가. 그것은 이데아도 이념도 철학도 아닌 삶이 이루어지는 일상생활이다. 거창한 철학이나 사상으로 관념화하기보다는 생활이나 삶의 과정에서 조우하는 사물과 사건 등을 자기 언어로 구체화하는 데에서 인생의 진미가 드러나지 않겠는가. 삶의 구체적 영토에 서식하는 문학이 수필이라는 인식이 그렇게 어려웠던가. 인생과 인간 탐구가 수필이나 문학의 본령이지만, 그것이 추상적이고 사변적 관념으로 변질하면 오히려 문학은 질식하고 말 수도 있다.

4. 서정과 철학 사이

1) '나' 혹은 '서정'

김동리 수필의 경향은 '서정'과 '철학'이란 두 축으로 구분해 볼 수 있다. 그의 수필 전체는 이 둘을 극점으로 하는 스펙트럼의 다양한 모습이다. '서정'의 주체는 '나' 혹은 '자아'이다. 그는 문학 창작에서 서정의 주체로서 '자아'를 중시했다.

참다운 문학적 사상의 주체는 작가 자신에서 출발한다는 것을 말하여 둔다. 왜 그러냐 하면 시대와 사회를 초월하여 인간이 영원히 가지지 않을 수 없는 인간의 보편적이요 근본적인 문제, 즉 인간의 일반적인 운명은 작가 자신에게도 부여되어 있기 때문이다. 작가 자신도 우주를 구성하는 한 세포적이며 인간 전제의 한 단위가 되기 때문이다.[47]

47) 김동리, 〈문학적 사상의 주체와 그 환경〉, 《문학과 인간》(전집 32권), 83쪽.

너무나 당연한 주장이지만, 이 지점은 김동리 문학관의 출발선이다. 그는 "진정한 창작정신이란 작가의 주관(개성, 운명)에서 빚어진 윤리적 요소와 신비적 요소를 일컫는 것"[48]이라고 하였다. 인간 존재의 고유성과 생명의 구경은 시대와 사회를 초월하는 우주의 보편성에 닿아 있다고 본다. '나'는 땅에 있는 유한한 존재이면서 하늘에 닿아 있는 영원한 존재이다. 존재의 개성과 그 무게를 극대화한다. 거기에다 신비적이고 종교적 초월성까지 더하는 형국이다. 이러한 문학사상이 그의 작품에 어떻게 구현되었는지는 심도 있는 연구가 뒤따라야 하겠으나 수필에서는 강한 흔적을 남긴다. 상당 부분을 차지하는 자전적인 글이 이에 해당한다. 전집 26권《수필로 엮은 자서전》에 수록된 글은 자신에 관한 이야기들이다. 유년 시절의 추억, 문단 활동과 문인 이야기, 작품 창작 배경, 가족 이야기, 여행, 행사 등 자신을 중심으로 일어난 일들을 그 어떤 작가보다 소상히 적고 있다. 서정적 표현보다는 서사적 기록이 더 두드러지는 글쓰기지만 이를 '서정'의 범주에 두는 것은 그 출발이 '나'에서부터 '나'를 중심으로 이루어지기 때문이다. 이런 김동리의 자전적 수필은 자기 내면을 드러내는 고백적 글쓰기라기보다는 일어났던 일을 기록하는 측면이 강하다. 그의 수필에는 '나의 ○○○'와 '나와 ○○○'으로 된 작품이 많다. 〈나의 고향〉, 〈나의 어머니〉, 〈나와 기독교〉, 〈나와 건강〉이 그 예들이다. 그런데 '나의-/ 나와-'는 화제를 일반화하고 보편적인 것으로 확장하는 데 한계를 지닌다. 자신의 사상과 감정에는 충실하지만, 독자의 공감을 얻을 수 있는 보편적 의미를 끌어내기에는 역부족이었다..

---

48) 김동리, 〈'센치'와 '냉정'과 '동경'〉,《박문》제22호(1940.12), 15쪽.

2) 철학

김동리 수필의 또 다른 축은 '철학'과 사색이다. 그의 수필집 제목으로 동원된 개념은 대부분 철학적인 측면과 무관하지 않다. 인생, 사색, 고독, 운명 등의 이름이 붙은 작품은 넓은 의미의 철학적 수필로 분류할 수 있다. 여기에다 문학평론 성격을 지니는 글까지 포함하면 그의 수필은 '서정의 축'보다는 '철학/사색'의 축으로 무게가 쏠린다. 철학은 기존 진리에 대해 비판적으로 탐구하고 새로운 개념을 정립한다. 하지만 김동리가 문학에 끌어와 접합한 철학은, 이러한 순수한 의미의 철학이라기보다는 인생론에 가깝다. 'ㅇㅇ에 대하여'나 'ㅇㅇ론' 등의 제목이 붙은 글들이 대체로 여기에 속한다. '개인적인 경험과 사색 + 동서양의 철학과 문학 텍스트 인용 + 기독교와 불교 등의 종교 사상 + 교훈과 가르침' 등을 적당하게 섞어 구성한 논설류가 김동리 수필의 철학적 영역에 해당한다. 이런 글은 문학으로서 수필보다는 논리적 에세이 성격이 더 강하다. 논리는 설명을 요구하고, 설명은 언어의 용량을 늘린다. 문학의 언어 사용에서 가장 중요한 것은 절제미와 함축미를 확보하는 일이다. 신변잡기로의 편향성을 극복하는 방편으로 철학성을 제안하지만, 맹목적인 철학 지향은 신변잡기보다 수필의 고유성을 더 크게 훼손할 수 있다.

3) 자연

김동리 수필 중 '나'(자전적 기록과 회고)와 '철학'(철학적이고 사변적인 에세이) 사이에 위치하는 '자연'을 대상으로 하는 작품이 수필 고유의 미학을 그런대로 잘 구현하고 있는 편이다. 첫 수필집《자연과 인생》제1부 '자연과 인생'에 수록된 작품이 이에 해당하는데, 이들 중 몇 작품이 그의 대표작으로 꼽히곤 한다. 여기에는 〈만월〉, 〈귀뚜라미〉, 〈파초〉, 〈무궁화〉, 〈녹음〉, 〈작은 꽃〉, 〈진달래〉, 〈잔디밭에의 향수〉, 〈밤비〉, 〈종려분〉, 〈여름〉, 〈흰나비〉, 〈나무 그늘 아래서〉, 〈모과나무〉, 〈송찬松讚〉, 〈수목송〉이 수록되었다. 이들 작품은 그의 수필선집인《운명과 사귄다》의 '자연과 더불어'라는 소제목에 거의 빠지지 않고 재수록되기도 했다. 뜯어보면 작품마다 개별 주제와 형식을 가지고 있어 일반화하기가 어렵지만, 주아적 관점과 사변적 설명을 절제하고 대상을 전면화한다. 하지만 몇몇 작품에서는 여전히 대상을 쉽게 자기화한다. 대상과 관조적 거리를 유지하면서 그 자체로 바라보는 데 인색하다. 대체로 대상에 대한 존중과 집중보다는 분석과 해석의 태도가 두드러진다. 특히 '나는'이나 '나의'와 같이 '나'가 개입되어 대상의 존재가 묻혀버리는 때가 잦다. 대상에 대한 찬미의 기조가 지배적이어서 작가의 의도가 독자에게 쉽게 노출되고 만다. 이는 그만큼 독서의 호기심과 긴장감을 떨어뜨리는 요인이 된다.

하지만 〈만월〉에서와 같이 김동리 수필은 대상의 객관적 제시에 마무르지 않고, 풍부한 상상력과 깊은 사유를 통해 대상을 재해석한다. 창조적인 측면을 잘 보여준다. 여기에 김동리 수필의 깊이와 완성도가 잘 드러난다. 이 작품의 결미 부분이다.

나는 초승달이나 그믐달같이 병적이며 불완전한 것, 단편적인 것, 나아가서는 첨단적이며 야박한 것 따위들에 만족할 수 없다.
나는 보름달의 꽉 차고 온전히 둥근 얼굴에서 고전적인 완전미와 조화적인 충족감을 느끼게 된다.

나는 예술에 있어서도 단편적이고 병적이며 말초적인 것을 높이 사지 않는다. 그것이 설령 기발하고 예리할지라도 시간과 공간을 초월한 완전성과 거기서 빚어지는 무게와 깊이와 넓이에 견줄 수는 없으리라.

사람에 있어서도 그렇지 않을까. 보름달같이 꽉 차고 온전히 둥근 눈동자의 소유자를 나는 좋아한다. 흰자위가 많고 동자가 뱅뱅 도는 사람을 대할 때 나는 절로 마음을 무장하게 된다. 남자의 경우도 물론 그렇겠지만, 여자의 경우엔 더욱 그렇다. 보름달같이 맑고 둥근 눈동자가 눈 한가운데 그득하게 자리잡고 있는 사람, 누구를 바라볼 때나 무슨 물건을 살필 때 눈동자를 자꾸 굴리거나 시선이 자꾸 옆으로 비껴지지 않고 아무런 사기邪氣도 편견도 없이 정면을 지긋이 바라보는 사람, 기발하기보다 정대正大한 사람, 나는 이러한 사람을 깊이 믿으며 존경하는 것이다.

보름달은 지금 바야흐로 하늘 한가운데 와 있다. 천심天心에서 서쪽으로 기울어지는 시간을 더욱 길며 여유 있게 느껴지는 것이 또한 보름달의 미덕이기도 하다.

초승달과 보름달을 비교하면서 이를 예술과 삶에까지 확대한다. 작가의 주아적인 생각과 느낌이 두드러지기는 하지만, 대상을 해석하고 확장하는 수법이 노련하여 독자를 자연스럽게 흡인하고 있다. 수필의 관습적이고 익숙한 방법이 오히려 설득력을 발휘하는 것 같다.

5. 수필을 옹호한 소설가

여러 가지로 지칭되던 유사한 글쓰기가 1930년대 들어와 '수필'이란 단일 명칭으로 굳어진다. 신문과 잡지 등의 매체는 수필을 앞다투어 게 재한다. 상업성을 지향하는 다양한 대중매체가 등장하고, 이들은 개인 의 일상생활을 진술하게 드러내는 수필류의 글로 대중 취향을 자극하려 고 했다. 문학 장르로 주목받지 못하던 수필이 마침내 시, 소설, 희곡 등 과 함께 문학 전문 매체의 일부를 차지하게 된다. 그렇다고 수필이 뚜렷 한 자기 정체성을 확립하고 문학의 한 장르로서 완전히 정착한 것은 아 니었다. 당시 문단은 대체로 저널리즘의 수필 양산을 자본주의 산물로 인식하고 수필의 문학성과 장르적 독립성을 의심하는 분위기였다. 수필 의 확산으로 순수문학으로서 시와 소설의 위축을 초래한다고 우려하고, 수필 자체의 속성을 신변잡기로 깎아내리기도 했다. 수필 생산의 주역이 었던 시인과 소설가는 결국 자가당착에 빠지고 만다. 그들은 수필을 문 학으로 인정하는 순간 자신의 정체성을 상실하기에 수필을 하나의 '여 기'로 간주하는 어정쩡한 논리를 보인다. 이러한 경향은 수필의 역사 100 년 동안 바뀌지 않고 지금까지 이어지고 있다.

1970년대 수필 전문지와 동인지가 출현하고 전문 수필가가 등장하면 서 양상이 다소 바뀌기는 했으나 일반 문인들의 수필 폄하나 시와 소설 중심의 장르 우월주의는 여전히 수그러질 줄 모른다. 지금도 수필을 문 학으로 인정하지 않는 시인과 소설가들이 자신의 수필 작품을 '산문'이 라는 이름으로 집필하고 작품집으로 발간하고 있다. 이들은 수필을 인 정하지 않기에 '수필' 대신에 '산문'이란 명칭을 사용하는 것이 아니겠는 가. 지금의 한국 문단에는 유사한 글쓰기를 두고 '수필'로 칭하는 부류와

'산문'으로 지칭하는 부류로 양분할 수 있다. 전자가 주로 수필가란 이름으로 활동하는 문인들이라면, 후자는 시인과 소설가를 비롯한 문인이나 지식인들이다. 이런 현상이 지속하는 데에는 여러 가지 이유가 있다. 서구 문학이론에서 유입된 장르 삼분법, 대학의 국문학 연구에서 수필이 소외되었다는 점, 수필가 자체의 전문성 결여 등이 중요한 요인으로 꼽을 수 있다.

그런데 이러한 일반적인 태도와는 달리 수필의 고유성을 인정하고 그 가능성을 제시하면서 옹호의 자세를 적극적으로 보여준 문인도 없지 않았다. 1930년대 수필문학 정착 초창기 김기림이 그랬다. 전후 문단에서 많은 산문을 생산했던 김동리도 그런 사람이었다. 한국 현대문학사에서 새긴 소설가로서 그의 명성과 위상을 생각할 때 수필에 대한 그의 우호적인 태도는 의외였다. 한국 현대문학사에서 시와 소설 중심의 장르 우월주의가 사라진 적이 없었고, 그 선입견과 허세가 여전히 잔존하지 않는가. 따라서 다음 글에서 드러나는 김동리의 수필 인식은 보기 드문 경우가 아닐 수 없다.

세상에는 수필이라고 하면 도대체 얕잡아 보는 사람들이 있는가 하면, 이와 반면에 터무니없이 높고 어려운 것같이 경원하는 사람도 있다. 이것은 수필이 작가의 생활보고서요, 인생 보고서의 성격을 띠기 때문이다. 각자의 생활과 인생의 보고서이기 때문에 누구나 다 쓸 수 있는 쉬운 것 같이 생각되기도 하지만, 그 속에 자기 나름대로의 철학을 곁들여야 하기 때문에 수필의 어려운 일면이 남기도 한다.

보다 더 완벽한 수필을 쓴다는 것은 보다 더 완벽된 시나 소설을 쓰는 거나 마찬가지로 값지고 어려운 일이다.

나는 내가 문필을 쉬게 되는 날까지 소설과 시와 수필과 그리고 내가 쓸 수 있는 모든 문장에 나의 최선을 다해 나갈 것이다.[49]

'완벽한 수필을 쓴다는 것은 완벽한 시나 소설을 쓰는 거나 마찬가지로 값지고 어려운 일'이라고 한다. 별다른 형식적 제약 없이 누구나 쉽게 쓸 수 있는 것이 수필이라는 기존의 통념을 깨고 수필도 시나 소설처럼 문학으로서 고유한 가치를 지니는 장르로 인식했다. 한국 현대 시인이나 소설가 중에 이렇게 발언한 사람은 거의 없었다. 이것만으로도 김동리를 진정한 수필가로 인정하는 근거로 충분하지 않겠는가.

---

49) 김동리, 〈자서〉, 《고독과 인생》(백만사, 1977), 4~5쪽.

한국 근대수필사 연구에 초석을 놓다
– 김윤식의 수필론 개관

1. 서언

한국문학사에서 수필이 차지하는 위상과 무게를 파악하려고 노력한 국문학자는 거의 없다고 해도 과언이 아니다. 자신이 선택한 학문의 영역이나 관심 분야는 무엇이든 존중되어야 하기에 국문학자의 수필문학에 대한 무관심을 일일이 탓할 수는 없다. 오히려 이러한 가운데 수필을 한국 문학이나 문학사의 영역에 포함하여 인식하려고 한 몇몇 학자의 시도에 주목하고 그 의의를 제대로 평가해 주는 일이 바람직하다고 생각한다.

필자가 알고 있는 수준에서 이에 해당하는 학자를 꼽는다면 2013년에 타계한 김열규 교수와 2018년 10월에 영면한 김윤식 교수가 그 대상이 될 수 있을 정도다. 김열규 교수가 수필 문단에 들어가 수필문학의 세밀한 부분에 관심을 쏟고 직접 창작에도 참여했다면, 김윤식 교수는 한국 근대문학사라는 거시적 관점에 수필문학의 위상과 의미를 규명하려고 했다. 이런 점에서 두 사람이 수필에 쏟은 관심은 차이가 있다. 두 사람 모두 자신의 문학 연구의 테두리 안에 수필을 제외하지는 않았지만, 아쉽게도 가까이 다가가 적극적으로 끌어안으며 그것에 관한 밀착된 연구 업적을 남기지는 못했다.

김열규 교수가 60여 권, 김윤식 교수가 200여 권의 엄청난 저술을 남겼으나 여기에는 수필문학을 단독으로 연구한 저술은 없다. 국문학 연구에서 미지의 영역이 너무나 많았기에 그 열정과 관심이 수필에까지 미치지 못했을 것이라고 이해할 따름이다. 이렇게 한발 물러서도 그들의 개인적 관심사의 우선순위에서 수필문학이 뒤로 밀렸다는 점은 안타까운 일이 아닐 수 없다. 이들의 수필에 대한 편견 없는 관점이 실제 학문 연구로 이동했다면, 수필에 대한 지금까지의 선입견과 왜곡이 얼마간 해소되었을지도 모를 일이기 때문이다.

2. 수필문학에 대한 김윤식의 관심

김윤식이 수필을 한국문학사의 거시적 맥락에 처음으로 편입한 것은 김현과 공동으로 집필한 《한국문학사》[50]에서다. 제4장 제10절 두 번째 항목으로 배치한 '수필문학의 전개'가 그것이다. 김윤식은 이 책에서 순수 본문 280여 쪽 중 겨우 2쪽만 수필문학에 할애하고 있어 소략하기 그지없으나 1930년대 한국 수필문학사를 명료하게 정리했다. 그는 한국

---

50) 김윤식·김현, 《한국문학사》, 민음사, 1973.

근대문학에서 수필이 문제성을 띠고 문단에 부각하게 된 것은 1930년대 중반기 이후인데, 그 문화사적 배경으로 두 가지를 꼽았다. 첫째, 1930년대에 접어들면서 저널리즘의 확대로 그 중심이 순수문학에서 오락화로 이동하면서 수필과 같은 대중이 쉽게 접근할 수 있는 읽을거리 위주의 글이 전면에 부각했다는 것이다. 둘째, 1931년 만주사변 이후 일본 군국주의가 강경 일변도로 기울게 되자 이런 상황에서 문학 전반이 신변잡기적인 수필로 기울 수밖에 없었다는 점이다. 김윤식은 당시 문학의 이러한 수필화 경향을 '현실에 대한 산문의 응전력 상실'인 동시에 일종의 딜레탕티즘이라고 규정했다. 이처럼 수필은 1930년대 비전문성을 숙명처럼 안고 출발했다. 수필이 사회 현실 문제를 직시하고 비판하는 산문 고유의 자질을 발휘하지 못하고 저널리즘의 가벼운 읽을거리로 기울게 되었던 것은 지금까지도 수필문학의 발목을 잡고 있다. 그리고 김윤식 교수는 1930년대 수필의 유형을 4가지로 분류한다. 1930년대 수필의 지형도를 총체적으로 제시한 것은 이것이 처음이면서 그 이후도 이를 수정하거나 뛰어넘는 수필사적 논리가 제시된 적이 없다.

지금 필자가 《한국문학사》에서 겨우 2쪽 분량의 언급이 가지는 의미를 과대평가하고 있는지도 모른다. 하지만 당시 김윤식의 내면 풍경을 이해하면, 너무나 짧은 그의 수필사 서술의 의의가 그 분량 문제로 희석될 수 없음을 알 수 있다.

아마도 우리근대문학사 정리에서 수필문학을 한 항목으로 다룬 것은 여기가 처음이 아닌가 합니다. 편석촌, 상허, 이양하, 청천 등의 수필을 우리문학사에서 자리매김하는 일이 수필에 대한 대접이라든가 혹은 모독이라든다 아니면 인식부족이라든가에 관해 저가 신중히 고려한 후에 그렇게 한 일이 아닙니다. 다만 우리근대문학사에서 수필 혹은 수필스런정신이 큰 밑거름이 되어 시와 소설을 발효케 한 효소라고 판단한 탓이었읍니다. 또한 부주의하게도 이에 멈추지 않고, 수필스런 정신이 우리 근대문학사상과도 깊은 관련이 있다고 보아, 한 걸음 더 나아간 바 있었읍니다. 상허론, 청천론, 지용론, 이양하론 등을 《한국근대문학사비판》에서 다룬 것이 그것이지요.[51]

한국 근대문학에서 수필이나 수필 정신의 문학사적 비중이 절대 가볍지 않음을 언급하고 있다. 수필은 시와 소설의 발효를 촉진하는 효소 역할을 했고, 그 수필 정신도 한국 근대문학 사상과 무관치 않다는 것이 발언의 요지다. 이 발언의 내용과 근거가 구체적으로 제시되지 않았고, 이후의 다른 글에서도 확인할 수 없는지라 막연하게 들리기도 한다. 결론만 있고 결론에 이르기까지의 과정이 빠져 학술적이고 논리적인 주장으로 받아들이기는 곤란한 측면도 있다. 하지만 이는 평생 한국 근대문학을 두고 깊이 고민하고 연구를 확장해온 학자한테서 나온 주장이다. 이를 근거 없이 흘리는 소리로 치부하기보다는 후학에게 남기는 과제라고 여기고, 이 문제를 화두로 삼아 수필문학에 대한 학문적 연구가 본격화되기를 소망해 본다. 동시에 이러한 주장이 내포하는 의미를 깊이 새겨 국문학 연구에서 불편한 진실로 통하는 시와 소설 중심의 장르 우월주의를 하루빨리 극복해야 할 것이다.

《한국문학사》 이후 김윤식의 수필이론, 수필문학사, 작가론 등은 산발적으로 발표되는데 그 시기와 유형은 3가지로 나누어 볼 수 있다. 첫

---

51) 김윤식, 〈경험의 제1형식과 제2형식-한당閑堂 선생님께의 회신〉, 《수필공원》 6호 (1984, 여름), 93~94쪽.

째는 1970년대 중반에 《수필문학》지에 발표한 수필 일반론과 1930년대 수필문학사론이고, 둘째는 1978년 《한국문학사상비판》에 수록된 수필가론[52]이고, 셋째가 1980년대 중반에 걸쳐 《수필공원》에 발표한 수필론과 수필가론이다. 그리고 수필문학에 관한 그의 관심도 크게 3가지로 분류할 수 있다. 첫째는 수필문학의 본질에 대한 수필론의 전개이고, 둘째는 1930년대 수필문학사에 대한 인식이고, 셋째는 수시로 집필한 수필가론이다. 지금까지 조사된 김윤식의 수필문학 관련 비평문과 논문 목록은 다음과 같다(누락된 것도 있을 수 있다).

- 〈진정한 수필로서 모범된 산문계 예술〉, 《산호와 진주》(금아시문선, 1969) / 《대학신문》(서울대학교), 1969. 3. 3.
- 〈침묵하기 위해 말해진 언어와 그렇지 않은 언어 – 고 전혜린고〉, 《수필문학》, 1973년 12월호.
- 〈한국근대수필고 – 1930년대 문장의 결백성과 그 정신사적 의미〉, 《수필문학》, 1975년 2월호.
- 〈수필문학의 현재와 전망〉(창간 5주년 기념특집 좌담), 《수필문학》, 1977년 3월호.
- 〈글 쓰는 행위란 무엇인가 – 수필문학의 확산을 위하여〉, 《수필문학》, 1977년 5월호.
- 〈한국수필문학의 이론〉, 《수필문학》, 1977년 10월호.
- 〈사상과 문체 – 한국 수필문학의 이론(2)〉, 《수필문학》, 1977년 12월호.

---

52) 여기에 수록된 4편의 작가론은 이미 다른 지면에 발표된 것을 재수록한 것이지만, 수필가론을 한자리에 모았다는 점에 그 의의가 있다.

- 〈비생활인의 철학 – 김진섭론〉,《한국근대문학사상비판》, 일지사, 1978.
- 〈풍경의 서정화 – 정지용론〉, 같은책.
- 〈고독의 에고이즘 – 이양하론〉, 같은책.
- 〈산문의 이율배반 – 노천명론〉, 같은책.
- 〈30년대 정신사적 문맥에서 본 노천명의 수필 – 노천명과 인문평론〉,《수필문학》, 1978년 5월호.
- 〈한국 근대 수필 문학의 한 성격 – 30년대 수필을 중심으로〉,《우리문학의 넓이와 깊이》, 서래원, 1979.
- 〈어떤 사사로운 편지 – 한당閒堂 선생께〉,《수필공원》, 1983년 여름호.
- 〈경험의 제1형식과 제2형식 – 한당 선생님께의 회신〉,《수필공원》, 1984년 여름호.
- 〈정신과 사상의 있음의 방식 – 경험의 제2형식에 관하여〉,《수필공원》, 1984년 겨울호.
- 〈시와 산문의 이율배반 – 노천명론〉,《수필공원》, 1987년 여름호.
- 〈예도와 명문 비판〉,《수필공원》, 1988년 가을호.

3. 경험의 제2형식으로서 수필

김윤식은《한국문학사》에서 1930년대 수필문학의 전모를 2페이지 분량에 압축해서 담은 후 같은 해 1973년 수필 전문지《수필문학》에 처음으로 수필 관련 평문을 발표한다. 그리고 1977년《수필문학》 창간 5주년 기념 '수필문학의 현재와 전망'이란 좌담회에서 김우종, 홍기삼과 함께 참석하고, 그해 같은 잡지에 3편의 수필 비평문을 게재한다. 물론 이는 본인이 자진해서라기보다는 잡지사 측의 원고청탁에 의해 이루어졌을 것으로 추측된다. 《수필문학》에 발표된 글에서 그는 수필문학을 한국 근대문학이라는 거시적 관점에서 바라보았다. 수필이란 독립된 장르의 본질 문제보다는 한국 근대문학이라는 큰 틀 안에서 한국 수필이 지니는 의의를 조명하는 데 초점이 맞추어졌다. 그의 관심은 수필의 본질적 특징이나 문학적 위상을 이해하는 데에서 비켜나 있었다. 1977년의 좌담회 진행 과정을 따라가 보면, 수필의 본질에 대한 그의 이해가 그리 깊지 않았음을 알 수 있다. 이 자리에서 김윤식은 수필의 역사적 전개 과정을 요약하는 대목에서는 자기 의견을 길게 피력하고, 수필의 본질이나 현안으로 화제가 이동하자 다른 두 사람의 이야기를 듣는 소극적 태도를 보인다. 이때 수필의 본질에 관한 원론적 인식이 자기 스스로 미숙했음을 만회하기라도 할 요량으로 2달 후 발표한 평문에서는 꽤 심도 있는 수필론을 펼친다. 그는 수필의 본질을 파악하려면 '형상화'와 '사실적 기반'이란 두 요소를 함께 고려해야 한다고 전제하고 다음과 같이 말한다.

첫째 문제(형상화— 필자 주)는 수필이 소설이나 시처럼 구조화된 쟝르 개념을 못 가진 이상 당연히 제기되는 문제이다. 만일 글을 쟝르에 의한 것과 비쟝르의 글로 나눌 수 있다면 수필은 후자에 속한다. 그러면서도 수필이 다른 비쟝르의 글과 달라야 한다면 형상화된 것이어야 한다는 조건이 요청된다. 소설이나 시 혹은 희곡은 쟝르의 구조이면서 형상된 것이다. 수필은 쟝르의 구조에 속하지 않으면서 형상화여야 한다. 쟝르 구조에 속하지도 않고 형상화되지도 않은 많은 글들은 수필일 수 없다. 그러니까 수필은 형식과는 무관하다. 이에 우리는 형상화의 본질에 초점을 돌리지 않을 수 없다. 그런데, 실상은 이 형상화 문제는 사실 자체의 기반과 분리시켜 논할 수 없다. 고쳐 말해 수필가가 어떤 사실에 촉발되어 그 테두리 내에서 자기의 과거, 현재의 경험(체험)을 하나의 형상화로 조립할 때 (이 조립이 기교이고 예술일 수 있는 유일한 조건이다) 그 조립된 작품이 새로운 결지를 가져야 하며, 그때에야 비로소 그것은 하나의 작품으로 될 것이다.[53]

　그는 문학의 요건으로 장르 구조와 형상화 두 요소로 제시한다. 시, 소설, 희곡은 이 두 요소를 갖추었기에 문학이라는 점을 의심할 필요가 없다. 그런데 수필은 장르 구조를 갖추지 못한, 즉 비장르이다. 여기에다가 수필은 형상화되기 전의 사실에 기반을 두고 있다. 사실이라는 기반이 형상화를 약화하는 요인으로 작동하므로 수필은 완전한 형상화를 이루어내기도 쉽지 않다. 비장르이면서 형상화도 어려운 처지의 수필은 문학으로 성립하기에는 태생적으로 한계를 지닌다. 그렇다면 수필은 이런 한계를 극복하고 어떻게 문학이 될 수 있는가. 유일한 출구는 사실의 테두리 안에서 경험을 최대한 형상화로 조립하는 능력이다. 이것이 수필의 운명이면서, 또한 수필가의 존재 근거이다. 결국 그는 수필의 문학적 가능성을 형상화 방법에서 찾는다. 이는 1930년대 후반 임화의 수필론에 연결되어 있다. 다른 글에서 그는 임화 수필론에 관해 언급하는데 형상화 문제가 그 핵심이라고 지적한 바 있다.[54] 이런 점에서 임화의 수필론은 김윤식이 수필의 본질에 다가가는 첫 관문을 열어 준 셈이다.

---

53) 김윤식, 〈글 쓰는 행위란 무엇인가〉, 《수필문학》, 1977년 5·6월호, 112쪽.
54) 김윤식, 〈한국근대수필고〉, 《수필문학》, 1975년 2월호, 171쪽.

하지만 수필의 본질이나 장르적 특징에 관해 작정하고 논의의 판을 벌였으나 당시로서 그는 한국 수필문학 현장을 밀착해서 경험하지 못한 처지라 현실과는 거리가 먼 관념적이고 현학적인 차원으로 흐르고 만다. 수필을 비장르로 인식한 것은 장르 삼분법의 고정된 틀 속에 머물고 있었음을 말해 주는 대목이다. 사실 장르 구조라는 것은 실체가 아니고 편의적인 분류와 전통적 관습의 산물임을 제대로 파악하지 못한 것이다. 상상을 통한 허구의 세계만을 문학으로 간주하는 협소한 문학관을 그대로 수용함으로써 그에게도 수필은 비장르가 될 수밖에 없었다.

김윤식의 수필론이 한층 명쾌한 논리를 드러내게 된 것은 1983년과 1984년에 두 차례 '한당 차주환'에게 보내는 편지 형식의 글에 와서이다. 앞의 편지(1983)에서는 당시 수필계의 논쟁거리였던 '수필 허구론'에 관해 많은 부분을 할애한다. 두 번째(1984) 편지에서는 '경험의 1형식과 2형식'이라는 개념을 설정하고 수필의 본질을 탐색한다. 여기서 그는 수필 장르의 본질에 대해서 한층 심화된 인식을 보여 준다.

① 직접적으로 제시 가능한 모든 것을 보통 체험이라 하는데, 이를 우리는 편의상 경험의 제1형식이라 부르겠습니다. 한편 머리로 생각하는 것이 아닌, 느끼는 것, 내부가 있음을 느끼는 영역이 있을 수 있습니다. 대상이 그 모든 외면적인 것, 우연적인 탈을 벗고 내면을 향해 투명하게 되는 것을 우리는 경험의 제2형식이라 부르겠습니다. 이러한 제1형식과 제2형식이 함께 일인칭의 자기, 즉 '나'와 내면적으로 연결되어 있지만 제1형식의 경우엔, '나'가 이미 존재하고 있음에 비해 제2형식에서는 '나'가 그 속에서 생겨나는 (돋아나는) 것입니다.[55]

55) 김윤식, 〈경험의 제1형식과 제2형식−한당閑堂 선생님께의 회신〉,《수필공원》 6호

② 일상의 우연적 사건이나 현상과의 접촉이 제1형식이라면 제2형식은 '어떤 근본적인 발견'에 해당됩니다. 제1형식을 거치고 제2형식에 도달했을 때 우리는 아마도 한 편의 그럴 법한 수필을 쓸 수가 있을 것입니다. 제1형식의 수준에서 쓴 수필과 제2형식의 그것에서 쓴 수필의 차이를 판별하는 기준은, 다른 말로 하면, 독창적인 사상이 있고 없음일 터입니다.[56]

수필 장르의 본질에 관한 논의 대부분은 수필이 작가의 실제 경험을 기록하고 가공하는 글쓰기라는 인식에서 출발한다. 시와 소설이 작가의 경험을 간접적으로 활용하여 허구의 세계를 구축한 것이라면, 수필은 작가 개인의 경험을 재료로 하여 사실에서 벗어나지 않은 범위 안에서 완결된 언어 구조물을 만들어낸 것이라고 본다. 그렇다고 수필은 사실과 경험을 기록 차원에서 재현한 것은 아니다. 심미적 관점에서 실제 경험이란 재료를 가공하고 언어 형식으로 구성한 것이 수필이다. 수필이 문학인 근거는 이 부분에서 찾을 수 있다.

수필 창작 과정에는 두 가지 중요한 축이 작동한다. 작가의 실제 경험으로서 사실이 그 하나이고, 사실인 일차적 자료를 가공하여 완결된 언어 형식으로 구성하는 일이 또 다른 하나이다. 실제 창작 과정에서 이 둘의 경계는 명확하지 않다. 서로 섞여 드러난다. 사실의 기록이든 심미적 가공이든 간에 둘 모두는 언어로 표현된다는 점에서 동일한 차원에 놓이기 때문이다. 다만 표현된 결과물이 어느 극점으로 쏠리느냐의 문제일 뿐이다. 이런 측면에서 수필에는 태생적으로 사실 기록이라는 비문학

(1984, 여름), 99쪽.
56) 같은 곳.

적 요소, 그것을 하나의 완결된 의미체로 형상화하는 언어 구성물이라는 문학적 요소가 공존한다고 볼 수 있다. 이 점은 수필 장르에 대한 인식의 기본이며 출발선이다.

김윤식이 제시한 '경험의 제1형식과 제2형식'은 수필의 이 같은 두 가지 상반된 측면을 명쾌하게 설명해 주는 개념이라고 볼 수 있다. 문학으로서 수필이 '제2형식'을 지향해야 하는 것은 두말할 필요도 없다. 그는 경험의 2형식을 "사상의 존재 방식"으로서 '구성'이라고 설명한다. 예상 외의 개념을 등위 관계에 놓고 수필의 본질을 다각도로 탐색한다. 제2형식은 즉물적이고 감각적인 경험을 사상과 정신의 차원으로 보편화하는 것과 다르지 않다. 사실로서 경험, 즉 화제를 해석하고 거기에 의미를 부여하는 것을 뜻한다. 그것은 수필 창작 과정에서 보면 해석과 의미 부여의 행위이고, 미학적인 측면에서는 구성하는 것이고, 결과물로서는 사상이고 정신이 될 수 있다. 제1형식으로서 작가의 개인적이고 주관적인 경험은 의미 부여가 이루어지기 전이므로 불투명한 상태에 있으나 해석되고 구성된 제2형식은 군더더기를 제거한 상태이기에 투명하다. 투명함은 바로 세계와 인간 존재에 대한 보편적 원리에 닿아 있음을 말한다. 따라서 사상과 정신의 존재 방식으로서 제2형식에는 수필이 "허구냐 아니냐의 논의가 스며들 틈"이 없다는 것이다. 당시 수필 문단의 허구 논쟁의 미숙성을 간접적으로 비판하고 있다. 또한 경험의 제2형식은 수필이 작가 개인의 사소한 신변 이야기에 머물고 사상과 정신을 구현하며 보편적 차원으로 나아가지 못했음을 염두에 둔 것이다.

〈경험의 제1형식과 제2형식〉이란 편지 형식의 평문은 1977년 발표된 〈글 쓰는 행위란 무엇인가〉에서 논의된 형상화 문제의 연장선에 있고, 그리고 곧이어 발표된 〈정신과 사상의 있음의 방식〉이란 글에서 그 논의가 확대한다. 하지만 수필의 본질에 관한 김윤식의 이러한 일련의 논의는 관념적이면서 산만한 것이 사실이다. 수필의 본질 문제에서 시작했으나 문학 일반론 혹은 철학이나 미학으로까지 걷잡을 수 없이 확산하여 원래 의도했던 수필의 본질 문제는 증발하고 만다. 이는 한국 근대문학 연구에 몰두해온 그가 당시 수필 문단이나 수필가와는 떨어져 있었던 탓이다. 수필에 대한 그의 관심은 주로 1930년대 수필가에게 집중되었다. 한국 근대문학이라는 맥락을 통해 수필을 이해했다. 이런 관계로 그는 관념적, 보편적 차원에서 수필을 파악할 수밖에 없었다. 구체적인 수필가와 작품을 논거로 가져오더라도 전부가 1930년대 수필작품과 수필가에 한정되고 만다. 1930년대 수필가는 소설가이고 시인이다. 그가 주목한 수필가는 이미 근대문학사 구성에서 논의했던 소설가이고 시인인 셈이다. 엄격한 의미에서 그들은 수필가가 아니다. 결국 김윤식의 1930년 수필가론은 시인론과 소설가론의 연장선에 자리하고 있다.

1930년대는 한국 수필이 본격적으로 자리 잡는 중요한 시기이고, 또한 이 시기에 수필론도 다양하게 전개되었다. 하지만 1930년대 수필이 한국 수필 전체를 대표하는 것도 아니다. 김윤식이 수필에 관심을 가지기 시작한 1970년대와 1980년대의 한국 수필은 그 생산적 배경에 있어 1930년대와는 판이한 성격을 지닌다. 1930년대 문학에 관한 보편적 인식으로 당시의 수필이나 우리 수필 전체를 판단하는 것은 무리가 아닐 수 없다. 수필 연구의 불모지에서 한국 근대문학 연구에 전념해온 학자가 수필을 폐기하지 않고 문학사의 테두리 안으로 끌어들였다는 점에서 위안을 얻을 수밖에 없다. 물론 부분적으로 드러나는 몇몇 탁월한 견해가 오늘날 한국 수필 인식에 중요한 토대를 마련했다는 점에서도 적잖은 의미를 부여할 수 있을 것이다.

4. 1930년대 수필론과 수필가론

김윤식은 1973년 《한국문학사》의 2쪽에 불과한 지면에서 1930년대 한국 수필문학을 개관한다. 여기서 그는 1930년대 수필의 유형을 ① 김기림류의 감각적 노스탤지어, ② 정지용·이태준의 고전적 언어 절약과 결벽성, ③ 김진섭류의 자기도취적 수사학의 허세, ④ 이양하류의 견고한 자기 성찰 등 4가지로 분류한다. 1930년대 수필에 관한 이러한 지형도에서 그의 탁월한 통찰력을 만날 수 있다.

하지만 이 같은 개략적 언급은 문제를 슬쩍 던져 놓은 것에 불과하다. 1930년대 후반기 한국 문단에는 수필 바람이 거세게 불었다. 많은 문인과 문필가가 수필 쓰기에 참여했으며, 소설의 수필화 경향은 문단의 이슈로 부각하기도 했다. 1930년대는 수필이 정착된 시기이기도 하지만, 수필문학이 한국문학의 지형도를 새롭게 바꿀 정도로 문학 판도에 끼친 영향도 만만치 않았다. 그런데 한국 현대문학사를 기술하면서 수필에 관해 겨우 두 페이지밖에 할애하지 않았다는 것은, 그 내용이 아무리 수필문학사를 명쾌하게 규정했다 하더라도 수필의 위치와 값을 제대로 매겼다고 보기는 어렵다. 이는 한국문학사를 바라보는 김윤식 개인의 문제가 아니라, 한국문학사 연구의 구조적 모순과 편향성을 여실히 보여준 예이다. 지금도 마찬가지이지만, 당시 한국문학 인식과 연구의 울타리 안에 수필은 없었다. 어쨌든 30대 후반 나이의 소장 학자가 용기 있게도 수필을 한국 현대문학사 인식 안에 끌어들이려고 한 것은 분명한데, 그 내면 풍경은 어떠했을까?

김윤식은 한국문학사에서 수필의 무게를 어느 정도 인정했으나 실제 그 기술에서는 없는 거나 다를 바 없는 2페이지의 공간으로 무마하고 만다. 수필 위상에 대한 인식과 그것의 구체적 표출 사이의 괴리는 자기모순이고 논리의 붕괴다. 그가 이 점을 몰랐을 리 없다. 어쨌든 공식적 문학사 기술에서 보여준 이 불균형과 괴리를 만회할 수 있는 길은 비공식적 통로를 통해서 자신의 관점을 지속해시 피력하고 보완하는 일이다. 그 결과가 1975~1978년 사이 수필문학에 발표한 6편의 평문이다. 이러한 평문에서 김윤식이 쏟은 관심은 1930년대 수필(수필가)의 특징에 집중되었다. 그의 관심 영역 안으로 들어왔던 수필 비평가나 수필가는 김광섭, 김진섭, 임화, 이태준, 정지용, 김기림, 이양하, 노천명 등이었다. 이들은 모두 1930년대에 문학 활동을 활발하게 전개했던 시인이고 소설가이다. 이들을 시인과 소설가가 아닌 수필가로 접근한 것은 김윤식이 처음이었다. 분석이 거칠고 논증에 허술한 점이 많지만, 그의 대가적 직관과 통찰은 한국 수필사를 구축하는 데 필요한 토대를 마련했다고 하겠다.

김윤식은 한국 문예비평사를 최초로 정립했던 학자였던 만큼, 1930년대 수필비평의 맥락과 핵심을 정확하게 짚어냈다. 그는 수필의 장르 본질 문제를 깊이 통찰한 비평가로 임화를 꼽았다. 문제의 한복판에는 바로 '형상화와 사상의 직접적 표출(교술)'이란 두 방향이 길항 관계를 이루고 있다. 이 문제는 김윤식의 수필 본질론에서 반복해서 거론되는데, 그것의 많은 부분이 임화 수필론의 원용이고 응용임을 알 수 있다.

김윤식이 비판적으로 파악한 수필가 일 순위는 김진섭이다. 김진섭은 관념에 빠져 겉으로는 그럴듯하고 화려한 언어를 구사했으나 실제에서는 수필다운 수필에서 벗어났다고 평가했다. 그는 "고도의 지식과 관찰력을 구비한 사람이 방관자적 태도로 인생사업을 관찰하여 거기서 느낀

감흥을 솔직히 고백"[57]할 때 수필의 문학적 생명이 오래 간다는 김진섭 수필론에서 '방관자의 태도'를 문제 삼는다.

> 둘째 조건은 그 장인이 방관자적 태도'(〈수필의 문학적 영역〉에서 김진섭이 주장한 것: 필자 주)로 인생사업을 관찰한 바를 기록한다는 것. 이 조건은 아마도 주체가 대상에 대해 일정한 거리감을 갖는다는 뜻이리라. 이에는 다음 몇 가지 해석이 있을 수 있다. 그 하나는 풍자적 방법이 가능해진다. 미학상에 있어서의 풍자는 유모어(익살)와는 달리 주체가 대상에 대해 일정한 거리감을 유지함으로써 발생하는 지적 관찰 방법의 하나이다. 둘째로는 탈세적脫世的 방법이 가능해진다. 이 부류는 흔히 우리가 산문을 생활의 문장이라든가 일상성의 표현이라 보는 견해와는 모순된다. 이 모순을 가장 모순답지 않게 파악하는 슬기가 요청될 것이다. 김진섭의 수필이야말로 이 방법의 철저한 글이었다. 그의 글은 어느 하나 탈세적인 것이 아닌 것이 없다.[58]

김윤식은 김진섭의 수필론과 수필에서 두 가지 모순점을 지적한다. 첫째, 김진섭은 수필 창작에서 '탈세적인 방관자의 태도'가 필요하다고 했는데, 이는 생활 문학이라는 수필의 본령과 정면으로 맞서는 꼴이라고 지적한다. 둘째, 김진섭은 말끝마다 '생활'을 들먹이고 창작 태도에서 자기는 "생활에 대하여 한없는 애착과 존경을 갖는 자"라고 하였으나, 실상 그의 수필은 생활과 동떨어진 관념의 덩어리라는 점이다. 〈백설부〉, 〈주부송〉 등 널리 알려진 김진섭의 작품은 관념으로 일관하고 어디에도

57) 김진섭, 〈수필의 문학적 영토〉, 《동아일보》, 1939.3.14./ 23.
58) 김윤식, 〈한국 근대 수필문학의 한 성격〉, 《우리문학의 넓이와 깊이》(서래헌, 1979), 281~282쪽.

생활의 구체적 면모를 발견할 수 없다고 평가한다. 김윤식에 의하면, 김진섭이 주창한 '생활인의 철학'은 '비생활인의 철학'이 되고 만 셈이다.

김윤식은 1930년대 일련의 작가와 시인이 쓴 수필이 미문주의를 지향했다는 점을 그의 평문 곳곳에서 언급한다. 1939년 인문사가 처음으로 발간한 《조선문예연감》[59]의 〈수필·기행계〉를 안회남이 집필한다. 여기에서 1939년 당시 조선 문단의 수필의 특징을 "첫째로 감상적이었다. 문장의 미문주의식 외식도 그러하였거니와 보다 수필의 작품적 태도가 얇고 부드러웁고 연약하였다"라고 말하고 있다. 김윤식은 이 평가에 큰 의미를 두고 미문주의를 1930년대 수필사의 중요한 경향으로 파악했다. 시인이나 소설가로서 문단 중심에서 활동했던 김진섭, 이태준, 이원조, 이효석, 정지용 등이 이에 해당한다고 보았다. 이 중에서도 김윤식의 집중 분석의 대상이 되었던 사람은 이태준이었다.

이러한 미문주의가 언어의 병적 미학을 낳았다는 것, 그것은 센티멘탈리즘이라 부를 만하다. 일제 말기 언어의 사수가 곧 조선어의 사수 그리고 민족어의 사수라고 한다면 그 나름의 말발도 설 수 있음직하기도 하다. 이처럼 이 미문주의는 이 시대의 한 특징이며 동시에 계승해야 될 한국 수필 문학의 중요한 유산이란 주장에는 변함이 없다. 형상화의 문제가 이로 인해 최소한 달성할 수 있었기 때문이다. 그것은 숨은 신의 시대의 행운이기도 하다. 해방 전의 소위 한국 근대 수필은 비록 미비하고 가지런하지 못한 흠이 있지만 수필 문학의 양질 혹은 갖추어야 할 골격은 거의 갖추고 있다. 근자 요란하고 수다스런 수필보다 격이 훨씬 높은 부

---

59) 《조선문예연감》(인문사, 1939), 29쪽.

분도 없지 않다. 해방 후는 신이 떠난 황폐한 시대이기 때문이다.[60]

문학의 출발은 형상화이다. 시인이고 소설가였던 이들은 메시지보다는 문학적 형상화가 수필의 중심이라고 생각했다. 그런데 이 형상화를 미문주의와 동일시했다. 이들은 "형상화와 미문주의가 동일할 수 없다는 것은 비유법과 시가 동일하지 않은 것과 같은 것"임을 몰랐다. 형상화로 착각한 미문주의는 결국 언어에 대해 병적으로 집착한 나머지 인간 삶의 현실을 외면하는 결과를 낳고 말았다는 것이 김윤식의 판단이다.

형상화는 현실이나 인생사의 외면이 아니라, 그것을 클로즈업하여 거기에 대한 주체의 해석적 진술을 최소화하는 방법이라는 점까지는 인식이 미치지 못했다는 말이다. 병적인 센티멘탈리즘에 머물고 말았으나 1930년대 미문주의 수필은 조선어와 민족어의 사수라는 숨은 신을 안고 있었기에 행운이었고 품격을 잃지 않았다고 보았다. 김윤식은 미문주의가 부분적으로 적잖은 한계를 지니고 있으나 수다스러운 언어가 난무하고 이념과 신이 떠난 1970년대 수필과 비교하면 격조가 높았다고 평가한다. 이런 점에서 1930년대 문인들의 수필은 한국 수필문학이 지속해서 계승해야 할 가치이고 방법이라는 것이다. 이처럼 미문주의에 대한 그의 평가는 대체로 긍정 쪽으로 기울고 있다. 이는 1930년대 수필의 문학사적 의미가 그만큼 중요하다는 판단이기도 하다.

5. 결언

한국 근대문학에 대한 학문적 연구는 수필문학 영역을 철저하게 소외

---

60) 김윤식, 《한국 근대 수필문학의 한 성격》, 앞의 책, 286쪽.

시켰다. 그 주체는 대학의 국문학과이다. 거기에 소속된 교수와 제도가 그 중심에 있었다. 한국전쟁 이후 우리의 현대 대학과 제도가 본격적으로 출발했다고 한다면, 그 역사가 한 세기는 아니더라도 70년 가까이 흘렀다. 많은 대학이 국문학과를 개설하여 전공 학생을 배출하고 국문학 연구 시스템을 갖추었는데도, 수필문학에 대해서는 거의 관심을 보이지 않고 오늘에 이르렀다. 물론 수필문학을 연구한 석·박사 논문이 생산되지 않은 것은 아니다. 하지만 그것은 다른 장르의 연구에 비하면 없는 것이나 마찬가지일 정도다. 지금까지 이루어진 수필문학에 관한 전체 연구는 이상, 정지용, 백석 등과 같은 개별 작가 연구보다도 훨씬 미미하다. 그리고 한국 현대문학사 전체를 인식하거나 그것을 구체화는 공간에서 수필의 자리는 제대로 마련된 적이 없었다.

1989년 8월에 현대문학사에서 기획 출판한 《한국현대문학사》[61]는 초판 발행 이후 중간에 개정판을 내면서 오늘에 이르기까지 독자를 꾸준히 확보하고 있는 책이다. 전국 국문학과 현대문학 전공 교수가 대거 집필자로 참여한 이 문학사는 한국문학 연구가 수필을 어떻게 인식하고 평가하는지를 단적으로 말해준다. 이 책은 20세기가 출발하는 1900년대부터 시작하여 10년 단위로 구분하여 1970년대까지 문학사를 기술하고 있다. 각 10년 단위 문학사는 시, 소설, 희곡, 비평 순으로 분류하고 각각한 사람이 집필을 맡았다. 수필에 관해서는 한마디의 언급도 없다. 이것이 한국 현대문학 연구의 현주소이고, 이는 대학 국문학과의 구조적 현실을 그대로 반영한다. 이러한 현실에 이르게 된 원인은 한둘이 아니겠지만, 가장 중요하게 작동된 요인은 오랫동안 고정 관습으로 내려오는 시와 소설 중심의 장르 우월주의이다. 그리고 우리의 문학연구가 장르

---

61) 28인 공동 집필, 《한국현대문학사》, 현대문학, 1989.

중심의 파편화된 각론에 매몰되어 전체를 총체적으로 인식하는 관점의 미숙성에서 비롯된 결과라고 할 수 있다.

지금으로부터 50년 전 1970년대 전반기에 소장 학자 김윤식에 의해 수필문학은 한국문학사에 공식적으로 한 자리를 차지할 기회가 있었다. 여기에 그치지 않고 김윤식은 1970년대 우리나라 최초의 수필 전문지인 《수필문학》에 자주 평문을 실었다. 이것이 그 자신의 글쓰기에서는 작은 부분에 불과하지만, 수필문학에 대한 비평적 · 학술적 담론 측면에서 본 다면 절대 그 의의가 가볍지 않다. 1970년대에 이르기까지 수필에 관해 이 정도의 학술적 관심을 보인 사람은 아무도 없었다. 1980년대에 와서 는 한국수필문학진흥회에서 발간하는 《수필공원》에 간헐적으로 평문을 발표하고, 이 단체의 세미나 행사에 주제 발표자로 참석하기도 한다.

김윤식은 한국 근대문학 연구에 평생을 바친 학자다. 수필 관련 평문 을 발표할 당시로서는 한국 수필문학이 그의 연구 과업의 범위 안에 있 었다. 하지만 안타깝게도 여기에서 더 나아가지 못했다. 고민하고 연구 해야 할 분야의 우선순위에서 수필이 뒤로 밀려나고 말았다. 그렇지만 그는 수필을 한국문학사의 전체 구도 밖으로 밀어내거나 시와 소설 중 심의 장르 우월주의에 근거하여 수필을 왜곡된 상식으로 인식했던 여타 의 그 많은 국문학자와는 분명히 달랐다. 근대문학 연구라는 그의 평생 과업이 수필의 깊은 지점까지 미치지 못한 점을 아쉽게 생각하지만, 그 간 수필에 관해 산발적으로 보여준 그의 다양한 이론과 해석은 한국 수 필문학을 연구하고 이해하는 데 새로운 지평을 열었다고 평가할 수 있 다.

가사체 수필 창작과 그 가능성

1. 역사적 장르로서 가사

가사는 14세기 고려 말에 출발하여 근대 전환기에 이르기까지 오랫동안 여러 계층이 두루 창작하고 향유했던 문학 갈래다. 20세기 초반 근대문학 초창기에 '심미성'을 문학의 본질로 인식하는 서구 근대문학관이 유입하여 보편화되는 것과 때를 같이하여 가사문학은 쇠퇴의 길을 걷는다. 1920년대 이후 일간지, 잡지 등의 대중 매체와 동인지가 문학의 생산, 유통, 소비의 핵심 매체로 대두하면서 문학의 사회 문화적 여건은 크게 바뀐다. 개인과 개인에 의해 전파되거나 마을 공동체 단위에서 향유되던 가사문학은 새로운 매체 환경에 적응하지 못하고 도태한다. 무엇보다도 상업성을 추구하고 대중의 새로움에 대한 욕망을 충족해야 했던 대중 매체는 가사문학이 매력적이지 못했다. 그리고 조선 후기에 이르면 가사문학의 주된 생산과 향유는 '규방'이란 좁고 특수한 계층으로 축소

된다. 서구 근대문학의 제도와 방법을 수용하고 전문 작가가 주축이 되는 문단이 형성되면서, 특수 계층에 한정되었던 가사문학은 문학의 중심에서 소외될 수밖에 없었다. 개화기 이후 급속하게 확산된 다양한 비문학적 산문은 가사의 영역을 침식해 들어갔다. 1920년대 이후 본격적인 문학 장르로 자리 잡는 수필은 가사문학의 많은 부분을 대신하게 되었다. 해방 전까지 일부 부녀자의 가사 창작은 더러 이루어졌으나 그것이 독자의 공감을 얻는 문학 장르로서는 이미 힘을 상실한 상태였다. 조동일이 언급했듯이 해방 후 "이제 가사는 종말을 고할 단계에 이르렀다."[62] 그렇다. 2019년, 21세기 지금 우리의 전통 문학 장르였던 가사는 현실적 생명력을 상실한 과거의 문학 유산이다. 오랜 기간 동안 다양한 모습으로 한국문학의 한 영역을 차지했으나 이제는 소멸한 문학 장르이다. 서정, 서사, 극문학의 3대 장르에서 '교술'이란 하나가 더해지면 4대 장르가 되는데, 가사는 그 교술 장르류 중의 하나의 장르종이라고 볼 수 있다. 물론 조동일의 주장에 따라 서양이나 중국에서도 우리의 가사문학과 유사한 문학 갈래가 있었음을 인정하더라도, 가사는 보편적 장르보다는 한국문학의 특수한 역사적 장르로 인식되는 것이 일반적이다.

교술문학의 하위 장르로서 오랜 기간 동안 생명력을 가졌던 가사문학이 근대문학에 와서 쇠퇴 소멸하였으나 장르 속성상 오늘의 수필과 닮은 점이 많다. 무엇보다도 형식의 너그러움과 내용의 다양성이란 점에서 그렇다.

'가사'는 우리 배달겨레의 글말 노래 문학에서 가장 널리 알려지고, 많이 지어지고, 오래 살아 있었던 갈래다. 그것은 이 갈래가 지닌 바탕이 그

---

62) 조동일,《한국문학의 갈래 이론》(집문당, 1992), 76쪽.

만큼 너그럽고 푼더분하다는 것을 뜻한다. 사실 이 '가사'는 아마도 시간적으로 오백 년이 넘게 살아 있었던 갈래인 것이다. 그 사이 사회의 모습과 사람들의 생각이 엄청나게 달라졌는데도 이 갈래는 그 모든 것들을 받아들이면서 살아 있었다. 그만큼 이 갈래는 오래 살아 있으면서 온갖 내용들을 모두 받아들이는 너그러움과 다양성을 지니고 있으므로 한마디 말로 뜻매김하기 어렵다.[63]

김수업은 가사의 특징을 '너그러움과 다양성'이라고 했다. 4,4(3,4)조의 음수율과 4음보격의 연속성이라는 조건이 전제되므로 창작에 얼마간 제약이 따르지만, 이것이 우리말의 고유성을 살리는 측면이기에 창작의 큰 어려움으로 작용한다고 볼 수 없다. 특히 길이와 구조에서도 일정하게 마련된 틀이 없다. 애초에는 상류층의 지식인이 전담했던 갈래였으나 "차츰 어느 백성이나 부녀자들까지 구별 없이 짓고 즐겼"[64]던 갈래다. 오늘날 수필의 영역이 소설과 희곡을 제외한 모든 산문적 글쓰기에 광범위하게 걸쳐 있는 점에서 그 '너그러움과 다양성'은 가사문학에 못잖다. 그래서 가사문학은 공식적으로 통용되는 문학 장르는 아니지만, 지금도 수필 창작에서 실험적인 방법으로 가사체를 가끔 시도하기도 한다. 이 글을 쓰기 위해 자료를 찾는 과정에서 《요지경 열두 마당》[65]이란 수필집을 만났다. 이 작품집에 수록된 12편은 모두 가사체로 쓰인 수필이다. 특히 작가의 사회 비판적 시각과 풍자적 태도가 두드러졌다. 우리말 고유의 4음보 율격을 살리는 지점에서 재미와 동시에 언어 표현의 이색적인 느낌을 주었는데, 여기서 가사 부활의 가능성을 엿볼 수 있었다. 특히 세

---

63) 김수업, 《배달문학의 갈래와 흐름》(현암사, 1992), 225쪽.
64) 같은 곳.
65) 이옥자 《요지경 열두 마당》, 문학관, 1999.

태나 정치적 현실 등을 풍자하는 데에서 가사체의 위력은 유감없이 발휘되고 있다.

현재 가사체 수필 쓰기는 가능한가? 가능하다면 그 의의는 무엇인가? 현재 수필에 가사체 창작방법의 도입은 어떤 문학적 효과를 가져올 수 있는가? 이런 물음에 긍정적 결과가 나온다면, 앞으로 가사체 수필창작을 확대하는 방법을 제시해보고자 한다. 가사문학은 전통적인, 훌륭한 문학 유산이기에 이를 계승 발전해야 한다는 당위적이고 어설픈 이데올로기적 태도는 금물이다. 왜냐하면 문학 장르는 문화의 거대한 흐름에 적응하면서 자기 변화를 도모하기 때문이다. 지금 우리는 디지털 문화의 한복판에 서 있다. 문자제국의 쇠망과 문학의 죽음을 실감하는 현 시점에서 사라진 가사문학을 재건하고 부활하자는 것은 구호에 지나지 않는다. 핵심은 그것의 장점을 최대한 살려 어떻게 오늘의 문학에 활용할 것인가가 관심의 초점이 되어야 한다. 여기에는 장르 이론적 탐구도 중요하지만, 실제 창작에서 직면할 수 있는 문제를 검토해 보고자 한다.

2. 가사체 수필 창작의 실제

1) 전상준, 〈사모곡〉

맑고 높은 가을 하늘 추석 앞둔 선선한 날
고향산천 선산으로 마음을 앞세우고
어머님의 산소 찾아 주과포혜 차려 놓고
정성스레 재배하고 벌초하러 찾았다고

다정하게 고한 후에 푸른 하늘 쳐다보니
인자한 선비께서 웃으면서 맞이하네.

어머니의 천년집에 억세풀이 무성하다
봉분 위에 자란 풀을 낫으로 베어낸다
이승과 인연 끊고 가신 지 십 년이라
지부地府 생활 어떠한지 애타게 물어도
묵묵부답 말이 없어 답답하고 답답하다
도래솔 아래 앉아 하늘만 쳐다본다.

세상에서 몹쓸 병은 치매가 아닐 소냐.
언제 있던 일인지도 나는야 모르는 일
어제도 이야기하고 오늘도 이야기하네
조사 하나 빼지 않고 내일도 말하겠지
가슴에 숨은 사연 이해하지 못하네
웃고 우는 깊은 연민 나는 알지 못하네.
(이하 생략)

【작가의 말】

　문학이란 인간 삶의 모습을 언어란 도구를 사용해 표현해 놓은 그릇이다. 나는 문학의 장르 중에서 수필을 쓰고 있다. 정확하게 수필이 어떤 내용과 형식을 가진 글인지 잘 모른다. 많은 사람이 내가 써 놓은 글을 보고 '수필'이라 부르고 나를 '수필가'라 한다. 그래서 부정도 거절도 못 하고 그렇게 지내고 있다.

같은 형식의 글(수필)을 쓰고 있는 사람들이 수필문학의 확장을 위해 많이 노력하고 있다. 수필은 오랜 옛날부터 우리의 문학(국문학) 속에 있었다. 신라 향가의 창작 배경인 민담과 설화가 수필이고, 더 고대로 가면 단군신화나 주몽전설도 수필의 일종이다. 조선시대 가사歌辭 작품도 수필의 성격을 가진 글이다.

전문적이고 체계적인 연구는 전문 학자의 몫이다. 나는 수필을 쓴다. 지금은 상황이 많이 좋아졌으나 얼마 전까지만 해도 문학 장르 중에서 수필이 문학으로 대접받지 못했다. 그래서 수필의 발전과 영역 확장이란 면에서 전통 문학 장르의 하나인 가사의 율격을 수필 쓰기에 원용할 수 없을까 하는 생각으로 추석 밑에 조상님의 산소에 벌초를 가 만년에 치매로 요양병원에서 고생한 어머니가 생각나 그 소회를 가사 형식으로 글에 담아 보았다.

가사문학의 율격이 어떤 틀에 고정되어 엄격하게 적용되고 있는 것은 아니다. 우리의 고유한 문학 형식의 하나인 시조의 음수율과 음보율을 같이 쓰고 있다는 생각이다. 우리나라 사람의 생활 습관과 서정적 정서를 표현하는 데 가장 잘 어울리는 것이 시조이다. 시조는 3음절이나 4음절을 기본 율격으로 하는 '3(4), 4 4, 4(3)'의 음수율을 가진다. 이 음수율이 4음보를 유지해 읽을 때 리듬감을 느끼게 하고 듣기도 편하게 한다. 우리가 쉽게 접하는 시조의 이런 율격이 성립되기까지는 오랜 세월에 많은 변형을 거쳤을 것이다.

문제는 수필에 이런 율격을 빌려 써도 될 것인가 하는 점이다. 넓게 볼 때 문학이 인간 삶을 언어로 표현한 것이라면 수필도 문학이니, 가사와 수필에서 내용을 담는 그릇의 혼용이 크게 문제될 것이 없는 듯하다. 수필 〈사모곡〉을 써 몇 차례 읽으니 가독성도 있고 정서 전달에도 효과가 있었다. 하지만 가사 작품의 율격에 비해 음수율을 맞추어 표현하는 데 다소 어려움이 있고, 소리 내어 읽을 때 리듬감이 떨어지는 곳도 없지 않았다. 그러나 읽기는 편했다. 요즈음 실험수필이란 이름을 달고 수필을 여러 가지 개성적인 형식으로 쓰는 것을 보면서 앞으로 좋아하는 독자가 많아진다면 수필의 외연을 넓힌다는 뜻에서 가사와 수필의 접목을 시도할 수 있지 않을까 싶다. 따라서 수필과 가사문학이 만나 문학의 새로운 영역을 개척해 보는 것도 좋은 시도일 듯하다. 가사 수필이 우리의 고유한 정서를 표현하고 삶의 다양한 모습을 담는 새로운 그릇으로 자리 잡을 수 있기를 기대해 본다.

2) 박현기, 〈머피의 법칙〉

배고파 못 살겠다 잘살아 보자꾸나. 새마을 깃발 아래 땀 흘린 지 어제건만, 어언간에 경제대국 쌀과 고기 남아도네. 배부르면 경마 잡혀 꽃놀이가 상책이라, 개구리 올챙이 적 생각해서 무엇하랴. 백화만발 좋은 세상 세계화가 물결치니, 있는 사람 없는 사람 해외여행 봇물일세. 너도나도 입만 열면 지구촌이 제집이니, 동남아는 안방이고 구라파는 중방이라. 들떠 웃는 남녀노소 비행장에 줄을 서네. 젊은이는 배낭여행 늙은이는 단체여행. 명목도 가지가지 차림새도 천태만상. 여행 가세 여행 가세 늙어지면 못 가나니. 이래 사나 저래 사나 사는 것은 똑같은데, 다리 떨 때 후회 말고 가슴 뛸 때 떠나보세.

(이하 생략)

【작가의 말】

가사가 무엇인지 잘 알지도 못하면서 그냥 운율과 대구만 맞췄을 뿐인데 가사가 되었습니다. 운율과 대구만 맞춘다고 가사가 되는 것은 아닐 것입니다. 분명 가사 나름의 문학적 장치가 있을 거라는 생각이지만 그것은 제가 알지 못합니다. 단지 어릴 적 할머니가 소리 내어 읽던 것을 기억하며 흉내를 냈을 뿐입니다.

쓰면서 제가 느낀 것은 엉뚱하게도 현대의 문장과 문법으로 글을 쓰는 것보다 수월하다는 것입니다. 현대의 문장에서는 잘못 사용된 조사 하나 때문에 글의 의미가 달라질 수도 있습니다만 가사에서는 오히려 부사와 조사가 문장의 흐름을 방해하기도 했습니다. 종결어미 역시 마찬가지였습니다. 재미있는 것은 그 세 가지를 거의 사용하지 않고도 얼마든지 문장을 완성할 수 있다는 점입니다. 이미 우리에게 익숙해진 현대의 문장을 쓰는 것보다 오히려 쉽고 깔끔했습니다.

고사성어나 사자성어, 전래 설화나 전설, 구전소설이나 고전의 도입으로 얼마든지 상황 진술이 가능했습니다. 그러나 이것은 쓰는 사람이나 읽는 사람 모두 폭넓은 이해와 지식이 있어야 한다는 단점이 있습니다. 작가가 자칫 올바르지 않은 고사성어를 도입한다거나, 독자가 그 의미를 모른다면 작품은 큰 오해를 받을 것입니다. 또 하나는 우리말의 특징 중의 하나인 의성어 의태어를 살리기에는 가사가 아주 제격이라 생각합니다. 상황에 맞는 의성어나 의태어를 사용함으로써 의도를 효율적으로 전달할 수 있습니다. 글의 재미나 풍성함을 더하는 데도 도움이 되는 것 같습니다. 단점이 있다면 섬세하고 감각적인 문장을 쓰기가 좀 쉽지 않다는 점이 있었습니다. 음수율과 대구를 맞추려다 보니 그런 부분에서 자칫하면 사설이나 타령으로 흐를 가능성이 큽니다.

3) 이경희, 〈조국 장관 사태를 보면서〉

조국장관 임명사태 나라꼴이 엉망이네
찬성반대 저들끼리 자고나면 설왕설래
청문회도 열리기전 언론에서 연일난리
부인부터 자식까지 오촌조카 사모펀드
상장위조 가짜인턴 대입부정 어지럽다

강남좌파 이중얼굴 청년층들 좌절하고
가족끼리 돈모아서 사모펀드 조성하여
재산증식 하려다가 검찰조사 들어가고
검찰에서 소스주면 언론에서 받아쓰고
언론보도 어디까지 진실이고 가짜인가

죽은부모 이혼동생 가족까지 파헤치고
먼지털듯 조사하고 압수수색 난리치고
마누라가 장관하나 자식들이 장관하나
장관후보 인사검증 저렇게나 탈탈털면
어느누가 장관하나 앞으로가 문제로다

후보부인 자식사랑 지나친건 사실이나
어느누가 그들에게 돌을던질 자격있나
한발짝만 들어가면 가진자들 차별입학
명문대학 학생들중 상위층이 태반인데 (이하 생략)

【작가의 말】

　가사체로 수필을 써보니 일반 산문으로 쓰는 것보다 쉬웠다. 특히 정치 풍자는 가사체가 율동감도 있고 구어체도 들어가니 생생함을 더해준다. 산문체는 내용이 앞뒤로 논리가 맞아야 하고, 서술어나 조사 하나까지 글의 내용에 영향을 끼치니까 주의하며 써야 한다. 가사체는 율격만 맞추면 바로 다음 내용으로 연결되니 술술 나온다. 수필의 특징인 개인의 내면 심리나 사유를 전개하려면 묘사, 설명, 서사가 동원되어야 한다. 가사체는 사건의 전개나 외연을 설명하면서 전개하는 것이 수월하다. 개인적 소회나 심리 상태는 표현하기 어렵다. 반면, 사회 집단의 바람이나 행동 등을 표현하는 데는 4,4조 가사체가 잘 부합하는 것 같다. 특히 권력자나 기득권자에 대한 풍자 내용은 가사체로 표현하는 것이 재미있고 수월하다.

　단점은 율격에 맞게 설명하거나 진술해야 하니 개별적이고 섬세한 묘사나 표현이 어렵다는 점이다. 앞과 뒤의 내용이 호응하는 가운데 네 음절의 어휘를 선택해야 하니 표현의 한계도 느낀다.

　4) 여세주, 〈돌아오는 길〉

세상이 바뀐다고 이토록 달라질까.
어떠한 기관에서 설문조사 한답시고
이 세상 남자들 중 어떤 남편 최고냐고
오육십 대 대상으로 전화 걸어 물었더니
잘 생겨도 소용없고 힘센 남편 귀찮다네.

돈을 많이 버는 남편 위세 떨어 좋지 않고
집안일 돕는 남편 더구나 아니란다.
뭐니 뭐니 하더라도 최고의 남편일랑
은퇴하고 돌아와도 집 지키지 않는 거래.
이 세상 남자들이 너나없이 이런 신세
젊어서도 늙어서도 환대받지 못하누나.
나이가 젊은 때는 나돈다고 핀잔 듣고
늘그막에 이르러선 들앉았다 괄대 받네.

이 세상 남편들도 할 말이야 없겠는가.
남자로 태어나서 출세 한번 하겠다고
일찍이 부모 떠나 유학하며 고생했네.
어렵사리 노력하여 직장을 구했으며
뒤쳐지지 않으려고 죽자 사자 노력했네.
결혼하여 자식 낳고 가정을 꾸렸건만
사회에서 인정받기 어디 그리 쉽다던가.
직장이 먼저이고 친구가 우선이라
가정에 머물잖고 가족도 뒷전일세.
나 또한 그대들과 다르지 아니하여
가정이란 울타리가 내 앞길에 장애되고
나의 활동 가로막는 철책이라 여기었네.
그 울타리 없었다면 더 넓은 초원에서
종횡무진 할 것 같아 후회한 적 있었으니,
차라리 결혼 않고 아이 낳지 않았다면

내 꿈을 펼치기가 더 좋았을 것이라며.

(이하 생략)

【작가의 말】

　기존의 수필을 가사로 바꾸는 데 있어서 그리 긴 시간이 요구되는 것은 아니었다. 엄격한 운문의 형식에 맞춘다는 것은 표현상 구속일 수도 있어서 불편한 작업인데도 흥미롭게 접근할 수 있었다.

　가사체 수필을 쓰기 위해서는 우선 3,4조 또는 4,4조 4음보의 율격에 맞추어야 한다. 1음보는 3음절 또는 4음절이어야 낭독하기에 길이가 적당한데 우선 음수율에 맞는 어휘 선택에 어려움이 없지 않았다. 음수율을 모두 충족시키려고 하니, 종결어미나 조사 생략이 불가피하여 온전한 문장 표현이 불가능했다. 결국 문장의 핵심어를 남겨놓고 나머지 부가적 표현은 버릴 수밖에 없었다. 핵심어 중심의 서술을 하다 보니 직설적 표현이 되기 쉽고, 가사에 대한 선행지식 때문인지 고백적 어조보다는 호소적인 어조로 흐르게 되는 것 같았다. 엄격한 외형률에 맞추려다 보면 치밀한 상황 묘사나 심정의 간접적 표현은 쉽지 않을 듯하다. 그러나 이런 문제는 여러 편의 가사체 수필 쓰기를 시도해 보아야 어떤 결론을 도출할 수 있을 것 같다.

　4음보라는 율격은 단순히 네 토막 형식만을 갖추는 데서 완성되지 않는다. 내용이나 통사적 어구 배치에서도 2절 4구체의 대칭(대구)이 제대로 이루어져야 온전하다. 민요, 시조, 악장이 모두 형식에 맞게 내용을 이루고 있다. 3(4),4조 4음보의 율격 형식에 따르기보다 내용이나 통사적 대구 만들기가 더 어려운 것 같다. 이러한 형식적, 내용적, 구문적 제한 때문에 치밀한 논리를 전개하는 데는 가사체가 불편할 수도 있지 않을까.

그럼에도 불구하고 가사체 수필 쓰기는 더 많은 시도를 해 볼 필요가 있다고 생각된다. 분명한 것은 가사의 율격을 그대로 따르지 않더라도, 쉽게 읽히는 수필을 위해서는 문장의 호흡에 신경써야 할 필요가 있다. 문장의 호흡이 살아있으며 생동적으로 느껴진다.

3. 가사체 수필 창작의 가능성

본고의 관심은 가사 창작의 실제 과정에서 창작자의 경험과 느낌을 들어보고, 이를 토대로 가사체 수필 창작의 가능성을 타진해 보는 데 있다. 이 과제를 수행하는 데 네 사람의 수필가가 가사체 수필을 직접 창작해 보았다. 앞의 전상준, 박현기, 이경희는 특정한 주제를 잡아 처음부터 작품을 창작했고, 뒤의 여세주는 이미 창작된 작품을 가사체로 바꾸어 보았다. 산문 형식의 수필과 가사체의 문체적 차이점이 창작 과정에서 어떻게 드러나는지를 좀 더 명확하게 확인하기 위해서였다. 네 작품과 작가의 발언을 중심으로 가사체 수필 창작에서 두드러지는 측면을 정리해 본다.

1) 가사체의 반복적 리듬이 주는 흥과 재미

이 과제에 참여한 네 명의 수필가에게 가사체는 낯설지 않았다. 연령대로 보면, 70대 초반이 1명, 60대 중반이 2명, 50대 후반이 1명이었다.

대부분이 대학 학부에서 문학을 전공했고, 그것도 3명이 국문학 전공자였다. 필진은 1960년대 후반 학번부터 1980년대 초반 학번까지 분포되어 있는데, 이들은 모두 고등학교 국어나 문학 과목에서 가사 수업을 적잖게 받았던 세대다. 이들은 교과서에 수록된 가사를 암송한 적이 있고, 지금도 그 일부를 기억해낸다. 몇 사람은 어릴 때 학교가 아닌 가정이나 마을에서 가사 낭독 현장을 자주 접했다고 한다. 이로 미루어 짐작건대 가사체가 낯설지 않을뿐더러 가사체 리듬이 의식 깊숙이 잠재하고 있었다. 창작방법에 대한 별다른 학습이나 훈련 없이도 가사체 창작이 가능했던 것으로 판단된다. 질적 문제를 떠나서 가사체 수필 창작 그 자체는 그리 어려운 작업이 아니라고 입을 모았다. 반면에 일반 산문으로 이미 쓰인 작품을 가사체로 변환하는 것은 힘들었다고 했다. 원작품 내용을 최대한 살려야 하는 부담감이 뒤따랐기 때문일 것으로 추측된다.

창작 과정을 주도했던 것은 '재미'라고 했다. 기억과 무의식에 잠재하던 가사체 율격이 되살아나면서 일반 산문으로 쓰던 수필 창작과는 달리 막연하지만 특별한 재미를 느낄 수 있었다는 것. 그 재미의 주요 발원지는 규칙적인 리듬이다. 가사문학은 종이 위에 글로 기술된 텍스트이다. 텍스트는 독자가 시각을 통해 문자를 읽음으로써(묵독) 그것이 담고 있는 메시지를 이해하고 그 행간에 밴 글쓴이의 감정에 공감한다. 그런데 가사가 텍스트로 기술되었다고 해서 그것이 전적으로 활자 매체에 의해 소통된 것이 아니다. 가사 대부분은 활자 매체의 기술적 텍스트로 넘어가기 전 단계의 필사 매체에 의해 생산 수용되었다. 필사는 읽기 위주의 활자 매체와는 달리 구술과 연행을 전제하고 이루어진다. 혼자 소리 내어 읽든지 특정인을 대상으로 낭독하든지 간에 가사 텍스트의 수용은 전적으로 시각적 읽기보다는 목소리를 통한 연행으로 소통되었다. 연행

자의 개성이나 실제 연행 배경에 따라 텍스트 원본 변형이 자유롭다. 종이에 기술된 텍스트보다 연행되는 콘텍스트가 전면화될 수 있기 때문이다.

가사체의 연속적 정형률 리듬은 비록 가사가 문자로 기록된 텍스트이지만, 많은 부분 구술문화의 성격을 지닌다고 볼 수 있다. 구술에는 텍스트의 의미 전달이 전부가 아니다. 말소리의 다양한 변화와 몸의 움직임은 실제적인 생동감을 준다.

구술로 발화된 말은 씌어진 말과는 달라서 단순히 말로만 이뤄진 상황에서는 성립되기 어렵다. 소리로 발화되는 말은 언제나 전체적인 생존 상황의 어느 양상이며 그렇기 때문에 언제나 신체를 사용하게 된다. 단지 목소리 내는 것을 초월하여 신체의 움직임이란 구술적 대화에 우발적으로 붙여지거나 억지로 붙여진 것이 아니고 도리어 자연스럽고 피하기 어려운 것이기도 하다.[66]

인류가 고안하고 사용했던 모든 말(소리)의 조직은 손의 움직임과 결부되어 있다고 한다. 목소리 말을 앞세우는 구술에서는 말 자체의 메시지 전달을 뛰어넘어 몸의 움직임이 부수된다는 뜻이다. 단지 문자를 쓰고 읽는 행위는 "마음psyche을 자신에게 던지는 고독한 활동"[67]이지만 "구술적인 커뮤니케이션은 사람들을 집단으로 연결시킨다."[68] 문자로 쓰고 읽기에는 정보의 정확성을 위한 분석이 필요하고, 정보의 틈새를 최소화해야 한다. 여기에는 긴장이 수반될 수밖에 없다. 반면에 몸의 움

66) 월터 J. 옹(이기우·임명진 역), 《구술문화와 문자문화》(문예출판사, 1995), 112쪽.
67) 같은 책, 114쪽.
68) 같은 곳.

직임과 집단 구성원의 감성적 호응을 불러오는 구술적 연행은 앙상한 읽기에 비해 훨씬 신명 나는 일이다. 신명이 몸의 움직임을 유도하고 그 결과 경직된 사고는 유연하게 변한다. 굳어진 것이 풀리는 과정에서 생겨나는 것이 재미와 흥이다.

그리고 참여한 작가는 대부분 가사체 수필 창작이 그리 어렵지 않다고 했다. 그 이유는 이들이 모두 가사를 접한 경험이 있기 때문만은 아니다. 이들에게 가사 재생이 가능했던 것은 많은 경험이라기보다는 가사체가 하나의 패턴으로 기억되고 있었기 때문이었다. 가사체에 대한 경험은 지식으로서 기억되는 것이 아니라 가사만의 고유한 패턴으로 내재한다. 구술문화에서 이루어지는 사고방식의 중심은 기억 가능성이다. 기억하기에 가장 적합한 형식, 즉 패턴으로 발전해 왔다.

구술문화에서는 잘 생각해서 말로 표현한 사고를 기억해두고 그것을 재현하는 것을 효과적으로 하려고, 바로 말할 수 있도록 만들어진 기억하기 쉬운 형태pattern에 입각하여 사고하지 않으면 안 되었다. 즉 이러한 사고는 다음과 같은 방식을 따라야만 했다. 강렬하게 리드미컬하고 균형 잡힌 패턴이거나, 반복이나 대구거나, 두운과 유운類韻이나, 형용구와 그 외의 정형구적인 표현이나, 표준화한 주제적 배경(집회, 식사, 결투, 영웅의 조력자 등)이거나, 누구나 끊임없이 듣기 때문에 힘 안 들이고 생각해 내고 그 자체도 기억하기 쉽고 생각해내기 쉽게 패턴화한 격언이나, 또는 그 밖의 기억을 돕는 형식에 따라야만 했다.[69]

물론 가사문학은 구비전승의 구술문학이라고 보기 어렵다. 상당한

---

69) 같은 책, 58쪽.

길이를 가진 것도 많은 것으로 보아 구술을 통해 연행에만 목적을 두지 않았음을 알 수 있다. 후대에 가서는 완전히 읽기 텍스트로 자리 잡았으나 가사 발생기나 조선시대에는 가사 향유와 독자 수용에서 상당 부분 구술문화의 속성을 지녔다. 다시 말해, 오랫동안 가사에서 멀어져 있었는데도 한순간에 가사 창작이 가능했던 것은 정형화된 패턴이 작가의 내면에 잠재해 있었기 때문이다.

그런데 현재 우리가 지금 창작할 수 있는 가사체 수필은 구술적 연행을 목적으로 하지 않는다. 다른 일반 산문과 마찬가지로 문자로 쓰고 읽는 기술적記述的 영역에 제한되어 있다. 그렇다면 현재의 가사체 수필을 구술적 연행과 관련지어 그 재미를 설명하는 것은 논리적으로 맞지 않는다. 하지만 다른 측면에서 이를 설명할 수 있다. 지금 가사체 수필을 쓴다는 것은 전례가 없는 백지상태에서 어떤 새로운 형식을 시도하는 것이 아니다. 가사문학은 우리의 전통 문학 장르로서 오랫동안 지속되었던 것이고, 해방 이후 중등 교육 과정에서 학습되었기에 그리 낯선 것이 아니다. 특히 60~70년대 국어교육에서 문학 작품 암송이 부분적으로 이루어졌다는 점을 감안할 때 일부 계층에서 가사체는 자연스럽게 몸에 배어 있어 창작 동기가 부여되면 언제나 어렵지 않게 시도할 수 있다. 이처럼 가사체 문학이 낯설지 않다는 것은 그것을 창작하거나 읽을 때 재미의 근원인 구술적 측면을 부분적으로나마 직면하게 된다는 말이다. 물론 이러한 설명의 타당성은 고등학교나 대학교 과정에서 가사를 공부한 적이 있는 사람에게만 한정될 수밖에 없다. 더욱이 2000년대 들어와 바뀐 교육 과정에서는 가사문학을 접할 기회가 축소되어 앞으로 젊은층이 가사체 수필을 창작하려면 가사에 대한 선행 학습은 필수적일 것이다.

가사체 수필 창작이 부담으로 느껴지지 않았고 상당한 재미를 안겨

주었다면 그 원인은 가사체의 리듬이 일상 언어를 낯설게 한 데에서 찾을 수 있다. "리듬의 존재로 인해, 시의 언어는 일상언어와 구별되는 율동적인 언어, '낯선' 언어로 독자 앞에 '전경화'되고, 독자는 이 '낯선' 말소리의 흐름에 주목함으로써 작품 속에 진입할 수 있게 되는 것이다."[70] 창작자나 독자가 작품에 빨려 들어가 재미를 느끼는 것은 규칙적인 리듬의 힘이다. 엇비슷한 주제와 문제와 길이를 가진 현대수필 창작에 익숙해진 상태에서 정형률에 가까운 가사체 수필은 신선한 느낌과 재미를 준다. 특히 반복되는 연속적 리듬이 딱딱한 산문의 지루함을 상쇄하고 흥취를 불러일으키는 요소로 작동한다. 이 점은 수필의 창작방법과 영역을 확대하는 데 하나의 선택으로서 충분한 의의를 지닌다고 하겠다.

2) 창작 과정에서 요구되는 형식적 규율과 변용

가사의 고유성은 리듬에 있다. '4음보격의 장편 연속체 율문'이 가사 형식의 핵을 이룬다. 가사체의 정형적 리듬은 음보에 바탕을 둔다. 일반적으로 음보는 "휴지에 의해서 구분된 문법적 단위 또는 율격적 단위다."[71] 그런데 율격적 단위와 문법적 단위는 일치하지 않을 수 있다. 대체로 우리말의 특성상 음보는 3음절 내지 4음절을 단위로 한다. 이는 우리말 어휘는 2음절과 3음절이 압도적으로 많은데, 여기에 1음절 내지 2음절의 조사와 어미가 첨가되어 한 음보가 3~4음절이 주를 이루게 된 것이라고 설명한다. 우리 고유의 문학 형식인 시조나 가사의 율격을 음

---

70) 오성호, 《서정시의 이론》(실천문학사, 2006), 153쪽.
71) 김준오, 《시론》, 재4판(삼지원, 2006), 142쪽.

보 중심으로 규정할 수밖에 없는 것은 한 구를 단위로 하는 음수율을 하나로 고정할 수 없기 때문이다. 2~5음절의 범위 안에서 3~4음절이 주를 이루는데, 결국 3음절도 아니고 4음절도 아니다. 이는 우리말의 고유한 결이 만들어낸 자연스러운 결과물이다. 특정한 음수율에 고정되지 않은 점은 엄격한 정형률에 미치지 못한다는 불완전성을 드러내기는 하지만, 오히려 창작의 자유로움을 더해 주는 긍정적 요소로 받아들일 수도 있다. 이처럼 가사체의 율격은 정형률을 지향하면서도 여기에 완전히 구속되지 않고 어느 정도 자유로운 변신을 허용한다. 이는 가사체 수필 창작이 일반 대중한테 다가가는 발판이 될 수도 있다.

가사체의 율격이 엄격하지는 않지만, 그 자체가 어느 정도 정형률을 지향하기 때문에 창작에 부담으로 작용하는 것은 사실이다. 앞에서 여세주 작가의 '운율 맞추기에 치중하다 보니 치밀하고 섬세한 서술이 어렵다'는 지적은 수긍이 간다. 율격 맞추기에 신경을 쓰다 보면 주어, 조사, 어미, 문장 종결어미 등의 생략은 불가피하다. 단어, 어절, 구, 문장 간의 연결 고리가 빠짐으로써 저자의 사유와 감정을 구체화하기가 쉽지 않다. 하나의 패턴을 형성하는 데 동원되는 요소로서 상투적인 관용구, 죽은 비유, 의태어와 의성어 등의 사용이 빈번해짐으로써 작가의 개성적 표현의 폭이 그만큼 좁아진다. 또한 한자어, 고사성어, 속담 등은 디지털 세대의 접근을 원천 차단하는 요소로 작동할 수도 있다.

가사는 일정한 4음보격이 길게 연속되는 형식이다. 반복되는 동일 리듬은 말의 육체성을 더해주는 효과는 있으나 이로 인한 언어의 의미 손실을 초래할 수밖에 없다. 기표의 순수한 물질성이 전면화됨으로써 기의의 높낮이가 평준화될 가능성이 크다. 가사가 장문으로 발전된 것은 서사의 연속성과 사유의 논리성을 담아내기 위해서였다. 운율의 힘에 가리어 글의 논리적 전개와 핵심 주제를 구현하는 데 요구되는 동력을 상실한다면, 가사의 존립과 부활의 명분을 어디서 찾을 수 있겠는가. 단지 리듬이 제공하는 재미만으로 가사의 생명력을 유지하는 데에는 한계가 분명하다.

만약 가사체 수필의 필요성과 의의가 인정되어 그 창작이 확대된다면, 형식적 실험을 꾸준히 모색해 나가야 할 것이다. 4음보의 연속체라는 가사체의 기본 율격을 유지한 지점에서 다양한 변환과 실험이 가능하리라 믿는다. 앞 시대 문학에서 굳어진 기성 형태만을 고집한다면, 그것은 지난 시대 유산인 가사체 문학을 단지 모방하고 재생하는 것에 지나지 않는다. 이 시대에 부합하는 새로운 형식을 창조한다는 입장에서 가사체 수필 창작방법을 찾아야 할 것이다. 고시조에서 현대시조로의 변신 정도만 해도 충분한 의의를 지닌다고 본다.

예시 작품을 봐도 형식의 다양한 변용이 가능함을 금방 알 수 있다.

1)은 4음보를 한 행으로 구분하고, 그 6행을 한 연으로 묶어 규칙적인 형태를 구성하였으나 3,4조 내지 4,4조 음수율을 맞추는 데는 크게 구애받지 않고 있다.

2)는 전체적으로 현대 수필의 외형을 취하면서 그 내부 문장을 가사체로 쓴 작품이다. 가사체의 정형률을 맞추려는 부담감을 최소화하고 있다. 원래 조선시대 가사가 행 구분과 구두점이 없는 줄글이었다는 점을 감안하면 사실 그 원형을 가장 잘 지킨 경우이지만, 반면에 운문문학의 요체인 행 구분을 외면했다는 것은 현재 산문으로서 수필 문장의 외적 기율을 따르려는 계산이 아니겠는가. 가사와 수필의 거리를 최소화한 작품이라고 할 수 있다.

3)은 4,4조의 음수율과 4음보격의 규칙성을 철저히 고수한 작품이다.

조사와 어미를 과감하게 생략함으로써 가능했다. 음수율 유지는 그만큼 빠르고 역동적인 리듬감을 살리고 있다. 반면에 리듬을 위해 의미의 섬세한 부분이 희생된다. 이런 경우 자연스럽게 대중에게 널려 통용되는 어휘가 동원될 수밖에 없다.

4)는 가사체 수필 창작의 변이형으로 기존 수필의 가사체 변환을 시도한 경우이다. 원형 손상을 최소화한 지점에서 가사체의 장점을 살리는 방향으로 이루어져야 할 것이다. 일종의 패러디 방법을 원용한 것인데, 그 나름의 재미를 생산할 수 있을 것으로 짐작된다.

정형적 리듬은 가사체의 본질적 존재 방식이다. 이는 들여다보면 구속이면서 자유이다. 4음보 연속체라는 점을 제외하고는 다른 형식상의 제약이 없는 편이어서 가사문학은 주제, 소재, 표현 방법에서 다양성을 발휘할 수 있다. 즉 "형태적 요건 이외에는 주제·소재·표현방식·규모·구성 등에 관한 특별한 제약이 없기 때문에 가사 작품들의 내용과 성격이 다채로운 것은 당연한 결과이다."[72] 남는 과제는 가사체 창작이 상대적으로 특별하게 효율적일 수 있는 화제나 내용이 어떤 것인지를 분석해 내는 일이 아닌가 싶다.

4. 가사체 수필 창작의 확대 방안

가사는 우리 고유의 역사적 장르로서 현재는 그 생명력을 잃은 문학이다. 그 장르적 속성이 현재의 수필과 가까워 실험적 차원에서 어쩌다가 창작되기도 한다. 이것이 미미하지만 꺼지지 않은 불씨라고 한다면,

---

72) 김흥규, 《한국문학의 이해》(민음사, 1986), 18쪽.

그 불씨를 살리는 방안은 없겠는가. 비록 왕성한 불꽃으로 타오르지는 못하더라도 고유의 문학적 의의를 이어갈 수 있다면 그것만으로도 충분하지 않겠는가. 문학 장르의 발생과 소멸은 문화의 거대한 흐름에 해당하기 때문에 일부의 인위적인 시도와 노력으로는 불가능함을 모르는 바 아니다. 그러나 조금의 가능성과 의의가 있다면, 이 시점에서 가사체 수필 쓰기의 효율적 방법을 강구하고 실천해 볼 필요가 있지 않겠는가.

첫째, 가사문학과 유관한 단체나 연구 기관에서 가사체 수필 창작을 확산할 수 있는 프로젝트를 수행하는 것이 가장 현실적인 방안이다. 둘째, 전문 수필지가 가사체 수필 게재에 관심을 가지는 길이다. 현재 20여 종이 넘는 수필 전문지가 발간되고 있기에 이런 관심이 확정되면 의외의 결과를 얻을 수도 있다. 지금 수필가 대부분이 수필의 상투적인 형식과 내용에 식상해 있다. 그래서 문단에서는 기존의 고정된 틀에서 벗어나려는 실험적인 창작방법 시도가 이어지고 있다. 가사체 수필 창작도 그 일환이 될 수 있으리라 믿는다.

이 시대 문화의 중심은 아날로그에서 디지털로 옮겨갔다. 책과 독서는 다양한 영상 매체에 밀려나고 있다. 문학의 축소 혹은 문학의 죽음은 선언적 언명의 허세가 아니라, 현실적인 사실로 확인된다. 문학에 대한 어떤 옹호의 발언도 허공에 쉽게 흩어지고 말 것이다. 이미 생명을 잃은 가사문학을 부활하려는 기획은 어떤 면에서 무모하다고 볼 수도 있다. 하지만 시각 정보가 넘쳐나는 디지털 문화 시대에서 소리의 울림을 안고 있는 가사문학이 독자의 마음을 움직이는 새로운 코드로 거듭나기를 기대해 본다. 물론 이러한 기획이 과거 유산의 단순한 모방이나 재생산에 그쳐서는 곤란하다. 그것은 기존 가사문학의 창의적인 해체에서 출발해야 할 것이다.

제3부

시

대상 관조에서 자아 표출로
—시조시인 정재익론

1. 시조시인 치운致雲 정재익鄭載益

시인 정재익은 1930년 경북 청송 진보에서 출생했다. 그는 진보 심상소학교를 졸업한 후 종조부에게 한학을 공부하고, 광복되던 16세 때는 송산松山 김면식에게 한시를 배운다. 19세에 안동사범학교를 졸업하고 청송 부곡초등학교에서부터 교직 생활을 시작한다. 그 후 대구로 와 1969년 퇴직하기까지 18년 동안 교직에 몸을 담는다. 일찍 한학에 입문하여 열일곱 살부터 한시를 짓기 시작한 그는 문학 창작에 뜻을 두고 한시, 아동문학, 시, 시조 등 여러 장르에 걸쳐 창작 기초를 연마한다. 한때는 조지훈 문하에서 자유시 창작 공부도 한 적이 있다고 한다. 그러다가 서른 넘어서는 한시와 시조 창작으로 본격적인 문학 활동에 뛰어든다. 1965년 4월 이우출, 김상훈, 유상덕, 김종윤 등과 함께 '영남시조문학회'

창립 회원으로 참가하여, 1978~1980년과 1983~1984년 두 번에 걸쳐 이 문학회 회장을 역임한다. 시조 창작에 대한 그의 열정은 마침내 1974년 첫 시조집 《무화과》 출간으로 이어진다. 그는 문단 활동에도 적극성을 보여 1997년부터 1999년까지 한국문인협회 대구지회장직을 맡아 대구 지역 문단 발전을 위해 많은 노력을 쏟는다. 두 번째 시조집 《가지에 걸린 지등》을 1987년에 출간하고, 제3시조집 《아침산행》(1994)과 제4시조집 《팔공산 가는 구름》(1999)을 발간하면서 창작 활동을 이어간다. 2005년 네 권의 시조집에 수록한 작품을 뽑아 시조선집 《산자수명山紫水明》을 출간하는데, 그 서문에서 "한때는 밤잠을 설치고 시작詩作에 몰두하기도 하였으나, 이젠 그 열의도 식어 안목에 찬 작품을 쓰기 어렵고 기력도 쇠진하여 붓을 놓고자 한다"라고 말한다. 60여 년 동안 그는 시조시인으로서의 길을 진정성을 가지고 묵묵히 걷는다. 필자는 정재익 시인의 근황을 들은 바 없어 지금은 완전히 시 창작을 중단했는지는 알 수 없으나 시조와 함께한 그의 삶으로 미루어 볼 때, 시조에 대한 그의 사랑은 변함없으리라 짐작된다.

시조는 한국 시문학의 전통적인 장르다. 조선시대에도 시와 소설 장르가 있었으나 그것은 엄격한 의미에서 근대문학의 시와 소설과는 성격상 차이를 지닌다. 20세기에 들어와 우리의 신문학은 서구문학을 수용하면서 새로운 개념과 양식의 문학으로 출발했기 때문이다. 시조도 마찬가지다. 조선시대 한글로 쓰인 대표적인 시문학이었던 시조도 한국 근대문학사에서 계속 그 장르가 이어지지만, 고시조와 현대시조는 구체적인 부분에서 확연히 다른 면모를 드러낸다. 근대문학의 시, 소설, 시조는 그 이름에서 고전문학의 그것과 다르지 않다. 그러나 장르적 특징에서 양자는 많은 차이를 보인다. 서정문학, 서사문학, 극문학이라는 삼분법은 동서고금을 아우르는 고정된 장르 체계로서 '장르류'에 해당하는 상위 개념이다. 반면에 문학 장르도 시대 흐름과 사회 여건에 따라 변화하기 때문에 고정되어 한자리에 머물지 않는다. 다시 말해, 시대에 따라 변화하는 문학 장르는 하위 개념으로서 '장르종'에 해당한다고 하겠다. 이런 점에서 조선조의 '시조'와 근대문학에서 '시조'는 보편적 장르 체계로 보면 동일한 개념이지만, 장르종의 측면에서 보면 다른 종류의 문학이라고 할 수 있다. 조선시대 시조는 한시라는 거대담론에 연결되어 있었다면, 근대시조는 서구의 자유시 개념을 향해 다가가 그것과 동질성을 획득하는 변화를 보인다. 그런데 대부분 현대시조는 조선시대 고시조의 전통을 계승한 것으로 인식하고, 그 차이에는 관심을 두지 않는다. 이것이 바로 전통론의 함정이다. 시조 전통론에 입각하여 시조의 정형적인 형식 고수뿐만 아니라 시정신까지 맥을 이으려는 태도는 오히려 시조를 퇴보시키는 일이 아닐 수 없다. 시조라는 형식적 규약보다는 자유시의 정신을 지향하는 오늘날의 현대시조에 도달하기까지 현대문학사 100년 동안 시조는 그 본래의 전통 미학과 현대의 자유시 정신 사이에서 자기 정체성을 확립하기 위해 변화와 실험을 멈추지 않았다. 현대시의 무성한 숲에 가려 시적 품격과 정신을 제대로 평가받지 못한 가운데에서도 좌절하지 않고 투혼을 보여준 시조시인은 주위에 한둘이 아니다. 시인 정재익도 그중 한 사람이다.

시인 정재익의 시조 창작에는 한시라는 길동무가 있었다. 물론 그 동무가 시 창작에 우호적이었는지 아니면 방해꾼이었는지는 그만이 안다. 하지만 객관적 입장에서 보면, 한시는 정재익 시인의 시세계를 구축하는 데 극복해야 할 대상이었을 것이다. 한시의 엄격한 정형성은 시조의 정형성을 더욱 협소하게 하는 힘으로 작용했을 것이고, 주자학의 관념적인 이념을 앞세운 교화적인 시정신은 자유시의 세계를 지향하는 현대시조의 운신을 경직되게 했을는지 모른다. 이는 오직 시인의 창작 체험을 직접 듣지 않고는 알 수 없는 부분이지만, 그의 시세계의 전반적인 경향에서 희미하게나마 유추할 수 있다.

이 글은 치운 정재익 시인의 시세계가 어떻게 변모해갔는지 그 과정을 따라가 보고자 한다. 본격적인 작가론이란 이름을 걸기에는 필자로서 부담스럽다. 비평적 시선을 될수록 가볍게 가져갈 생각이다. 시조도 시이므로 시를 읽듯이 시조를 읽으면 된다고 생각할는지 모르나, 시조 읽기는 시조라는 고유한 장르적 특성에 대한 깊은 인식 없이는 제대로 이루어지기 어렵다. 내용만 중요하고 그릇은 껍데기에 불과한 것이 아니다. 그릇은 언제나 내용에 상관되어 간섭하고 의미 발생의 계기를 마련해주기 때문이다. 시조라는 그릇에 대한 이해는 시조 작품 읽는 데 필요한 논리이고 방법이다. 여기서는 시조선집《산자수명山紫水明》에 수록된 작품만을 중심 대상으로 삼아 정재익 시인의 시세계에 다가가 본다.

2. 전통적 시조 미학의 반영

정재익 시인의 초기 작품, 즉 첫 시집《무화과》에 수록된 작품은 대체로 전통적인 시조 미학을 충실히 반영하고 있다. 우선 평시조의 형식적인 규율과 특징을 최대한 계승한 것으로 보인다. 이러한 계승이 그의 시세계를 평가하는 데 직접적인 기준으로 작용하는 것은 아니다. 계승이 나쁘고 변화와 실험이 좋다는 단순한 평가는 상식적인 것인 만큼 언제나 오류도 수반할 수 있기 때문이다.

형식 측면에서 고시조나 현대시조는 큰 차이를 보이지 않는다. 현대
시조가 고시조의 기본 형식을 깨고 새로운 형식 체계를 가졌다면, 처음
부터 그것은 '시조'일 수 없다. 시조가 상위 장르 체계라고 한다면, 고시
조나 현대시조는 장르종으로서 그 하위 장르에 해당한다. 상위 장르로
서 시조는 형식적인 기본 틀에서 고정성을 지닌다. 따라서 현대시조가
형식의 변화를 시도할 수 있는 폭은 그리 넓지 않다. 우선 시조의 주류인
평시조의 경우 3장 6구라는 기본 형식은 고시조나 현대시조나 다를 바
없다. 평시조의 3장을 현대시의 시행으로 어떻게 배열하느냐가 현대시
조가 형식적 변화를 시도해 볼 수 있는 전부라 해도 과언이 아니다. 물론
이 이상의 과격한 실험도 가능하지만, 대체로 고시의 3장 3행형을 기
본으로 해서 어떻게 시행을 배열하느냐에 따라 여러 가지 형태로 드러난
다. 평시조의 각 장은 4음보 2구로 구성되어 있으므로 가능한 행구분의
최소 단위를 음보라고 한다면, 3행 6구의 평시조 한 수는 최대 12행의 시
로 배열할 수 있다. 여기에다 연시조는 평시조가 2수 이상 이어지므로 현
대시조의 형태가 그리 단조로운 것만은 아니라고 하겠다.

　　① 풀벌레 울음소리 가을 한판 기우노니

　　성근 숲 넓은 들엔 누가 부는 퉁소 소리

　　강물이 모색暮色을 불러 외려 그림 같고나.

-〈가을에 서서〉에서

　　② 백자白磁는

　　안상案床에 앉아

　　학鶴인 듯 목이 마르고

벗 가고
생각은 남아
분국盆菊은 달처럼 떴다.

밤 깊어
창산蒼山은 멀고
장지 밖 싸락눈 소리.

—〈정좌靜坐〉 전문

③ 생각 속 서려드는
눈멀은 백리百里벌에

회군回軍하여 돌아오는
황혼의 저 종소리

낙엽도
세월을 흩으며
산과 들을 적신다.

—〈모종暮鐘〉에서

①은 시조의 기본형인 3장 3행형이고, ②는 3장 9행형으로서 각 장의
전구前句를 2행으로 후구後句를 1행으로 배열한 경우이다. ③은 초·중장
은 2행으로 종장은 3행으로 배열한 3장 7행형이다. 대체로 3장 3행의 평

시조의 기본 형식을 지킴으로써 형식의 안정감을 주고, 읽기가 편리하며, 주제 파악이 용이하다. 안정되고 전통적인 형식이 고시조의 답습이라는 이유로 가치 절하되는 것은 적절치 못하다. ②와 ③의 형태도 기본 형식에서 크게 이탈했다고는 보기 어렵다. 이런 점에서 정재익의 초기 작품은 전통적인 시조 형식의 안정감을 추구한 것으로 보인다.

시어 선택이나 연결에서 고시조의 전통적 색채와 방법의 흔적도 뚜렷하다. 우선 제목이 그렇다. '정좌靜坐, 추적秋笛, 표설飄雪, 모종某種, 추사秋思' 등과 같은 조어들은 한문 문어에 가깝다. 독자와의 공감대를 키울 수 있는 기층 언어와는 거리가 있다. 시편 본문에 사용된 시어도 마찬가지다. 한자어가 적잖게 눈에 띈다. '백자白磁, 안상案床, 분국盆菊, 창산蒼山, 회군回軍' 등이 그것이다. 구조상에서도 초·중장에서는 대상의 형상을 객관적으로 제시하고 종장에서 자아의 정서를 표출하는 방식을 취한다. 시적 자아는 앞부분에서는 일정한 거리를 두고 대상을 관조하다가 종장에 가서 급작스럽게 대상 가까이 다가가 정서를 풀어낸다. 종장은 그 출발에서 시적 전환과 비약을 도모하면서 시 전체를 종합하는 역할을 하는 것이 시조의 일반적인 방식이다. 다시 말해, 이는 대상의 형상을 먼저 제시하고 뒤에 의미를 제시하는 한시의 선경후정先景後情의 창작 원리와 무관하지 않다. 시어 선택이나 구조에서 이러한 전통 방식은 전체적으로 고아스러운 분위기를 연출할 때가 많다. 초창기 현대시조는 고풍을 즐겨 차용함으로써 시조의 전통성을 이어가려는 의도가 강했는데, 그 여파는 현대시조 전개에 오랫동안 영향을 미쳤다. 정재익 시인의 시조 세계도 넓게는 이러한 경향의 한 흐름을 형성하고 있다고 하겠다.

이처럼 시인 정재익의 초기 시는 시조의 전통 미학에 충실한 창작방법을 보여준다. 여기서 한 가지 특징적인 것은 최대한 자아를 표출하지 않

는다는 점이다. 시적 화자는 시 밖으로 밀려나고 대상의 형상만이 전면
에 두드러진다. 이는 시인이 사상과 정서를 최대한 절제하겠다는 의도가
강하게 작동한 결과라고 볼 수 있다. 시적 대상만이 주어지고, 그것에 대
한 자아의 판단이 유보된 상태에서 시적 의미는 침묵 속에 묻히고 만다.
위에서 예로든 세 시편에는 모두 자아의 정서 노출이 아주 희미하다. ①
의 종장 "강물이 모색暮色을 불러 외려 그림 같구나."에서 서정적 자아의
감정은 거의 드러나지 않는다. ②의 종장 "밤 깊어/ 창산蒼山은 멀고/ 장
지 밖 싸락눈 소리"와 ③의 종장 "낙엽도/ 세월을 흩으며/ 산과 들을 적
신다."도 마찬가지다. 대상 제시로 끝난다. 가능한 모든 의미가 독자에
의해 생성될 따름이다. 이러한 정재익 시인의 창작방법은 시조의 정형 미
학에 바탕을 두고 있으며, 동시에 한시의 방법과 취향도 드러낸다. 제1
시조집 표제작인 〈무화과〉를 읽어 본다.

榮辱은
알 리 없고
허술한 이 年輪을

남몰래
잎으로 다져
안으로 흐른 개화開化.

그래도
하 목숨이 아려
피로 맺힌 무화과無花果.

제1집 표제작인 이 시편은 다른 초기 작품과는 달리 시적 화자의 정서 표출이 두드러진다. '허술한' 나이가 되도록 영욕을 안으로 삼키며 남모르게 내실을 다져 드디어 열매를 맺게 되었다. 겉으로는 잎만 무성하게 달고 있어 다른 사람은 꽃을 피우지 못하리라고 생각했을는지 모르지만, 화자는 자신 안에서 열매를 준비하고 자기만의 꽃을 피우기 위해 각고의 자기 단련을 수행했으리라. 꽃을 피우지 못하고 잎만 무성하게 달고 있다는 외부 눈초리에도 흔들리지 않고 자기 내면의 열매를 준비해왔다는 것이다. 그래서 그 결실인 '무화과'를 '피로 맺힌' 것이라고 했는지 모른다. '피'가 내면의 아픔과 외부로 향하는 원망의 정서를 환기하지만, 여기서는 무화과가 긴 세월 인내하면서 자신을 단련해온 내적 수련의 결과임을 암시한다. 식물인 무화과의 생태적 특징을 집약적으로 포착하고 있다. 그런데 시적 대상인 무화과에는 자아가 투사되어 동일시가 이루어지고 있다는 점에서 이 시편은 알레고리로 읽도록 유혹한다. 시인은 무엇을 말하려 하는가? 20년 이상 시조 창작에 전념해온 시인이 공식적으로 문단에 등단하지 않고 있다가 마흔 중반이 되어 첫 시조집을 출간하면서 그 시집 제목을 '무화과'라고 붙였다. 시인 자신의 시적 이력이 무화과에 투사되었다는 해석은 충분히 개연성을 얻는다. 제1집의 다른 작품과 비교하여 강한 정서 표출을 보인 까닭을 이해할 수 있을 것 같다.

3. 대상과 자아 사이에서

현대시조와 고시조에서 '시조'라는 공통 인수를 제외하면 남는 것은 무엇일까? 현대시조는 시조라는 전통 형식을 바탕으로 현대인의 생활과 감정을 현대적 감각을 살린 언어로 표현한 시를 말한다. 형식적 특징보다는 내용과 표현 언어에서 현대적 시의성을 지닐 때, 그 작품은 현대시조의 범주 안에 들어갈 수 있다. 현대인의 생각과 정서를 외면하고서는 현대시조가 될 수 없다는 말이다. 물론 형식에서도 현대시조는 고시조의 기본 틀을 고수하기보다는 현대적 감각을 살린 다양한 형식 변주가 요구된다.

첫 시조집에서 시조의 전통 미학을 충실히 반영했던 정재익의 시 세계도 제2시집《가지에 걸린 紙燈》에 이르면 현대시조로서의 새로운 면모를 갖추게 된다. 사물과 풍경을 객관적 거리를 두고 관조하던 시작 태도에서 벗어나 시인의 개인 생활과 감정을 담는 데 주저하지 않는다. 시조의 전통 미학에 발목이 잡혔을 때는 자아를 최대한 지우고 대상만을 드러내는 경직되고 건조한 시적 태도를 보였다. 자기 감정을 헤프게 노출하는 것은 엄숙한 시정신을 해친다는 절제와 겸손의 고전적 시학이 그대로 작동되었기 때문이다. 정재익의 시정신에는 한학과 한시의 절제된 사유와 형식이 깊이 뿌리내리고 있었던 탓이리라. 하지만 1970~1980년대를 거치면서 한국 사회도 후기산업사회로 진입하였고, 서구 근대를 소화함으로써 문학적 감수성도 급격한 변화를 가져온다. 문학이나 시도 이러한 시대 경향을 비켜갈 수 없었다. 정재익의 시조도 개인의 사유와 정서를 시 안으로 적극 표출하고 시대적 감각을 드러내는 시어에 친숙해진다. 이 시점에 이르러 시인 정재익은 자신의 고유한 시 세계를 확립했다고 볼 수 있다.

풍랑을 앞세우고

늘 바다는 달려간다

할 말 있을 듯 있을 듯
말 더듬는 겨울 바다

동해여
가없는 파도여
잠긴 말의 가슴앓이….

울컥 울컥 내딛다
물러서는 파고波高 앞에

몰리는 소금끼를
토해내고 헹궈내도

하얀 돛
닻을 내리며
가라앉는 그 기약.

그리움 그도 그런가
물려오는 높은 포말泡沫

몇 번을 뒤척여도
제자리 앉는 멍울

바다는
못 견딜 몸부림
먼 수평이 흔들린다.

-〈겨울 바다〉 전문

언어의 물리적 용량에서 한계를 지니는 것이 시조이므로 언어의 절제는 피할 수 없는 일이지만, 정서 표출이란 점에서는 자유롭고 여유로워졌음을 알 수 있다. 화자는 바다를 보고 있다. 끝없이 펼쳐진 망망대해, 그리고 수없이 밀려왔다가 밀려가는 파도를 보면서 깊은 그리움에 젖어든다. 바다와 파도는 '그리움'의 객관적 상관물이다. 그리운 사람을 향해 풍랑을 앞세워 달려가는 파도지만, 그리움에 사무쳐 할 말도 잊고 말을 더듬고 만다. 파도와 같이 마음에 둔 그리움과 하고 싶은 말을 모두 쏟아보았지만, 결국 그리움은 지워지지 않고 더욱 마음 깊숙이 닻을 내리듯이 가라앉는다. 그리움으로 멍들어 아픈 가슴을 부여안고 잠 이루지 못하고 밤을 지새운다. 시인은 마지막에 와 '바다는 그리움을 견디지 못해 뒤척이는 몸부림'이라고 한다. 그리움이 너무나 깊어 저 멀리 수평선조차도 흔들린다고 말한다. 서정시의 모범과 높은 품격을 유감없이 드러낸 시편이다. 여기서 정재익 시조는 최고의 시적 경지를 열었다고 할 수 있다.

제2시집 후기에서 시인은 "시도 인생도 무엇하나 이루지 못한 황혼 길모퉁이에 서서 지나온 길 역경에서 저려오는 아픔, 대수롭지 않은 술회 따위를 모아 시집"으로 발간한다면서, "1부는 인생의 우여곡절을, 2부에서는 저려오는 회한들을" 담은 시편을 실었다고 한다. 시인의 말대로 제2시집의 작품을 쓸 때 그의 시는 시적 대상이나 자연물을 관조하는 것에서 끝나지 않고 자신의 삶의 여정을 시에 담으려는 창작 태도를 보인다. 물론 위의 시편에서 보듯이, 작품에서 시인의 실제 삶에 있었던 우여곡절이 직접 형상화된 것은 아니다. 이런 점에서는 언어를 절제하고 자신의 감정 노출을 억제하는 겸손의 태도는 그대로 유지되고 있다. 이는 정재익 문학이 자리 잡고 있는 기본 바탕이기에 쉽게 흔들리지 않는 것은 당연하다.

어느 평론가에 의하면 우리의 현대시는 오랫동안 '자연에 대한 농경사회적 정서'에 크게 기대어 왔다고 한다. 계절에 따라 변화하는 자연에 시적 자아의 감정을 싣는 방식이 그것이다. 이때 자연과 자아 사이에 동일시가 이루어져 자연은 자아의 주관적 감정의 표상으로 표현된다. 그리고 또한 자연은 자아성찰을 이루어내는 도덕적 지표로서의 위상에 놓이기도 한다. 따라서 이러한 전통적 서정시에서 자연은 시인의 사유와 감정이 표현되는 대리물이다. 자연은 그 자체로 존재하는 것이 아니라, 시적 자아를 드러내는 방편일 뿐이다. 이러한 농경사회적 정서에 바탕을 둔 서정시는 고시가에서부터 발원되어 현대시에서까지 하나의 맥을 이룬다. 시조는 더욱 이쪽으로 기울어져 있다. 이러한 서정시 반대편에는 모더니즘에 단련된 문화적 감수성이 주류를 이루는 또 다른 하나의 줄기가 있다. 우리 사회가 서구 근대를 수용하는 농도가 짙어가면서 시에서도 모더니즘의 경향은 더 크게 부각된다. 고전문학에서 우리의 시가 고정화된 형식과 선험적 이데올로기에 갇혀 관념적 사유와 규격화된 정서를 담아내었다면, 현대의 전통적 시정시나 모더니즘 시는 시인의 주관적 생활과 개성에 주목한다.

물론 정재익의 시세계는 전자에 바탕을 둔다. 자연에 대한 농경사회적 정서는 정재익 시조의 기본 토양이다. 제2시집, 제3시집에 수록된 많은 작품이 이러한 전통 정서에 맥이 닿아 있다. 〈달밤〉, 〈봄비에 젖으며〉, 〈가을에〉, 〈신록에〉, 〈은행나무〉, 〈가을 하늘〉, 〈억새꽃 흩날린 날에〉, 〈이른 봄 귀거래사〉, 〈봄 강나루〉, 〈달을 보며〉 등의 작품은 계절에 따른 자연의 모습에 서정적 자아를 기탁한다.

그런데 제2시집에 수록된 연시에 가까운 시편에 오면 그의 시도 화자의 감정과 시적 의도의 노출이 조금씩 모습을 드러낸다. 〈가지에 걸린 지등〉, 〈라일락 꽃필 무렵〉, 〈어느 고적〉, 〈이런 연가〉, 〈잠 못 이룬 밤에〉가 이에 해당하는 시편일 것이다.

① 이미 퇴색된
한 세월을
아예, 잊고 말 것을

덤덤히
배어든 정
뚝배기 된장맛 같은 ….

무시로
몰려온 적막
그 숨결을 듣는다.

―〈라일락 꽃필 무렵〉에서

② 곁에
누가 있어

이 적막을 함께 하랴

내 하늘
받쳐선 뜰나무
흔들리는 가지 끝에

문득, 그
혼령이 울어
아스라한 네 목소리.

−⟨어느 고적孤寂⟩에서

두 시편 모두 화자는 '적막'에 처해 있다. 적막하다는 것은 화자가 그
리운 사람과 이별한 상태에 있음을 말해 준다. 이별 뒤에 오는 고독과 외
로움은 적막을 채우는 유일한 정서다. ①에서는, 떠나간 지 오래되어 잊
을 만한데, 뚝배기 된장 맛처럼 밴 정이 더욱 애절해 적막한 외로움을 가
로질러 무시로 그 숨결이 들린다고 한다. ②에서는, 뜰의 나뭇가지가 바
람에 흔들리는 것은 그리운 사람의 혼령이 우는 아스라한 목소리라고
한다. 떠난 사람에 대한 그리움이 커질수록 지금 화자의 현실은 더욱 적
막하고, 적막함이 짙어 갈수록 떠난 사람에 대한 그리움도 더 커지는 것
이다. 시편 ①에 관해 유성규柳聖圭는 제2시집 해설에서 "정 시인이 아내
와 사별하는 아픔을 소화시킨 시정신은 매우 격조 높은 곳에 있다. 한마
디 타령조 없이 궁상맞은 푸념도 없이 ⟨적막⟩으로 승화"하고 있다고 했
다. 시인의 구체적 경험과 연결되므로 시적 의미와 정서가 뚜렷해진다.
하지만 이런 사연을 전제하지 않더라도 님이 떠난 자리를 채우는 적막과

그로 말미암은 화자의 외로운 정조가 잘 구현되었음을 확인할 수 있다.

제3시조집 《아침산행》(1994)이나 제4시조집 《팔공산 가는 구름》(1999)으로 올수록 특정한 장소를 시적 대상으로 하는 작품이 자주 보인다. 그렇다고 세계를 자아 내부로 끌어와 동일화하는 서정시의 기본 원리를 깨뜨린 것은 아니다. 그 이전과 같이 정재익 시의 시적 대상은 자아의 감정이 드러나는 출발지다. 그 출발지가 자연에서 구체적인 장소로 옮겨갔을 뿐이다. 대신 이러한 장소를 소재로 한 작품에서는 자아가 최대한 축소된다.

> 수많은 천년 고찰
> 자리하여 의의하고
> 큰 은혜 넓은 도량
> 드높은 부연 끝에
> 종소리
> 황혼을 가르며
> 건너가는 저 피안彼岸
>
> ―〈팔공산八空山〉에서

〈팔공산〉 시편의 3수 중 마지막 수다. 자아가 스며들 여지가 없다. 대상인 팔공산에 대한 시적 묘사로만 끝나고 시적 설명이 드러나지 않는다. 마지막 행이 명사로 끝나고 서술어가 없다. '의의하다', '건너가는 저 피안' 정도가 시인의 시적 설명으로 볼 수 있는데, 시인의 주관적 정서가 개입될 여지를 최소화한 상태에서 시인의 설명이 이루어진다.

4. 주관적 자아의 열림

시조의 미학은 언어의 절제와 조탁에 있다. 정형시의 고정된 형식은 시적 언어 운용이나 시적 상상력에서 너그럽지 못하다. 규율이 선행되므로 자유로운 상상력은 무의식적으로도 위축될 수밖에 없기 때문이다. 시조의 정형 미학에 충실하려는 의지가 작동할 때는 더욱더 그럴 것이다. 시인 정재익도 시조의 정형성에서 오는 제한과 구속을 어떻게 극복하고 자기만의 자유로운 시적 세계를 구축할 것인가를 끊임없이 고민하고 자기 변혁을 꾀해 왔다. 시조의 고유한 규율을 존중하고 시조로서의 진정성을 지키려는 욕망이 발동될수록 어쩌면 시조한테서 멀어질 수도 있다. 결과 문학은 사라지고 시조의 앙상한 골격만 남을 수도 있다. 여기서 시조를 버림으로써 자기만의 시를 얻을 수 있다는 역설이 성립한다. 시인 정재익이 그러했다. 시조의 고유성에 충실하려고 했던 전반기 작품보다 시조의 정형 미학으로부터 자유로워지고자 했던 후반기 작품이 훨씬 문학적으로 성공한 것으로 판단된다. 전반기 그의 작품은 시조 장르의 선험적인 관습에 구속되어 개성적인 상상력을 제대로 펴지 못했다. 그 결과 대상에 대한 엄격하고 압축된 묘사로 일관했다. 대상이 너무 탄탄하여 자아의 주관적이고 개성적인 정서가 틈입할 여지가 없었다. 시적 대상만이 덩그렇게 건조한 모습을 드러낼 뿐이었다. 절제와 겸손의 정신은 창창한 얼굴을 하고 있으나 인간적 삶의 훈기를 담는 문학은 설 자리가 없었다. 그러나 정재익도 자기 창작방법의 경직성에 대해 어느 정도 짐작하고 있었을 것이다. 마침내 그는 자신만의 생활 감정을 솔직하고 편안하게 형상화하는 시작 태도를 보여준다. 여기에 이르러 그의 시는 한층 더 완숙미를 보여준다.

① 사람의 한 살이도
어찌 보면 한해살이 꽃
꽃 피는 봄 한철은
꽃같이 살다가도
시샘한
비바람 앞엔
미련 없이 흩진단다.

사람의 한 살이도
어찌보면 한해살이 풀
풀 푸른 여름 한철
짙푸르게 사다가도
갈바람
섭섭히 불 제
누우렇게 물든단다.

                              ─〈인생살이〉에서

② 회사를 살린다고
물러나신 우리 아빠

아는 친구 마주칠까
골목길로 돌아다니시고

날마다

가실 곳 없이
하루 해가 지겹대요.

-〈우리 아빠〉에서

①은 인생살이의 허무함을 솔직하게 말하고 있는 작품이다. 압축된 묘사가 아니라, 시적 설명이 주를 이룬다. 그만큼 서정적 자아가 막힘 없이 드러난다. 자아의 드러남 없이 대상 자체만 주어졌을 때 작품 해석에서 독자의 몫이 커지는데, 이는 문학이 지향하는 본래의 방향이다. 시인이나 작가가 메시지를 직접 말하지 않고 구체적 형상만 제시하는 것이 문학 본래의 모습이긴 하지만, 이런 경우 삶에 대한 자아의 태도와 모럴은 괄호 속에 갇히고 만다. 함축적 표현이 주는 의미의 다양성이 때로는 작품 의미를 모호하게 하고 독자의 시적 수용을 힘들게 한다. 민얼굴을 내민 시적 자아의 솔직함이 시적 매력과 감동으로 다가올 때도 있다는 말이다. '흩진단다'와 '물든단다'의 서술어 종결이 '—단다'와 같은 대화체를 채택하고 청자를 설정함으로써 독자에게 생동감을 준다. 이러한 작품에서는 오랫동안 시조의 깊은 동굴 속에 갇혔던 정재익의 시적 자아가 동굴 밖으로 나와 밝은 햇살과 맑은 공기를 만난 것과 같이 상쾌한 느낌을 준다. ②의 동시조에 오면, 이 같은 시인의 창작 의도가 더욱더 고조된다. 사회 현실까지 시 안으로 끌어들여 시적 구체성이 선명하게 드러난다. 정재익의 시는 여기에 이르러 정물화의 추상과 침묵을 벗어던지고 풍경화의 구체성과 메시지를 확보하면서 시적 완성도를 높인다.

지금까지 정재익 시조 문학의 변모 과정을 가볍게 살펴보았다. 작품의 주제나 사상의 측면보다는 창작방법 측면에 초점을 맞추었다. 그의 시가 전통적인 시조 미학을 실천하는 데 얼마나 충실했는지를 알 수 있었다. 이는 그의 시조에 대한 뜨거운 열정과 깊은 사랑을 확인시켜 주는 대목이다. 또한, 절제와 겸손에 뿌리를 두고 있는 그의 세계관이 시적 방법에 그대로 적용되었다고도 볼 수 있다. 서구의 모더니즘을 추종하기보다는 농경사회의 토착 정서를 담는 데 주력했던 것도 어떻게 보면 시조의 정형성을 고수한 그의 창작방법과 무관하지 않다는 점을 확인했다. 그러나 그는 한자리에 머물러 있지 않고 끊임없이 변화를 추구한다. 그 과정은 시적 대상과 시적 자아 사이의 균형을 놓고 고민하는 일로 점철되었다. 마침내 대상에 편향되었던 창작방법에서 탈피하여 주관적 자아가 서식할 적절한 공간을 확보하기 시작했다. 여기서부터 그의 시는 완숙한 경지로 나아가는 발판을 마련한다. 시조 자체의 정형적 미학은 절제와 겸손을 추구하는 정재익 시인의 세계관과 동일 선상에 있다. 시인 정재익과 시조는 둘이 아니고 하나이다.

따뜻한 슬픔을 담은 인간학
—박복조, 《빛을 그리다》

1.

문학은 인간을 탐구하는 인간학이다. 인간 실존 자체를 문제삼기도 하고, 인간 삶의 조건인 세계를 탐색하기도 한다. 인간학으로서 문학이 인간과 삶을 탐구하는 방법은 장르에 따라 차이를 보인다. 서사문학이 이야기를 통해 삶의 과정을 드러내 보인다면, 시는 삶의 순간을 직관적으로 포착하는 편이다. 순간과 단면을 통해 인생 전체를 말하는 방식이다. 물론 시는 파란만장한 인생살이의 현장성, 즉 리얼리티를 살려 표현하거나 역사나 사회 현실을 넓게 펼쳐 보이는 데는 한계를 지닌다. 하지만 시의 압축된 언어는 세밀한 묘사를 동원하는 산문보다 삶의 진실을 훨씬 더 집약적으로 말할 수 있다. 정곡을 찌른다는 점에서 느슨한 산문으로서는 불가능한, 진한 감동과 울림을 준다.

박복조의 시는 인간학으로서 면모를 특징적으로 보여준다. 그의 시는 우선 인생 통찰로 읽힌다. 무엇보다 그의 인생 통찰이 관념과 정서의 누수를 절제하면서 고도의 시적 형상화에 성공하고 있다는 점은 예사롭지 않다. 독자는 시인이 인생에 관해 말하는 내용보다는 그것을 말하는 방법에서 감동을 받는다. 시인은 이 점을 충분히 간파한 듯하다.

> 속도 내며 달리는 세월에 업혀
> 자주 내려야 할 역을 놓치고
> 빈 레일 위를 연어가 되어 돌아선다
>
> 삶이란 잘못 가던 길
> 자주 돌아서 가는 것
> 살 맞대고 흔들리며 가는 길
> 막차 맨 뒷자리에도
> 불빛은 따스한 것
>
> 거슬러 오르는 비늘이 어둠에 환하다
>
> ─〈내려야 할 역驛을 지나쳐 버렸다〉에서

이 시편은 이야기에서 출발한다. 시인은 서울 딸네 집에 갔다가 KTX를 타고 대구로 돌아오는 길이다. 질주하는 기차에 올라 있으면서도 그 속도를 잊고 먼 곳 우듬지에 한눈을 파는 사이 내려야 할 곳을 지나쳐 버렸다. 밀양역에서 내려 경부선을 다시 거슬러 대구로 온다. 기차표에는 '오승誤乘'이란 시퍼런 낙인이 선명하게 새겨져 있다. 인생도 이처럼 자주 오승을 반복한다는 점, 이것이 이 작품의 시적 발상이다. 내려야 할 곳에 제대로 내리지 못함으로써 물을 거슬러 올라가는 것과 같은 힘든 날들을 보낼 수밖에 없는 것이 인생살이라는 것이다. 어쩌면 인생살이는 늘 때를 놓쳐 실수하고 그 실수의 대가를 톡톡히 치르는 고난의 길인지 모른다. 잘못된 선택과 판단, 연이은 실수, 그로 인한 수고로움은 인생을 엮어가는 데 피할 수 없는 숙명과 같은 것이다. 그래서 시인은 "삶이란 잘못 가던 길/ 자주 돌아서 가는 것"이라고 한다. 인간은 자신의 인생을 마음먹은 대로 살기가 어려운 형편이고 보면, 언제나 잘못된 길을 가다가 되돌아오는 일을 반복하는 어리석은 존재다. 되돌아가지 않을 수 없을 때의 낭패감과 불안, 연어가 강을 거슬러 올라가는 고단함은 인생살이에서 걷어내기 어려운 멍에로 보고 있다. 이러고 보면 인생은 모순이고 고통과 절망의 연속이다. 시인은 이를 긍정적으로 수용한다. 슬퍼하거나 분노하지 않는다. 거슬러 올라가는 기차의 맨 뒷자리에 앉아 자신의 삶을 운명처럼 받아들이니 불빛은 따스하고 어둠조차 환하게 빛난다. 환하게 빛남으로써 삶과 존재의 의미를 발견할 수 있다.

그런데 박복조 시인에게 있어 그 '빛'은 절대자의 시혜와 같은 것이 아니라, 삶의 현실에서 '물을 거슬러 올라가는 것'과 같은 질곡과 어둠의 경험을 통해 얻어지는 고통의 산물이다. 따라서 빛은 비치는 것이 아니라, 스스로 빛나고 있다.

2.

박복조 시인은 모든 존재와 의미의 근원은 빛이라고 본다. 시편〈개화〉에서 "방금 누구 금줄로 더 밝은 빛을/ 주렁주렁 걸고 간다"라고 한다. 춘설에 목련이 꽃을 피우는 것을 두고 이렇게 표현했다. 개화는 생명의 탄생이고, 빛에 의한 축제이다. 생명은 빛이고, 빛은 존재의 근거다. 빛이 있음으로써 모든 존재는 드러나게 된다는 점에서 너무나 당연한 말이다. 하지만 존재의 참모습이 단지 빛에 의해 수동적으로 드러나는 것은 아니다. 존재의 근원이 되는 빛은 밖에서 들어오는 것이 아니라, 내 안에서 발하는 것이기 때문이다. 〈개화〉에서는 '누가 빛을 걸어 두었다'라고 했으나, 시인은 더 나아가 존재가 스스로 빛을 발함으로써 그 의의를 확립한다고 본다. 존재의 근거나 정체성은 능동적으로 확립된다는 뜻이다. 박복조의 시에서 존재를 확립하는 빛은 어둠을 물리치고 밝음을 가져오는 단순히 생의 긍정이라는 차원에서 출발하지 않는다.

시인은 빛이 존재의 근원인 이유를 다음과 같이 말한다.

해가 둥글기만 하다고 가르치지 마라
하루 종일 태양만 보고 있다면
눈이 타서 아무것도 안 보일 것이다
태양에 그을리면서
빛을 사랑하며 밝음을 느끼며
태양과 나 사이의 거리
그것이 해이고 지구이고 빛이다.

－〈빛을 그리다〉에서

시집 표제작이다. 태양의 빛은 우주의 만물을 비춰주는 근원이다. 태양의 빛을 받아 만물은 존재하고 빛난다. 그런데 시인은 이러한 생각에 제동을 건다. "해가 둥글기만 하다고 가르치지 마라"고 한다. 태양의 빛을 '붉은색'이라고 규정하는 것도 마찬가지 오류라고 본다. 순진한 아이가 마음대로 태양을 사각형으로 그리고, 푸른색으로 칠하는 것과 같이, 보는 사람의 마음에 따라 태양은 원과 붉은색이 아닐 수 있다. 빛이 있음으로써 존재는 존재로서 의의를 지니지만, 그 빛은 태양으로부터 시혜를 입듯이 일방적으로 받는 것이 아니다. 태양의 빛을 숭배하여 "하루 종일 태양만 보고 있다면/ 눈이 타서 아무것도 안 보일 것이다." 태양을 제대로 보려면 "태양과 나 사이의 거리"가 필요하다. 이 '거리'란 무엇인가? "태양에 그을리면서/ 빛을 사랑하고 밝음을 느끼는" 일이다. 태양에 그을리면서도 빛과 밝음의 소중함을 잃지 않는 삶이다. 그것이 행복한 길이든 불행의 질곡이든 간에 자신에게 주어지는 삶을 온몸으로 받아들이는 태도다. 빛과 밝음의 소중함을 깨닫는 삶이 그것이다. 그럼으로써 빛을 발하는 의미 있는 존재가 되고, 능동적인 삶을 살아가는 것이다.

삶의 근원으로서 빛과 밝음의 소중함을 깨닫는 중간 과정에 삶의 어둠과 상처가 놓여 있다. 곧바로 '빛'에 이르렀다면, 그것은 관념에 지나지 않는다. 어둠과 상처를 통해 빛의 소중함을 깨달을 수 있었기에 그만큼 구체성을 확보한다. 박복조 시의 핵심은 삶의 근원으로서 빛을 인식하는 것이 아니라, 그 빛으로 나아가는 길에서 만나게 되는 상처투성이의 어두운 우여곡절이다. 그래서 그의 시에는 슬픔과 아픔이 전면화되는 경우가 많다. 그의 시를 가장 특징적인 것으로 읽히도록 하는 대목이 어둠 속으로부터 새어 나오는 아련한 슬픔이다.

두 발로 서서 말하고 싶은 꿈은 벌써 접었을 테고
많이도 아팠을 삶의 중간 중간

눈물은 이름조차 모르겠지만 몇 번이나 무너질 뻔도 했겠지

－〈뼈다귀〉에서

칼날 같은 얼어붙은 꿈이 그림자 하나만 데리고 선,

검고 어두운 동공 퀭하다

저 큰 허방은 생살 찢긴 상처

속은 긁어내어 보시한 텅 빈,

죽어서도 그 자리에 무덤도 없이

全生 다시 살고 있다

－〈고사목 2〉에서

　인생살이는 오롯이 빛이고 행복일 수 없다는 것이 시인의 입장이다. 삶의 아픔과 어둠을 발견하고 그것을 흥분하지 않고 가식 없이 보여준다. 삶의 중간에는 상처와 아픔이 마디처럼 새겨진다. 꿈을 포기해야 했고, 그럴 때마다 흘러야 했던 눈물은 너무나 잦아 그 이름조차 기억할 수가 없을 정도다. 위기에 처해 무너질 뻔한 적도 한두 번이 아니었으리라. 고사목처럼 생살 찢긴 상처만 남기고 마는 것이 인생살이다. 그것은 온몸의 속을 다 긁어내어 텅 빈 허방과 같은 것이다. 그래서 주어진 자신의 길은 "끝내 나그네일 수밖에 없는/ 내려놓을 수 없는 제 짐을 지고 가는 길"(〈길〉에서)이다. 인생은 처음부터 자신의 길을 만들면서 나그네처럼 제 운명의 짐을 지고 가는 것이다. 누구나 주어진 자신의 짐을 감내할 수밖에 없다. 살아가면서 만나는 삶의 어둠은 피할 수 없다.

　이처럼 박복조 시에서 어둠은 또 하나의 삶의 근원이다. 빛을 발하기 위해서는 이 어둠의 터널을 지나와야 한다고 본다. 아니 빛도 아니고 어

둠도 아닐 수 있다. 빛은 어두운 곳에서 빛나고 어둠은 빛으로 말미암아 해소된다. 인생살이의 근원은 이 빛과 어둠이 직조하는 피륙이다.

3.

서두에서 지적했듯이, 박복조의 시는 인간학을 지향한다. 그의 인간학적 시 쓰기는 더러 대상에 대한 순간 포착을 통해 주체의 정서를 드러내는 서정시의 일반적인 방법에서 비켜날 때가 있다. 오히려 이 비켜남이 시적 지평을 확대하는 중요한 계기로 작용한다. 이야기 형태를 취함으로써 강렬하면서도 구체적 메시지를 구성한다는 점이 그것이다. 그의 시 속에 담긴 이야기는 독자에게 '낯설게 하기'의 효과를 준다. 이야기가 구체성을 띠므로 시적 메시지를 추상적인 관념으로 제공하지 않고 인간 삶에 대한 진지한 반성을 촉구한다. 추상적 진술은 중간 과정 없이 곧바로 메시지가 되어 독자에게 전달되지만, 이야기는 해석적 이해를 유발해 독자의 반성적 사유가 가능하도록 한다. 이야기는 인간의 삶을 구체적으로 구성하고 해석하는 형식이다. 박복조의 인간탐구의 시 쓰기가 이야기 방식을 취하는 이유가 바로 여기에 있다.

시편 〈갈증〉은 이야기를 담은 그의 대표적인 작품이다. 이 작품은 자주 약국에 와 박카스를 사 마시고 가던 어느 노인에 관해 이야기다. 눈이 맑고 깊었던 그 노인은 약국에서 목마른 듯이 박카스를 마시며 서울에 사는 자기 아들이 '삼성 이사'라고 자랑한다. 그런데 그 노인은 어느 날 전철 계단에서 고개를 숙이고 손만 내밀며 구걸하고 있었다. 화자는 이 노인을 발견한다.

살 에이는 추운 어느 날 전철 계단에서
고개 숙이고 손만 내민 검은 어둠,
눈에 익은 정장, 그 노인
튼손, 다리도 절뚝이며 박카스를 먹는 입술이 허옇다
갈증이 심한 사람처럼 단숨에 마셨다
저 속에 불길이 있나보다
뜨겁고 비릿한 넌출 같은 것이 아들 향해 기어오르는,
그러나 돈은 언제나 놓고 갔다
차츰 자식 이야기가 뜸해지고 겉옷 속 내의가 새까맣다
땟국이 흐르고 냄새나는 정장은 어디서 잤을까

-〈갈증〉에서

박복조 시인은 약국을 경영했던 약사다. 아마 약국에서의 경험을 제재로 한 작품인 것 같다. 실제 경험에 바탕을 두고 이야기 방식을 취하고 있어 그 내용이 실감나게 다가온다. 자식으로부터 버림받은 노인의 속 타는 마음이 박카스를 마시는 것으로 표현되었다. 아들을 향해 솟아오르는 "뜨겁고 비릿한 넌출 같은" '불길'은 무엇인가? 분노, 원망, 미움, 아픔, 회한 등의 감정이 복잡하게 뭉쳐진 덩어리가 아니겠는가. 자식으로부터 버림받고 사회로부터 소외당하는 노인의 이야기는 특별한 어느 한 노인에만 해당하는 것이 아니라, 오늘을 살아가는 많은 노인에게 해당한다는 점을 넌지시 암시한다. 시인은 가족 관계의 토대라고 할 수 있는 부모와 자식 관계까지 파괴되어 가는 비인간적 현실에 시선을 돌린다. 시인의 인간학이 무엇을 의도하는지 잘 알 수 있는 대목이다.

〈마른 나무처럼〉에도 이야기가 있다. 금곡리라는 마을에서 삼촌 내외와 함께 사는, 불치병을 앓고 있는 대학생의 이야기다. "때가 아닌데도 이우는 해"처럼 아직 생생하게 살아가야 할 나이에 불치병을 앓는 그 젊은이를 시인은 "처진 이파리 몇 개만 달고 곧 쓰러질 듯"한 '마른나무'에 비유한다. 병든 조카와 함께 사는 동생 부부도 "한여름 겨울나무" 같다고 표현한다. 캄캄한 절망 속을 살아가는 사람들의 이야기다. 〈개미를 먹다〉에서도 이야기가 있다. 1960년 7월 부산 영도다리를 내려다보는 언덕배기 어느 가난한 집의 이야기다. 딸은 일 나가고 "산 부처 같은 할머니"가 갓 젖을 뗀 아기를 보고 있다. 할머니는 헝겊띠로 아이를 묶어서 당기고 늦추며 아기가 마루에서 떨어지지 않도록 하고, 아이는 배고 고파 울기도 하고 졸기도 하며 기어 다니면서 개미를 주워 먹는다. '병상1'과 '병상2'라는 부제가 각각 붙어 있는 〈묶다〉와 〈귀가〉는 노인병원 병동에서 심한 치매를 앓는 할머니의 이야기다. 두 작품은 연작으로서 쇠창살로 격리된 공간에서 침대에 묶인 채로 살아가는 할머니에 관해 이야기한다.

피탈한다고 손톱을 살까지 깎이고
손목을 비틀어 맨다
말하고 싶어도 목소리가 안 나와 고함질렀는데
목소리를 꽁꽁 묶는다
등창이 아파 뒤채였는데 반듯이 있으라고
침대째로 묶는다
말을 묶고 행동을 매고 생각을 묶는다

그와 그 아닌 것이 만나 영원을 가는 길이
저토록 멀고 아프다

– 〈묶다 – 병상1〉에서

    이야기 시에서 시인은 그 이야기를 해석할 필요는 없다. 구체적인 이야기를 독자에게 제시하면 그것으로 충분하다. 하지만 행간 사이에 들어가는 시인의 암시적인 해석이 작품의 의미를 더욱더 풍성하게 할 수 있다. 병상에 묶인 할머니를 두고 시인은 말과 생각과 행동까지 묶고 매단다고 한다. 한 인생을 마감하기가 순조롭지 않다는 뜻이다. 순조롭고 평탄하기만 하면 인생살이라고 하겠는가? 집으로 돌아가고 싶은 기본 욕망조차 금지당하고 온몸이 병상에 묶인 채로 생을 마감하는 모습에서 "영원을 가는 길이 저토록 멀고 아프다"라고 한다. 생을 마감하는 순간까지도 자신의 아픔을 감당해야 한다는 것이 시인의 인간학이다.

4.

    박복조의 시에는 야생화 소재의 시편이 많다. 야생화 시편은 시인이 지속적으로 관심을 두어 온 부분이기도 하다. 꽃의 존재에 대한 시적 탐구는 그의 시작의 큰 비중을 차지한다. 이번 시집에서도 4부는 야생화 시편으로 채워져 있다. 시인은 꽃에서 우주의 근원적 모습과 인생의 다양한 무늬를 발견한다. 그는 꽃을 통해 우주와 인생의 진실을 깨닫는 시인이다. 야생화는 일반적으로 화려하지 않다. 눈길이 잘 미치지 않는 구석진 공간에서 더러는 애잔하게 더러는 외롭게 피는 것이 야생화다. 꽃의 일반적 속성이 아름다움과 화려함이라고 한다면, '야생'이란 수식어는 벌써 이러한 꽃의 특성으로부터 떨어져 있음을 전제한다. 특별한 관심과 눈길을 쏟지 않으면 잘 띄지 않는 것이 야생화다. 그러므로 야생화에 대한 사랑은 중심보다는 변두리에 대한 관심이고, 화려함이나 기쁨보다는 모자람과 슬픔에 대한 배려고 응원이다. 그래서 꽃의 아름다움을 노래하는 시보다 그 정조가 훨씬 더 인간적임을 확인할 수 있다.

그의 야생화 시편은 대상을 온전히 드러내 보이는 데서 출발한다. 대상의 속성을 충실히 담아낸다. 대상을 정서적으로 사유하거나 타락한 인간과 대비하지 않는다. 이러한 대비는 꽃의 존재를 삶의 희로애락과 동일시한다는 점에서 보면 은유의 방식이다. 그의 시에서 야생화는 인간과 분리된 자연이 아니라, 인간 삶 자체이다. 꽃과 인간 삶의 동질성에 주목한다는 점에서 그의 시 쓰기는 여기서도 인간학적 태도가 그대로 유지된다. 시적 해석도 온유하다. 꽃 하나 풀 하나에서 삶의 무늬를 발견하는 시인의 시선에는 대상에 대한 따뜻한 긍정과 사랑이 넘쳐난다.

기워 입은 누더기로
한 해 살아온 껍데기
그 비리고 아름다운 껍질을
일생이라 한다고,
누우렇게 시들어 뼈만 남은
해국이 말해준다
십일월 저문녘 타는 석양 바닷가에서
한 생 새벽 바라
외로운 물새처럼 살아왔다

울음도 한 박자 낮은 음계音階

아프고 질긴 누더기가 노을보다 아름답다

-〈해국〉전문

바닷가 해풍을 맞으며 자라는 해국이 시들어 버린 모습을 형상화하고 있다. 시인은 해국이 '기운 누더기'를 입었다고 한다. 그리고 해국이한 해를 물새처럼 외롭게 살아왔고, 그 울음조차도 한 박자 낮은 소리라고 말한다. 바닷가 외진 언덕배기나 바위틈에서 꽃을 피우는 해국, 이제그 꽃마저 떨어지고 잎조차 말라 누렇게 시들어 버린 존재가 되었다. 그런데 시인은 이런 해국을 보고 석양의 노을보다 더 아름답다고 노래한다. 누더기처럼 시들어 버린 현재의 해국을 보는 것이 아니라, 해국이 살아온 삶의 과정을 읽고, 그 애절한 사연을 듣고 있다.

이것이 어째서 아름다운가? 인생 여정은 외로움과 아픔으로 가득하다. 언젠가는 늙고 병들어 시들어갈 수밖에 없다. 한마디로 인생살이는누더기와 같다. 이는 피할 수 없는 비극적 숙명이다. 이를 두고 아름답다고 했으니 일종의 역설이다. 생의 무한한 긍정이 아닐 수 없다. 시심의 깊이를 짐작할 수 있는 대목이다. 하지만 한 가닥 아릿한 슬픔도 묻어난다. 어쩌면 박복조 시의 기본 정서는 따뜻한 슬픔일지 모른다. 그 슬픔은 그의 시적 무의식인 동시에 의도적 장치라고 하겠다.

사랑의 은유와 환유

—김창제,《나사》

1.

　김창제는 첫 시집《고물장수》출간 이후 '고물장수' 시인으로 줄곧 불려왔다. 3권의 시집을 상재하는 동안 이런 별칭은 갈수록 더욱 굳어지는 것 같았다. 이는 전적으로 철강업에 종사하는 사업가로서의 그의 사회적 위치에 근거하는 것만은 아니다. 오히려 근원 제공은 시의 내용과 방법이라고 보는 것이 옳을 듯하다. 그만큼 그의 시는 철판같이 뚜렷한 색깔과 자기만의 고집을 견지해 왔다는 말이기도 하다. 필자는 이 점과 관련하여 그의 세 번째 시집《녹, 그 붉은 전설》에 대한 서평에서 이렇게 말한 적이 있다.

　김창제의 시세계는 '나는 고물장수다'라는 진지한 목소리에서 출발한다. 그리고 지금까지 그러한 의식은 설득력 있게 들린다. 하지만 이제 그가 말하고자 하는 바가 분명이 드러난 이상, 목소리를 낮추거나 안으로 삼킬 필요가 있지 않을까 생각한다. -(중략)- '고물장수 시인'이라는 닉네임이 그를 특이한 존재로 보이도록 만들지 모르지만, 그것은 겉모양에 불과하다. 진정한 그만의 언어와 시의 세계를 구축하는 것은 주제를 어떻게 그만의 방식으로 말할 것인가에 달려 있다. 여기에 시인의 고민과 문제가 있다.

김창제의 시인의 이번 시집 《나사》는 이러한 고민에서 출발한다. 시인의 심미적 체험이 시적 언어로 전환되는 순간 시인은 절망하지 않을 수 없다. 자신이 동원한 거칠고 초라한 언어 앞에서 자기 존재까지 위축되는 것을 느낀다. 대상의 현존도 놓치고 주체의 목소리도 제대로 담아내지 못했다는 자괴감을 어떻게 감당할 것인가? 대상과 주체가 모두 흔들리는 막다른 골목에서 늘 안절부절못하며 가슴을 졸이는 존재가 시인이 아닐까? 어느 시인의 시에도 이러한 흔적은 묻어날 수밖에 없다. 김창제의 이번 시집에서는 〈강요당하다〉의 연작시가 여기에 해당한다.

①"창제야 돈이 전부 아이대이
시인은 치열하게 공부하고 작품을 써야 된대이"
또 다시 시인이기를 강요당했다.

                        -〈강요당하다 2〉에서

②아는 듯 모르는 듯 고개만 끄덕끄덕 하시는 할아버지 같은 오탁번
"시는 시인이 아니라도 시인보다 더 시적인 영혼을 지닌 사람이 진짜

시인이다.”

나는 오늘도 큰 산맥 같은 시인에게 시 다운 시 쓰기를 강요당했다

─〈강요당하다 4〉에서

표면에 드러나는 의미는 분명하다. 주위 선배나 교분 있는 시인으로부터 '이러저러한 시인'이 되라는 말을 듣거나 '어떠어떠한 시작품'을 쓰라고 충고를 받는데, 이는 결국 '강요당하는 것'과 다를 바 없다는 것이다. 시인은 누구나 창작 과정에서 어떤 통로든 외부의 자극을 알게 모르게 수용한다. 어떤 때에는 면전에서 직접 충고를 들을 때도 있을 것이고, 특정 시인의 시론이나 작품을 통해 시적 태도나 창작방법을 간접적으로 수용하고 자신의 방향을 전환하기도 한다. 다른 시인의 시작품이나 창작방법에 대한 간접체험이 시인의 의식에 흘러들어 자리잡고 있다가, 창작 과정에서 특별한 계기를 만난 변용된 모습으로 구체화된다. 이런 점에서 모든 문학 작품은 상호텍스트성을 지닌다고 말한다. 그런데 예로든 시작품에서 화자가 '강요당했다'라고 한 것은 이런 상호텍스트성 차원을 말하는 것이 아니다. '강요당했다'는 말 속의 뉘앙스는 내부와 외부, 자아와 타자 사이의 갈등이 전제되어 있다.

'강요당한다'는 시어에 함축된 시인의 의식은 자신의 창작방법을 간섭하고 계몽하려는 외부 충언에 대한 반감이다. 이 같은 외부 충언은 넓게는 문학적 제도 속에 포함시킬 수 있다. 제도는 규격화된 원리를 바탕으로 효율성을 지향하므로 개인의 주관적 진실을 비켜 지나가기가 쉽다. 더욱이 개성을 고려하지 않는다. 어떤 지향점을 설정하고 거기로 나아갈 것을 강요하며, 개성을 획일적으로 재단하려 든다. 그런데 이 같은 폭력성으로 드러나는 힘에 시인 개인이 정면으로 맞서기란 쉬운 일이 아

니다. 시인이라는 제도 속에 편입되어 한 사람의 시인으로서 시를 창작하는 일은 개성을 펼치는 것이라기보다는 만들어진 규율에 적응하는 것일 수 있다. 그래서 시인으로 살아간다는 것은 시인으로서의 운명을 받아들이는 것과 다를 바 없다. 그 운명은 시인 자신의 자발적 선택보다는 외부에서 주어지는 힘으로 작용하기에 '강요당한다'는 발상이 가능했던 것이다.

> 오늘도 나는 강요당했다 더 완벽한 시인에게 시인이기를 강요당했다
> 더 추잡한 시를 쓰라고 더 꼴리는 시를 쓰라고
> 더 남다른 시를 쓰라고 더 고물스럽게 녹물을 뿜는다
> 선배 시인님들 저거편 너거편 인가이 만드소
> 고약한 생각이 그렇게 많은데 우찌그리
> 아름다운 시는 잘도 써요
> 너무 명분에 강요당하지 마소
> "고물장수 꼴깝 하고 있네"
>
> ─〈강요당하다 3〉에서

시인의 인식이 여기에 이르면, 내면화되었던 갈등이 겉으로 불거지는 형세다. 어떠어떠한 시를 쓰라고 깃발을 흔들지만, 그것 모두 '고약한' 명분에 불과하지 않느냐는 반문이다. 다양한 사회 문화적 이념과 문학적 지향이 동시대에 공존하면서 마찰을 불러일으키는 것은 시 창작에 건실한 내공을 길러줄 수 있다. 문학과 시의 방향을 새롭게 모색하는 과정에서 대두되는 분파나 그들의 특징적 담론은 창작의 활력소임이 분명하다. 그러나 시인이 반감을 표시하는 부분은 시에 대한 진정성을 결여한

채, 지극히 사적 취향에 의한 분파주의이다. 분파주의에 빠진 시인이 "아름다운 시는 잘도 써요"에서는 시와 생활의 괴리까지 지목한다. 시와 삶의 일치를 말하는가? 시가 삶과 분리되어서는 안 된다는 시인의 생각은 이 작품의 마지막 행 "고물장수 꼴깝하고 있네"에서 극명하게 드러난다. 시인에게 돌아온 '꼴깝한다'는 야유를 그대로 돌려주면서 시인은 자신의 입지를 분명하게 설정한다.

'강요당한다'의 연작시에 투영된 시인의 고민은 무엇인가? 시인은 자신이 오랫동안 '고물장수 시인'으로 불려왔다는 점을 잘 알고 있다. 이것이 조금의 흔들림도 없이 자신의 세계를 일관되게 유지해 왔다는 점에서 자긍심을 가져보지만, 한편으로는 한곳에 오래 머물러 시세계의 변화가 부족하다는 반성적 성찰로 이어진다. 여기서 시인의 갈등과 머뭇거림이 감지된다. '강요당하다' 연작 시편에는 시인의 일관된 세계에 대한 자부심이 그대로 녹아 있다. 자신의 성채을 쉽게 포기할 수 없다는 결의까지 엿보인다. 성문을 열고 세상 이곳저곳 둘러보았지만, 모두가 소문만큼 내실을 갖춘 것은 아니더라는 생각도 했으리라. 이런 점에서 시인 김창제는 시적 변화를 적극적으로 시도할 의향이 크게 없는 듯하다. 결국 그의 '강요당하다'의 시편은 '강요당하지 않겠다'로 읽힌다.

2.

김창제의 이번 시집에는 '사랑'이란 시적 모티브가 그 이전보다 더욱 중량감을 드러낸다. 그 범위도 확대되어 시집 전체를 휘감고 있는 형세다. '사랑'은 이 시집의 몸체라고 해도 과언이 아니다. 따라서 이 시집을 좀 더 깊이 이해하려면 '사랑'의 시적 의미를 간추리지 않고는 불가능하다. 이 일이 생각만큼 쉽지 않다. 어떤 단서를 잡고 의미망을 좁혀 가노라면 금방 다른 의미가 방해를 놓는다. 비의적인 시어의 각축장을 맴도는 것이나 진배없다. 독자의 개념화를 용납하지 않겠다는 시인의 의도였다면 성공한 셈이다. 각 시편에 구현된 사랑의 다양한 비밀통로를 찾아가는 것은 혼란스러우면서도 흥미롭다.

마주하고 밥 먹고
사랑 사랑하고픈 사람아
지금 깊이 잠들어 있어도
내가 잠들지 않는 한
사랑은 잠들지 않는다네
사랑을 사랑하는 사람아
너는 꿈꾸나 나의 사랑을
나는 일어나 이 시 쓰나니
사랑을 무덥게 사랑하는 사람아
이 밤 깊어 가는데 당신의 잠 소리 깊어가나니
창가에 달빛 저물고 멀리 개 짖는 소리 고요를 깨운다
누구도 이 깊은 사랑 범접하지 못하리
사랑을 사랑하는 사람아

—〈사랑하는 사람아〉 전문

일반적인 통념의 사랑을 만날 수 있다. 마주보고 함께 밥을 먹고 싶은 사람, 그 사람을 사랑하기에 깊은 밤 잠들지 못하고 그리워한다. 개 짖는 소리가 밤의 고요를 깨우지만 연인을 향하는 화자의 사랑은 흐트러지지 않고 더욱 깊어만 간다. 세상에 어떤 것도 방해하지 못하는 사랑이기를 희망한다. 이는 이상적 차원에 다다른 최고의 사랑이다. 그래서 '사랑하는 사람'이 아니라, "사랑을 사랑하는 사람"이다. 여기에 이르면 사랑하는 주체와 대상의 경계는 무너진다. 화자가 사랑하는 사람은 처음에는 화자의 사랑을 받아들이는지 분명하지 않았지만, 그 사람을 향하는 화자의 사랑이 지극한 지경에 이르자 '사랑을 사랑하는 사람'이 되었다. '사랑을 사랑하는 사람'은 화자가 사랑하는 사람이기도 하고 화자 자신이기도 하다. 그리고 '사랑을 사랑하는 것'은 현실의 구체적 차원이 아니다. 결국 '이데아'의 초월적 차원으로 승격한 사랑이다. 이처럼 시인은 이상적인 수준으로 승화된 사랑을 지향한다. 그것은 진정한 사랑이기도 하다.

> 내가 남을 사랑해 보지 않고
> 사랑 말하지 말라
> 죽도록 사랑해 본 사람만이
> 사랑의 색깔 볼 것이다
>
> ―〈사랑의 술잔〉에서

이처럼 시인은 진정을 가지고 죽도록 사랑해 본 사람만이 사랑의 진면목을 알 수 있다고 한다. 어디서 오는지 그 길목은 알 수 없으나 봄은 마냥 마음을 설레게 하는 것처럼, 사랑은 어디서 비롯되는지 따질 필요 없이 그 자체로 충분하다. 그래서 '사랑하는 이유는 묻지 말라'고 한다. 사랑에 관한, 일상에 사용하는 상투적인 화법이다. 익숙한 언어를 통해 대상을 말한다. '낯설게 하기'를 전복시킴으로써 '낯설게 하기'를 달성한 셈이다.

김창제 시에서 나타나는 사랑 탐구의 또 다른 패턴은 '은유' 형식이다. 이런 형식은 시적 대상과 사랑의 유사성에 바탕을 두고 있다. 이때 사랑이란 관념의 객관적 상관물로서 시적 대상을 부리는 것이 아니라, 대상의 구체적인 모습에서 사랑을 발견하는 방식을 취한다. 연역적이 아니라 귀납적이다. 이에 해당하는 시편이 사랑타령에 주저앉지 않고 사랑의 근원 탐구로 나아갈 수 있었던 원동력은 여기서 태생했다고 하겠다.

> ① 꽃이 꽃에게
> 사랑이 사랑에게
> 숫나사는 암나사에게
> 암호 같은 나사산으로 비벼간다
> 안개의 윤활유로 산은 매끄럽게 대지에 박히고
> 꽃은 붉게 나뭇가지에 박히고
> 내 사랑 심장에 박히고
> 조이면 조일수록 더 단단해지는
>
> ─〈나사〉에서

> ② 그대에게 박혀있는 사랑
> 오랜 시간은 나를 헐겁게 하고
> 붉게 녹슬게 했다
> 때론 너의 망치질에 즐거웠고
> 아픔의 시작이었다

강하게 얻어맞은 기억은

아찔하게 황홀했다

날카로운 설레임

뾰족한 사랑

- 〈못 2〉에서

①에서 암나사와 수나사는 사랑하는 두 사람의 관계와 유사성으로
연결된다. 은유의 기법이다. 나사선을 타고 암나사와 수나사가 서로 엉
키어 조여들수록 단단해지듯이 사랑도 서로의 가슴을 파고들어 조여질
때 완성된다는 것이다. 어우러져 핀 꽃들이 서로 엉켜 있듯이, 산이 곡선
을 타고 매끄럽게 대지에 내려앉듯이 그대를 사랑하는 마음은 '내' 가슴
에 깊이 뿌리내려 있다는, 사랑의 고백인 동시에 갈망이다. ②에서도 마
찬가지다. 못이 나무나 벽에 깊이 박혀 두 개체를 하나로 단단하게 고정
시켜 주는 것에서 사랑의 본질을 발견한다. 날카로움과 뾰족함, 그리고
망치의 강한 타격으로 이어지는 못의 이미지는 즐거움, 아픔, 황홀함, 설
렘이란 사랑의 이미지로 변용된다. 그래서 '뾰족한 사랑'이라는 역설에
이르러 더욱 시적 함축성을 확보한다. 이러한 시편을 관통하는 원리는
바로 은유다. 이때 은유의 연결 고리가 분명하게 노출되어 긴장감이 다
소 감소되는 것이 사실이다. 하지만 나사나 못과 같은 금속성을 사랑과
연결시킴으로써 사랑의 본질을 더욱 선명하게 드러내는 데에는 은유의
몫이 크다.

김창제 시의 사랑 모티브는 환유의 형식과 만나 다양한 시적 의미를
확대한다. 은유의 형식에서 초래되기 쉬운 사랑의 상투적인 의미가 환유
의 구조에 이르러 훨씬 시적 긴장감을 얻는다. 동질성이나 유사성에 바

탕을 둔 은유와는 달리 환유는 이질적인 것의 병치다. 서로 불일치하고 이질적인 것이 같은 곳에 병치됨으로써 시적 가치가 생성하는 경우다. 합리적인 가치를 초월하여 가치 전도가 일어난다. 등가성에 의한 진지함을 얻기는 어려워도 자의적인 만큼 자유롭다. 감춰진 시인의 역량이 환유를 통해 제대로 발휘될 때가 많다. 김창제 시에서 사랑의 환유적 표현은 그의 서정 세계를 가장 안정감 있게 보여준다고 하겠다.

    ① 나뭇잎 사각사각
    숨 쉬는
    염통이 터지는 소리
    팽팽한 그리움
    울컥 넘치는 눈물
    고독 하나 달 하나
    은빛 호수
    물 위에 뜬 사랑

                                    —〈달〉에서

    ② 산이 맞닿은 곳
    천상의 호수가 있었네
    수달의 입맞춤과 날다람쥐의 눈웃음
    산야화의 꽃 그리움 있었네
    너 사랑해 봤나 그토록 깊이
    너 사랑해 봤나 그토록 잔잔하게
    너 사랑해 봤나 그토록 수려하게

왕버들이 천상의 호수를 지키듯

-〈주산지〉에서

①의 시편에서 물 위에 뜬 달도 사랑이고, ②의 시편에서 주산지 저수지도 사랑이다. 은빛 호수에 뜬 달에서 화자가 발견한 그리움, 눈물, 고독이 사랑의 속성이라면, 이것은 은유에 가깝다. 산과 산이 맞닿고, 하늘과 호수가 맞닿은 곳이 주산지다. 그곳에서 수달이 입맞춤하고 날다람쥐가 눈웃음을 친다. 산야화가 그리움을 담뿍 담고 피어 있으며, 왕버들이 호수를 지킨다. 그 시인이 담아낸 형상은 모두 사랑의 속성을 공유한다는 점에서 마찬가지로 은유다. 그런데 은유와 환유는 대립적이라기보다는 상보적이다. 시 작품 안에서 구체적인 대상 표현은 은유의 원리에 의해 연결되지만, 이 시집 전체를 관통하는 시적 방법은 환유다. 달, 주산지, 구절초, 부레옥잠, 섬, 밤, 선과 같은 시적 대상뿐만 아니라, 봄, 가을, 겨울 등과 같은 계절까지도 사랑으로 나란히 놓인다. 이러한 모든 대상이 자유로운 병치를 통해 사랑으로 통합된다는 점에서 환유이다.

시인 김창제는 은유와 환유의 수사법을 주축으로 모든 시적 대상에서 공통적으로 사랑을 발견한다. 아니 사랑을 대상에 투영시키고 있는 것인지도 모른다. 모든 존재의 근거를 사랑으로 규정한다고 해도 지나치지 않다. 그렇다면 이 시집에 큰 무게로 담긴 그의 사랑학은 무엇인가. 합일을 지향하는 두 존재의 관계로 본다. 사랑은 이루어지지 않은 상태, 이별, 질투 등에서도 강렬한 에너지를 발산한다. 이 시집에서 시인이 불렀던 사랑의 찬가는 화합으로 나아가는 정열과 그리움이다.

3.

시는 말을 부리면서 말을 벗어나려고 애쓴다. 옥타비오파스에 따르면 "말을 초월하기 위해서 투쟁하는 것만큼이나 필연적으로 말에 의존"하는 것이 시다. 순수한 시의 영역은 말로써 다 말할 수 없다는 한계를 보여주는 것일 수 있다. 하지만 말의 운용을 벗어나서 시가 성립되지 않는 만큼, 시의 한쪽 끝은 말의 특정한 의미를 지향할 수밖에 없다. 그 특정한 의미의 생산지는 역사와 사회다. 이런 입장에서 보면, 시는 시인의 삶이 처했던 현실적 조건에 대한 언어이다. 삶에 대한 시인의 다양한 기억은 시가 출발하는 원초적인 출발선이 아니겠는가. 더러 이러한 원초적 기억에서 발산되는 정서를 생생하게 드러냄으로써 독특한 시적 세계를 구축하는 시인이 김창제이다.

그의 시가 가족에 대한 기억을 건져 올리는 순간 시인의 자아도 함께 부상한다. 시적 자아의 모습이 뚜렷해진다는 것은 그의 시가 일인칭의 성격을 강하게 드러낸다는 말과 같다. 일인칭으로 좁혀질수록 시인의 개성은 두드러지기 마련이다. 그의 시에서 개인의 주관적 체험이 어떤 수사와도 타협하지 않고 직설적 언어로 드러날 때 울리는 자연음이 강한 인상을 남긴다.

코스모스가 필 때면 아부지를 생각한다
가을이 느긋하게 익어 가면
오일장에 곡식을 내다 팔고
장터 고깃집 김나는 막걸리
이웃동네 친구들 안부를 묻는다

얼큰한 종종걸음 생선 꾸러미 한 줄 메고 콧노래 부르시는 날

(중략)

아부지 막걸리 한 사발 생각나시죠

가을은 영락없이 내게로 오고

아부지의 추억은 단풍이 든다

내가 아부지를 꼭 닮은 나이에

가을은 유난히도 아름답게 길다

―〈울아부지 3〉에서

　유년의 고향은 시인 개인사의 핵심이다. 사용하면 할수록 더욱더 풍성해지고 윤기가 도는 것이 유년시절 고향에 대한 추억이다. 고향에 대한 아련한 추억의 객관적 상관물은 동심을 키웠던 산천이고, 같은 지붕 밑에서 함께 살았던 가족이다. 그 가족 중 어머니는 내 존재의 원천이고 아버지는 삶의 이정표다. 가을이 되어 추수한 곡식을 장에 가서 팔아 막걸리 한잔하고 생선 꾸러미 한 줄 메고 콧노래 부르며 집으로 돌아오던 아버지를 떠올린다. 세월은 흘러 시적 화자도 그 아버지의 나이가 되었다. 인생 여정으로 본다면 단풍 드는 가을이다. 노년으로 접어드는 길목에 서 있다. 그런데 아버지와 화자가 맞이한 가을은 쓸쓸하거나 외롭지 않다. 오히려 곱게 물든 단풍처럼 유난히도 아름다울 뿐이다. 삶을 긍정적으로 수용하는 시인의 인생관이 물씬 묻어난다. '가을이 아름답다'는 표현에서 볼 수 있듯이 인생살이에 대한 시인의 태도는 분석적이거나 관념적이지 않고 즉물적이다. 그래서 더욱 건강하다. 건강한 마음과 몸이기에 감추거나 별다른 포즈를 취할 필요 없이 자연의 소리와 모습을 그대로 보여주는 것으로 족하다.

① 설익은 오이 꼭지처럼
조금은 쓰고 조금은 달콤한 울 어머이
사랑보다 일을 더 소중히 여기시던 울 어머이
정강이가 그렇게 아프시던 울 어머이
열 명의 출산을 경험하신 역사책이다

-〈울 어머이〉에서

② 조석마다 정한수 놓고
별을 빌어 달을 빌고
울 할매 지극정성
쑥강생이 잘도 큰다

-〈할매요〉에서

③ 입술 쫑긋 세우고 출근길에 인사하는
젖은 손 햇빛사랑
아가야 아들 딸 들아
"누구메는 사랑도 모르는 조금 오래된 여자데이"

-〈아내 5〉에서

시적 대상이 어머니, 할머니, 아내로서 전부 가족이다. 어머니와 할머니가 과거 '나' 삶의 중심에 있었다면, 아내는 현재의 '나' 삶의 소중한 부분이다. 열 남매를 출산하고 일만 했던 어머니, 손자 잘되기를 사랑과 지극정성으로 빌어주었던 할머니, 자기 몸 아끼지 않고 불평 없이 내조하는 아내는 모두 화자의 삶을 지탱해 주고 살찌우는 원동력이다. 그것은 그리움이며 사랑이다. 이는 인간 삶의 원초적 생명력 아닌가? 그래서 시인은 가족이나 고향을 시적 대상으로 삼은 시편에서는 투박한 사투리를 거침없이 구사한다. "할매요 보고 싶습니다", "아부지 인자 밥 묵고 합시다", "이 보이소이 청실띠기 아닌기요"와 같은 다듬어지지 않은 자연석 같은 시어를 만난다. 여기서 고향과 가족은 존재와 삶의 뿌리임을 확인할 수 있다. 언어는 원래 사회적이면서도 개인적이다. 이처럼 김창제는 고향과 가족을 시적 대상으로 하는 시편에서 개별적으로 내면화된 자기의 언어를 통해 삶의 깊은 생명력을 길어 올린다.

　이번 시집에서 시인 김창제는 자기가 걸어온 길과 지켜온 성채를 바꿀 생각이 별로 없는 듯하다. 그의 시정신은 그대로 유지되고 있다. 주제나 방법에서도 마찬가지다. 특히 '강요당한다'는 시편에서 자신의 시 방법을 지키겠다는 뜻을 은연중에 내비친 것으로 읽힌다. 하지만 어떤 식으로든 지금까지 견지해오던 자신의 성채를 점검하지 않을 수 없을 것이다. 지금을 지키는 것으로 충분하지 않음을 인식했으리라. 자신의 길을 살피는 것은 새로운 대응을 위한 전초 작업이다. '강요당하지 않겠다'는 시인의 메시지는 자기 점검을 바탕으로 하는 변신의 신호음이 아닐까. 이번 시집의 몸체에서는 큰 변화의 조짐이 감지되지 않았으나 뭔가 시적 변화의 장을 마련해야 한다는 시인의 의중은 내비친 셈이다. 변화하지 않는 것은 생명의 고갈이나 다름없음을 모르지 않을 터이니까 말이다.

기록, 그리고 외로움
— 정대호, 《가끔은 앞이 보이지 않아도 서 있어야 하는 길이 있다》

1. 기록

시인 정대호는 시집 《가끔은 앞이 보이지 않아도 서 있어야 하는 길이 있다》의 '시인의 말'에서 "이번 시집은 한 시대의 이야기들을 문자로 기록해 둔다는 것에 의미를 두고 싶었다"라고 했다. 그리고 "한 시대의 기록"이기에 "거칠고 투박한 표현"도 크게 신경 쓰지 않고 그대로 두었다고 한다. '시대의 기록'이란 점을 앞세운다. '기록'에 무게를 두다 보니 언어 표현에는 소홀할 수밖에 없었다는 점도 덧붙인다. 이는 독자에게 이 시집을 시적 표현보다는 기록이란 점에 무게를 두고 읽어 달라는 부탁이 아니겠는가.

시인의 이 발언은 시집 전체 중에서, 특히 3부와 4부에 수록된 시편을 염두에 둔 것 같다. 물론 5부의 시편도 무관하지 않다. 모두 기록성 강한 작품을 하나의 묶음으로 모아 놓고 있다. 3부에서 시인은 다른 인물의 경험을 관찰자로서 기록한다면, 4부에서 시인은 기록자이면서 경험의 주체다. 즉 3부가 삼인칭 시점이라면 4부는 일인칭 시점이다. 3부의 기록이 시인의 이성에 의해 구성되었다면, 4부의 기록은 시적 화자의 즉물적 경험에 바탕을 두었다. 4부의 시편이 독자에게 더욱더 생생한 이미지로 다가오는 이유도 여기에 있다. 4부는 시인이 대학 학부 시절 민주화운동에 참여하면서 겪었던 경험을 기록한 시편이다. 자신의 이야기이기에 증언에 가깝다고 할 수 있다.

'기록'은 일어난 사건과 있었던 사실, 즉 정보를 가능한 한 정확하게 문자로 고정해 소통하고 보관하는 것이다. 그런데 시가 이런 기록에 적합한 양식이 아니라는 점은 자명하다. 한 시대에 일어난 일을 기록하는데에는 글의 형식으로써는 산문이, 기술 방식으로써는 역사가 훨씬 효율적이다. 이런 점에서 정대호 시인의 '기록'이란 언급은 사전적 개념보다는 은유적 개념으로 이해해야 한다.

기억하려는 의도에서 출발하는 것이 기록이다. 인간은 모든 경험을 기억의 그릇에 담아 보관할 수 없다. 인간 뇌의 정보 저장 능력에는 한계가 있기 때문이다. 대부분의 체험을 망각한다. 그 일부를 기억한다고 하더라도 사실에 관한 정확도가 떨어진다. 개인의 주관적 기억은 언제나 현재 시점에서 과거를 소환하는 형식으로 작동하므로 원석의 경험이 변질할 가능성은 상존한다. 망각과 기억의 왜곡으로부터 원래 경험을 보관하려는 것이 기록의 출발선이다. 데리다는 아카이브즈archives란 말에서 "원래의, 최초의, 주요한, 원시적인, 짧게 말해 시작"[1]이란 의미를 발견할 수 있다고 했다. 이처럼 기록의 중요한 의의는 변질하지 않는 원래의 진실을 보존하는 데 있다.

---

1) 랜달 C. 지머슨, 《기록의 힘》(민주화운동기념사업회, 2016), 196쪽에서 재인용.

과거의 일을 기록하고 기억하는 것은 단지 그때 있었던 사실을 정확하게 밝혀 두자는 것만이 아님은 더 말할 필요도 없다. 사실 기록에서 출발하는 역사도 기술 과정에는 기술하는 사람의 역사관이나 의미 해석이 섞여 들기 마련이다. 하물며 문학인 시가 기록에 의의를 두었다고 해서 그 초점이 '사실'을 붙잡는 데만 그 초점이 맞춰졌을 리 없다. 여기서 중요한 대목은 바로 시인이 기록하는 대상과 그 태도일 것이다.

시집 4부의 기록을 따라가 보자. 시인은 1977년에 경북대학교에 입학한다. 당시 교내 문학동아리였던 '복현문우회' 회원으로 활동하면서 유신 말기 학생민주화운동에 참여하게 된다. 1980년 9월 경찰에 체포되어 화원 교도소에서 복역하다가 그해 12월에 군사 법정에서 '계엄포고령 위반'으로 1년 형에 집행유예 2년을 선고받는다. 1984년 복학하고 학부 졸업 후 대학원에서 한국 현대문학을 전공한다. 대학원 입학시험, 사회 입문 과정에서 이러한 학생운동 이력은 사사건건 발목을 잡는다. 박근혜 정부 때에는 예술계 블랙리스트에 오르기까지 했다. 시인은 자기 삶을 정보기관과 사회와 자기 자신이 만든 블랙리스트 속에서 "젊은 날이 다 가도록" 살았다고 회고한다. 60대 나이에 들어선 시인은 "1980년대라는 한 시대의 감옥 속에서/ 내 일생은 갇히어 있었는지 모른다."(〈내 인생은 블랙리스트였다〉에서)라는, 지금까지 살아온 인생 결산서를 내민다. 이 결산서를 새삼 독자에게 보여주는 의도는 무엇일까.

1980년대 초 학생운동에 참여했던 시인의 경험은 일반화되기 이전에 개인만의 특수한 것이다. 이는 정치노선이나 역사의식이란 추상적 관념으로 규정할 수 없는 한 개인의 구체적인 경험이다. 개인의 구체적 경험은 시의 언어로 기록됨으로써 역사적 기억으로서 공적 의미를 획득한다. 모두 성공하는 것은 아니다. 화염 속에 갇혀 생명이 위태로운 지경에 빠진 순간에 그 특수한 경험을 글로 쓸 수 없다. 불구덩이에서 벗어나서 얼마의 시간이 지난 후에 화재가 왜 일어났으며, 그 경험이 자신의 의식과 삶에 어떤 영향을 주었는지를 성찰할 수 있는 지점에 이르렀을 때 기록이 가능하다. 그리고 그 기록을 통해 마침내 사실을 뛰어넘는 어떤 의미를 얻을 수 있다. 실제 경험 가까이 있을 때는 현장 목격자로서 생생함을 드러낼 수는 있을지 모르지만, 가까이 있으면 과잉 감정이 선행되어 실제의 진실이 약화하기 쉽다. '이제야 말할 수 있다'까지 이르는 시간 동안 개인의 경험이 곰삭았을 때 더욱 진가가 드러나기 마련이다. 40년의 세월이 흘렀다. 그때를 소환하여 그 의미를 되새겨 볼 만한 충분한 시간적 거리가 확보되었다.

지금의 시인은 학생운동에 참여한 20대 초반의 대학생이 아니다. 그 당시의 이력은 훈장처럼 달고 다니며 자랑할 만한 것도 아니며, 그렇다고 그것이 혈기 넘치는 젊은이의 한때 객기로 치부할 수 있는 것은 더더욱 아니다. 중요한 것은 시인 자신이 이 경험에 부여하는 의미이다. 충분한 여과의 시간을 통해 걸러진 의미를 결산하고 싶었을 것이다.

우선 시인은 당시 시대 현실을 다음과 같이 기록한다.

> 우리들의 이 땅이 독재의 캄캄한 감옥에 갇혀 있을 때
> 당신은
> 그 어둠의 둑에 구멍을 내는
> 막아도 막아도
> 맨손으로 맞서 또 구멍을 내는
> 우직한 청년
> 오늘, 우리들이 누리는 이 민주주의의 작은 햇볕도

당신이 온몸으로 견뎌낸 짐승의 시간
그 굴욕의 상처가 밝힌 불이었습니다.

1985년 9월 4일 새벽 5시 30분
서울 서부경찰서 유치장을 나와, 남영동 치안본부 대공분실에서
발가벗겨져 칠성판에 엎드리면
발목, 무릎, 허벅지, 배, 가슴 부위가 혁대로 묶여
발바닥이, 종아리가, 허벅지가, 엉덩이가 보리타작을 당하면
살이 터져 피멍이 엉켜
육신은 진흙탕 뻘밭으로 망가져 갔습니다.
　─권력의 하수인이 개들을 향해서: 그렇게 물어야지 창자가 터지게
　　　　　　　　　　　　　　　　　　　　　　─〈짐승의 시간〉 1, 2연

　'김근태 민주지사 영전에, 아름다운 연꽃 세상에서 부활하십시오'라
는 부제가 붙은 시편이다. 1980년대 민주화를 위해 독재정권에 맞서 투
쟁했던 김근태 민주지사의 영전(2011년 12월 사망)에 바치는 시다. 당시 민
주화운동을 탄압했던 국가 권력의 폭력성과 야만성을 생생하게 구체화
하고 있다. 이 시대를 두고 시인은 '짐승의 시간'이라고 말한다. 국가의
의무는 모든 국민이 인간답게 살 수 있도록 보호해 주는 것이다. 인간다
운 삶은 인간이면 누구나 자기의 주인이 되고 자기를 바로 세우는 자유
가 보장될 때 이루어진다. 그 자유는 우선 몸의 자유에서 출발한다. 몸의
자유 없이는 인권도 존엄성도 없다. 누구도 타인의 몸을 함부로 하고 훼
손할 수 없다. 국가 권력이 국민의 몸의 자유를 빼앗는다면 그것은 짐승
과 다를 바 없다. 민주주의를 위한 투쟁의 궁극적인 목적도 몸의 존엄성

을 지키는 데 있다. 국민의 몸을 짐승처럼 다루었다면, 그 국가는 국가가 아니다. 당시는 국가 권력이 국민의 생명과 안전을 지키기 위해서가 아니라 소수 권력자를 위해 행사되던 시대였다. 이 캄캄한 짐승의 시간이 가하는 육신의 파괴와 정신적 굴욕을 견디며 민주주의를 향한 작은 희망의 불씨를 지키는 일은 역사적 의미를 지닌다. 시인은 이를 역사적 영웅으로 추앙하는 상투적이고 성급한 태도를 보이지 않는다. 오히려 추상적 의미로 평가하기 이전에 연꽃처럼 맑고 아름다운 한 개인의 영혼을 만난다. 시집 4부에서 작품〈짐승의 시간〉만이 다른 사람에 관한 이야기이고, 나머지는 모두 시인 자신의 이야기이다. 자신에 관한 이야기에서는 오직 사실만 기술할 뿐 의미 해석이나 평가를 극도로 아낀다. 4부 끝에 수록된 이 작품에서만 시인은 '짐승의 시간'이니 '맑은 영혼' 등의 평가적 진술을 허용한다. 이런 점에서 시인은 자신의 민주화운동에 대한 의미와 의의를 직접 말하지 않고 다른 사람(김근태)의 민주화운동을 통해 간접적으로 말하고 있는 셈이다. 다시 말해, 김근태의 경험이 시인의 경험으로 환치되고 있다.

'짐승의 시간'이란 시적 인식은 당시 물리적 상황을 그대로 기록한 것이라면, 이 기록의 궁극적 의의는 무엇인가. 의외로 시인의 시선은 자기 내부로 향한다. 그의 시는 단순한 사실 증언으로 끝나지 않고 자기성찰과 고백으로 확대한다. 그럼으로써 한층 더 진중함과 무게감을 얻는다.

　　이른 새벽
　　그 깜깜한 방을 나서는 순간
　　내가 생각했던 '나'는 거기에 없었다.
　　잠깐 어두운 침묵이 그 방의 문을 바라보고 있었다.

내 얼굴을 보니
'나'가 아니다
'나' 모습을 한 껍데기가 그 방 안에 앉아 있었다.
'나' 얼굴의 그림자를 하고 앉아 있었다.
캄캄한 그 문을 나서는 추레한 내 모습을
뒤에서 물끄러미 보니
그것은 '나'가 아니다.
머리도 없고 생각도 없는
'나' 형상의 텅 빈 허수아비.

그런 내가 너무 부끄러웠다.
맑은 바람 앞에서 부끄럽고
밝은 아침 해 앞에서 부끄럽다.
나는 고개를 들 수가 없었다.

-〈고문〉에서

시인이 왜 지금 40년 전의 민주화운동에 참여했던 자기 경험을 소환
하여 기록의 장을 펼치는지 짐작 가는 대목이다. 고문에 못 이겨 형사가
내미는 조서에 무조건 손도장을 찍고 감옥에서 풀려난다. 세상을 마주했
을 때, 그의 앞에 가장 먼저 다가온 것은 부끄러움이었다. 물론 논리적으
로 이는 그때 당시의 부끄러움이었다. 하지만 그것은 과거의 기억을 소
환하는 현시점의 부끄러움일 수도 있다. 어느 것이든 상관없다. 그때나
지금이나 그 부끄러움이 지속되고 있다는 점이 중요하다. 세상의 부조리
와 맞서 몸을 던지는 투쟁의 저력은 확고한 이념이나 불굴의 용기에서만

나오는 것이 아니다. 자신의 결핍과 부족에 대해 진정한 부끄러움이 싸움을 이어가는 원동력이다. 자기 자신을 들여다보지 못하는 사람에게는 부끄러움이 없다. 부끄러움은 겉으로 드러난 행동과 언어에 대한 책임 의식이다. 부끄러움을 모르면 자기를 과시하고 허영에 빠지고 만다. 40년 전 경험을 소환하는 지금의 언어가 신뢰감을 주는 이유는 바로 그것이 부끄러움에 바탕을 두고 있기 때문이다. 이 시집에 수록된 시편을 읽으면서 어떤 평자는 '산문적 서술'을 지목하여 시적 완성도가 떨어진다고 평가할 수도 있다. 일반적으로 시가 즐겨 채용하는 압축된 표현, 기발하고 현란한 비유와 수사, 모호성을 위한 의도적 은폐 등은 정대호 시의 주된 흐름이 아니기 때문이다. '시적 산문성'이 두드러진다. 노벨 문학상을 받은 알렉시에비치는 《전쟁은 여자의 얼굴을 하지 않았다》에서 "그들의 울음과 비명을 극화해서는 안 된다는 걸 잘 안다. 그러지 않으면 그들의 울음과 비명이 아닌, 극화 자체가 더 중요해질 테니까. 삶 대신 문학이 그 자리를 차지해버릴 테니까"라고 했다. 이 발언의 의미는 정대호의 시에 그대로 적용된다. '문학' 혹은 '시'라는 일반적 문법도 중요하다. 하지만 그것이 역사적 사실에 관한 기록이란 책무를 깃발로 내세웠다면, 기록하는 대상의 진실을 우선하는 것이 합당한 방법이 아니겠는가. 문학적인 장치나 시적 수사가 역사적 진실을 그 위에서 제어해서는 곤란하다. 정대호의 많은 시는 시 이전에 기록으로 읽을 필요가 있다는 말이다.

'짐승의 시간'은 우리의 고통스럽고 부끄러운 역사이다. 기억하지 않으면 그 역사적 진실은 묻히고 만다. 역사적 진실에 다가가는 것은 과거의 과오를 들춰내어 응징하는 데 목적이 있는 것이 아니다. 기억을 통해 오늘을 함께 살아가는 사람들이 변화하고 새로운 미래를 설계하는 동력을 얻는 데 그 의의가 있다.

2. 외로움

정대호의 시적 시선은 여섯 번째 시집을 펴내는 동안 사회 현실에 대한 관심에서 멀어진 적이 없다. 그가 사회 변두리에서 살아가는 약자에게 관심을 보이고, 문명과 권력의 폭력성을 비판적으로 담아내는 시인이란 점에 누구도 토를 달지 않는다. 그의 시에는 사회 참여나 정치적 성향이 뚜렷하게 드러난다. 그러나 그의 시 세계 한편에는 한국시의 전통적 서정성이 자리 잡고 있다. 아직 본격적인 산업사회로 접어들기 이전 농경사회의 전통적 정서가 면면히 흐른다. 주제나 소재가 고향(정대호 시인의 고향은 경북 청송이다)과 연관성을 지니는 시편이 주로 이에 해당한다.

고향에는 아름답고 순수한 자연이 있고, 가난하지만 따뜻한 마음을 가진 이웃이 있다. 그에게서 '고향'은 경쟁을 부추기는 사회제도, 물질적 이익을 얻기 위한 속임수와 폭력, 정부 권력과 자본의 부조리, 경제적 불평등이나 양극화, 과학주의 문명의 비인간성 등이 부재한 공간이다. 현대사회가 회복해야 할 대안의 공간이기도 하다. 시간상으로는 시인이 고향 산천을 누비며 자유롭고 뛰어놀았던, 이기적 욕망이 아직 싹트지 않은 유년기의 시공간이다. 시인에게 그것은 회복해야 할 유토피아이고 그리움의 원천이다. 어쩌면 제도, 통제, 정치와 결별한 아나키즘의 세계일 수도 있다.

이번 시집 구성에서 시인이 겉으로는 '기록'을 강조하면서 해당 작품은 뒤로 돌리고, 시집 앞부분인 1부와 2부에서는 전통적 서정시를 배치했다. 물론 시집 구성에서 배치의 전후가 어떤 특별한 의미를 지니는 것은 아니다. 시인이 특별한 의도를 두고 그렇게 했다는 증거는 어디에도 없다. 그런데도 시집 전체를 읽는 독자의 관점에서는 시집 첫머리에 수록된 작품의 무게가 절대 가볍지 않다는 점을 직관할 수 있다. 자신의 시를 경향성이란 측면에서만 읽지 말라는 시인의 권고가 숨어 있는 듯하다. 그 권고를 따라가 보면 외로움과 그리움이란 정서를 만나게 된다. 이는 정대호 시 세계의 큰 맥을 이루는 정치적 경향성과는 다른 세계다.

정대호 시에서 외로움은 어떤 것인가? 그것이 일반 서정시의 평균적 정서에 불과하다면, 굳이 따로 주목할 필요가 없다. 세상과 맞서 당당함을 굽히지 않았던 그의 시적 언어가 이유 없이 외로움이라는 비교적 흔한 정서를 담아내지 않았을 것이다. 비평도 상상이고 창작이라는 변명을 앞세워 그의 시에 나타나는 외로움과 그리움을 재구성해 본다.

가만히 개울가에 앉아 맑은 물을 보면서 문득 돌아보니 나만 그 공간에서 낯설다. 물도 꽃들도 바람도 모두 자신의 위치에서 현재 모습으로 만족해 있었다. 더도 덜도 아닌 지금 있는 곳에 스스로 만족하여 서 있었다. 나만 내일을 위해 이것저것 뜯는다. 숲이 우거져 산나물이 없으면 다래 덩굴이라도 찾아가 다래 순이라도 뜯는다. 내일 먹기 위해 등가방에도 손에 든 자루에도 나물을 담는다. 아아, 나의 외로움은 여기서부터 시작되었는지도 모른다.

―〈산나물을 하러 갔다가〉에서

자연은 현재 제 위치에서 자기 스스로 만족하며 존재한다. 그런데 그 자연 속에 있는 시인은 자기 자신이 자연에 섞이지 못하고 낯설게 느껴진다. 그 가운데 있으면서도 하나가 되지 못하고 이방인으로 분리된 자신을 발견한다. 왜 그런가? 내일을 위해, 그리고 먹고살기 위해 이것저것 가리지 않고 취하고 그것을 또 가방이나 자루에 담는 자신이 자연과는 너무 대조적이다. 물론 그것은 생존을 위한 기본 욕구이기에 어쩔 수 없다. 그러나 인간은 여기서 끝나지 않는다. 새로운 욕망을 만들고 그것을 채우기 위해 무엇인가를 또 갈구한다. 시인은 이것이 바로 외로움의 근원이라고 생각한다.

깊은 열망에 빠져 옆도 돌아보지 않으면 자신이 어떤 위치에 있는지 모르며 외로움이나 고독을 느낄 겨를이 없다. 그렇다면 인간은 왜 욕망 때문에 외로운가? 외로움은 홀로된 상태를 뜻한다. '홀로 있음'의 요인은 사회적 지지의 결여나 관계 단절과 같이 객관적일 수도 있으나 대개는 주관적 경험에 바탕을 두고 있다. 즉 타자로부터 분리되어 있다는 의식에서 외로움이 생겨난다. 위의 시에서 시인은 자신의 외로움은 만족과 충만으로 존재하는 자연과는 달리 만족하지 못하고 늘 갈망하고 욕망하는 존재라는 점에서 비롯되었다고 한다. 이는 자연과의 거리에서 오는 존재론적 외로움이라고 할 수 있다. 특정한 상황에서 시작되거나 일시적으로 생기는 외로움이 아니라 인간 존재의 본질적 외로움이다. 인간은 욕망하고 갈망하지만, 그것을 채울 수 없기에 욕망하는 존재에서 벗어날 수 없다. 외로움은 인간의 굴레와 같은 것이 아니겠는가.

이러한 의미의 외로움은 〈산꽃〉이란 시에서도 잘 드러난다. 산에서 피는 꽃은 그냥 피어 있어 아름답다. 아름다워지려고 꾸미거나 아름답게 봐 달라고 거추장스럽게 자신을 드러내려고도 하지 않는다. "그들은 단지 개울과 숲속에서 자신의 위치에 서 있을 뿐이다. 굳이 이름을 달아 놓을 필요도 없다. 모르면 모르는 대로 좋다. 그냥 산에 살아서 산꽃이다." 존재 자체가 아름다움이고 완성이다. 외로움이 틈입할 균열이 없는 자족적인 존재가 자연이다. 이런 자연과 비교하여 인간은 어떠한가. 인간은 가득 채우려고, 많이 가지려고, 아름다워지려고, 남에게 잘 보이려고 애쓴다. 하지만 욕망한 대로 이루어지지 않는다. 욕망이 확대할수록 자족과 완성에서 멀어진다. 이처럼 이 시집 제1부에서 나타나는 시적 자아의 외로움은 분열된 미완의 존재로서 인간에게 내재하는 존재론적 외로움이다.

자연의 완전함에 도달할 수 없는 인간의 본원적 외로움과 소외에 대한 시적 수용은 일찍이 김소월의 〈산유화〉에서도 확인할 수 있듯이 새롭거나 특별한 방법은 아니다. 자연의 영원함이나 꾸밈없는 완벽함과 비교하여 인간의 한계를 드러내려는 시적 수사는 상투적이다. 여섯 번째 시집을 출간하기까지 정대호 시인은 부조리한 사회 현실에 맞서 저항의 실천적 언어를 뚝심 있게 견지해 왔다. 그런데 뜬금없이 외로움이란 인간 보편적 정서를 내밀고 있다. 지금까지 보여 주었던 언어의 결기가 무너지고 말았단 말인가. 이 지점에서 메타적 해석으로서 비평의 역할이 요청된다. 당당하게 세상에 맞서왔던 시인의 결기 넘치는 실천적 언어, 외로움이란 인간의 보편적 정서를 향하는 서정적 언어 이 둘은 하나로 연결되어 있다. 이것이 정대호 시가 보여주는 입체적 미학이다. 치열한 갈등과 긴장의 언어 뒤에는 늘 진정과 화해의 힘이 버티고 있다. 구체적 상황이 드러내는 특수한 문제를 인간의 보편적 성정에 바탕을 두고 바라본다는 말이다.

　저 물 속에다 눈웃음 한 번 담고 싶어라
　물방울이 촐랑 떨어지면
　둥근 원을 그리며
　너울거려보는
　한없이 헤엄쳐보아도

늘 그 자리에 서 있는
그 넉넉한 마음 한 자락 배우고 싶어라.

저 맑은 물속에서 그대를 보고 싶어라
속이 환히 보이는
눈망울을 하고서
가슴의 두 팔을 뻗어
그냥 안고 싶어라.

-〈가을 시냇가를 걷다가〉에서

 화자는 넉넉하고 투명하고 자유로운 가을 시냇물을 동경의 시선으로
바라본다. 흐르는 시냇물이 드러내는 그런 표정으로, 그런 마음으로, 그
런 모습으로 살고 싶다는 것이다. 그렇게 살고 싶다는 것은 그렇지 못하
다는 화자의 현실에 대한 인식이 전제되어 있다. 정대호 시인은 제4부에
서 1980년대 민주화운동에 참여했던 자기 경험을 기록하면서 정부 권력
의 폭력성이 난무했던 당시를 '짐승의 시간'이라고 규정했다. 그런데 가
해자를 짐승으로 몰고 가면 피해자인 주체는 모든 책임으로부터 면죄
부를 받는 것은 아니다. 40년이란 세월이 흐른 시점에서 그 시간을 소환
하는 지점에는 '짐승'과 같은 폭력도 있었지만, 자신의 부끄러움도 곳곳
에 배어 있음을 확인한다. 그의 시가 기록을 통해 분노와 비판의 역사의
식을 고취하려는 의도도 있으나 무엇보다 중요한 것은 자기반성을 통할
통렬한 자기비판이 더 크게 작동했는지도 모른다. '부끄러움'이란 시어
에 이 모든 것이 함축되어 있다. 자기반성과 성찰은 자기를 냉철하게 되
돌아보는 시간이다. 거기에는 미숙하고 텅 빈 자아가 덩그렇게 자리하

고 있다. 수없이 많은 언어를 쏟아부었으나 여전히 그 자리는 채워지지 않았다. 그것이 시인에게 엄습한 외로움이다. 그것이 외롭다고 직설하면 어린양이 되고 말 일이니, 자연이란 존재를 끌어들인 것이 아니겠는가.

마음이 허전한 날은
바닷가를 서성거려볼 일이다.

바람은 왜 이리도 텅 비어 있을까.
파도 소리는 왜 외롭다고 말할까.
아직 걸어야 할 길은 어디에 있을까.

그리고 오래 침묵으로서 있어볼 일이다.

저 해는 마지막 불을 태우며
서산에서 서성거리고 있구나.
저 붉은 마음도
시간이 지나면 검은 밤이 찾아오겠지.

서쪽 하늘에 불타는
해를 바라보며
아직 내가
누군가에게
약속할 일이 남아 있을까.

조금은 생각해볼 일이다.

-〈황혼의 바닷가〉 전문

이 시집은 이 한 편을 수록한 것만으로도 충만하다고 하겠다. 시인은 지금 '황혼의 바닷가'에 있다. 이 위치는 60년 넘게 살아온 시인의 지금 자리이다. 마지막 붉음을 태우는 황혼 무렵, 허전한 마음을 달래려고 바닷가를 서성인다. 그때 강하게 전해왔던 메시지는 "아직 내가/ 누군가에게/ 약속할 일이 남아 있을까?"이다. 열망했던 삶과 꿈, 사회 정의를 위해 몸을 던져 투쟁했던 용기, 가난한 사람을 향한 연민, 사회의 부조리를 향한 분노, 자신을 성찰하는 윤리적 태도 등 그것이 무엇이든 아직도 타자에게 어떤 영향을 줄 수 있는 실천과 언어가 남아 있겠느냐고 자문한다. 시인으로서 지식인으로서 운동가로서 열정이 아직도 자신에게 남아 있는가를 되돌아본다. 일말의 회의가 일어나기도 한다. 이를 단순히 패배니, 무력함이니 하는 해석은 기계적이다. 많은 것이 변했다. 용기와 자신감도 줄어들었다. 이를 은폐하지 않는 시인의 진솔한 태도가 공감을 키운다. 여기에 한탄이나 비애와 같은 날것의 감정이 절제되어 있어 시적 품격이 극대화한다.

정대호의 서정시에서 외로움과 부끄러움은 하나로 연결되어 있다. 둘다 자아 성찰에서 출발하여 자기 고백으로 이어진다. 일종의 고해성사와 같은 것이다. 그것은 보통의 수동적 정념을 넘어서서 인간 존재의 본질을 지향하며, 세상과 불화를 감수하면서까지 진실을 붙잡으려는 윤리적 태도이기도 하다. 그에게 있어 이런 태도는 단순히 시적 포즈로 끝나는 것이 아니라, 삶의 실천을 전제하는 가치이다.

3. 문학은 무엇을 할 수 있는가

　　정대호 시인은 필자의 경북대학교 국어국문학과 3년 후배이다. 필자가 그를 언제 처음 만나 알고 지냈는지를 정확하게 기억하지 못한다. 아마 1990년대에 들어와 그가 박사학위 논문을 쓸 무렵이었을 것이다. 3년 후배이지만 학부 때에는 만나지 못했다. 계열 모집으로 입학해 그가 국문학과 2학년에 들어왔을 때 필자는 대학원 과정에 있었다. 지금에 이르기까지 가깝게 지내지는 않았지만 동문으로서 혹은 문학 활동을 하는 동료 문인으로서 가끔 전화 통화도 하는 그런 관계로 지내왔다. 필자가 잡지 《사람의 문학》 편집위원으로 참가하면서 맺었던 인연이 그중 가장 가깝게 지냈던 시간이었다. 어쩌다 기회가 되어 이렇게 그의 6번째 시집에 발문을 쓰게 되었다. 그런데 수록 작품을 읽다가 아래 대목에 이르러 이 글을 끝까지 사양하지 못한 점을 크게 후회했다.

　　그날 12시 무렵 인문관 앞 솔숲 긴 의자에 앉아 있었다.
　　시계탑 쪽이 술렁거렸다.
　　최루탄 차가 후문에서 달려왔다.
　　학생들의 저항이 격렬했다.
　　보도블록이 깨어졌다.
　　최루탄 차가 돌에 맞았다.
　　학생들이 그 차를 뒤집어버렸다.
　　학생들이 후문으로 몰려갔다.
　　쇠로 된 후문이 잠겼다.

　　　　　　　　　　　　　　　　　－〈1978년 11월 7일〉에서

1978년 11월 7일은 대학 예비고사 시험이 있던 날이었다. 필자는 당시 야간 고등학교 교사로 근무한 관계로 이날 시험 감독관으로 참여했다. 감독을 마치고 평상시 자주 들렀던 캠퍼스 내에 있는 민가(우리 학과의 선후배 몇몇 학생이 기식하거나 하숙하던 집)를 찾아 그날 있었던 학생 데모에 관해 갑론을박하면서 이야기를 나누었다. 그러다가 학교가 봉쇄당하는 바람에 하숙집으로 가지 못하고 갇혀 버렸다. 예비고사 감독관 명찰을 경찰에게 보여주고 겨우 풀려날 수 있었다. 이 시를 읽는 순간 그때 나는 어떻게 그 시대를 살았으며 무슨 생각을 했는지가 어렴풋하게 떠올랐다. 순간 비겁함과 부끄러움이 스쳐 갔다. 40년 전의 젊은 20대의 '나'는 초라하기 그지없었다.

1980년대와 달리 1970년대 유신 시절, 학생운동에 참여하는 일은 거의 불가능에 가까웠다. 물리적 환경뿐만 아니라 교육된 이데올로기의 견고함은 민주주의의 가치에 대한 사유 자체조차 마비시켰다. 당시 우리의 문학 공부 마당에는 미적 자율성이 문학의 본질이라는 논리와 믿음이 전부였다. 정치와 사회 참여는 문학의 배반이었다. 신비평과 구조주의에 깊이 빠졌고, 김춘수의 무의미 시론은 우리에게 다가온 최첨단의 시론이었다. 문학적 진실은 삶의 실천과는 별개의 차원임을 교육받았다. 정치적 이슈가 온 사회를 점령했는데도 미동하지 않는 문학만을 감싸고 돌았다. 문학이 현실 문제를 해결하기 위해 무엇을 할 수 있느냐고 묻는 것조차 불경스러운 일로 여겼다. 칸트의 '무상성'이나 '무용함의 유용성'을 문학의 본질이라는 논리에서 벗어나는 데는 많은 시간이 걸렸다.

그런데 엇비슷한 시기에 문학에 입문한 정대호 시인의 문학관은 달랐다. 그가 걸어온 문학의 길은 필자와는 확연히 달랐다. 물론 그가 혁명가이거나 지사는 아니다. 문학을 정치와 동일시하거나 사회 투쟁의 도구로 생각하지도 않는다. 하지만 적어도 문학과 삶의 거리를 좁히려고 무던히 애써 온 시인임은 분명하다. 필자는 나 자신에게 없는 이러한 그의 태도를 가볍게 여기지 않았다. 이 글을 쓰는 지금도 마찬가지다.

> 자신을 드러내지 않고
> 무릎 꿇지 않고 사는 법이
> 겨울 인동잎과 그 줄기에 있다.
> 어디 있어도 눈에 띄지 않고
> 제멋대로 놓여도
> 어느 줄기에도 뿌리 내릴 줄 안다.
>
> —〈지상의 아름다운 소망 4〉에서[2]

정대호 시인은 시인임을 표 내지 않고, 현실적 실리를 위해 세상과 타협하거나 지신의 뜻을 쉽게 굽히지 않는 견인주의자堅忍主義者의 면모를 보여주었다. 그는 '겨울 인동잎' 같은 시인이다. 투박함 속에서 피어나는 아름다움, 대상을 직설하는 솔직함과 담백함, 표나지 않은 강단, 부드러운 자존심, 시적 태도의 일관성은 분명 시인 정대호의 개성이며 미덕이다.

2020년 봄, 세상은 온통 코로나와 총선으로 떠들썩했으나 필자의 일상은 이런 현실과 무관한 듯이 문학이란 공간에서 태연하게 이어졌다. 문학은 여전히 필자의 생활 중심에 있었다. 코로나19 사태는 곳곳에서 전쟁으로 비유되었으나 문학은 전쟁을 종식하고 평화를 회복하는 데 그

---

2) 정대호, 《마네킹도 옷을 갈아 입는다》(푸른사상, 2016), 22쪽.

어떤 도움도 줄 수 없었다. 현실에 휘둘리지 않으며, 그 대응도 후속하는 것이 문학과 예술의 원래 모습이라고 우겨나 볼까. 문학은 현실 문제를 뛰어넘어 이상 세계를 노래하는 것만으로도 충분한가. 문학의 무력함을 느끼는 것은 과민함 탓으로만 돌릴 수 있겠는가? 2020년 봄 석 달(2~4월) 동안 소설이나 영화에서 이야기되었던 일이 눈앞에서 현실로 벌어지는 것을 목격하면서 '문학이 무엇을 할 수 있는가'라는 한물간 물음이 떠나지 않았다.

무력함과 우울함을 온몸으로 느끼고 있는데 시집 뒷발치에 붙는 발문을 쓰지 않을 수 없는 상황에 이르고 말았다. 이제 삶의 족쇄가 되다시피 한 문학에 관해 지금까지 지녀온 관성적 태도를 하루아침에 어떻게 바꿀 수 있으랴. 살기 위해 밥알을 씹어 목구멍으로 꾸역꾸역 넘겨야 하는 구차함이 고상한 문학 이전에 실존이고 현실이 아니던가. 그렇더라도 문학을 공부하고 문학을 이야기해 왔던 사람이라면 '문학이 우리 삶을 위해 무엇을 할 수 있는가'라는 물음을 이 시점에서 한 번쯤은 던져야 하지 않겠는가. 문학이 삶의 밥그릇이 되었다면, 그 문학을 추상적이고 초월적 관념의 성곽에 가두기만 해서는 안 될 것이다.

그런데 정대호의 시는 필자의 이런 생각에 좋은 우군이 되어 주었다. 사실 그는 일찍부터 시를 미학적 공간보다는 삶과 역사적 현장과의 연관성에서 파악한 시인이었다. 그에게 시적 실천과 삶의 실천은 하나여야 한다는 신념이 늘 작동하고 있었다. 이 글은 정대호의 시인에 관한 이야기지만, 한편으로는 문학에 대한 필자의 관성적이고 안일한 태도를 점검하고 반성하는 장이기도 하다.

안동의 시인 안상학
— 안상학,《남아 있는 날들은 모두가 내일》

1. 안동이란 공간성

필자는 1985년부터 1992년까지 30대를 안동에서 보냈다. 그곳의 한 전문대학교에서 재직했다. 그 기간 특별한 교류 관계를 맺은 것은 아니지만, 자연스럽게 안동 지역 문인들의 면면을 알게 되었다. 내 강의 수강 학생을 통해 안상학의 이름을 처음 들었고, 그의 습작을 읽기도 했다. 그러다가 그가 어느 중앙 일간지 신춘문예에 당선되었다는 소식을 접했으나 그 이후로 더는 그의 시를 가까이할 기회를 얻지 못했다. 1992년에 나는 안동을 떠나 대구로 왔으며, 주력했던 문학공부나 평론활동도 시 장르가 아니었던 점이 그와 인연을 이어가지 못한 이유였던 것 같다. 그런데 이번에 우연히《사람의 문학》으로부터 안상학 시집에 관한 서평 집필을 제안받았을 때 주저하지 않고 수락했다. 거의 무의식적이었다. 아마 그가 안동 사람이기 때문이었으리라. 단지 안동 사람이라는 이유 하나만으로 시를 통해서나마 그를 만나고 싶었다. 나도 반은 안동 사람이다. 내가 태어나 자라난 고향이 안동에 인접한 의성이다. 안동이란 공간은 내가 지나온 세월 굽이마다 무정형으로 새겨져 있다. 고향 쪽으로 기억의 방향을 돌리기만 하면 '안동'은 아련한 그리움을 풀어놓는다.

안상학의 시를 읽다가 안동이란 공간성이 드러나는 시편을 만나면 필자의 잠재의식에 쌓인 추억과 감정이 고개를 쳐들고 요동친다. 시인의 의도나 관념 따위는 흔적 없이 지워지고 코끝을 찡하게 건드리는 슬픔과 그리움이 밀려든다. 이러한 시적 동화가 평론가의 입장에서는 누추하고 극히 주관적이지만, 이보다 더 소중하고 강렬한 시적 체험이 어디 있겠는가. 그래서 안상학의 시 중 대표작이라고 할 수 있는 〈아배 생각〉을 좋아한다. 이 시편은 시인 안상학을 가장 잘 말해주는 시가 아닌가 싶다.

> 뻔질나게 돌아다니며
> 외박을 밥 먹듯 하던 젊은 날
> 어쩌다 집에 가면
> 씻어도 씻어도 가시지 않는 아배 발고랑내 나는 밥상머리에 앉아
> 저녁을 먹는 중에도 아무렇지도 않다는 듯
> -니, 올은 외박하나?
> -아뇨, 올은 집에서 잘 건데요.
> -그케, 니가 집에서 자는 게 외박 아이라?
>
> 집을 자주 비우던 내가
> 어느 노을 좋은 저녁에 또 집을 나서자

퇴근길에 마주친 아배는
자전거를 한 발로 받쳐 선 채 짐짓 아무렇지도 않다는 듯
-야야, 어디 가노?
-예… 바람 좀 쐬려고요.
-왜, 집에는 바람이 안 불다?

그런 아베도 오래전에 집을 나서 저기 가신 뒤로는 감감무소식이다.

언어가 시의 전부가 아니지만, 작품에 배치된 언어는 그 시편의 성격을 결정하는 중요 요소다. 시적 언어의 특성은 랑그langue보다는 파롤 parole, 시니피에signifié보다는 시니피앙signifiant에 의해 구현될 가능성이 크다. 시어의 개성은 의미보다는 구체적 사용에서 드러나는 물질성의 산물이다. 말의 물질성으로서 그 고유한 육질은 소통의 효율성을 앞세우는 언어의 공식 문법이 아니라, 말을 운용하는 사람의 무의식과 같은 것이다. 언어적 무의식은 오랜 기간 가운데에서 형성된 정서적이고 심리적인 집합체이다. 한 개인의 정체성과 개성은 이러한 언어의 무의식적 특징을 통해 발현된다. 더욱이 특정 지역과 시대가 집단무의식과 같은 공감대를 형성하는 것은 습관화된 언어를 공유하기 때문일 것이다.

위의 시 〈아배 생각〉은 사투리 몇 개의 뜻만 알면 누구나 쉽게 해석할 수 있다. 하지만 깊은 공감의 단계에 이르려면, 시어의 미묘한 물질성을 포착하지 않고는 불가능하다. 머리로 이해하기에 앞서 몇몇 시어의 고유한 느낌을 체감해야 한다. 무엇보다도 위 시편의 핵심 시어인 '아배'라는 말의 굴곡을 직감하지 못하고는 이 시를 제대로 읽었다고 볼 수 없다. '아배'는 아버지의 경상도 방언이다. 경북 북부 지역에서 아버지를

'아배'로, 어머니를 '어매'로 호칭한다. 대면하여 직접 호칭할 때는 '아부지' 혹은 '어무이'를 쓰는데, 객관적으로 칭할 때는 '아배'와 '어매'를 사용한다. 그리고 '올은', '아이가', '그케', '야야', '불다' 등의 안동말은 방언사전을 찾아보면 그 뜻을 금방 알 수 있으나 이들 말에 삼투된 미세한 정조를 포획하려면 안동 방언으로서 이런 시어의 울림과 번짐을 고려해야 한다. 가령 "왜, 집에는 바람이 안 불다?"라는 시행에서 '불다'라는 말은 동사 '불다'의 기본형이 아니다. 동사 '불다'의 어간 '불'에 의문형 어미 '다'가 연결된 말이다. 의문형 어미 '다'의 사용은 안동말의 특이한 부분이다. 만약 여기에 의문부호가 붙지 않았다면, 많은 사람이 표기 오류로 판단했을 것이다. 이는 대화체에서 미묘한 어감을 자아내는 의문형이다. 안동 사람만이 쓸 수 있는 말이다. 안상학이 안동의 시인임을 새삼 확인할 수 있는 대목이다. 이처럼 그의 시는 안동이란 공간성, 그 공간에 내재하는 언어와 정서에 뿌리내리고 있다.

　모든 시인이 자기가 살았던 혹은 사는 지역 언어의 고유한 호흡을 반영하지는 않는다. 마찬가지로 토속어나 방언이 지역적 공간성을 항상 드러내는 것도 아니다. 중요한 것은 토속어가 시 전체의 의미나 분위기에 어떻게 기여하느냐의 문제다. 작품 〈아배 생각〉에 산재하는 토속어는 작품 전체의 구조에 녹아들어 시적 상승효과를 가져온다.

　무슨 뜻인가. 시의 내용을 요약해 보자. 이 시편은 집에 마음 붙이지 못하고 방황과 일탈의 날을 보내는 아들, 그런 아들을 바라보는 아버지의 대화다. 둘은 갈등과 이해의 이중적 태도를 보인다. 아들의 퉁명스러운 반응에 배인 아버지에 대한 반항, 아버지의 비꼬는 듯한 말투에 내재하는 아들에 대한 불만이 토속어를 통해 잘 표현되고 있다. 두 사람의 말투 속에는 금방 사건으로 터질 듯한 대립을 내장하나 한편으로는 상대를 이해하는 끈끈한 가족애도 녹아 있다. 안동을 포함한 경북 북부 지역은 대도시와 멀리 떨어져 전통적인 농경문화가 깊이 뿌리내려 있는 고장이다. 1960, 1970년대 우리나라가 산업사회로 전환하기 시작하면서 농촌에는 이농 현상이 봄날 산불처럼 퍼져나갔다. 초등학교를 졸업하고 수많은 청소년이 농촌을 떠나 도시로 향한다. 전통의 가족제도가 해체되기 시작된다. 이 시는 전통과 근대의 가치관이 대립하면서 문화적 변동이 요동치던 시대상을 간접적으로 반영한다. 이 시편이 이러한 문화적 흐름까지 담을 수 있었던 것도 토속어의 적절한 배치이다. 중요한 것은 가난한 현실에 맞서는 민초의 고통과 애환을 해학의 언어로 풀어낼 수 있는 넉넉함이다. 여기에 안동 사람의 기질이 스며 있다. 이는 하회탈춤의 정조와 크게 다르지 않다. 안동 사람의 특유한 기질과 정서가 토속적 시어를 통해 해학적으로 구현된 것이 위 시편이라고 할 수 있다.

이번 시집에서 안동이란 공간성을 가장 잘 드러내는 시편이 〈간고등어〉, 〈안동식혜〉, 〈헛제삿밥〉이다. 모두 시집 앞부분에 배치되어 있다. 지금은 안동 간고등어, 헛제삿밥, 안동식혜가 안동의 토속음식으로 유명해져 본래의 속성이 많이 희석되었으나 이들은 안동 지역의 생활 전통과 정서가 깊이 깃든 먹거리이다. 간고등어와 식혜가 내륙 산촌이나 농촌 지역민의 가난한 삶을 반영하고 있다면, 헛제삿밥은 가난 가운데에서도 나눔을 바탕에 두고 형성된 끈끈한 공동체 의식을 잘 말해 주는 음식이며 문화다. 물론 안동의 지역성을 드러내는 음식문화를 소재로 가져왔다는 점 그것만으로 안상학 시의 문학적 성과를 높이 평가할 수 있는 것은 아니다. 소재를 구체화하는 토속어, 그 먹거리에 내재하는 역사적 맥락과 정서적 결을 포착하는 시적 초점화 등이 서로 맞물려 있다는 점을 주목해야 한다. 가령 〈간고등어〉에서 고집과 순박한 흙냄새로 표상되는 전우익 선생의 인물상이 '여상시리' / '놀노리한' 등의 토속어를 통해 더욱더 특성화된다. 중앙 정치에서 소외된 선비들의 빈난한 살림살이와 고집스러움이 묘한 궁합을 이루어낸다. 〈안동식혜〉는 상실과 궁핍의 조건 가운데에서도 맏어매(큰어머니)가 만든 식혜라는 음식에 밴 향토적 정서를 이야기한다. 지금은 고급스러운 식자재를 사용하여 상품화하였으나 옛날에는 설 때 일상에서 쉽게 구할 수 있는 식자료 이것저것을 섞어 만들어 먹었던 서민의 전통음식이 안동식혜다. 이 식혜에는 여러 감각이 한자리에 어울려 하나를 이루어낸다. 살얼음이 낄 정도의 차가움, 보드라운 고춧가루가 엿물에 녹아 드러나는 빨간색, 고추와 생강이 어우러져 내는 입안을 얼얼하게 달구는 매운맛이 그것이다. 시편 〈안동식혜〉에서 '식혜'는 어미 잃은 조카에게 큰어머니가 어미 대신에 쏟는 사랑과 연민을 담은 음식으로 표상되고 있다. 맏어매의 따뜻한 정이 차갑고 매운 식혜의 물질성에 대비되어 뚜렷하게 부각된다. 전국 곳곳에 그 고장만의 식혜가 있다. 그런데 흔하디흔한 밥과 고춧가루와 무채를 섞어 만든 안동식혜는 안동 고유의 음식이다. 그 속에 스민 정서적 결을 시로 표현하기는 쉽지 않다. 그것을 안상학은 이루어냈다. 그래서 안상학은 안동의 시인이다. '제주 4·3사건' 관련 시편과 몽골 시편도 이 시집에서 큰 비중을 차지하지만, 시인 안상학을 잘 보여주는 시편은 안동의 전통음식을 소재로 취한 〈안동식혜〉, 〈간고등어〉, 〈헛제삿밥〉이다.

2. 악마의 발생학

"안상학은 돈오頓悟의 시인이다. 점수漸修가 부족하다. 고통을 먹이로 시를 생산화는 악마의 발생학을 여의고 이젠 정혜쌍수定慧雙修로 정진할 일이다.” 시집 《남아 있는 날들은 모두가 내일》의 표지 글에서 최원식 평론가가 한 말이다. 안상학의 시인으로서 내공이나 개성적 시학이 수준에 이르렀다는 평가가 전제되긴 했으나 시인에게 기대하는 바의 눈높이가 매우 높다. 안상학은 수도자가 아니라 시인이다. ‘돈오’와 ’점수’는 어느 하나를 발판으로 삼아 도달하는 완성의 단계가 아니다. ‘돈오’를 삶의 한복판으로 끌어온다면 수도자나 시인에게나 모두 초월적 완전체를 달성하는 것이라기보다는 거기에 가까이 다가가는 지난한 과정에 무게를 두는 것이 아니겠는가. 그 과정이 시의 길이라면, 시를 만들어 내는 일은 원천적으로 고통을 먹이로 삼을 수밖에 없다. 시는 인간 존재와 삶의 균열과 거기서 오는 아픔을 포착하는 것이기 때문이다. 시가 존재의 근원적 슬픔이나 삶의 아픔에 닿았을 때 독자의 마음을 움직인다. 독자와 교감을 키우고 호소력을 확보하는 길은 다양하다. 숭고하고 초월적인 정신세계, 이념과 이데올로기, 계몽과 윤리, 낭만과 아름다움 등 다양한 인식과 정서가 시의 품목이 되어 독자의 마음에 다가간다. 그렇지만 그것이 존재와 삶의 구체성으로 드러날 때 시적 공감은 배가될 수 있다.

안상학의 시는 삶에 대한 비극적 인식을 머금고 있다. 이런 인식은 시인의 이성적 사유를 통해 획득한 것이 아니라 삶의 구체적 경험에서 체득된 것이기에 더욱더 강하게 독자의 심정을 흔든다. 삶에 대한 그의 비극적 인식은 ‘바닥’, ‘생명선’, ‘고비’ 등의 시어를 통해 구체화한다. ‘바닥’은 수직의 가장 밑에 있는 끝점이다. 하강의 종착지고 끝이기도 하지만, 상승의 출발선이기도 하다. 바닥을 치고 다시 오를 수 있다면, 바닥은 비극의 나락이 아니라 희망의 출발선이다. 바닥을 치고 올라갈 수 있을 때 바닥은 발판이 되고 힘의 원천이 될 수 있다는 말이다. 시인은 바닥을 치고 단번에 비상하지는 못하더라도 안간힘을 쏟아 기어서라도 오를 수 있겠냐고 반문한다. 미덥지 못해 재차 마지막 희망이 자신에게 있는지를 자문해 본다. 하지만 "봄이 오고 있다는 말 같지 않은 말의 타이밍은 어느 페이지에 끼워 넣어야 적절할까요"라고 희망을 회의하면서 위로 올라가는 나팔꽃, 박주가리, 더덕 줄기와는 달리 자신은 역방향에 놓여 있음을 인식한다. 그 바닥은 "무덤보다도 더 깊은" 절망의 바닥이다.

'생명선'이란 무엇인가. 그것은 수명을 나타내는 손금이지만, 생존을 지탱하는 생활 조건이기도 하다. 생명선에 섰다는 것은 생존을 지탱하는 조건이 위태롭다는 인식을 전제하는 것이 아닌가. 아니면 생명의 길을 따라 살아온 날들을 되돌아보면서 지금 처한 상황을 짚어본다는 뜻이리라. 지난한 삶의 여정을 통해 지금 시인이 서 있는 생명선의 위치는 60 나이의 언저리이다. 60년의 생명선 위에 새겨진 것에는 절망과 눈물도 있었으나 햇살 바른 희망도 있었다. 문제는 앞으로 걸어가야 할 길이다. 앞으로 살아내야 할 생명선이 보인다면 지나온 눈물과 절망의 길이야 대수이겠냐만, 이쯤에서 "더 이상 어려지지 않는 길 앞에서 길을 잃"고 만다. 나아갈 길이 보이지 않고 걸어온 길을 되짚어 보아도 아득할 뿐이다. 진퇴양난, 절체절명의 벼랑에 서고 말았다. '바닥'이 하강하는 수직의 극점이라면, 화자가 생명선 위에 선 지점은 수평의 끝점이다.

안상학 시에서 '고비'는 중의적이다. 구체적 지명으로서 몽골의 고비사막을 뜻하면서, 시적 의미로는 매우 어려운 순간이나 국면을 말한다. 앞의 '바닥' 및 '생명선'은 같은 맥락이다. 시인은 실재하는 고비사막을 자기 삶이 처한 상황과 의미에 관한 시적 사유로 전환한다. 비유가 작동된다. '고비'는 흔히 "어려운 고비", "고비를 넘기다"로 사용된다. 넘기지 못하면 소멸하고 넘기면 재생하는 지점이 고비다. 그것은 생과 사, 좌절과 희망의 경계점이기도 하다.

> 지금 여기 없는 꿈이
> 지금 여기 있는 아픔을 어떻게 이길 수 있을까
> 몽골식 이별을 보면서
> 양고기칼국수를 먹으면서
> 지금 내가 살고 있는 나라에서
> 여태 만나 온 삶의 아픔과 그래도 살게끔 한 꿈의 거리를 생각한다
> 좀처럼 좁혀지지 않는 간격을 생각한다
>
> 　　　　　　　　　　　　　　　　　　－〈몽골 소년의 눈물〉에서

　꿈을 잃지 않으면 어떤 절망과 아픔도 이겨낼 수 있다는 계몽의 언어는 도처에 널려 있다. 교육의 장은 공식처럼 이를 되뇐다. 그런데 시인은 여기에 없는 꿈이 여기에 있는 아픔을 어떻게 이길 수 있느냐고 반문한다. 아파서 꿈이 사라졌는데, 꿈을 가지면 아픔을 이길 수 있다고 말하는 것은 왜 너는 아파서 꿈을 가지지 못하느냐고 힐난하는 것과 다르지 않다. 아픔은 아픔으로 직시할 일이다. 아픔과 절망이 바닥에 이르고, 생명선이 다하는 절벽의 끝점에 이르면, 고비를 넘기기 어려운 극한의 국면에 처하면 꿈과 희망이 들어설 자리가 없다. 지금 여기에 선 '나'(자아)가 너무 아프기 때문이다. 모든 살아 있음과 삶의 과정은 사소한 일상의 구체성으로 드러나는데, 대패로 밀어버린 듯이 어제와 내일로만 양분된 세계에서는 생명을 이어가기 어렵다. 희망과 꿈이 생명과 삶의 원동력이지만, 그것이 사막의 모래벌판에서는 스며들 틈이 없다. 지나온 날들을 모두 어제라고 부르고, 남은 날들을 모두 내일이라고 부른 곳, 그곳은 시인

이 처한 바닥이고 고비사막이다. 삶에 대한 시인의 비극적 인식은 꿈의 노래에 종교처럼 기대는 삶의 태도와 비교했을 때 훨씬 현실적이다. 희망 없는 비극적 현실을 직시하고 그 아픔을 고스란히 받아들이는 시인의 솔직함과 리얼리티가 안상학 시인의 매력이고 정체성이 아니겠는가.

안상학은 아픔과 외로움을 붉은 피처럼 토해낸다. 마음을 잃어버린 몸처럼 서러웠고, 몸을 잃어버린 사람처럼 외로웠다고 말한다. 세상 사람이 부르는 노래와는 달리 내 노래에는 누구도 귀 기울여 주지 않는다고 뱉는다. 세상을 향해 외롭다고 아프다고 외쳐보지만, 모두가 돌아앉아 누구도 나에게 관심을 보이지 않는다. 그래서 몸도 마음도 모두 잃어버린 사람처럼 살았다고 고백한다. 살아갈수록 사랑은 왜 자꾸만 비켜가는지 흐르는 강물에 물어보기도 한다. 문제는 자기 존재와 삶에 대한 비극적 인식을 드러내는 방식이다.

다음 두 편의 시를 읽어 본다.

① 끝내는 나도 누군가가 이 뒷박 같은 방에 슬어 놓은
무정의 알이라 생각해 보네 마침내는
아무렇지도 않게 사랑하고 새끼 치고 사그라지는
여느 반딧불이보다도 못하다 정작 생각해 보네

―〈독거〉에서

② 불볕 더운 날, 나는 상자桑柘 나무 가지에 앉아서 울고 있는 새를 생각한다. 가지를 박차고 날아오르면 그보다 더 빠른 속도로 그 가지가 튕겨 올라 새의 뒤통수를 냅다 후려갈긴다는 그 나무를 생각한다. 가지를 뜨지 못하는 새, 나도 그 어떤 가지를 그러쥔 채 울고 있는 것

일까. 뒤통수가 섬뜩한 날 자꾸만 비지땀이 흐른다.

─〈대서〉에서

삶에 대한 비극적 인식이라는 주제를 담고 있다는 점에서 둘은 같다. 반딧불이와 새는 시인이 투사된 대상이다. 하지만 이러한 주제를 말하는 방식과 태도는 확연히 다르다. 앞서 최원식이 시인에게 "고통을 먹이로 시를 생산화는 악마의 발생학을 여의"라는 충고는 아마 전자와 같은 고백 방식을 겨냥했던 것 같다. 안상학의 시가 이 정도에 머물렀다면 그의 시는 아직 설익은 수준이라고 말할 수밖에 없다. 그는 기교와 방법을 앞세우거나 시를 다듬지 않지만, 표현 방식이 시적 품격을 확보할 수 있다는 점을 체득하고 있다. ②를 보면 그의 시가 '악마의 발생학'에 그냥 머물고 있지 않음을 알 수 있다. ②는 안상학이 자기의 아픔과 비극에 골몰하는 듯한 자기 고백적 모드에서 벗어나 시적 긴장감과 완성도를 최고조로 끌어올리는 잠재력을 입증해 주고도 남는다. 비유가 정치하기 때문만은 아니다. 언어는 인식 자체가 아닌가. 초조한 감정의 직설적 배설이 전자를 지배한다면, 후자에서 인식은 절실하지만 감정에 실리지 않도록 자제하고 언어의 미묘한 조합과 논리성을 투입한다. 이것이 시작詩作의 기본이 아니던가. 가지에 앉아 있던 새가 공중으로 날아오르려면 자기 존재의 무게만큼의 저항을 감내해야 한다는 점, 그 저항을 줄여보려고 나뭇가지를 "그러쥔 채 울고 있"는 약한 존재임을 인식하는 것. 안상학 시가 여기까지 이르렀음을 목격하는 순간 그 섬뜩함이 독자에게도 전달될 것이다. 압권이다. 여기서 안상학의 시를 메시지로 읽거나 이념과 연결하려는 독법은 그의 시적 미학의 많은 부분을 놓치는 것이다.

현실의 비극적 조건과 한계상황에 굴복하여 자기 삶의 아픔과 절망을 하소연하는 것으로 그치고자 하는 시인은 아무도 없다. 그것이 시적 공간이라면 더욱더 탈출구를 찾아야 한다. 안상학인들 이를 몰랐겠는가. "마음의 방향을 내 안 깊은 곳으로 인도할 것"이라고, "절대 마음을 몸 밖으로 내보내서는 안 된다"고 말한다. 마음과 몸이 한통속일 때 가장 자유롭다는 것도 안다. 하지만 안상학은 특정한 철학이나 초월적 정신을 끌어와 거기에 기대어 도사가 된 양 태연한 척하지 않는다. 몸이 느끼는 슬픔과 아픔을 그대로 받아들이고 표현한다. 악마의 발생학은 시인의 생산 방법이기만 한 것이 아니라 모든 인간이 현실을 살아내는 보편적 방식임을 안상학의 시를 통해 공부한다.

3. '반복'의 시학

안상학의 시를 집중해서 읽기는 이번이 처음이다. 몇 편을 접했는데도 마치 오래된 것 같은 익숙함과 편함이 가독성을 더했다. 안동 방언을 기층어로 가진 시인과 독자의 만남이란 요인도 적잖게 작용했을 것으로 본다. 이것이 전부는 아니다. 형식이나 내용 중 어느 특정한 요소 때문이라고 단정하기에도 석연찮음이 있다. 여하튼 읽기가 편하다. 그 원인을 찾으려고 외형을 들여다보았다. 특별하게 눈에 들어오는 것이 없다. 안상학의 시에는 특별한 전형이나 패턴이라고 할 만한 것을 꼽기 어렵다는 뜻도 된다. 한마디로 여러 가지가 공존한다. 보통 이상의 긴 시도 보이고 반면에 짧은 시도 있다. 적절하게 행과 연을 구분하는 자유시의 전형적 형식을 취한 시도 있고, 산문시도 간혹 만날 수 있다. 안상학의 고유한 시학을 금방 찾기가 어렵다. 30년이 넘는 구력을 가진 시인의 시세계를 단번에 재단하는 것도 억지지만, 그만의 보편적 시학을 발견하지 못하는 것도 평론가로서 자존심 상하는 일이다. 그의 많은 시집 중 겨우 한 권을 읽고 그 시학을 규정하려는 것은 성급하기에 더 많은 관심과 분석을 거치고 난 다음으로 미루고 작은 실마리 하나만 제시하는 것으로 마무리하고자 한다.

많은 훈련을 거치지 않은 독자도 안상학의 시를 읽으면 반복의 수사가 두드러짐을 금방 발견한다. 반복은 서정시가 리듬을 살리기 위해 사용한 오래된 전통의 시작법이다. 이는 한 시인의 시적 특징을 규정하는 요소로서는 설득력을 발휘하기 어렵다. 그것도 안상학 시가 채택한 반복이 계획적인 설계를 통해 축조된 구조물이 아니라, 대부분 각운에 의존하고 있다. 동일하거나 유사한 문장 종지형의 반복이 주를 이룬다. 이런 반복은 운문의 속성을 구현하는 데는 특효가 있으나 기본적인 언어 표현에서는 금물이다. 언어의 낭비이고 의미 결집을 방해하기 때문이다. 반복의 수사가 의미 강조의 역할을 할 때도 있으나 그 반대일 경우도 많다. 어쨌든 메시지 전달보다는 정서적 호소력에서 효과를 얻는 것이 반복이다. 구체적인 텍스트 분석을 통한 일반화가 되어야 하겠지만, 대략 정리하면 시에서 반복의 결과는 두 가지다. 긴장감을 풀어지게 하는 경우, 의미와 감정을 한곳으로 서서히 조아 가는 경우가 그것이다. 안상학의 시에서 반복은 일단 후자처럼 긍정적으로 작동한다고 볼 수 있다. 그 조임이 부드럽고 완만하여 거부감보다는 익숙함과 편함으로 다가온다. 반복 시학은 일단 성공한 것 같다. 그 증거는 넘친다. 이렇게 생각하면서 한편으로 스쳐 가는 생각 하나가 있다. '내방가사'의 미학이 그것이다. 전혀 무관할 수도 있으나 그 연관성에 대한 호기심을 왠지 지울 수 없다.

내성적 서정성과 고백의 형식
― 권진희,《어떤 그리움은 만년을 넘기지》

1. 어머니의 빈 집

　권진희 시집《어떤 그리움은 만 년을 넘기지》(천년의 시작, 2021)의 중심
에는 '어머니'라는 심상이 자리 잡고 있다. 그 어머니는 시인 개인의 어머
니이면서, 이 시대의 보편적 '어머니'일 수도 있다. 이 시집에서 어머니는
자식을 낳고 기른 현실적 생활인이면서, 그리움과 슬픔을 가슴에 안고
험로를 걸어가는 인간 실존을 상징한다. 또한, 희생과 사랑이란 인간의
근원적인 모성애를 표상하기도 한다. 시집 전편에서 어머니의 시적 의미
는 다양하게 변주하지만, 흔히 '어머니 희생 서사'에 토대를 둔 사모곡의
색조도 없지 않다. 그런데 '어머니'가 특별한 철학적 의미로 확장되기보
다는 익숙한 사모곡의 음조로 다가오는 부분에서 시적 감응이 훨씬 더
크다. 초월적 관념으로 덧씌워진 어머니가 아니라, 소박한 이미지와 의

미를 간직한 존재로 구현되고 있어 읽기가 편하다. 어머니는 그냥 어머니다. 자식을 걱정하고 사랑하는, 자식을 위해 자신을 기꺼이 희생하는 전통적인 어머니 이야기는 해도 해도 고갈되지 않는 영원한 레퍼토리이다. 자본을 향한 욕망이 인간 본성마저 소거해 버린 현대 사회에서 어머니 주위를 맴도는 따뜻한 언어는 누구에게나 위안을 주는 제일의 품목이 아니겠는가. 어쩌면 현대시는 대중적이고 통속적이라는 선입견을 앞세워 사모곡을 가볍게 여겨왔는지도 모른다. 이 시집을 읽으면서 시인의 책무는 부재하는 문학의 신을 모시는 것이 아니라, 인간의 가깝고 근원적인 감성을 길어 올리는 것임을 새삼 확인한다. 낯선 언어와 감각을 내밀며, 그것이 마치 시의 본령이고 가능성이라고 강변하는 허영 때문에 시에 다가갈 독자의 기회가 얼마나 좁아졌는지를 잘 알기 때문이다.

권진희 시인은 1938년생인 자기 어머니의 연보를 이렇게 작성한다.

새들은
바람이 가장 세게 부는 날
집을 짓는다고 한다
그래서 새의 집은 튼튼하다고

삼팔 년생 그녀가 새들과 다른 점은
늘 세찬 바람만 불어와
그녀에게는 고를 수 있는 날이 없었다는 것

(중략)

차도 운전면허도 없어 버스와 지하철만 타고
컴퓨터도 할 줄 몰라 인터넷 한 번 해 보지 못하고
그 흔한 스마트폰 만질 줄 몰라
이따금 걸려 오는 자식 놈 전화만 기다리며
폴더폰에서 눈 뗄 줄 모르는

바람 속의 그녀
변변한 집 한 채 짓지 못하고
바람처럼 하얗게 사위어서
바람같이 훌쩍 떠날 준비를 하는
그녀

-〈그녀의 연보〉에서

어머니의 한평생을 연보 형식으로 정리한 시편의 처음 2연과 마지막 2연이다. 시적 대상인 어머니 삶의 험로가 잘 드러나는 부분이다. '중략' 부분에서는 한국 현대사의 중요한 정치 사건(1945년 해방, 1950년 한국전쟁, 1960년 4·19혁명, 1980년 광주민주화운동 등)과 어머니의 나이를 연결하여 연보를 구성한다. "1948년(11세)/ 4학년 때 새로 배운 단어:/ 분단分斷 [명사] 동강이 나게 끊어 가름"처럼, 어머니가 '새로 배운 단어'에 관해 사전식 뜻풀이로 이어간다. 시작품에 제시된 정치적 사건은 화자 어머니의 삶과 직접적으로 연관성을 지니는 것은 아니다. 의도는 그 삶의 여정을 현대 사회의 정치적 흐름과 병치함으로써 어머니가 얼마나 파란만장한 세월을 살아왔는지를 말하기 위함이다. 새는 튼튼한 집을 위해 바람이 강하게 부는 날에 집을 짓지만, 어머니가 살아온 날은 하루도 바람 잘 날이 없어

'바람이 불고 불지 않고'를 선택할 수 없는 처지였다. 그래서 어머니는 평생 제대로 된 자기 집 한 채도 짓지 못했다.

이는 사회 역사적인 의미를 부가할 수도 있는 대목이다. 시인의 어머니처럼 20세기 한국 현대 사회를 살아온 어머니들은 자식을 키우고 교육하느라 허리가 휘도록 일만 했다. 억척같이 살아온 어머니(아버지) 세대의 노동과 희생의 대가로 사회 전체(국가)는 경제적 풍요를 얻었다. 반면에 그 주역은 정작 자기 집 한 채 변변하게 마련치 못하고 바람 따라 세상을 떠나야 할 힘없는 고령의 노인이 되어 죽음 앞에 섰다. 이들이 고생한 대가로 누릴 수 있는 것은 무엇인가. 새로운 세기가 시작되면서 디지털 문화가 급속도로 생활 속에 파고들어 일상은 크게 변화한다. 하지만 노인이 된 이들에게 디지털 문명의 이기는 우호적이지 못하다. 디지털 정보사회는 노인을 소외시키고, 이 시대의 문화는 노인을 푸대접하며 혐오의 대상으로까지 몰고 간다. 굴곡의 삶을 살아온 이들에게 세월이 안겨준 것은 아무것도 없다. 위대한 희생이란 찬사도, 효도라는 전통적 미덕도 점점 사그라지고 있다. 남은 것은 바람 따라 쓸쓸히 퇴장하는 일밖에 없다. 이 땅의 많은 어머니는 이처럼 바람 부는 날을 살아왔다. 시인이 의도했든 의도하지 않았든 간에 시편 〈그녀의 연보〉는 이러한 사회학적 의미로 읽힐 여지를 남긴다. 물론 시인은 어머니의 삶을 현대 정치사와 조급하게 연결하려는 태도를 보이지는 않지만 말이다.

이 시집에서 화자의 시선은 어머니의 외로움에 초점이 맞추어진다. 그것은 화자의 그리움, 죄책감 등이 혼합된 정서로 구현된다. 작품 〈먼집〉에서 어머니의 집은 '그림자의 집, 빈집, 닫힌 집, 일 년에 한두 번 불이 켜지는 집'이다. 이러한 어머니의 집을 시적 화자는 '기다림의 집'이라고도 한다. 그런데 이 기다림조차도 늦었다고 말한다. 1970년대 이후 우리 사회가 산업사회로 접어들면서 농어촌 젊은이들은 대거 대도시로 몰려든다. 이농은 가속화되어 21세기에 들어오면 농촌에는 노인들만 남는다. 그들에게 농촌은 자식을 낳고 키워온 삶의 본거지고 전부였다. 그곳을 떠날 수 없다. 대체로 아버지가 먼저 세상을 떠나고 오래된 집은 늙은 어머니 혼자 기거하는 폐허에 가까운 거처가 되고 만다. 자식에게 짐이 되지 않기 위해 육신의 병듦까지 감내하며 고향을 떠나지 않는다. 경제적 형편이 넉넉한 도시의 자식이 모시겠다고 해도, 대부분의 어머니는 마다하고 농촌에 눌러앉는다. 자식에 짐이 되지 않기 위함도 있지만, 낯선 도시 문명과 핵가족 문화에서 유발되는 소외감보다는 오히려 혼자 사는 것이 마음 편하다고 생각했으리라. 그들은 불 꺼진 집에서 멀리 떨어져 있는 자식 생각에 그리움만 키우며 죽음을 기다린다. 자식은 이러한 여건에 적응하다 보면 자연스럽게 어머니와 멀어지고 만다. '무슨 날'에만 겨우 얼굴을 내미는 자식이지만, 자식이 찾아오면 그 순간 어머니의 반가움은 이루 말할 수 없다. 어머니는 이 반가움을 그리움으로 보관해 두었다가 야금야금 소비한다. 따라서 자식인 화자에게 어머니의 집은 '먼 집'일 수밖에 없다.

'먼 집'으로 표상되는 어머니, 이를 바라보는 화자의 중심 정서는 그리움이고 슬픔이다. 이 시집에서 또 하나의 축을 이루는 '삶과 죽음'에 관한 시적 집중도 '죽음에 가까이 있는 어머니'에서 촉발된 것으로 보인다. 시인은 자신의 개인적 어머니의 삶과 죽음을 통해 인간 존재의 근원적인 슬픔에 다가간다.

2. 존재와 죽음, 그리고 그리움

늙은 어머니의 삶을 바라보는 시인의 시선이 죽음으로 연결되는 것은 어쩌면 당연한 수순이다. 어머니의 생애를 그리움과 슬픔으로 바라보았던 시인의 시선은 존재와 죽음이란 보편적 문제로 이동한다. 어느새 시인은 삶에 내재하는 죽음을 본다. 그 죽음이 인간의 근원적 조건임을 깨달은 것이다. 그렇다. 죽음은 삶과 존재 안에 들어와 있다. 이 세상에 태어나 존재함은 죽음을 설정하고 시작하니까 말이다.

매미가 울음 우는 사흘은
땅 밑 캄캄한 십 년을 완성하는 시간이다
제 몸 찢어 낸 푸르름 모두 버리고서야
나무는 한 해를 완성한다 신생을 위하여
몸을 틔운 그 자리까지
길고 고단한 삶의 물길을 거슬러 연어는 오른다

울음은 땅 밑까지 내려가서
빛나는 어둠을 곰삭혀 한여름 열고
무성한 잎들 모두 거두어들여
적시고도 남을 새 그늘을 마당 가득 펼쳐 놓는다

필생의 물살 거슬러 오르며
그 많은 울음 하나하나 떨궈 내
마침내 생의 첫 자리로 돌아가는

그들이 안간힘으로 펼쳐 보이는 몸은

소리와 크기가 다를 뿐

완성을 향한 투신이 어떠해야 하는가를

그들은 오래전부터 알고 있는 것이다.

-〈완성의 시간〉 전문

매미는 한여름 3일을 울기 위해 캄캄한 땅 밑에서 유충으로 10년을 보낸다. 나무는 겨울을 견디고 내일의 신생을 위해 자기 몸을 찢어 만들어낸 잎을 다 떨구어냄으로써 자신을 완성한다. 연어는 바다에서 살다가 고투하면서 강을 거슬러 자기가 태어난 생의 첫 자리에 이르러 알을 낳고 생을 마감한다. 자기 몸을 기꺼이 던지는 이들의 삶은 각자 모습이 다를 뿐 죽음으로써 그 완성을 이룬다. 어둡고 힘든 시간을 거쳐야 마침내 삶이란 화려한 꽃을 피울 수 있고, 내일의 새로운 탄생을 위해서는 지금의 자기 몸을 던진다는 것은 삶과 죽음, 존재와 무無가 하나임을 말해 준다. 삶은 죽음을 안고 시작하고, 죽음은 삶에 내재한다는 것이다. 삶의 원천인 생명은 죽음에서 태어나며, 모든 존재는 죽음을 마주하고 살아간다. 존재의 조건은 무이고, 무를 통해서 존재 의미를 깨달을 수 있기에 둘은 분리되어 있지 않고 하나이다. 삶이 완성되는 것도 죽음에 의해서다. 이 둘이 분리되지 않고 하나였을 때는 행복한 '꽃길'이 열린다. 지렁이가 "땅 밑 단단한 어둠 몸으로 밀어서"(〈지렁이 가는 길이 꽃길이다〉) 길을 만드는 것과 같이 "생의 길은 늘/ 단단 캄캄하"였으나 그 고통을 안고 어둠을 뚫고 나아가는 길은 삶의 꽃길이다. 고난의 길을 가는 것은 존재의 소멸, 즉 무에 맞서 자신을 재창조하는 일과 다르지 않다는 뜻이다.

진간장 냄새

들기름에 전 굽는 냄새

늙은 집으로 모여든

늦가을 자식들 냄새

그들에게서 나는 진초록 살냄새를 부둥켜안는

기다리고 또 기다리는

곰삭아진 할매 냄새

먼저 간 사람 불러다 앉힐 자리

머지 않아 그 곁에 자신도 앉아서 받을

모서리 닳은 묵은 제사상

위에 가득 쌓여 가는

등 굽은 한세상의 냄새

─〈그리운 살냄새〉 전문

　비어 있던, 문이 닫힌, 불 꺼진, 멀리 있던 어머니의 집에 문이 열리고 불이 켜지고 사람이 모인다. 소멸해 가던 존재에 새로운 삶의 활력이 넘친다. 조상의 제삿날이다. 타지 곳곳에 흩어져 사는 지식이 모처럼 고향 어머니의 '늙은 집'에 모인다. 죽은 자가 산 자를 모은 것이다. 아니, 산 자가 죽을 자를 만나기 위한 모임이기도 하다. 죽은 자와 산 자가 한자리에서 만났다. 죽음을 마주하며 빈집을 혼자 지키던 늙은 어머니는 '진초록 살냄새'가 나는 지식을 안으며 반갑게 맞이한다. 존재의 등불이 환하게 켜지는 행복의 순간이다. 늙은 어머니는 머잖아 자신도 그 자리에 앉을 묵은 제사상에 산 자로서 제물을 허리 굽혀 차리고 있다. '진간장 냄새'는 죽음의 냄새이면서 동시에 삶의 냄새다. 제사가 끝나면 모였던 사람도 하나둘 뿔뿔이 흩어지고, 사람들로 들썩거렸던 어머니의 집은 다시 사람 없는 빈집이 되고, 대문이 닫히고 불이 꺼지리라. 가까웠던 자식도 어머니에게서 멀어지고, 죽은 자의 자리를 마련했던 어머니도 머잖아 죽은 자로 초청될 것이다. 그런 어머니를 바라보았던 자식으로서 화자, 또한 그 길을 따라가리라. 이처럼 이 시에서 삶과 죽음, 어둠과 빛, 존재와 무, 닫힘과 열림은 공존한다. 죽은 자를 만나려 산 자가 모였듯이 삶의 현장에는 속속들이 죽음이 작동한다. 삶은 죽음이란 근원적 조건에서 추동력을 얻는다는 메시지가 아니겠는가.

죽음은 삶의 타자가 아니라 동반자이므로 그것을 피하지 말고 직시하라는 말을 자주 듣는다. 현실에서 그대로 실행하며 살기란 불가능하다. 존재와 무, 삶과 죽음, 어둠과 밝음을 하나로 간주하고 살아가는 사람은 드물다. 철학자가 그렇게 설파하고, 시인이 그렇게 노래했을 뿐이다. 인간의 삶은 어떤 정신적 실체를 따라가는 것이 아니라 구체적이고 다양한 체험이 우연으로 연속되는 과정이다. 그러기에 삶의 과정에서 죽음은 밖에서 불쑥불쑥 나타나 불안과 공포를 건넨다. 어둠을 삶의 한 부분으로 인정하고 긍정적으로 수용하기는 어렵다. 삶을 위협하는 불행과 폭력에서 벗어나고자 함이 모든 사람의 평균적인 염원이다. 그래서 죽음을 나의 개인적인 일이 아닌, 보편적이고 추상적인 것으로 이해하려 한다. 가능하면 죽음을 피하고 그것에 저항하려 한다. 이처럼 인간은 나약하다. 아무리 철학이 죽음을 삶의 한 부분이라고 강변하더라도 즉자적 존재로서 인간은 죽음이란 숙명적 한계와 결핍 앞에서 쉽게 무너지고 만다. 이처럼 실존적 한계에서 생성하는 것이 슬픔이고 그리움이다. 이런 감정을 인간의 생명 활동을 조정하는 심리적 메커니즘, 혹은 "생명의 향상성을 유지하고 질적 상태를 개선하거나 최적화하기 위한 동력을 제공하는 내적 경향의 물리적 · 정신적 발현"³)으로만 이해할 수 없다. 그리움과 슬픔이 단지 생물학적 생명 활동의 하나에 지나지 않는다면, 그것은 순간적인 것으로 그치고 만다. 그러나 그리움은 '만 년을 넘기는' 것은 그것이 인간 본래의 존재론적 한계와 결핍에 바탕을 두기 때문이다.

> 1만 년도 더 되었다는 발자국 작은 이들을 만나면 물어볼 거야. 어떤 그리움이었길래 만 년을 훌쩍 넘겨 지금도 가고 있냐고. 만 년이 가도 변치 않을 눈길로 너희들을 바라보면 서 나는 형제섬 쪽으로 흘러갈래. 이렇게 나란히 서 있기로 한 것 아니었냐고, 끝까지 같이 서 있지도 못할 거면서 한배(腹)에는 왜 태어났느냐고 일찍도 등 돌려 버린 이의 등짝 철썩철썩 후려치면서
>
> —〈어떤 그리움은 만 년을 넘기지〉에서

이 시집 표제작의 한 연이다. 유언 형식을 취하고 있다. '나'는 화자일 수도 있고, 화자의 어머니일 수도 있다. "나 죽거든 제주도 사계 바다에 뿌려 줬으면 해"로 시작한다. 그곳은 형제섬이 보이는 곳이다. 왜 그곳인가? 그리움이 "만 년을 훌쩍 넘겨 지금도 가고 있"는 이유를 그곳에 새겨진 발자국의 주인인 키 작은 사람에게 물어보기 위해서다. 그리움은 내가 좋아하고 곁에 두고 싶은 것의 부재에서 오는 감정이다. 그것은 이별이고 존재의 균열이다. 순간으로 끝나지 않고 만 년을 넘어 이어지는 그리움이란 인간 존재의 근원적 형질이라는 뜻이다. 해소될 수 없는, 안고 살아가야 할, 결핍과 균열에서 오는 그 그리움이 존재와 삶의 원천임을 확인시켜 준다.

---

3) 오홍명,《감정의 형이상학》(책세상, 2019), 88쪽.

3. 내성적 서정에 대한 반성

권진희 시는 내성적 서정시의 기조를 유지한다. 67년생인 그는 96년
에 등단한다. 30대에 접어들면서 시인의 길을 걷는다. 그의 시적 경험치
는 거대담론이 정점을 이루었던 1980년대였으나 그가 시를 쓰기 시작했
던 90년대 한국 시단의 분위기와 흐름은 80년대와는 사뭇 달랐다. 사회
정치적 이데올로기 자리가 '자아'로 대체하면서 서정시로의 귀환이 자연
스럽게 이루어졌다. 이때의 시는 소위 '신서정'으로 명명되기도 한다. '신'
은 '구'와 대립하면서 가능성을 얻는다. 정치적 이데올로기와 사회학적
상상력이 구시대의 이념으로 치부되는 지점이 새로운 서정시의 출발점
이었다. 주지하다시피 서정시의 메커니즘은 '세계의 자아화'다. 자아와
타자의 동일화 내지는 투사가 그 주요 방식인지라 자연스럽게 투쟁보다
는 화해를 지향한다. 현대시의 전통적 서정성에 익숙한 독자도 서정의
귀환을 환영했다. 시인 자신도 80년대를 계승하거나 되돌아가기보다는
90년대 분위기에 편승하는 쪽이 훨씬 편한 선택지였다. 무엇보다 매력적
인 부분은 자아가 서식할 시적 공간이 넓어졌다는 점이었으리라.

어디에 있을까 나의 시는
길거리와 광장에서 여문 시를 꿈꾼 날 있었으나

밥벌이의 힘겨움 속에서 아우성치며
남편이, 아빠가 되기에도 숨 가빴네

나의 지면紙面은 교실과 집

거기에 하루하루 꾹꾹 눌러 가며 서툰 생활이라는 시를 나는 써 왔네

한 뼘일지라도 사람에 가까운 쪽으로 다가서려 애쓰며
한 걸음이라도 사람의 냄새가 나는 길로 향했을 뿐

거리에는 여전히 흙바람 몰려다니지만
이제 나의 시에는 그 어떤 테제these도 주의主義도 남아 있지 않네

그 자리에서 자라난 것은
끝이 보이지 않는 바다 같은 그리움과 밤하늘 같은 고독

얼마나 더 출렁여야 네게 갈 수 있을지
얼마나 더 별들을 세야 네가 있는 곳에 가닿을지

시여
내 디딘 길에 피어 있던 꽃이여

네게 가는 길 어디쯤에
나는 서 있네

-〈네가 가는 길 어디쯤에 나는 서 있네〉 전문

시를 쓰는 일도 선택 행위다. 시인은 어느 길을 갈 것인가, 어떤 방법을 적용할 것인가, 무엇을 말할 것인가 등 다양한 층위의 선택지를 앞에 두고 고민한다. 선택은 정치적 판단과 다르지 않다. 시 창작의 마당은 시

적 재능의 놀이터도 아니고, 감정의 자유로운 물길도 아니다. 시는 만들어 가는 것이기에 정치적 선택은 피할 수 없다. 이 선택 앞에서 시인이 자기 시를 지키려고 하는 것은 자연스러운 일이 아니겠는가. 이때 발동되는 시인의 자의식은 자기성찰 혹은 고백의 형식을 취하는 것이 일반적이다. 때로는 자책의 성향을 드러내기도 한다.

위의 시도 이러한 범주 안에 들어온다. 시인은 한때 "길거리와 광장에서 여문 시"를 꿈꾼 적도 있다. 지금은 어떠한가. "거리에는 여전히 흙바람 몰려다니지만" 시인은 이런 세계에 대해 실천은 차치하고도 어떤 이념조차도 품지 못하고 있다. 생활인이기에 어쩔 수 없다는 말, 그래도 사람 가까이 다가가고 사람 냄새 나는 시를 쓰려고 애를 썼다는 것, 이념의 자리에 그리움과 고독을 키워왔다는 점을 고백의 형식으로 말한다. 한편으로는 변명과 자기 위로로 읽힐 수 있고, 다른 한편으로는 자기반성과 자책으로 들리기도 한다. 그런데 이러한 자기 고백은 위험 부담을 감수해야 한다. 많은 고백이 제도적이고 형식적이라는 점, 그래서 고백의 진실성은 늘 의심된다는 점, 독자에게까지 전달되지 못하고 자아의 위로에 머물고 만다는 점 등이 그것이다. 그 숱한 반성과 고백이 허공의 메아리로 흩어지고 말았다는 것을 자주 목격했기 때문이다. 이를 시인도 모르는 바 아니지만, 자기 시를 향한 열망이 아직 건재하기에 금방 탄로 날 수 있는 고백을 멈추지 못한다. 시에서 "얼마나 더 출렁여야 네게 갈 수 있을지/ 얼마나 더 별들을 세야 네가 있는 곳에 가닿을지"에서와 같이 자기 시의 진정성을 지키기 위해 앞으로도 계속 고민하고 방황해야 한다는 것을 알면서도 고백의 말을 멈출 수 없다. 시인에게 시는 "내 디딘 길에 피어 있던 꽃"이기 때문이다.

그래도,
다행이다
문학이란 이 두 음절에
아직도 온몸이 설레는 이 시간이

그리고 나는 알고 있다
그이들처럼 가슴 떨리는 시는 잘 쓰지 못했지만
그래도 그이들처럼 열심히는 살아왔기에
나는 문학한다고
문학하며 살다 가고 싶어 한다는 걸

문학,

내게서는 딱 여기까지다
나머지는 전부
덜 배운 잠꼬대일 뿐

― 〈문학을 한다〉에서

　　권진희의 시적 발성은 대체로 시인의 내부에 머문다. 내성적 서정이 주축을 이루고 있다는 말이다. 자아 밖의 사회를 향해 날을 세우는 작법을 선호하지 않는다. 미학적 효과를 극대화하기 위한 의도적 장치에도 크게 관심을 두지 않는다. 철학적 명제로 존재와 삶을 해석하려는 야심 찬 기획도 시도하지 않는다. 새로움의 욕망을 부추기는 상업적 의도도 눈에 띄지 않는다. 그의 말대로 '인간 냄새' 나는 이야기에 빠져 있는

지도 모른다. 그 흔한 그리움과 슬픔이란 정념에 매달리는 태도가 답답하게 느껴질 때도 있다. 내부로 젖어 드는 자기성찰의 목소리가 자주 들려 그 진실성이 의심받을 때도 있다. 시인 자신도 이러한 서정적 고백 형식이 미학적 효과를 산출하기 어려우며, 자신의 입지를 좁히거나 궁지로 몰고 갈 수 있음을 모르는 바 아니었을 것이다. 그런데도 그 자리에 머무는 까닭은 무엇인가? 그 자리가 자기 시의 터전이고 자기만의 형식임을 잘 알고 있기 때문이리라. 다시 말해, 그 이상의 욕심은 자기 몫이 아님도 잘 알고 있다. 하지만 그에게도 버팀목이 있다. 문학에 대한 온몸의 설렘과 문학하며 살다 가겠다는 소박한 꿈이 여전히 건재한다는 점이다. 확실한 버팀목이 있기에 서둘지 않는다. 여기서 울려 나오는 차분한 저음이 그의 시가 지닌 매력이 아닐까 싶다. 이것이 전통 회귀라 해도 크게 흠될 것이 없다. 이 점이 그의 시에 신뢰를 보내는 이유이기 때문이다.

제4부

소설·동화

현대인의 굴절된 초상
—김경원,《생크 아 세트》

1.

    소설가 김경원은 1998년에 등단했다. 그간 장편소설《메일 쓰는 여자》와《와인이 있는 침대》등을 출간한 바 있으나 창작집은 이번이 처음이다. 등단 후 지나간 시간이 그리 짧지 않다고 본다면 다작의 소설가는 아닌 성싶다. 물론 다작이 작가의 부지런함을 평가하는 척도는 될 수 있을지언정, 그것이 작품의 질적 평가로 직결되는 것은 아니다. 하지만 작가로서 왕성한 창작 활동이나 부지런함은 작품의 질적 수준과는 무관하게 종종 한 작가의 미덕으로 받아들여지기도 한다. 여기서 소설가 김경원을 과작의 작가라고 문제 삼거나 과작의 원인을 밝혀 변명하려는 것은 아니다. 다작과 과작의 기준이라는 것이 주관적인 심정에 지나지 않는다면, 거론하는 것조차 무의미할는지 모른다. 다만, 이 대목에서 김경원의 창작 태도를 엿볼 수 있는 단서를 마련해 보고자 할 따름이다.

이런 소재로 이만큼 쓸 수 있게 된 것도 근래 들어서의 문학의 진전, 사회의 성숙과 관련되겠는데, 시종일관 과장이나 흥분 없이 생활을 문학으로 짚어가고 있었다. 위태로움이 넘쳐 공연히 쥐어짜는 문학이 횡행하는 이 시대에 안정감은 오히려 희귀한 덕목임을 확인하는 순간이었다. '초初'라는 글자가 초심, 초발심에 연결된다고도 나는 읽었다.

《문학의 문학》(2008, 여름호) 제1회 신인상 당선작, 김경원의 중편 〈적도의 방〉에 대한 심사평이다. 심사위원은 소설가 김주영과 윤후명이었다. 심사평이 대개 '찬사'의 언사로 흐르기 마련이지만, 여기서 눈여겨볼 대목이 있다. 바로 '안정감'이라는 평가가 그것이다. 오늘날의 소설 문단에는 서사의 흐름이 위태롭고 과장된 사고와 기교로 덧칠한 작품이 넘쳐나고 있다. 작품 생산에서 다른 어떤 장르보다 자본에 더 밀착된 것이 소설의 현주소가 아닌가. 자본의 타락과 횡포를 경계하고 비판하는 데 앞장서야 할 장르인데도 오히려 그것에 더 밀착되어 예속적인 측면을 드러낸다는 점에서 소설의 진정성에 의심을 품지 않을 수 없다. 오늘날 소설 생산의 메커니즘은 "시종일관 과장이나 흥분 없이 생활을 문학으로 짚어가"는 것과는 거리가 멀다. 대중의 시선과 관심을 받으려면 흥분하지 않고는 불가능하다. 작품이 그러든지 소설가가 직접 나서든지 간에 창작은 깜짝 놀랄 만한 이벤트나 퍼포먼스가 되어야 한다. 생활을 문학에 담아내는 데 안정감을 보여주는 것은 위의 심사평에서도 언급한 것처럼 '희귀한 덕목'일 것이다.

사실 김경원의 소설이 이 시대의 삶을 문학으로 담아내는 데 안정감을 보이고 초발심을 잃지 않는다는 점을 구체적으로 입증하기란 쉽지 않다. 그의 창작 태도가 자본의 논리에 휩쓸리는 대개의 창작 방향과는 차별성을 보인다고 자신 있게 단언하기도 어렵다. 근거를 제시하더라도 다른 소설가와 비교하여 그 우위를 판단하기란 불가능한 일이다. 한 작가에 대한 창작방법이나 태도에 대한 이러한 판단은 주관적인 인상비평에 의존할 수밖에 없다. 그렇다고 이러한 평가가 사실무근이며 주례사처럼 의례적인 것으로 치부해서도 안 된다.

김경원이 소설이란 형식에 새긴 현대인의 삶과 생활 면모를 면밀히 살펴보면, 이러한 평가가 어디서 출발하는지 짐작할 수 있다. 그는 소위 지가를 올릴 정도로 잘나가는 인기 소설가는 아니다. 많은 소설가가 그렇겠지만, 김경원은 재봉틀로 옷을 짓는다기보다는 손바느질로 한 땀 한 땀 작품을 완성해나간다. 비록 대량 생산을 통해 인기 작가로 이름을 날리거나 자본의 수혜를 누리지는 못하지만, 자기가 만든 옷이 다른 누구도 만들 수 없는 자기만의 고유한 것이라는 데 대한 자부심을 가진 작가다. 그의 과작에 대한 밑그림은 이런 것이 아닌가 싶다.

2.

포스트모던의 관점에서 보면, 근대를 지탱해 왔던 주체는 해체와 비판의 대상이다. 그래서 주체를 해체하는 데 요구되는 다양한 논리를 끊임없이 발견하고, 주체를 무력화하는 데 매우 선언적 수식어를 동원하곤 했다. '작가의 죽음'은 문학에서 발견되는 포스트모던의 상징적 선언일 것이다. 작가가 죽은 뒤 빈 괄호 안에 들어갈 수 있는 것은 과연 무엇일까. 텍스트의 상호연관성을 외칠 수도 있고, 독자의 역할을 확대 인식할 수도 있다. 작품이 독자에게 수용되는 순간 문학의 수행 기능이 발동되므로 문학은 독자에 의해 존재한다는 논리가 틀린 것은 아니지만, 작가를 괄호 안에 묶어 둔 채 문학 작품에 대한 사유를 이어가는 것은 소중한 무엇이 빠진 듯한 공허함을 줄 수밖에 없다. 문학에 대한 다양한 이론적 사유와 논리는 많은 부분 작가를 피해 가기 어렵다는 말이다. 사회 문화적 문맥이 작품 생산에 크게 작용하는 수도 있으나 시인이나 작가가 인간 삶과 세계를 바라보는 시각은 작품 탄생의 밑거름이 되었다는 점을 부인하기 어렵다. 특히 소설에서 작가의 세계관은 창작의 결정적 동력으로 작용한다는 것은 근대 소설론의 중심 논리다.

소설이 반영하는 삶의 현실은 다양하고 기복과 요철로 불규칙한지라 작품의 대상, 즉 현실을 그대로 드러내기란 원래 불가능하다. 모방이니 재현이니 하는 것은 현실 충실성의 강조일 뿐이다. 창작 과정에서 작가는 그 복잡다단한 현실을 자신의 시각으로 평탄 작업을 할 수밖에 없는 처지에 놓인다. 창작은 원래부터 준비된 하나의 기획이고 구성이기 때문이다. 정서의 자율적 발산을 강조하는 낭만주의 입장에서도 창작은 자연 발생적인 것은 아니다. 문학 작품은 언제나 작가에 의해 만들어진 결과물이다. 이러한 평탄 작업을 전형성이란 개념으로 굳이 설명하려는 것도 현실 재현의 가능함보다는 그것에 대한 꿈을 포기치 못하기 때문이다. 전통적인 소설론은 소설의 무게를 '현실 반영'에 두고 있으나, 소설가의 작업은 현실 평탄 작업이고 선택 행위로서의 의미가 더 강하다는 말이다. 여기에는 작가의 시선이 강하게 작용할 수밖에 없다. 그 시선은 하나의 방향이 아니다. 소설에 담긴 현실이라는 것은 소설가가 보고 반영한 현실이면서 자신이 발붙이고 있는 현실이기도 하다. 그 현실은 주체와 무관하게 진공 상태로 있는 것이 아니라, 주체와 관련된 현실이다. 그래서 소설가가 현실을 바라보는 시각이라는 것은 하나가 아니라 둘인 셈이다. 현실을 보지만, 실상은 객관적 현실뿐만 아니라 현실과 관련된 주체를 함께 바라본다. 소설가가 안에서 밖을 바라보는 시선과 밖에서 자신의 안을 바라보는 두 개의 시선이 공존한다. 물론 이 두 시선은 궁극적으로 하나일 수밖에 없다.

소설가 김경원의 데뷔작 〈두 개의 시선〉은 이런 점에서 매우 암시적이다. 이 작품은 서울 이태원 편의점에서 아르바이트를 하는 한 여성의 내면을 자기반성의 관점으로 점검한다. 이태원은 편리한 물건을 24시간 손쉽게 구할 수는 있지만, 사랑과 이해는 살 수 없는 특수한 공간으로서 현대 사회의 물질적 편의성과 타락상을 대변해 준다. 화자인 '나'는 고시생의 연인으로 그와는 미래에 대한 아무런 약속도 없이 간간이 만나 섹스만 하는, 유통기한 지난 통조림과 같은 연애의 권태에 빠져있다. 편의점을 드나드는 현대인의 여러 군상을 만나며 그들을 관찰한다. 외국인, 이들 외국인과 어울리는 한국인, 외국인에게 몸을 파는 여자, 알코올 중독자 아버지를 위해 술을 훔쳐야 하는 소녀, 밤에 질주하고 방황하는 폭주족이 그들이다. 우리 사회의 경계 지역에 위치한 이태원이란 공간은 화려한 겉모습과는 달리 그 내막은 어둡고 다양한 상처가 곪아가는 곳이기도 하다.

작가는 휴학하고 편의점 아르바이트를 하는 화자의 시선을 통해 상처 입은 현대 사회의 군상을 관찰한다. 관찰은 주체인 '나'가 나 밖의 외부를 바라보는 것이다. 화자의 시선은 문제가 있는 외부를 향한다. '나'도 그 속에서 똑같은 상처와 아픔을 지닌 채 밤을 호흡하면서 살아간다. 내일의 희망을 유보한 채 관성적으로 일상을 반복한다. 미래에 대한 특별한 희망도 없는지라 그 일상은 무의미하기 짝이 없다. 애인과 수시로 만나 섹스하는 것을 제외하고는 새로운 가정을 꾸린다는 계획과 욕망도 드러나지 않는다. 그 고시생 애인도 또 기약 없이 '마지막'이라고 하면서 관성적으로 고시원에 들어간다. 화자의 가정도 희망이 말소된 사회와 다를 바 없다. "봄이 찾아와도 엄마는 밖에 나올 줄 모른다. 여섯 세대가 같이 쓰는 화장실에 가는 것과 병원에 가는 일 외에는 외출을 하지 않는다." 과거 미군한테 몸을 팔아 살아왔던 어머니의 허벅지에는 불로 지진 자국이 훈장처럼 선명하다. 그 엄마와 흑인 병사 사이에 태어나 가출한 이부동생 수인은 미국 사람과 결혼한 후 이 땅을 떠나고자 한다. 편의점 건너편 호텔을 들락거리던 여인도 흑인한테 당하고 주검이 되어 응급차에 실려 나온다. 작품에 등장하는 모든 인물은 그 원인이 자기 내부에 있든 외부에 있든 간에 정상의 길에서 비켜나 있다. 이처럼 김경원은 깊은 상처를 안고 희망 없는 현실을 살아가는 사람과 그들의 삶이 속한 어둡고 타락한 사회에 시선을 던진다.

소설가 김경원은 첫출발에서는 의도적으로 두 개의 시선을 설정했다. 객관적 거리를 두고 밖의 사회를 관찰하는 시선과 안으로 향하는 시선이 그것이었다. 그런데 그의 소설은 이러한 두 시선의 분명한 경계를 드러내지는 않는다. 여기에는 개인에게 상처를 안겨준 문제 상황에서 벗어난 사람은 아무도 없다는 인식이 전제되었을 것이다. 개인의 상처와 아픔은 개인의 것이지만 그 너머 사회적 맥락에 닿아 있기 때문이다. 따라서 인간 삶을 담아내는 소설에서 밖의 세계로 향하는 시선과 개인의 내면으로 향하는 시선이 뚜렷한 경계를 가진다면, 그것은 현실과 인간 삶을 읽어내는 방법일 뿐이다. 어느 길을 택했든 소설가는 삶과 세계에 대한 해석이라는 종착지에 도달하는 것은 마찬가지다. 물론 마지막으로 획득하는 의미는 같다고 하더라도 택하는 방법에 따라 문학 작품의 즉물적 실감과 무늬는 차이를 드러내기 마련이다. 이번 소설집에서 보여준 김경원의 소설 방법은 외부 세계의 관찰보다는 개인의 내면 분석과 성찰 쪽으로 쏠리고 있다.

3.

'타락한 사회에서 문제적인 인물의 진정한 가치를 추구하는 이야기'가 소설이라는 골드만의 이론을 굳이 빌리지 않더라도, 우리가 만나는 소설 속의 인물은 대부분 문제적임을 알 수 있다. '잘 먹고 잘사는 사람'의 이야기가 소설의 이야깃감이 될 수 있겠는가. 소설은 자본주의 사회의 모순과 갈등을 자양분으로 삼아 발전해온 장르가 아니던가. 소설은 태생적으로 문제아의 이야기다. 소설작품을 단선적으로 접근하는 길은 등장인물이 어떤 문제적 상황에 부닥쳤고, 그가 스스로 어떤 문제를 안고 있으며, 그것을 어떻게 해결해 가는지를 따라가는 것이다. 등장인물과 관련된 문제의 조건과 상황은 그 작품을 끌고 가는 간선도로와 같은 것이기 때문이다.

김경원 소설의 등장인물도 '문제아'로서의 위상을 분명하게 드러낸다. 문제아로서 성격이 분명하다는 것은 그만큼 주제의식이 뚜렷하다는 말과 같다. 그의 소설에 등장하는 문제아 대부분은 아직 아물지 않은 과거의 상처를 안고 살아가는 인물이다. 그것이 잔학한 외적 폭력이든 폭력성으로 작용했던 사회적 여건이든 간에 심리적 외상으로 말미암아 현재 삶의 질이 훼손된 상태에 있다. 〈두 개의 시선〉에서 화자인 '나'는 엄마가 군복을 입은 낯선 남자를 데리고 오는 날이면 동생과 함께 집에서 비 오는 거리로 내몰려 비를 피하려고 "다른 집 처마 밑에서 엄마의 용건이 끝나기를 기다리며 시간"을 보냈다. 동네 남자아이들이 동생을 "너, 엄마는 똥깔보야"라고 놀리며 괴롭히던 일을 고스란히 기억한다. 엄마는 '나'에게 가해자일 수 있지만, 그 엄마 또한 강한 외상을 입은 인물이다. 엄마의 허벅지에 불로 지져진 검은 반점이 훈장처럼 그대로 남아 있다. 검은 상처는 바로 마음에 새겨진 상처이기도 하다. 혼혈아로 태어난 이부동생 수인의 심리적 외상은 더욱더 클 수밖에 없다. 이러한 심리적 외상은 현재 생활에 고스란히 영향을 미친다. 병원 가는 일을 제외하고 방안에만 갇혀 사는 엄마, 미군과 결혼하여 이 땅을 떠나려는 동생, 편의점에서 일하며 희망 없는 남자와 건조한 섹스를 하는 '나' 모두 트라우마에서 한 발도 벗어나지 못하고 있다.

〈고래무덤〉에서 화자의 '남편'도 마찬가지다. 화자의 남편은 폭력배한테 성폭행당하는 누이를 구하지 못하고 지켜만 봐야만 했던 유년의 상처를 지니고 살아간다. 그 누나는 우울증을 앓다가 바다에 뛰어들고 말았으며, 누나의 시신은 끝내 찾지 못했다. 남편의 가슴속에는 "죽은 누이의 바다가 있었고, 바다로 사라져간 피투성이 누이의 슬픔이 있었다." 그는 아내의 생리 때만 섹스를 한다. 섹스할 때 남편은 마치 "피를 빨아먹는 흡혈귀" 같았다. 아내는 남편의 병적인 성취향에 조금씩 길들어 간다. 고래 울음소리 같은 환청에 시달리는 남편은 직장에서 퇴직하고 수중 장비를 사들이는 일에 편집증을 보인다. "바다로 가고 싶다"라고 하던 남편은 결국 집을 떠나 바다로 가고, 아내인 '나'는 뱃속의 아이를 지워버린다. 그리고 성적 향락에 빠진 옆집 여자를 따라 낮술도 마시며 일탈의 길로 들어선다. 이 작품에서 남편은 직접 폭력을 당한 것이 아닌데도 그 정신적 장애는 심각하다. 비록 신체의 침해를 직접 받지 않았다고 하더라도 누이가 강간당하는 현장을 직접 목격함으로써 받은 심리적 침해와 누이를 구하지 못했다는 데서 오는 도덕적 침해가 심리적 외상을 깊게 만들었기 때문이다.

〈네버랜드는 있다〉에서 동화구연가인 '나'는 낮에는 동화를 구연하고, 밤에는 인간들의 음험한 탐욕만이 가득한 밤거리에서 성냥팔이 소녀처럼 매춘을 한다. 이런 냉소적 아이러니는 불행한 유년시절의 연속선에서 계속된다. '나'에게 심리적 외상을 준 것은 어느 하나의 사건이 아니다. 엄마의 가출로 외할머니의 손에 키워진 어린시절 '나'는 항상 빈 집을 지켰다. 사춘기에 아버지의 술주정을 이겨내지 못하고 가출도 했고, 폐교의 빈 교실에서 처음 본 남자에게 순결을 잃었다. 가난하고 비루하게 살았던 유년시절의 그 모든 시간이 주인공에게는 심리적 외상이 되었다. 비루했던 과거를 지금은 땡볕에 말려버리기로 했다고 하지만, 결국 창녀가 되어 밤의 어둠에서 벗어나지 못한다.

등장인물이 과거의 심리적 외상을 치유하지 못하고 지금도 여전히 트라우마를 가지고 있다는 점에서 〈쌩크 아 세트〉의 주인공도 마찬가지다. 황혼이 깃들고, 땅거미가 지는 '쌩크 아 세트'라는 시간은 프랑스에서는 연인과 만나 방종과 쾌감을 즐기는 매혹스럽고 허가 받은 시간이다. '나'는 그 시간에 한 남자를 만나면서 오히려 불안은 쾌감을 증폭시키기도 하며 자기 삶의 에너지로 쓰인다는 것을 절감한다. 중산층의 전형적인 문화와 안락한 삶을 누리는 정신과 여의사인 '나'의 이러한 행위의 밑바탕에도 과거의 심리적 외상이 깔려 있다. 유년시절 해 질 녘마다 집을 나가 저수지에 가 앉아 있곤 하던 엄마는 내가 열세 살 때 집을 나가 다시는 돌아오지 않았다. 기차를 타고 떠난 엄마 옆에는 젊은 남자가 있었다고 동네 사람들이 수군거렸다. 나는 외갓집에 보내졌고, 이듬해 아버지는 새엄마를 데리고 왔다. 사춘기에 들어선 나는 한 번도 그 여자를 새엄마로 부르지 않았고, 아버지는 새엄마와 떼어놓기 위해 나를 서울의 중학교로 보냈다. 〈네버랜드는 있다〉와 마찬가지로 주인공의 유년시절 경험은 심리적 외상이 되었고, 그것이 고스란히 지금의 트라우마로 남은 셈이다. '나'는 무인모텔에서 빠져나와 인근 저수지를 지나면서 다음과 같은 회상에 빠진다.

저수지 특유의 냄새는 무어라 설명할 수는 없다. 형언하기 어려운 냄새, 초경을 시작한 소녀들의 붉은 점액질이 묻어있는 생리대를 태우는 냄새 아니면 마른 꽃잎이 썩어 들어갈 때 냄새 같다고나 할까? 얼마 전 공무원들이 조류독감 때문에 닭과 오리를 이 저수지 주위에서 살처분했다는 이야기를 들었다. 또한 지난봄에 이 저수지 풀숲에서 성폭행을 당한 어린 소녀의 시체가 발견된 적이 있었다. 소녀의 몸은 풍선 인간처럼 부어있었고, 음부에는 뱀들이 또아리를 틀고 있었다고 마을 사람들이 오래도록 수군거렸다. 그녀를 강간한 건 야수 같은 수컷이었는지, 아니면 저 징그러운 몸뚱이를 가진 뱀의 혀였는지 알 수 없다.

지금의 이 저수지는 화자에게 심리적 외상을 입힌 과거의 무의식을 깨워주는 공간이다. 초경의 생리대를 태우는 냄새, 강간, 살인, 주검, 야수의 수컷, 징그러운 뱀은 '나'의 심리적 외상이 심각함을 상징적으로 암시한다. 방종과 쾌감을 추구하는 '나'의 방어기제가 겉으로는 태연하게 보이지만, 그 내면에는 엄청난 상처와 아픔이 잠재해 있음을 말해준다.

〈적도의 방〉에서 '엄마'는 처녀 시절 동네 남자에게 강간을 당하고 소문나기 전에 화자의 아버지와 결혼했다. 외상을 가진 엄마는 딸들에게 순결에 대한 강박관념을 심어준다. 남편을 함부로 대하고 자식을 편애하는 엄마는 전형적인 속물주의자다. 〈파피루스의 여자〉의 등장인물인 부부는 교통사고로 아들을 잃어버렸고, 〈칼〉에서 '나'는 일식집 요리사였던 아버지가 항해 도중 실종되는 사건을 겪는다.

이처럼 김경원 소설의 등장인물 대부분은 강하거나 약하거나 심리적 외상을 안고 살아가는 문제아들이다. 심리적 외상과 장애로 그들의 현재 삶은 어둡고 문제적이다. 작가는 트라우마의 어두운 동굴 속으로 점점 빠져들어 사회나 일상을 정상적으로 수용하지 못하고 자기를 폐쇄하는 인물을 통해 치유되지 않은 심리적 외상의 장애가 얼마나 심각한지를 말해 준다. 〈두 개의 시선〉에서 '엄마'가 그렇고, 〈파피루스 여자〉에서 칩거에 들어간 남편도 이런 경우다. 그리고 폭력적인 외상의 영향은 그것을 직접 당한 개인에게만 한정되는 것이 아니라, 가족의 다른 구성원에게도 미친다는 것을 보여준다. 〈고래무덤〉에서 '나'가 이런 경우다. 심리적 외상으로 현실의 삶을 정상적으로 추스르지 못하고 성도착증까지 보이는 남편으로 말미암아 '나'도 "바다를 떠난 남편처럼 나 역시 저 문밖과, 이 문안에 어디에도 내 삶의 집을 정하지 못하는 경계의 여자"가 된다. 이 작품은 과거 상처 때문에 현실에 적응하지 못하는 남편과 그것에 대해 전혀 방책을 세우지 못하면서 경계의 존재로 사는 아내의 불구적인 부부 관계를 보여준다. 또한, 비정상적인 가족관계에서 비롯된 유년시절의 외상이 지금도 그대로 트라우마로 남아 삶의 한복판에서 장애를 불러일으키는 것을 여러 작품에서 찾아볼 수 있다.

여기서 중요한 것은 이러한 인물이 어둡고 문제적 상황을 어떻게 극복해 가느냐 하는 것이다. 물론 문제 해결 방안을 제시하는 과학적 접근법과는 달리, 소설은 단지 그 방책을 암시할 뿐이지만, 어떤 방식으로든 작가는 문제에 대한 전망을 제시하기 마련이다. 대체로 김경원의 작품은 문제 인물이 크게 부각되는 바람에 문제 해결의 출구가 작품의 문면에 보일 듯 말 듯 희미하게 드러난다. 그래서 전체 분위기가 어두운 편이고, 간혹 그로테스크한 느낌마저 들기도 한다. 이것이 작가의 전략이다. 문제 국면과 인물을 강하게 드러내는 것은 독자에게 그 문제를 심각하게 직시하고 해결점을 찾으라고 주문하는 것과 다르지 않다.

한강대교에 들어서자, 배는 노들섬 옆을 지난다. 노들섬은 짙은 어둠에 잠긴 채 그 윤곽만을 드러낸다. 나는 가만히 창밖을 바라보다가 자리에서 일어나 갑판으로 나간다. 강물을 바라본다. 뱃머리 아래로 굵은 포말이 물살을 가른다. 나는 가방에서 아버지의 칼을 꺼낸다. 먼저 칼자루에 원앙새가 새겨진 쌍둥이 칼을 버린다. 다음에는 투박한 나무로 만든 아프리카산 칼, 사냥칼, 그리고 그의 그림을 찢어놓은 잭나이프를 버린다. 칼들은 회색 포말 속으로 사라진다. 나는 강물로 떨어지는 칼을 바라본다. 칼들을 삼켜 버린 강물의 수면 위로 죽은 비둘기가 한 마리 떠내려간다.

〈칼〉의 마지막 부분이다. 항해를 떠났다가 실종된 아버지는 나에게 칼을 남겼다. 한때 일식집의 요리사였던 아버지의 유품은 칼뿐이고, 엄마는 그 실종에 패닉 상태로 있다. 한강 유람선에서 일하는 나는 유람선을 타고 내리는 세상 사람들에게도 저마다 아픔과 절망이 있다는 것을 느끼고, 나의 상처도 강물에 띄워 보내려 한다. 내가 한때 사랑한 화가였던 남자는 그림만 선물하고 떠나려 한다. 태풍이 불던 날, 아버지의 시신이 발견되고 나는 칼같이 반짝이던 아버지의 일들을 버리고, 새 출발을 하려고 한다. 칼을 버리면서 나는 새로운 내일이라는 칼을 갖게 된다. 아버지의 칼은 나에게 하나의 유품일 뿐이다. 지금 나에게는 나한테 맞는 칼이 필요하다. 아버지의 칼을 던져버림으로써 나에게 외상으로 작용했던 아버지와의 고리를 끊고자 한다. 누구에게 삶의 상처는 있기 마련이다. 상처를 어떻게 치유하면서 살아가느냐가 중요하다는 메시지이다. 작가의 시선은 결코 어둠 그 자체에만 머물지 않는다.

4.

김경원 소설에는 성과 관련된 소재가 자주 등장한다. 성폭력, 매춘, 성도착, 섹스, 여성의 생리, 외도 등이 그것이다. 이 같은 소재는 작품 중심에서 멀리 비켜 있는 것이 아니라, 작품의 중심 동기로 작용한다. 이런 점에서, 그의 소설은 성담론의 관점에서 읽을 수 있다. 작가 김경원이 여성이고 보면, 페미니즘 시각은 그의 소설을 읽는 자연스러운 독법일 수도 있다는 말이다. 물론 여성이 '성'을 말한다고 해서 모두 페미니스트라고 말할 수는 없다. 남성도 페미니스트가 될 수 있다. 문제는 성적 불평등 구조에 대한 인식 여부일 것이다. 다시 말해, 소설이 성적 불평등 문제와 그것을 생산한 사회 문화적 구조 문제를 직·간접적으로 다루었는가가 관건이다. 일단 소재 측면에서 김경원의 소설은 페미니즘의 테두리 안에 들어와 있다. 그것의 강도는 다음 단계의 문제이다.

〈적도의 방〉은 작가의 페미니즘적 시각이 잘 드러나는 작품이다. '나'는 산부인과에서 진찰을 받는 중 아래에 힘을 주지 말라는 의사의 말에 심리적 저항감을 느낀다. 더욱이 마음을 무겁게 하는 것은 어릴 때부터 엄마에게 교육 받은 순결과 성에 관한 터부이다. '나'는 여자의 월경이 사랑하고 아이를 낳고 기르는, 임신과 수유와 출산과 양육이라는 구체화된 생명의 상징으로 이해되기보다 금기와 순결을 미덕으로 알고 자랐다. 별다른 연애 감정 없이 결혼한 남편과의 두 번째 임신이 부담스럽다. 일곱 살짜리 딸이 있지만, 외도의 흔적이 보이는 남편을 생각하며 새 아이 출산을 주저한다. 여기서 '나'의 의식에 여과되는 불편함과 부조리함은 모두 '월경'으로 상징되는 여성이기 때문에 감수하는 것이다. 자신도 여자이면서 남자가 아니고 여자이기 때문에 순결을 지켜야 한다는 것은 우리 사회가 안고 있는 문화적 관습의 부조리한 부분이다. 그런데 프랑스로 유학 간 언니는 오 년 동안 메일로 남성 편력에 대해 알려온다. 언니의 유학 생활은 거의 남자들과의 화려한 연애와 자유로운 성에 대한 욕망으로 이어진다. 언니의 지나치게 자유스러운 연애 행각은 어려서부터 여자의 순결 의식과 금기만을 강조한 엄마에 대한 반항이었다. 언니와 대조적으로 성격이 유순한 나는 초경을 하는 날부터 '여자는 익은 음식'이라며 시작하는 엄마의 성에 관한 보수적 지침을 잘 수용한다. 그래서 연애도 못 해보고 처녀성을 간직한 채 시작된 나의 결혼 생활은 언제부터인가 행복이란 섬을 떠나 균열과 불안의 바다를 헤매고 있다. 처녀 시절 동네 남자에게 강간당해 마음속 외상을 안고 살아가면서 딸들에게는 여자의 순결을 강요하는 엄마, 성의 일탈과 불온을 즐기는 언니, 보수적이고 관습적인 성에 규율에 따르면서도 이에 근본적으로 회의하는 '화자' 모두는 '여성'으로서 성차별을 생산하는 사회 문화의 구조적 모순이 낳은 피해자라고 할 수 있다.

작가 김경원의 페미니스트적 시각은 겉으로 선명한 윤곽을 가지고 드러나기보다는 전체에 은은하게 스며들어 있다고 하는 것이 옳다. 성폭력과 매춘을 작품 안으로 자주 끌어들이지만, 남성이 여성의 육체를 착취와 억압의 대상으로 삼는 남성 중심주의 사회 체제를 폭로하거나 비판하는 것은 아니다. 그의 소설에서 성담론은 페미니즘 시각에서 여성 억압의 사회 구조를 드러내기 위한 것이 아니라, 현실주의 입장에서 타락하고 문제적인 사회 현실을 드러내는 데 무게를 두었다. 작가 김경원은 저급한 욕망이 들끓는 타락한 현실을 살아가는 현대인의 훼손된 삶의 모습을 통해 우리가 추구해야 할 삶의 진정한 가치가 무엇인지를 묻고 있다.

주체와 타자

─권이항의 소설 2편

1. 권이항의 소설 두 편

이 글은 권이항의 단편소설 〈가난한 문장에 매달린 부호의 형태에 대하여〉와 〈모든 것은 레겐다에 있다〉에 대한 비평문이다. 전자는 2016년에 '심훈 문학상'을, 후자는 2019년에 '현진건 문학상'을 수상한 바 있어 그 문학성이 높이 평가된 작품이다. 중요한 문학상을 수상한, 이미 검증이 이루어진 작품에 관해 이야기를 다시 꺼내는 것은 새로운 의미나 가치를 찾기보다는 이루어진 평가를 부언하는 수준에 그칠 가능성이 크다. 사실 평자로서는 눈 내린 길에 다른 사람이 밟고 지나간 발자국을 재차 디디며 걷는 것과 다를 바 없다. 호기심이 반감된 상황에서 이 작품을 읽을 수밖에 없었다는 말이다. 앞의 평가를 넘어서서 새로운 가치 지평을 열거나 전복하는 것이 아니고서는 이 글은 별로 매력을 발산하기 어려울 듯하다. 더욱이 편집자의 의도도 염두에 두어야 할 형편이라 이래 저래 부담이 크다.

권이항이라는 소설가에 대해서도 정보가 전무한 실정이다. 작가와 무관하게 온전히 작품에만 집중해야 한다는 신비평의 명료한 관점도 있고, '작가 의도의 오류'라는 개념도 널리 알려진 만큼 작품 하나만 두고도 비평이 이루어질 수 있다. 작품이 문학이라는 공적 공간에 던져지는 순간 그것은 작가의 것이 아니라 독자의 몫이라는 것도 설득력 있는 논리이지만, 왠지 작가를 배제한 채 작품만을 논의하는 일은 간이 제대로 되지 않은 음식을 먹는 것처럼 밍밍한 느낌이다. 하지만 어찌하리, 주어진 여건이 여기까지인데. 수수께끼를 풀고 퍼즐을 맞추듯이 텍스트 행간을 분주히 쫓아다니며 작가의 의도를 찾는 데 에너지가 고갈되어도 할 수 없다. 마지막 수단으로 대상을 두 작품으로 늘려 비평적 논의를 확장하는 데 도움을 얻고자 한다. 작가론으로 확대하는 길은 처음부터 차단된 만큼 텍스트 분석에 집중하고자 한다.

2. 타자 이해와 환대歡待의 한계

소설 〈가난한 문장에 매달린 부호의 형태에 관하여〉의 중심에는 '문장부호'가 자리 잡고 있다. 작가는 곳곳에 '문장부호'가 작품의 의미를 캐는 열쇠인 듯 독자에게 암시를 준다. 하지만 쉽게 답을 주지 않는다. 이것이 작가의 의도나 미학적 장치인지 구성의 허술함인지는 알 수 없으나 문장부호와 관련된 화소들의 연결이 다소 복잡하다. 논리적 인식보다는 정서적 감응을 앞세우는 것이 문학이라 하더라도 전체 통일성을 전제하고 한 편의 소설을 읽을 수밖에 없다. 이것이 비평의 속성이면서 모순이다.

화자는 "문장부호의 생김새에 몰두하는 습관"을 가지고 있다. 화자인 나는 21평 아파트에서 외할머니와 어머니와 함께 사는데, 좁은 방 하나를 사용한다. 그 방에서 매일 문장부호를 벽에 붙이며 지낸다. 엄마가 도깨비 나오겠다고 화를 내며 내가 붙인 부호를 떼버리고 난 뒤부터 화자는 더 작고 알록달록한 부호들을 붙인다. 그리고 화자는 이렇게 말한다. "어느 날 아침에 눈을 떴을 때 나는 그것들이 살아 꿈지럭대는 것을 보고 있었다. 어떤 것은 벽에 찰싹 붙어 꼼짝도 하지 않았고, 슬슬 기어다니며 벽을 긁어대거나 몸을 흔들어대며 춤을 추는 것도 있었다. 그날부터 부호들은 내가 아침에 눈을 뜨면서 맨 처음 만나는 생명체가 되었다." 물론 이 부분은 상상이다. 벽에 문장부호를 붙였다는 것까지도 상상이나 비유일 수 있다. 더욱이 "그날 밤 나는 시끄러운 소리에 잠에서 깼고, 부호들이 자기들끼리 교미하고 있는 장면을 목격했다. 나는 내 허락 없이 부호들이 알을 까는 것을 두고 볼 수 없었다. 벌떡 몸을 일으켜 두 손바닥을 벽에 대고 힘껏 떠밀었다."에 이르면 '나'의 부호에 대한 서술은 상상 내지는 환상이라는 생각을 굳히게 된다. 작품은 부호에 관해 아래와 같이 서술하면서 끝맺는다.

내 방에는 이제 내가 뜯어낼 수 없는 커다란 네모 여섯 개만 남아 있었다. 사방의 네 벽과 바닥, 천장.

육면체는 텅, 비어 있었다. 누군가가 내게 네모 안에 알맞은 말을 넣으라고 하는 것 같았다. 나는 거실로 내디뎠던 발을 들어 내 방, 여섯 개의 □가 만들어낸 공간 속으로 슬며시 몸을 밀어넣었다.

부호들이 서로 엉기고 일그러져 제 모습을 잃는다. 화자는 벽에 붙은 모든 부호를 떼어버린다. 그러자 네모 여섯 개, 내 방만 덩그렇게 남는다. □의 공간 안에는 모든 것이 빠져나가고 텅 비어 있다. 문장부호에 대한 이러한 진술을 출발점으로 작품의 의미를 파악해 본다.

이 작품은 두 흐름으로 전개된다. 하나는 화자가 문장부호에 몰두하는 구체적 상황에 대한 서술이다. 다른 하나는 화자가 관계를 맺고 있는 외할머니, 어머니, 이모, 남자 친구 등에 대한 이야기다. 화자는 둘을 연결한다. 즉 자기 주위 인물을 문장부호와 관련지어 이해한다. 그런데 연결 고리는 문장부호의 내재적 기능이 아니라 물리적 모양새다. 가령 물음표에 관해서는 "왼쪽에서부터 시작한 선이 완만한 곡선을 그리며 올라가다가 오른쪽으로 방향을 틀어 다시 아래로 내려오는 듯 자취를 감추면, 무대 뒤에 숨어 있다가 막을 들추고 얼굴만 빼꼼 내미는 아이처럼 작은 동그라미 하나가 박힌 형태"라고 말한다. 화자는 여기서 더 나아가 "잡아 가두려는 손안에서 흘러내려 허공의 한 점으로 응고된 덩어리, 목마 태운 아이의 무게에 눌려 목을 구부리는 중년 남자의 뒷덜미, 혹은 어린 여자의 뺨에 남은 거친 남자의 주먹 자국에 어린 통증"으로 상상력을 확대한다. 부호의 모양새를 주관화하는 것은 화자가 어머니를 비롯한 자기 주위 인물을 도저히 이해할 수 없음을 암시한다. 그가 부호에 몰두한다는 것도 이들을 이해하려고 할수록 더욱 미궁에 빠진다는 뜻이다. 마지막에 가서는 포기하고 모든 부호를 떼어버린다. 결국 공허하고 빈 네모만 남는다. 아무리 가까운 관계라도 상호소통에는 한계가 있다는 점을 말해준다.

이 소설 서두에서 작가는 1999년 뉴욕타임스가 '지난 1000년의 최고'를 선정했는데, 최고의 문장부호로는 마침표를 선정했다는 신문 기사(칼럼)를 빌려온다. 당시 타임스는 "어떤 것도 적절한 마침표처럼 가슴을 찌를 수 없다. 마침표가 없으면 젊은 베르테르의 슬픔도 영영 끝나지 않았을 것"이라고 했는데, 이 내용도 각주까지 달면서 인용한다. 이 인용은 소설 도입부인데, 일반적으로 도입부는 어느 작품에서나 그것대로 중요한 역할을 한다. 그렇다면 마침표의 이러한 속성을 확장하고 구체화하는 쪽으로 소설이 전개되는 것이 순리이다. 그런데 독자에게 주어진 텍스트에는 도입부와 전체를 연결하는 고리가 분명하게 드러나지 않는다. 어쨌든 전체 통일성을 얻기 위해 도입부의 마침표 이야기를 중심에 두고 이 작품의 의미를 해석해 보자. 이 과정에는 곳곳에 해석의 논리와 충돌하는 부분이 적지 않음을 미리 말해 둔다.

마침표는 어떤 의미를 지니는 문장부호인가? 위 뉴욕타임스의 진술을 토대로 그 의의를 살펴보자. 마침표의 사전적 정의는 "문장의 끝맺음을 나타내는 부호를 통틀어 이르는 말. 온점, 고리점, 물음표, 느낌표 등이 있으며, 흔히 온점만을 가리킨다"이다. 문장이 끝났을 때 붙이는 부호가 마침표이다. 일반적으로는 온점만을 마침표라고 하고, 여기에는 물음표나 느낌표도 포함된다. 그런데 2014년 새로 마련된 '문장부호 규정'은 마침표에서 물음표와 느낌표를 제외했다. 따라서 좁은 의미의 마침표, 물음표와 느낌표를 포함하는 넓은 의미의 마침표로 분류할 수 있다. 넓은 의미의 마침표는 한 문장이 끝났을 때 붙이는 종지부로서 문법적 기준에서 부여된 명칭이다. 하지만 의미상으로 보면, 마침표, 물음표, 느낌표는 서로 판이한 성격을 띤다. 물음표나 느낌표, 그 밖의 모든 문장부호는 상황 진행이나 국소적 관계성을 드러내지만, 마침표는 상황과 판단의 종결을 나타낸다. 어떤 여지나 이견도 허용치 않는 절대적인 단정을 뜻한다. 뉴욕타임스가 말했듯이, 마침표는 가슴을 찌르듯이 칼로 경계를 명확하게 자르는 것이며, 베르테르의 슬픔을 종결하듯이 진행되는 상황을 일단락 짓는 역할을 한다.

사람은 어떤 방식으로든 타자와 관계를 맺고 소통한다. 다양한 관계와 소통을 떠나서 살아갈 수 없는 사회적 존재다. '나'는 나의 몸과 마음이기도 하지만, 내가 맺는 모든 관계이기도 하다. 관계를 맺고 산다는 것은 타자와 소통하면서 살아간다는 말이다. 소통하기 위해서는 이해가 뒷받침되어야 한다. 물론 타자를 무조건 이해하고 환대해야 한다는 것은 윤리적 측면의 일방적 강조가 될 수 있다. 다시 말해, 나와 타자의 관계에 주목한다고 사회와 삶의 문제를 완벽하게 해결할 수는 없다. 문제의 완전한 해결에 목적이 있는 것이 아니라, 갈등 완화를 위해 타자와의 관계를 환기하는 것만으로도 많은 갈등과 폭력을 완화할 수 있다는 것이다. 하지만 타자를 이해하고 환대한다는 것은 그리 쉬운 일이 아니다. 나의 이기적 욕망이 앞서 이해와 소통을 방해하기 때문이다. 인간 대 인간의 관계에서 타자를 나와 동일체처럼 이해하고 품는 데는 절대적 한계가 있다는 말이다. 존재─사이의 관계에서 항상 이해관계가 개입하므로 내 존재의 자리에 울타리를 치고 타자를 배척하는 것이 일반적이다.

소설의 화자는 이 지점에 서 있다. 화자가 문장부호에 몰두한다는 것은 타자(외할머니, 어머니, 이모, 그 남자)를 어떤 식으로든 이해하고 자신의 품안으로 끌어안으려고 하는 데에서 생겨난 내부적 갈등을 반영한다. 결과가 긍정적 전망보다는 부정적 한계 쪽으로 기울고 있으나 문장부호와 씨름하는 과정에서 화자의 진정성이 잘 드러난다. 작품 서두의 마침표에 대한 언급이 어떤 의미를 지니는지 얼마간 짐작할 수 있다. 우리가 누구를 이해하고 받아들인다는 것은 하나의 문장을 완성하는 것과 같다. 그럴 때 마침표가 찍힌다. 하지만 인간관계에 보이지 않는 벽과 차이는 마침표에 이르지 못하고 그 사이 무수한 부호들로 방황하고 서성이게 된다. 이는 '나의 존재—타자' 사이에만 그런 것이 아니라 주체로서 나(I)와 객체로서 나(me) 사이에도 마찬가지다. 양자는 삶의 현장에서 어긋남, 괴리, 균열, 거리를 드러내는 경우가 허다하다. 가령 이 작품에서 '이모'와 같은 인물이 대표적이다. 남편과 이혼하겠다는 결심을 수없이 반복해왔지만, 결국은 그 남편이 죽음에 이를 때까지 그것을 실행하지 못한다. '나' 자신은 어떤 것을 결심하고 실행에 옮기려 하지만, 쉽게 마침표를 찍지 못한다. 나의 내면에도 다른 '나'가 있고, 밖에는 타자와 관계하는 '나'가 또 있다. 따라서 주체인 '나'가 무엇을 실천하여 일과 상황을 마무리 짓는 일은 실제로 거의 불가능에 가깝다. 여러 가지 방해꾼에 의해 결심과 행동은 좌절되거나 방향을 바꿀 수밖에 없다.

문장부호는 기호이며 언어다. 기호는 하나의 상징으로 이 작품에서는 비유적 의미도 지닌다. 대상이나 상황을 언어로 고정하는 것은 단정이고 개념화이다. 그것은 구체성과 다양성을 지워버리고 여러 가능성을 폐쇄하는 것이다. 마침표는 문맥의 논리를 세우고 가독성을 높이는 데 지대한 공헌을 했다는 점에서 인간이 고안한 위대한 기호이다. 하지만 인간 존재와 삶을 이해하는 데 마침표는 규정적이고 폭력적이다. 마침표는 필요하지 않다. 어쩌면 인간을 이해하고 소통하는 데는 어떤 문장부호도 소용없다. 문장부호로 표시되는 순간 존재와 삶의 진실은 달아나고 말기 때문이다. 무엇과도 무관한 텅 빈 □만이 진실한 부호이다. 우리 존재와 삶은 부호로 단순화할 수 없다. 그만큼 삶은 복잡하고 다변적이란 뜻이다.

3. 표류하고 분열하는 자아 정체성

2019년 현진건 문학상을 수상한 〈모든 것은 레겐다에 있다〉는 주제의 무게나 미학적 형식에서나 주목받을 만한 작품이다. 인간 존재와 정체성이란 묵직한 물음을 제기하고, 이를 미학적으로 형상화하는 방법이 개성적이다. 한 편의 단편소설이 할 수 있는 최대치를 구현했다. 또한 시점의 변화, 현실과 환상의 교차, 표현의 구체성과 관념적 사유의 균형 등으로 작품의 세련미가 돋보인다. 유명 문학상을 받기에 모자람이 없다.

누구나 "나는 어떤 존재인가/ 나는 어떻게 살아야 하는가"라는 자의식을 가지고 살아간다. 각자 나름대로 자기 존재의 가치와 삶의 의미에 관해 물음을 던지고 그것을 매개로 자신의 정체성을 찾고자 한다. 그런데 셰익스피어의 〈리어왕〉에 있는 "내가 누구인지 말할 수 자는 누구인가?"라는 말처럼 누구도 '내가 누구인지' 말할 수 없다. 자아의 정체성은 근원적으로 오인과 착각에 지나지 않기 때문이다. 우리는 모두 자기 자신을 잘 알고 있다고 생각하지만, 그것은 착각이라는 말이다. '나도 나 자신을 모를 때가 많다'는 말이 진리일지 모른다. '나는 나다'라는 완벽한 동일성은 '산은 산이고 물은 물이다'와 같이 종교적 선문답에서나 가능하다. 이는 인간의 언어가 아니라 신어 언어이다. 존재/정체성이란 것은 "포착했다고 하는 순간 어느새 놓치게 되는 무한 속도의 변화와 생성이고, 카오스다."[1] 오늘의 나는 어제의 나가 아니다. 나를 말하는 타자의 목소리도 각양각색이다. 무수한 풍문과 규정에 따라 변신을 거듭하는 것이 '나'라는 존재다. 그것은 언어로 규정할 수 있는 가능성은 열려 있으나 절대 어느 하나로 고정될 수 없는 언어 밖에 있다. 구체적인 상황

---

1) 이진경, 《예술, 존재에 휘말리다》(문학동네, 2019), 186쪽.

과 조건에 따라 수없이 많은 페르소나가 출몰한다. 특히 21세기 다중적인 소설미디어 시대, 인공지능 시대 한복판에 있는 우리에게 '단단한 자아정체성(solid identity)'은 기대하기 어렵다. 그래서 실존하는 존재자로서 '나'는 어긋남과 균열 속에서 무너지지 않으려고 애쓰는 불안한 주체다. 시간과 공간으로 교직된 세계 속에서 주체의 균열과 흔들림을 직시하는 것이 문학이고 소설이 아니겠는가. 소설은 1차원적 존재의 흔들림을 재서술함으로써 그 균열의 틈을 좁히려는 미학적 시도가 아니던가. 불안하고 흔들리는 존재와 그 삶을 탐구하는 미학적 양식이 소설이라고 했을 때, 소설이 인간의 존재 문제에 다가가는 것은 너무나 당연한 일이다.

〈모든 것은 레겐다에 있다〉는 표류하고 분열된 자아 정체성 문제를 주제로 하는 작품이다. 엑스트라 배우인 박신우의 실종이 이 소설의 중심 모티브다. 그는 개봉 20일 만에 백만 관객을 달성한 영화 〈스텝 아웃〉에서 우연히 조연을 맡아 지구 종말의 마지막 장면에서 감동적 연기를 보였는데, 촬영이 끝나자마자 경북 청송의 낡은 집에 칩거한다. 그는 "대략 1750번 죽었고 830번 총에 맞았고 690번 칼에 베이거나 몽둥이로 얻어맞은 경력"을 가진 엑스트라 전문 배우다. 촬영이 끝난 후 어떤 흔적도 남기지 않고 사라져 언론 매체는 그의 칩거를 실종 사건으로 보도한다. 경찰은 수사에 나섰으나 5개월 동안 어떤 결정적 단서도 찾지 못한 채 자살로 결론 내리고 수사를 종결짓는다. 작가는 인물 박신우의 실종에 관한 언론 매체의 보도, 청송에 어느 마을에 머무는 그의 근황을 번갈아 이야기한다. 한 인물의 있음과 없음을 오가면서 존재의 어긋남과 균열을 부각한다. 박신우의 존재와 부재의 내막을 다 알고 있는 독자는 자연스럽게 이 황당한 어긋남에 관심을 집중하고, 거기서 작품의 주제(메시지)를 찾는다.

이 작품의 서사적 토대는 '정체성 혼란'이다. 이는 소설의 테마로 낯선 것이 아니다. 나의 변신, 거울 속의 나, 나의 그림자, 나의 도플갱어, 자아 분신으로서 이드나 초자아 등은 넓은 의미에서 '정체성 혼란' 모티브의 변종들이다. 소설 〈모든 것은 레겐다에 있다〉에서 정체성 혼란 모티브는 세 층위로 얽혀 있다. 첫째, 등장인물 박신우는 단역이긴 하지만 주어진 극중 인물에 따라 자신의 페르소나를 바꾸는 배우라는 점이다. 둘째, 박신우의 실종을 바라보는 언론 매체 및 주위 관련 인물의 관점과 태도의 상이함이다. 셋째, 등장인물 박신우의 신체 일부가 사라지는데 몸의 주인 자신도 그 이유를 모른다는 점이다. 이 세 가지 모티브는 주제의 집중도를 높이는 데 이바지한다. 작가 전략에 의한 것이든 우연에 의한 것이든 간에 이 세 가지 모티브의 입체적 배치는 주제의 무게감을 더해주고 다양한 해석의 가능성을 열어준다.

첫째, 사람은 누구나 자기가 처한 여건 속에서 사회적인 역할을 수행하고 타인과 관계를 맺으며 더불어 살아간다. 주어진 역할과 관계에 따라 "표면적으로는 다양한 '가면'을 쓰고, '캐릭터'를 연기하고, 그때그때 다른 '페르소나'를 드러낸다."[2] 등장인물 박신우는 단역 배우다. 칼에 베이거나 총에 맞거나 죽는 연기를 수백 번 한 사람이다. 연기는 설정된 허구적 인물의 내면과 행동을 대신 보여주는 일이다. 연기자로서 의무를 다하려면 주어진 인물에게 몰입해야 한다. 연기하는 동안 그는 자기 자신을 버리고 연기하는 대상 인물이 되어야 한다. '나' 아닌 다른 사람의 캐릭터를 반복하여 연기하는 과정에서 연기자는 자기 정체성 혼란을 느낄 수 있다. 즉 '거짓된 나'로 변신하다 보니 '진정한 나'는 점점 약화하거나 사라짐으로써 정체성 위기를 초래한다는 것이다.

2) 히라노 게이치로, 《나란 무엇인가》(21세기북스, 2015), 12쪽.

둘째, '나'에 대한 타자의 담론은 일관성이 없다. 그들은 '나'를 몰라도 너무 모른다고 할 수 있다. 타자가 나에게 들어와 나와 하나가 될 수 없다. 나는 언제나 타자를 자아의 관점에서 보려고 한다. 자아의 자기 중심성은 피할 길이 없다. 자아는 살아가면서 경험을 통해 터득한 자신의 주관적 인식 프레임에서 대상과 상황을 판단한다. 따라서 타자에게 이해되는 나는 대부분 그들의 언어이다. 배우 박신우가 잠적한 후 그의 존재에 관한 여러 사람의 설명이나 언론 보도는 각기 자신의 주관적 관점에서 생성되었기에 전부는 아닐지라도 진실에서 빗나간 부분이 많다. 그것들이 서로 다르다는 점이 이를 분명하게 말해 준다.

셋째, 나는 다른 사람과 신체적 차별화를 통해 드러난다. 자아는 신체에 깃들어 있다는 점에서 자아는 신체이다. 그런데 나의 몸은 온전한 실체로서 한자리에 그대로 있는 것이 아니라 유기체로서 활동한다. 내 몸을 내 의지대로 움직일 수 있을 때 나는 존재한다고 볼 수 있으나 상황에 따라 나의 몸을 맘대로 조정하기는 어렵다. 신체의 늙고 병듦, 사고로 인한 신체의 훼손을 내 마음대로 통제할 수 없지 않은가. 몸을 통해 자아의 존재를 확인한다고 하더라도 내가 보고 느끼는 몸은 나의 결핍과 욕망에 따라 수시로 다르게 구성된다. 그리고 내가 내 몸을 보는 것과 타자에게 보이는 내 몸은 일치하지 않는다. 자연으로 존재하는 몸과 그것을 대상으로 보는 몸은 다르다. 소설의 마지막에 내 몸이 사라진다는 것은 현실적으로 일어나는 내 몸의 변화가 아니라 내 몸을 바라보는 시선의 분열이 초래한 결과이다. 이처럼 우리는 자신의 정체성이 분열될 잠재성을 안고 살아간다. 이 작품은 한 인물의 정체성 혼란이 어떻게 일어날 수 있는지를 보여 준다.

하지만 이것을 정체성의 분열로 보지 않고 자아의 원래 속성으로 볼 수도 있다. 자아 정체성의 분열에 대한 담론은 매우 정치적일 수 있다는 것이다. 단단한 정체성이 있는 것처럼 전제하고 자아의 정체성을 찾아야 한다고 강변하는 것은 '자아팔이 장사꾼'과 다르지 않다고 한다. "한 명의 인간은 나눌 수 없는 존재가 아니라 복수로 나눌 수 있는 존재다."[3] 고유한 특성이 있는 본질적이고 절대적인 '나', '진정한 나'라는 것은 허상에 지나지 않는다. 그리고 다른 캐릭터를 연기한다고 그 사람으로 바뀌는 것은 아니다. '나'라는 주체 없이는 그 연기를 할 수 없지 않은가. 현대 사회를 살아가는 "우리 각자의 '나'는 생존하기 위해 변신해야 하는 탄력적이고 유동적이고 표류하는 정체성으로 구성될 수밖에 없다. 표류하는 '나'는 정체성을 상실한 '나'가 아니라 21세기적 '나'를 의미한다. 하지만 자아팔이 장사꾼은 20세기가 남긴 허상을 이용하여 자기 잇속을 챙긴다."[4] 자아 찾기가 하나의 성장하는 산업이 되기까지 했다고 지적한다. 표류하고 균열된 모습으로 보이는 것이 내 자아의 진짜 모습일 수도 있음을 인정할 필요가 있다.

　　누구도 자신의 진실을 향해 '직지인심直指人心'할 수 없다. 나의 진실은 (혹은 비밀)은 이미 타인들의 속에서(심각하게 변형된 채) 유통되고 있는 법이며, 따라서 나는 오직 타인들의 세계를 힘들게 겪어내는 그 우회로의 끝에서야 (한발 늦게) 나 자신의 진실을 되돌아보게 되는 것이다.[5]

　　'나'의 존재가 드러나기 위해서는 나와 다른 타자가 필요하다. 우리는 타인에 의존하는 존재다. 타자에 의해 나는 다양하게 보인다. 그것은 정

---

3) 같은 책, 78쪽.
4) 노명우, 〈퍼스낼리티의 역사〉, 《나란 무엇인가?》(김영사, 2020), 41쪽.
5) 김영민, 《세속의 어긋남과 어긋냄의 인문학》(글항아리, 2011), 91쪽.

체성이 분열되는 지점이 아니라 나를 알게 되는 관문이고 출발선이다. 또한 정체성은 일관되고 단단한 어떤 실체를 전제하지 않는다는 점에서 '리좀 정체성'이다. "리좀 정체성은 어떤 실체를 의미하는 것이 아니라, 다양한 우발적 특징들이 한데 모여 이뤄내는 차원이다. 사람들, 상황들, 행위들, 소중히 여기는 가치들 층을 이루며 모였다 흩어졌다를 반복하면서 남은 흔적 내지 선과 같은 게 정체성인 셈이다."[6] 인간은 카멜레온 같은 존재라고 한다.

이 소설은 한 엑스트라 배우의 잠적 사건을 통해 다양한 각도에서 인간의 정체성 혼란 문제를 제기하는 작품이다. 현대 사회에서 개인의 정체성 혼란의 징후는 다양하다. 우리는 이를 근거로 자아 분열과 정체성 혼란을 현대사회의 구조적 문제 내지는 병리적인 현상으로 바라보는 데 익숙해 있다. 이러한 비판의 목소리를 접하면서 "혹시 정체성이라는 게 무한경쟁을 강요하는 자본주의 사회에서 그 경쟁의 주체를 끊임없이 자극하기 위해 고안해 낸 것은 아닐까"[7]라는 의심을 품어보기도 한다. 소설 〈모든 것은 레겐다에 있다〉는 이 점과 관련하여 중립에 서 있어 편하다. 정체성 혼란을 부추기는 현대 사회를 대놓고 비판하지는 않지만, 그렇다고 그것을 바라보고만 있는 것도 아니다. 두 해석 중 선택은 독자의 몫이다.

6) 안드레아스 브레나·외르크 치르파스, 《삶의 기술 사전》(문학동네, 2015), 444쪽.
7) 같은 곳.

동화의 전통 수용 태도
—이시구, 《무아의오색무지개》

1.

아동문학, 특히 동화는 교육적 기능이란 테제에서 벗어나기 어렵다. 그 출발이나 역사적 전개 과정에서 둘의 유착 관계는 강고했다. '교육적 수단'이란 굴레에서 벗어나려는 시도가 없었던 것은 아니었으나 잠시 휘몰아치는 돌개바람으로 끝나기가 일쑤였다. 그것은 떨쳐낼 수 없는 운명처럼 끈끈한 접착성을 드러냈다. 그런데 편하게 수용할 수 없는 게 운명이 아니던가. 운명은 내재적으로는 생존과 리듬을 같이하지만 수시로 분리되어 주체가 깨부수고 뛰어넘어야 할 과제이기도 하다. '교육'은 아동문학의 고유성이면서도 다른 한편으로는 극복의 대상이었다. 여기에는 바로 아동문학도 '문학'이라는 명분 있는 논리가 자리 잡고 있다. 계몽과 문학은 언제나 동반자이면서 대립하는 이중의 관계를 보인다.

교육의 기본 구조는 수직적이다. 위에서 아래로 흘려보내는 일방적 운동은 교육의 오래된 관습이었다. 교육자와 피교육자의 구분은 선명하다. 피교육자는 선택의 여지 없이 순종하는 것이 교육 시스템이 견지해 온 이데올로기였다. 교육에 '민주', '상호소통', '쌍방향'이란 개념이 빈발해 온 것도 이러한 굳어진 관습에 대한 반성이었으나 그 활착은 더디다. 교육이 배우는 주체의 입장보다 가르치는 어른의 욕망이 선행되는 고정된 관습을 쉽게 버리지 못하기 때문이다. 교육자의 욕망이 앞서고 배움과 계몽의 효능이 강조될수록 배움을 받아들이는 측의 내적 거부는 강해진다. 누구나 나에게 가르침으로 다가오는 메시지는 그것의 경중을 막론하고 싫어한다. 건강을 위해서 쓴 약을 삼켜야 한다는 점을 머리로는 인식한다. 하지만 몸은 무의식적으로 이를 거부한다. 가르치는 자는 이 몸에 좋은 것을 금방 받아들이지 않는 것을 두고 또한 가르침의 효능을 강조하며 계몽의 시스템을 재가동한다. 아동문학이 교육적 수단이란 선택지 앞에서 난감할 수밖에 없는 이유가 여기에 있다. 이는 작가인 어른이 독자인 어린이를 가르치는 구조로서 아동문학의 숙명적인 고민이기도 하다.

아동문학의 독자를 꼭 아동으로만 한정할 수 없다고 하더라도 독자 대부분이 아동인 것은 부인할 수 없다. 이렇게 독자가 확정되어 있다는 점은 창작의 방향성을 잡는 데 편할 것 같지만, 독자의 선명한 노출은 작가의 운신 폭을 제한하는 쪽으로 작동할 가능성이 크다. 분명한 독자가 오히려 구속으로 작용할 수 있다는 말이다. 아동문학 창작의 고민은 여기서 시작된다. 자연적으로 이 지점은 아동문학가의 창작방법에 대한 자의식이 발동하는 공간이기도 하다. 이런 자의식을 망실한 작가는 관습에 빠져 편할는지 모르지만, 작품에 그 표식이 분명하게 드러나기 마런이다. 아동문학가, 특히 이야기를 채택하는 동화의 경우 작가의 이러한 자의식과 고민은 작품의 성패를 좌우한다고 해도 과언이 아니다.

이시구의 《무아의 오색 무지개》를 접했을 때, 교육 수단으로서 동화의 역할, 그것의 효용성과 문학적 성과라는 아동문학의 본질적 문제가 가장 먼저 떠올랐다. 이 문제에 관해 작가의 자의식이 어떻게 작동했고 그것의 문학적 성취는 어떠했는지를 들여다보는 것은 이 작품의 비평적 해석과 평가가 피해 갈 수 없는 대목이다.

2.

이시구의 장편 동화 《무아의 오색 무지개》는 잘 다듬어진 작품이다. 겉으로는 작은 흠집 하나 없는 말쑥한 항아리 같다. 그만큼 작가의 치밀한 설계가 선행되었고, 그에 따른 주제 구현에 심혈을 기울였으리라. 이처럼 잘 만들어진 작품이 될 수 있었던 원동력은 두 가지다. 하나는 분명한 주제의식이고, 다른 하나는 계획적이고 빈틈없는 구성이다. 창작방법의 모범이고 승리다. 작가의 치밀한 창작 계획과 반복된 퇴고의 노고를 짐작하고도 남는다.

이 작품에서 작가의 의도와 메시지는 '오색 무지개'에서 촉발한다. 작가는 '오색 무지개'를 통해 전통의 가치를 소환하고 재생산하였다. 한국의 전통 색체계는 동양의 오행 사상에 뿌리를 두고 있는 오방색임을 독자에게 알리는 데 목적을 두었다. 오방색은 단지 색 체계만의 문제가 아니다. 여기에는 한국의 전통적 우주관과 문화적 토대인 '오행'이 전제되어 있다. '오색 무지개'란 구체적 사물 지칭은 '오방색'이라는 고유한 색

체계에서 나온 것이며, 이 오색 체계는 전통적 우주관인 '음양오행'에 연결되어 있다. 결국 '오색 무지개'에 관한 재인식은 사소한 문제가 아니라 삶의 토대가 된 사상과 문화의 정체성 문제로 확장하는 힘을 내장한다. 이런 점에서 작가의 주제의식은 거시적이고 문화사적인 성찰과 전망을 깔고 있다. 책머리의 '작가의 말'에서 작가의 창작 의도 혹은 주제의식을 재확인해 본다.

선녀들이 건너간 무지개다리는 흔히 생각하는 칠색이 아니라 오색입니다. 우리 조상들의 색채 문화가 음양오행 사상에 근거한 오방색을 중심으로 함을 알 수 있는 대목 중 하나입니다. 같은 무지개를 보더라도 색을 감지하고 구분하는 데 나라마다 다른 정서와 문화가 반영되어 다르게 표현되었습니다. 비록 오색무지개는 낯설더라도 노래로는 익숙하게 들릴 것입니다. 오랜 세월 우리의 정서에 자연스럽게 녹아든 때문이라 여겨지며 이는 어린이들이 오색무지개를 알아야 하는 이유라 생각합니다. 글로벌한 현대 사회는 모든 게 빠르게 변하고 발전하지만 정서와 문화에 깊이 투영된 전통의 의미를 바르게 알고 되살리는 것은 무엇보다 가치 있는 일입니다.

마지막 문장에 작가 의도가 요약되어 있다. 글로벌한 현대사회는 모든 것이 빠르게 변하고 있다. 이 변화한다는 말은 바로 전통을 외면하고 새로운 것으로만 눈을 돌리는 세태에 대한 우려이기도 하다. 우리 문화와 정서에 녹아 있는 전통의 의미를 바르게 이해하고, 그것을 되살리는 것은 가치 있는 일이라는 점이 이 작품의 표면적 주제이며 작가의 의도이다. 한국 문화 곳곳에는 전통적 세계관과 고유한 정서적 징후가 수시로 포착된다. 오랫동안 집단무의식처럼 작동해왔기 때문에 근대 모더니즘의 세계관이나 첨단 기계문명이 지배하는 현실 환경에서도 전통의 뿌리는 리좀처럼 그 생명이 잠재되어 있다. 외면하고 찾으려 애쓰지 않았기 때문에 드러나지 않고 사라진 것처럼 보였던 것이다. 익숙한 문화적 외피를 조금만 파고들어 가면 소중한 전통적 가치가 고구마 줄기처럼 따라 올라온다. 하지만 현대문화는 전통이 부활하고 확산하기 어려운 토양으로 변질했다. 전통문화와 세계관은 점점 설 자리를 잃어가고 있다. 과학기술문명으로 대표되는 서구문명, 글로벌화한 자본주의 산업사회, 인공지능으로 치닫는 디지털 문화는 고유의 전통문화와 가치 체계의 입지를 약하게 만들었고, 지금은 거의 고사 지경에 이르게 되었다. 우리는 근대화 과정에서 전통과 모더니즘의 조화나 변증법적 지양을 추구하기보다는 근대 모더니즘을 일방적으로 수용하기에 바빴다. 전통은 낡고 비현실적인 것이고 서구의 과학문명은 새롭고 실용적인 것이란 이분법에 깊이 빠졌다. 결국 전통을 외면하는 결과를 낳았다. 20세기 후반부터 한국 사회는 서양의 과학문명을 적극적으로 수용하면서 산업발전을 통한 경제성장과 물질적 풍요를 얻을 수 있었지만, 그 반면에 오랫동안 지켜왔던 인간 삶의 정신적이고 윤리적인 가치를 상실하고 말았다. 경제성장이 만병통치약이 아니라는 인식, 서구 지향적 가치관에 대한 반성 등이 전통적인 것의 의미를 되새기는 계기를 마련해 주었다. 전통론, 문화의 자주성과 주체성 강조, 전통적 가치의 소환과 콘텐츠 개발 등 다양한 모습으로 전통적 가치에 대한 재인식이 끊이지 않았다. 동화 〈무아의 오색 무지개〉의 주제의식도 넓게는 이 같은 맥락에 닿아 있음을 쉽게 간파할 수 있다. 특히 국가의 미래 주역인 어린이에게 전통문화의 아름다움과 가치를 고취하는 것은 교육의 중요한 품목이 아닐 수 없다. 전통문화와 단절된 신세대들에게 그 가치를 일깨워주는 일은 기성세대에게 주어진 사명이기도 하다. 계몽적 특징을 지닌 아동문학이 이런 쪽으로 무게를 두는 것은 너무나 자연스럽고 당연한 일이라 하겠다.

이러한 주제의식은 작가의 계획적인 구성을 통해 구현된다. 인간과 인간(세대 간), 인간과 자연, 현실세계와 초월 세계 등이 합일된 세계관을 유지하던 전통이 과학기술에 바탕을 둔 기계문명의 영향으로 무너지게 된다. 이는 도깨비 가족이 인간 세상에서 함께 살지 못하고 오색 무지개를 타고 다른 세계로 떠나야 하는 상황으로 설정된다. 주인공 소년 '무아'가 이때 가족과 헤어진 도깨비 '또비'를 만나 전후 사정을 듣고서, 또비의 가족 상봉을 위해 오방색을 찾으려 모험의 길을 나선다. 동쪽의 파랑 나라, 남쪽의 빨강 나라, 서쪽의 하양 나라, 북쪽의 까망 나라, 가운데의 노랑 나라를 차례로 찾아가 오색을 구해와 또비 가족의 만남이 이루어지도록 한다. 이러한 무아의 '오색 구하기' 여정으로 짜인 플롯은 '오색 찾기', 즉 전통 회복이란 의미를 드러내는 알레고리이다. 메시지가 작가의 직접적인 진술이 아닌 전체 플롯을 통해 구체화되고 있다. 형식과 내용의 부합이 작위적이라는 느낌이 들 정도로 완벽하다. 그것도 그럴 것이 오방색이나 사방 사신은 동양의 음양오행 사상에서 이미 하나의 굳어진 체계이기 때문이다. 이미 일반화된 체계를 따라 플롯이 전개되어 특별한 장치의 도움 없이도 전체는 잘 짜인 구성을 보일 수 있었다. 특히 다섯 공간을 다스리는 신을 만나 오색을 구하는 과정은 반복을 통한 일정한 패턴을 형성함으로써 독자가 작품 전체를 이해하는 데 효율적으로 기여한다. 그만큼 작가의 메시지 전달이 효율적이었다.

3.

동화 〈무아의 오색 무지개〉의 미덕은 주제와 구성이 상호 융합하여 작품의 완결성을 높이고 있다는 점이다. 등장인물의 명명, 공간 전환, 다섯 공간에서 일어나는 사건 전개 등 구성 요소의 배치와 연결이 유기적이다. 장편 동화인 만큼 여러 요소가 복잡하게 얽혀 있으나 각각 제자리를 지키며 전체를 통일된 하나로 통합하는 데 각자 역할을 충분히 발휘한다. 작가의 명확한 주제의식과 면밀한 창작방법이 이루어낸 결과라고 할 수 있다. 그런데 명확한 주제의식과 최적의 구성이 작품의 완성도를 높이고 있는 것은 사실이나 이것이 독자에게 긍정적으로만 작용하는 것은 아니다. 작가의 의도가 명확할수록, 메시지를 전달하려는 작가의 욕망이 강할수록 독자는 강한 부담을 느낄 수 있다. 메시지가 독자에게 압박감으로 작동한다. 독자가 작가 의도에 따라 독서하기를 은근히 강요하는 방식이기 때문이다. 이러한 강요가 심리적으로 독서의 자유를 제한하고 독자의 상상력을 위축시킬 수도 있다. 명확한 주제와 단순한 구성은 동화의 기본원리지만, 주제 전달이 작가의 주입보다는 독자의 능동적 참여를 통해 이루어지는 것이 이상적이다. 문학이나 교육 모두 수용자의 인식이나 정서 변화를 함께 겨냥하기 때문이다.

주제와 창작 의도가 확연하고 그 구현이 효율적으로 이루어졌음을 텍스트 분석을 통해 확인할 수 있더라도 그것이 독자에게 고스란히 전달되지 않을 가능성도 있다. 아동문학에서는 예상 독자가 분명한 만큼 창작 과정에서 독자에 대한 고려도 있지만, 어른 작가와 어린이 독자의 지적이고 정서적 간격은 어쩔 수가 없다. 그리고 문학 작품의 소통 과정에서 '작가 의도의 오류'는 피할 수 없는 부분이다. 작가의 의도가 작품에 완전하게 반영될 수도 없고, 텍스트에 구현된 그것이 빗나가지 않고 독자에게 그대로 전달되는 것도 아니다. 수용 과정에서 작가의 의도와는 다르게 예상치 못한 의미가 스며들어 새로운 해석의 길이 열릴 수도 있다. 작가의 의도가 명료하고, 그것을 구현하는 데 가장 적절한 형식을 취하고 있는 〈무아의 오색 무지개〉도 예외는 아니다. 작가가 의도한 표면적 주제 너머 작품에 밴 이면적 주제가 더욱 빛날 수도 있다. 물론 완성된 하나의 작품이 표면적 주제와 이면적 주제로 나누어지는 것은 통일성을 구축하지 못했다는 점에서 그 평가는 낮아질 수밖에 없다.

작품 〈무아의 오색 무지개〉의 길고 복잡한 이야기가 독자에게 정서적 공감을 주면서 재미있게 읽힐 수 있는 요소는 작가가 의도했던 전통적인 오방색의 의의와 가치를 인식해 가는 과정에서 오는 즐거움일까? 주인공이 오방의 나라를 차례로 찾아가 다섯 신을 만나 오색을 구하는 이야기 전개에서 독자가 공감을 자극하는 부분은 '전통 인식과 회복'이라는 작가의 메시지나 관념이 아니다. 독서 진행에서 이러한 관념은 뒤로 밀려나고 이야기 전개 과정에서 등장하는 인물이 주는 다양한 성격, 연이어 벌어지는 작은 상황과 사건의 속삭임일 것이다. 어린이 독자는 작가의 거시적 세계관에 기대지 않고 사물과 현상을 직접 접하면서 느끼고 생각하면서 작품을 읽어갈 것이다. 여기서 독자가 만날 수 있는 가장 개연성이 있는 주제는 무엇일까. 등장인물의 자아 정립과 성장이다. 주인공 무아는 자아 정체성을 가지지 못한 철없는 아이였다. 우연한 계기로 다섯 나라를 차례로 찾아가 다섯 색을 구하는 여정에서 여러 인물을 만나면서 관계를 맺는다. 이 과정에서 주인공 무아는 자신이 원하는 것을 쉽게 얻을 수 없다는 것을 깨닫는다. 거대한 힘을 지닌 공룡이 옆에 있고 초월적인 능력을 지닌 도깨비방망이나 위기 탈출을 위한 비상 도구도 갖추었지만, 색을 손쉽게 구하지 못하고 어려운 국면과 위기를 만나 고초를 겪는다. 이렇듯 주인공 무아의 '모험 여행'은 자기 찾기의 성장 과정이었다. 성장 서사의 전형적인 모습을 보여준다. 교육과 계몽은 문학의 중요한 품목이지만, 그것의 수용 과정에서 늘 저항과 방해가 뒤따른다. 교육적 도구로서 아동문학이 메시지 자체보다는 메시지를 어떤 형식으로 형상화해야 할지를 고민해야 할 이유가 여기에 있다.

4.

언제부턴가 사람들이 변하기 시작했다. 대문을 꽁꽁 닫고 벽이 높아졌다. 할 수 없이 도깨비들은 사람들 곁을 떠나 자꾸만 깊은 산속으로 들어가서 살게 되었다. 하지만 더 큰 일은 사람들이 자꾸 기억을 잊어버리는 것이었다. 특히 오래된 것일수록 빨리 잊어버렸다. 전기로 밥을 짓는 밥솥이 나오자 까맣고 반질반질 윤이 나는 무쇠솥을 잊었다. 아스팔트로 큰길을 내자 개구리가 폴짝 뛰어오르는 논두렁길을 잊었다. 그리고 씨름도 하고 수수께끼 놀이도 하던 친구 같은 도깨비도 잊어버렸다.

도깨비가 인간 세상을 떠나게 된 원인을 말하는 대목이다. '인간과 도깨비의 상생 – 무쇠솥 – 논두렁길'이 문화적 전통을, '인간과 도깨비의 분리 – 전기밥솥 – 아스팔트길'은 전통을 파괴한 근대문명을 비유한다. 많은 사회학자나 대중의 인식은 전통 파괴의 원인을 '근대'에서 찾는 것이 일반적이다. 전통과 근대를 대립 구도로 인식했을 때 전통은 극복의 대상이면서 옹호와 복원의 대상이기도 하다. 맥락에 따라 부정과 찬양을 왔다 갔다 해야 하는 모순을 안고 있다. 이는 전통을 통합된 문화적·정신적인 토대로 파악하지 못하고 개별적 콘텐츠로 분리 인식하기 때문이다. 어느 것은 버리고 살려야 하는 취사선택의 방법만을 강요한다. 첨단 과학문명이 인간 삶을 지배하는 현대사회에서 전통의 발견을 말하는 것은 구호로 끝날 수 있다. 디지털 세대인 어린이에게 전통의 가치를 고취하는 의도가 설득력을 지니려면, '전통적 세계관과 문화', '근대 과학주의 기술문명'을 단순히 대립 관계로 파악하는 차원에서 벗어나야 한다.

전통을 특정한 물신성과 박물성의 관점에서 이해해서는 곤란하다. 그것은 삶의 과정에서 무의식적이고 습관적으로 유령처럼 등장하는 사유와 감각의 무늬이다. 문화는 고정된 콘텐츠가 아니다. 시대와 역사의 흐름을 따라 변신의 힘을 발동하는 유동적인 것이다. 전통과 근대, 부정과 찬양, 극복과 계승이란 단조로운 이분법으로 재단된 전통론은 실효성이 떨어지는 이데올로기에 지나지 않는다. 어린이 문학이나 공교육에서 자주 접하는 전통 옹호론은 이러한 위험을 십분 고려해야 한다. 근대 문명 사회에 살면서 전근대의 전통을 꿈꾸는 일은 일종의 아이러니고 모순이다. 실존의 바탕인 전통문화를 망각하고 근대 기계문명의 실용성만을 섬기는 사고방식도 위태롭다. 양자는 갈등하면서 공존한다. 그 갈등과 공존의 현장을 포착하는 것이 문학이고, 어느 것을 선택하는 것보다 선택 앞에서 고민하는 인간상을 보여주는 것이 문학이다. 아동문학도 예외는 아니다. 교육은 정제된 앎과 행동을 전달하는 것이 아니라 진실한 삶을 위해 선택을 숙고하도록 하는 것이다. 동화 〈무아의 오색 무지개〉에서 전통색에 대한 재인식이라는 표면적 주제보다는 이면에 흐르는 '상생'을 지향하는 삶의 태도, 주인공의 자아 각성과 내면적 성숙이란 측면이 더 감동적으로 다가오는 이유도 여기에 있다.

제5부

기타

디지털 시대의 문학에 대한 인식

1. 문학의 종언, 혹은 죽음

'문학 하는 사람들'(작품을 생산하는 시인이나 작가, 문학을 대상으로 이차 담론을 생산하는 문학연구자나 비평가, 문학을 좋아하여 즐겨 읽는 일반 독자)에 게 물어본다. 당신들에게 문학은 무엇인가? 당신들에게 어떤 의미가 있 기에 문학을 좋아하고 그것에 푹 빠져 지내는가? 지식과 교양을 얻을 수 있기 때문에, 재미있기 때문인가? 문학은 재미있고 정신적 위안을 준다 고 인정하자. 그렇다면 문학이 당신의 현실적인 고민과 문제를 해결해 줄 수 있다고 생각하는가? 문학이 당신의 생활에 보탬을 준 적이 있는 가? 별로 없다면 당신은 왜 문학을 좋아하고 작가나 시인을 존경하는가? 특별한 어떤 이유 때문이 아니라, 문학에 가까이 가면 품위 있는 사람으 로 비칠 수 있다는 막연한 느낌이 들기 때문인가? 마치 이런 질문이 현 실적 효용성을 지니지도 못하는 문학에 매달리는 것을 야유하는 것처럼 들리는가? 문학이 현실적으로 무용하기 때문에 유용하다고 말한다. 칸트는 '무목적의 목적', 혹은 '무관심의 자유'를 예술의 본질이라고 했다. 현실적인 욕망으로부터 자유와 해방이 문학이 추구하는 궁극의 방향이라고 하자. 그런데 왠지 공허하게 들리지 않는가. 문학 권력을 잡은 일부 사람이 문학을 신비로운 것으로 포장하기 위한 속임수 같다는 생각이 들지 않는가.

일본의 비평가 가라타니 고진의 '근대문학의 종언'이 한국 문단에 던진 파문은 만만찮았다. 1990년대부터 솔솔 피어올랐던 '문학의 위기' 의식에 기름을 부었다고나 할까. 막연하게 문학이 위축되고 그 힘이 상실해 간다고 느끼고 있는 상태에 '종언'을 선언함으로써 사태가 분명해진 것 같다. 사실 문학의 위기니 종언이니 하는 것은 분명한 사태로 드러나는 것이라기보다는 어렴풋한 느낌으로 전해온다. 그런데 가라타니의 '종언론'은 한국의 많은 문학인이 '문학의 종언'을 확신하는 계기가 된 것이다. 사상적 깊이를 갖춘 대단한 비평가이고 한국문학을 직접 언급함으로 그의 주장이 구체적으로 다가오기는 했으나, 이웃 나라 비평가의 일언이 한국 문학판의 문학에 대한 인식 지형도를 흔들어 놓았다는 것은 우연한 일이 아닌 듯싶다. 그만큼 찬스가 맞았다고 할까. 문학 위기와 근대문학 종언의 징후가 뚜렷하게 드러나 조금만 눈을 돌리면 금방 짐작하고도 남음이 있기 때문이다. 왠지 기력이 떨어지고 몸 상태가 어제 같지 않다는 느낌을 들었는데도, 허약해지고 무력한 자신의 존재를 인정하기 싫었을 것이다. 어쩌면 대부분 관성에 힘에 눌려 문학에 대한 자의식을 전혀 발동하지 못했을 수도 있다.

지금으로부터 100여 년 전, 한국 근대문학이 본격적으로 시작될 무렵인 1917년 춘원 이광수의 소설 〈무정〉이 《매일신보》에 연재되었다. 전하는 이야기에 의하면, 이 연재소설을 읽으려고 시골에서 읍내까지 몇 십 리 길을 자전거로 왕복한 사람도 있었다고 한다. 당시 춘원은 조선 청년들의 우상이었고 정신적 지도자였다. 비록 친일의 길을 선택한 춘원한테 실망하고 분개한 젊은이도 많았으나, 그를 만나 문학에 관해 이야기를 듣는 것은 평생의 영광이었다고 한다. 질적 차이는 있지만, 오늘날 청소년들이 유명 연예인에게 열광하는 것 이상이라고 할 수 있다. 오랫동안 우리 사회에서 훌륭한 소설가나 시인은 정치가나 기업인에 못잖게 존경받아 왔다. 예전에는 많은 청소년이 문학 소년 소녀 시절을 보냈다. 하지만 1990년대 이후 문학은 그리 매력적 품목이 못 되었다. 그 열광과 존경의 방향은 '영상' 쪽으로 이동했다. 앨빈 커넌은 "문학은 더 이상 세계와 자아에 대한 인간의 경험을 기록한 성스러운 신화, 문화가 어느 무엇보다도 소중히 간직해 온 인류의 재산, 혹은 변하지 않는 본질적인 인간 본성에 대한 보편적인 발언이 아니다"[1]라고 선언했다. 문학은 이제 우리 사회의 주변으로 밀려났다는 점을 시인하지 않을 수 없다.

　문학의 사회적 주변성을 분명히 확인할 수 있다면, 문학의 미래는 어떻게 될 것인가? 문학은 이 지구상에서 사라지고 만다는 말인가? 다시 '근대문학의 종언'을 선언했던 가라타니의 주장으로 눈을 돌려 보자. 그가 문학 전체의 종언을 주장한 것은 아니다. 지금도 많은 시인, 소설가, 수필가가 창작활동을 하고 있으며, 문학 작품을 읽는 독자도 많지 않은가? 예술의 한 장르로서, 사회 문화적 제도로서 문학의 생산과 소비는 여전히 멈추지 않고 진행 중이다. 전자책이 확대되고 있다는 보도를 자주 접하지만, 미구에 갑자기 종이책으로 된 시집, 소설집, 수필집의 출판이 중단될 것 같지는 않다. 종이책 출판이 중단되고 전자책이 그것을 대신

---

1) 앨빈 커넌(최인자 역), 《문학의 죽음》(문학동네, 1999), 11쪽.

한다고 해도, 전자책으로 유통되는 소설도 문학임에는 변함이 없다. 문학의 '죽음'이나 '종언'과 같은 진단은 사회 문화적 제도로서 문학이 사라질 것이라는 말이 아니다. 과거 문학이 맡아왔던 사회적 역할을 상실했다는 것을 말하고 있는 것이다. 문학이 인간으로 하여금 자기 삶을 성찰하고 사회 현실에 대해 올바르게 인식하도록 하는 시대는 지나갔다는 판단이다. 이제 누구도 문학을 인간 삶의 정신적 가치를 고양하는 숭고하고 성스러운 것으로 받아들이지 않는다는 말이다. 가라타니가 말하는 문학의 종언은 "문학은 한마디로 말하자면 영구 혁명 안에 있는 사회의 주관성"이라는 사르트르의 명제가 그 효용성을 상실했다는 진단이다. 사회 변혁을 위한 현실적 실천으로서 문학, 특히 소설의 사회 변혁적 기능이 끝났다는 것이다.

그렇다고 우리에게 지금 필요한 것은 무너져 내리는 문학의 권위와 명예를 회복하고, 주변으로 밀려난 문학을 다시 중심으로 끌어오기 위한 어떤 방책을 제시하는 일이 아니다. 사실 어떤 방책도 언어적 수사에 불과할 뿐이다. 사회 문화적인 거대한 흐름을 가로막거나 물길을 다른 방향으로 돌리는 일은 거의 불가능에 가깝다. 필요한 것은 문학이 처한 현실적 상황을 제대로 인식하는 일이다. 하나는 현재의 문학이 처한 현실을 긍정적으로 수용하면서 계승·보완하는 것이고, 다른 하나는 비판적 관점에서 진단하고 문제점을 극복하는 방안이다. 현재 문학이 처한 현실적 상황에 대한 정확한 인식은 문학에 대한 자의식을 확대하고 충실한 자기 점검과 반성을 가능하게 해준다. 여기에서 출구를 찾는 것이 바람직하지 않겠는가.

2. 디지털 환경에 적응하기

문학이 위축되거나 사회적 주변성으로 추락한 것은 현재 이 시대가 디지털 사회라는 점과 무관하지 않다. 인류 역사의 전개 과정에서 자기를 표현하고 소통하기 위한 언어 테크놀로지, 즉 매체media는 크게 4단계로 전환되어 왔다. "음성언어 → 문자언어 → 활자언어 → 디지털 언어"가 그것이다. 문학은 바로 '활자언어' 시대의 핵이고 꽃이었다. 활자시대는 문학으로 대표되는 시대다. 활자문화 시대가 지나가고 우리 사회는 디지털문화의 영상언어 시대 한복판에 놓이게 되었다. 그러므로 문학의 위세가 꺾이는 것은 당연한 결과라고 할 수 있다.

여기서 중요한 것은 새로운 매체가 등장해도 이전의 매체는 사라지지 않는다는 점이다. 구매체를 일거에 폐기 처분하고 신매체가 그 자리를 차지하는 것이 아니라는 말이다. 첨단의 디지털 매체가 주류를 이루는 오늘날에도 오래된 매체인 음성언어가 절실히 소용될 때가 있지 않은가. 인터넷이 급속도로 보급되는 시점에서 종이책이 전자책으로 대체될 것이라는 예언이 들끓었는데, 그 결과는 어떻게 되었는가. 오히려 활자 매체는 전자 매체 등장에 자극받아 더 많은 종이책을 생산했는지도 모른다. 구텐베르크가 활자를 발명하고 활자책을 처음 만들 때 기존의 필사본과 똑같은 책을 만들려고 했다는 사실을 기억한다. 신매체가 등장하여 구매체와 완벽히 다른 새로운 글쓰기 양식으로 인식되어 변별성을 지니는 데는 상당한 시일이 걸린다고 한다[2]. 이렇게 볼 때 신·구매체는 교체되는 것이 아니라, 공생의 원리를 바탕으로 각자의 존재 가치와 이유를 정립하면서 역동적 관계를 유지한다.

---

2) 김성도,《디지털 언어와 인문학의 변형》(경성대학교출판부, 2003), 45쪽.

구매체가 신매체의 등장으로 사라지지는 않지만, 예전 모습 그대로 지속하는 것은 아니다. 신매체 탄생과 함께 구매체는 변화한 새로운 여건에 적응하고자 자신을 변형시키고 강화한다. 디지털 매체의 등장으로 기존의 활자 매체는 과거와는 다른 새로운 방향을 모색한다는 말이다. 이것이 재매체이론이다. 언어를 활용하는 모든 행위도 이러한 언어 매체의 원리에 따를 수밖에 없다. 문학도 마찬가지다. 활자언어가 주류였던 시대의 문학은 디지털 언어가 새로 등장한 현단계의 문학과 질적으로 차이를 드러낸다. 그 질적 차이는 여러 측면에서 감지된다. 다만 분명하게 인식되지 않을 따름이다. 활자 매체가 첫 단계에서 필사본을 모방하려고 애썼던 것과 마찬가지로 지금의 디지털 매체는 은연중에 활자 매체와의 차이가 줄 수 있는 충격을 최소화하려는지도 모른다. 우리가 그 한복판에 있기 때문에 변화를 뚜렷하게 감지하지 못할 수도 있다. 완전한 변별력을 드러내는 데는 긴 시간이 걸린다고 하지 않는가. 어쨌든 디지털 매체의 부각으로 기존의 문학은 어떤 모습으로든 자기 모습을 갱신해 갈 것이다.

문학이 사이버문화 환경에서 벗어날 수 없다는 것은 누구나 인정한다. 문학 창작이나 읽기가 가상공간에서 이뤄지는 빈도수가 가면 갈수록 높아질 것이다. 그렇다고 해서 기존의 문학이 특별하게 달라진다고 볼 수 있는가? 오늘날 문학 작품 창작은 대부분 컴퓨터 화면에서 이루어진다. 이때 컴퓨터나 부수하는 디지털 테크놀로지는 활자를 조합하고 저장하고 배송하는 데 물리적 편의를 주는 도구에 지나지 않을 수도 있다. 종이에 친필로 글을 써서 컴퓨터 자판에서 타자하여 이메일로 잡지사에 원고를 보내는 과정에서 편리한 도구로 컴퓨터를 활용하는 수도 있기 때문이다. 디지털 매체의 등장 초기에는 그랬었다. 이제 컴퓨터와 인터넷은 글쓰기의 전적인 공간으로 바뀌었다. 한 편의 글이 생산되자마자 컴퓨터 기기를 떠나는 경우, 얼마 동안 머무는 경우, 아예 그곳에서 끝까지 소비되는 경우로 구분해 볼 수 있는데, 갈수록 후자 쪽으로 무게가 실린다. 컴퓨터나 인터넷은 단지 도구의 차원이 아니다. 글의 생산과 소비가 이루어지는 환경으로서 디지털 공간은 글의 내용과 그것을 구성하는 방법에까지 영향을 미친다.

많은 사람이 종이 위에 글쓰기와 컴퓨터 글쓰기를 인수분해를 하면 글(형식 혹은 메시지)은 불변의 인수로 남는다는 생각을 지우지 못하고 있다. 컴퓨터가 단순한 디지털기기에서 가상공간이라는 새로운 글쓰기의 장으로 탄생한 이상, 우리가 쓰는 글은 형식이나 내용에서 사이버문화의 영향을 받아 변화된 모습으로 드러날 수밖에 없다. 기존의 활자 기술에 의해 굳어진 좋은 글쓰기, 이것에 대한 세심한 독서의 가치가 위협받고 있다. 활자 텍스트의 유구한 전통에서 존중되었던 가치, 즉 활자로 고정된 데에서 오는 안정성, 유일무이한 창조물이라는 점에서의 기념비성, 위대한 작가의 창작물이라는 점에서의 작가의 권위와 같은 전통적 가치는 이제 보장되기 어려운 실정이다. 디지털 환경에 의해 글 쓰는 표면, 독자가 글을 읽는 리듬, 글쓰기 형식 등에서 일어나는 변화를 쉽게 확인할 수 있다. "디지털 글쓰기의 개념적 공간은 저자와 독자의 사이 유동성과 상호작용적 관계에 의해서 특징지어진다. 이 같은 상이한 개념적 공간들은 글쓰기의 상이한 스타일과 장르들, 문학의 상이한 이론들을 형성한다." 지금으로서는 "디지털 언어는 전대미문의 새로움과 전통성 모두를 유지한다"[3]는 판단이 적절할 것 같다.

디지털 시대를 맞이하여 문학의 위상은 달라졌다. 디지털 언어 매체

---

3) 김성도, 앞의 책, 49쪽.

에 의해서 글쓰기의 패러다임이 전환하고 있다. 그런데 여건이 크게 변화했는데도 이를 인식하지 못한 채 과거에 매달리는 것이 문제다. 지금 사이버 공간에는 다양한 글들이 생산, 소비되고 있다. 사이버 공간에서 유통되는 많은 대중적 글쓰기는 문학성과 같은 가치를 염두에 두지 않는다. 이들은 '순수한 문학성'이란 부분에서 상당한 융통성을 발휘한다. 처음부터 크게 의식하지 않는지도 모른다. 이런 상황에서 여전히 문학성에 목을 매는 것은 바람직하지 않다. '문학' 혹은 '문학적 가치'라는 것이 불변의 고정체로 존재한다고 전제하는 것은 오류다. 문학은 변화하는 유동체로서 독자에게 언제나 새로운 의미로 해석되고 수용된다.

오늘의 문학이 처한 디지털 환경을 긍정적으로 인정할 필요가 있다. 과거 문학이 가지는 속성을 절대적 가치로 신봉하는 것은 문학을 폐쇄적 공간에 가두어 질식시키는 결과를 가져올 것이다. 디지털문화와 그 방법을 적극적으로 호흡해야 한다. 그것은 필수적인 공기와 같은 것이다. 영상문화 시대의 '문학'은 과거 활자문화 시대의 문학과 그 패러다임이 전환되었다는 점을 충분히 인식해야 한다. 문학의 전통적 가치를 보전하는 것은 불가능하다. 문자 시대에 문학이 가졌던 가치와 의미를 오늘과 같은 전자문화 시대에 강조하는 것은 무의미하고 시대착오적인 발상이다. 문학에 대한 우리의 인식도 전환되어야 한다.

3. 문학의 진정성, 혹은 정치성

디지털 영상문화와 문자문화의 총아인 문학 사이에는 추구하는 가치에는 큰 간극이 있다. 문학의 전통적 이상과 가치를 보전하려면 전자

문화를 거부하는 길이 특효 처방이다. 하지만 이는 과거로 되돌아가 TV
를 시청하지 말고 라디오 방송을 들으라는 것과 다르지 않다. 불가능한
일이다. 디지털 전자문화 시대라고 해서 문학의 전통적 가치가 모두 폐
기 처분되어야 한다는 것은 아니다. 인간 삶의 고양이라는 문학의 궁극
적인 정신은 드러내는 방식이 다르다고 하더라도 그대로 유효하다. 여
기서 오늘날의 디지털 환경에 의해 약화한 문학의 고유한 가치를 생각해
보면서 진정성 회복의 필요성을 제안한다.

　디지털 전자문화의 환경 속에서 문학은 일부 소수 전문인의 전유물에
서 대중 속으로 확산했다. 그런데 이러한 대중성 확보가 긍정적인 방향
으로 작용하지 못하고, 전체적으로 문학의 질적 수준 저하를 가져왔다.
오늘날 문학은 삶의 사회적 현실을 인식하고 어떻게 살 것인가를 고민
하도록 하는 일과는 상관없다. 문학이 삶의 현실적인 문제 앞에 무엇을
할 수 있는가에 대한 고민은 처음부터 필요 없는 항목이 되었다. 사실 고
민해 봐도 크게 달라질 것은 없다. 답은 이미 나와 있기 때문이다. '문학
은 죽음'과 '문학의 종언'이라는 선언이 상당한 설득력을 얻고 있는 현실
만 확인할 뿐이다. 문학은 일상을 치장하고 위안해 주는 것 이상도 이하
도 아니다. 문학 생산과 소비에 직접 참여함으로써 얻는 작은 차별성에
흡족해 할 따름이다. 진지할 필요도 없다. 문학을 삶의 중요한 부분으로
생각하거나 그것을 두고 심각하게 고민하거나 진지해 하는 것은 그만큼
감정의 낭비일 수 있다. 오직 가벼운 것이 최상이다. 문학은 달콤하고 그
럴듯한 멋을 지닌 키치의 흐름 속에 자기 몸을 반쯤 담그고 있다. '진지
함'을 내세우지만, 그것은 지극히 통속적이다.

　진지함이란 문학의 고유한 가치가 사라진 것은 1997년 아이엠에프 외
환위기 이후 한국 사회에 만연되기 시작한 신자유주의와 깊은 관계가 있

다. 신자유주의는 "승자독식, 무한경쟁, 적자생존의 유사 — 자연적 정글로 변화한 사회에서 가장 절박한 관심은 '진정한 삶'이 아니라 '목숨 그 자체' 즉 '생존'의 문제로 집약"[4]되는 사회를 가져왔다. 이러한 신자유주는 삶의 변화뿐만 아니라 사유 체계와 미학적 취향조차 바꾸어 놓았다. 진정성이 와해한 뒷자리에서 문학은 철저하게 밀실로 파고들어 개인의 내면적 쾌락에 안주하고, 전체적으로는 나르시시즘의 미학 구조를 드러낸다.

　오랫동안 '진정성(眞正性, authenticity)'을 문학이나 예술의 중요한 가치 척도로 생각해 왔다. 진정성이란 윤리 의식을 바탕으로 올바르고 가치 있는 삶을 영위하기 위해 참된 자아를 실현하려는 의식이나 태도를 가리킨다. 도덕적인 이상과 참된 자아를 실현하려는 진지한 삶의 자세가 진정성의 핵심이다. 그런데 "진정한 자아의 실현이 대개 사회적 모순, 억압, 문제 등에 의해 좌절되기 때문에 진정성의 추구에는 언제나 사회의 공적 문제에 대한 격렬한 항의, 비판, 참여가 동반된다."[5] 진정성은 주체가 자기 내면에 침잠하여 자신을 성찰하고 참된 자아를 실현하기 위해 고뇌하는 것에서부터 불발한다. 하지만 참된 자아실현은 주체 개인의 내면 공간에 갇혀서는 불가능하다. 내면에서 벗어나 외부의 타자와 공유하는 사회적인 삶으로 나아가야 가능하다. 공적이고 역사적 지평을 열어야 한다는 말이다. 오늘날 문학은 주체의 내면적인 목소리를 내는 데 멈춘 듯하다. 개인적 자아 성찰로 끝나는 문학으로는 충분하지 않다. 공공의 윤리와 가치에 대한 고민을 통해 현실에 참여해야 한다. 앙가주망이 절실히 필요하다. 대중화를 이룬 오늘의 문학이 통속성에 함몰되지 않고 제 역할을

---

4) 김홍중, 《마음의 사회학》(문학동네, 2009), 20쪽.
5) 같은 책, 19쪽.

다하려면 진정성을 드러내는 길을 모색해야 할 것이다.

2000년대에 들어와 문학은 육화된 가벼움과 개인주의적인 폐쇄성에 경사됨으로써 공공의 주체를 설정하고 공동체의 감각을 개발하는 데에서 멀어졌다. 한 사회가 공유하는 사유와 감각을 발견하는 것은 그 시대 문학에 부과된 중요한 과제다. 문학이 개인과 개인의 내면에 침잠할수록 사회적인 공동 사고와 감각을 개발하는 능력은 점점 퇴화할 것이고, 문학의 사회적 주변성은 고착화할 것이다. 디지털 전자 시대가 가져올 사이버리즘 문화, 신자유주의가 몰고 온 공동체주의 윤리 의식의 퇴조는 이 시대 문학이 감당하기 어려운 거대한 흐름이다. 그것에 맞서는 것은 실효성을 거둘 수 없는 포즈에 지나지 않을 수도 있다. 그러나 앞으로 설정해야 할 문학의 방향을 과거의 자리로 되돌려 놓자는 것이 아니다. 디지털문화 시대의 패러다임에 부응하면서 문학의 최소한의 고유성을 지키자는 것이다. 적응과 대항은 모순도 아니고 양자택일의 구조도 아니다. 문화의 큰 흐름에 적응하면서 자신을 새롭게 변화시키고 상처받은 부분을 치료하자는 것이다. 어쨌든 이 시대의 문학이 어떤 위치에 있는지에 대한 냉철한 판단이 요구된다. 이 시대 문학은 무엇이고 무엇을 할 수 있는지, 문학에 대한 자의식의 고삐를 늦춰서는 안 될 것이다.

《수필미학》 창간 10년을 회고하며

    《수필미학》이 10년 역사를 코앞에 두고 있다. 시선에 따라 10년의 세월이 길 수도 있고 짧을 수도 있다. 현재 발행되는 수필 전문지 중에는 지령 100호를 넘긴 잡지가 수두룩하다. 겨우 38호 정도로 그 역사를 운운하는 것은 과장이나 건방으로 비칠지도 모른다. 하지만 지령의 높낮이를 떠나 잡지 발간의 세세한 내막을 들여다보면, 거기에는 물심양면의 어려움이 속속들이 스며 있다. 발간과 운영에 들어간 몇몇 개인의 품과 고민은 시간에 쓸려 온데간데없고 허무함만 덩그렇게 남을 뿐이다. 이 모두가 개인의 헛된 욕망과 이념의 소산이고 사회 시스템의 문제로 치부하면 더할 말이 없다. 그래도 그 허망한 시간을 되돌아보고 반추하면서 새로운 길을 찾아보는 것이 최선이 아니겠는가. 왜냐하면 많은 사람의 노력과 희생, 관심과 격려, 희망을 헛되이 날려버리지 않기 위해서이다. 《수필미학》은 이쯤에서 전환의 계기를 마련하기 위해 지난 시간을 되돌아보고, 이를 발판으로 시대에 맞는 수필의 가치를 창출하고 전도하는 일을 멈추지 않기로 했다. 남은 것은 효율적인 실천 방법을 찾는 일이다. 물론 주어지는 성과나 영광과는 무관하게 뭔가를 시도한다는 것 자체가 중요하다는 점을 잘 알고 있다.

《수필미학》이 창간과 함께 앞세워 강조한 것은 '수필 이론 및 비평 생산의 활성화'였다. 이에 맞춰 내세운 슬로건도 '창작과 비평의 열린 만남'이 아니었던가. 이는 수필의 이론과 비평 부재로 빚어진 오류와 왜곡을 수정, 극복해 보자는 의도에서 비롯되었다. 즉 한국 근대문학의 장에서 수필 장르가 열등하다는 선입견이 지워지지 않는 것도 이에 대응하는 수필 이론과 비평 부재에 그 원인이 있다고 판단했던 것이다. 현재 활동하는 많은 수필가가 전문가로서 기량을 발휘하지 못하고 있다. 이 또한 이론과 비평의 토대 없이 이루어지는, 기법 위주의 창작교육이 빚어낸 결과이다. 이론의 뒷받침 없이는 아마추어 수준을 뛰어넘기 어렵다는 인식에서 그간 수필미학은 이론과 비평에 많은 관심을 쏟았다. 그 성과에 대한 판단은 긍정과 부정이 반반이다. 수필비평의 의의를 부각하는 데 일조했다는 점이 긍정적 평가라면, 독자에게 다가가지 못했다는 것이 부정적 평가이다. 큰 한계는 이론가와 비평가의 수가 절대 부족하다는 점이다. 그런데 대학에서 수필문학에 대한 연구가 이루어지지 않는 한 이 문제는 해결될 수 없을 것이다.

《수필미학》이 이론과 비평 생산의 활성화라는 목표를 설정하고 이를 성실하게 실행하려고 노력한 것은 사실이다. 성실함이란 목표를 달성하기 위해 주어진 역할을 충실히 수행하는 태도이다. 이러한 역할 수행의 추동력은 언제나 외부 반응이나 대외적 평가에서 생성한다. 따라서 역할 수행은 자기 만족을 위한 것이라기보다는 타자에게 보여주기 위한 것으로 편향되기 쉽다. 사회 공동체의 기대와 윤리에 부합하기 위해 개인의 정체성은 수시로 모습을 바꾼다. 성실한 역할 수행에는 처음부터 페르소나가 전제되어 있다. 물론 이 페르소나는 되고 싶은 자아이면서 진정한 자아를 찾아가는 과정에서 구성되는 것이긴 하지만, 진정성이란 부분에서는 적잖은 허점을 안고 있다. 역할과 책무를 성실하게 수행한 것으로 끝나는 것이 아니라, 그것이 얼마나 진정성 있는 실천이었던가가 중요하다. 《수필미학》이 '이론과 비평' 그 자체에 무게를 두기보다는 이름을 앞세워 자기 허영과 욕망을 은폐하지는 않았는지 모를 일이다. 이론 및 비평과 관련된 그 요란했던 기획들이 진정성 없는 허명이나 자기 과시가 아니었다고 장담할 수 있겠는가. 겉으로 화려함을 보이기보다는 내부를 단출하고 명료하게 다듬는 데 힘을 모았어야 했다. 이론과 비평 부재의 수필 문단 현실을 탓하는 데 열을 올리다 보니 실효성 있는 대안을 제시하거나 실천에는 미흡했음이 사실이다. 큰 아쉬움으로 남는다.

오늘날은 자본주의 상품 문화가 지배하는 시대이다. 예술과 문학도 자본주의 체제와 무관하게 독립된 세계로 존재할 수 없다. 예술과 문학의 생산, 유통, 소비는 자본주의와 밀착되어 있다. 작품은 아름다운 예술품이면서 물질적 가치로 전화轉化된 상품이기도 하다. 자본을 도외시하고 문학은 존재하기 어렵다. 특히 대중의 관심과 지원에 의존하는 문학 매체는 여타의 자본주의 상품과 다를 바 없다. 이러한 환경에서 자본은 매체의 존속과 발전에 지대한 영향을 미친다. 그런데 자본은 현실적 욕망이며 정치이다. 문학 매체는 그 본연의 가치를 지키기 위해 자본의 현실적 힘에 기대지 않을 수 없다. 문제는 이 양자가 원래 이율배반적이고 길항 관계에 있다는 점이다. 그만큼 둘의 균형을 유지하기가 어렵다는 뜻이다. 자본의 유혹은 마력과 같아 대부분의 매체는 이 자본의 굴레에 갇혀 본연의 위치와 품격을 망각하고 만다. 《수필미학》은 10년 동안 본질을 흐리게 하는 필요악의 자본과 거리를 유지하려고 애썼다. 하지만 지금 결산하면 그 평가는 실패였다. 원고료를 준다거나 소위 '등단 장사'를 하지 않는다는 명분을 내걸었으나 다른 지점에서는 어쩔 수 없이 자본과 적당하게 타협해 왔다. 이는 수필 전문지를 발간하고 운영하는 데 가장 큰 압박감으로 다가오는 부분이며, 앞으로도 여전히 이 문제를 피해 갈 수 없을 것이다.

디지털 시대는 더욱더 가속화되고 있다. 디지털문화는 문학과 친화적이지 못하다. 둘은 지향과 방법에서 큰 차이를 보인다. 디지털문화의 득세는 문학의 위축을 가져왔다. 성급한 사람은 문학의 죽음과 종말을 입에 올리기도 한다. 문학 작품의 전통적인 존재 방식은 종이에 인쇄된 책이다. 그런데 이러한 존재 방식이 뿌리째 흔들리고 있다. 종이책에 토대를 두는 문학 매체에도 마찬가지로 위기가 찾아왔다. 이 위기는 단순히 추상적인 추측이나 예상에 그치지 않고 실제적인 현실로 드러나고 있다. 문학 작품과 매체에서 독자가 퇴각하는 사실 하나만 보더라도 종이 매체의 위상과 매력이 얼마나 추락했는지 실감할 수 있다. 종이 매체에 다가오는 독자 수도 급격히 줄었지만, 남아 있는 독자조차도 매체에 대해 예전처럼 특별한 기대와 관심을 가지지 않는다. 종이 매체의 무용론과 종말론을 예언하는 목소리가 곳곳에서 들려온다. 어쩌면 시대 흐름을 정확하게 간파했는지도 모른다. 그러나 다른 측면에서 보면, 이 디지털 시대는 종이 매체의 완전한 소멸이 아니라, 대전환의 기회로 작동할 것으로 예상된다. 지금까지 감당해 왔던 다양한 책무와 욕망을 덜어내고 종이 매체의 고유한 자리를 되찾는 일만 남았다. 인쇄된 종이책이 아니면 불가능한 영역이 분명히 존재한다. 디지털 시대의 거센 도전 앞에 쉽게 백기를 들 것이 아니라, 종이 매체만이 수행할 수 있는 기능을 찾아내고 그것을 살리는 데 힘을 쏟아야 할 때다. 떠나가는 독자, 무관심한 대중에 초연할 필요가 있다.

필자는 이 글을 쓰면서 10년 전《수필미학》이 창간되던 무렵으로 되돌아가 당시 초기의 면면을 살펴보았다. 의욕이 넘쳐나고 방향성도 뚜렷했다. 그간 10년의 경륜을 쌓았으면 지금은 그때보다 훨씬 성숙한 모습을 보여야 하는 것이 아니던가. 하지만 지금이 그때보다 더 나아진 것이 별로 없다. 어쩌면 제자리에 머물고 있거나 오히려 뒷걸음친 것은 아닌가 하는 회의가 들었다. 그 10년은 관습에 점차로 물들어가면서 조금씩 긴장감을 상실해온 시간이었던 것 같다. 현재의 초라한 모습으로 드러나는《수필미학》의 자화상 앞에서 부끄러움과 실망감을 감출 수 없었다. 정신이 번쩍 들었다. 변화하는 시대의 흐름을 제대로 읽어내지 못하고 타성에 젖어 있었다는 점이 그 원인이었다. 이제 새로운 방향을 설정할 때다.

《수필미학》은 10년 동안 종이 매체의 기본 상수인 콘텐츠의 질적 수준을 유지하는 것이 기본 책무라고 생각하고 여기에만 집중해 왔다. 이것은 착오였다. 이러한 태도와 방법은 지난 시대의 매체가 지향했던 가치였다. 매체의 기능을 너무 제한된 범위 안에 가두어 두었다. 오늘날 필요한 문학 매체는 고급 정보나 지식을 창출하고 전달하는 것으로 만족할 수 없다. 독자에게 작품을 발표할 충분한 지면을 할애하는 것만으로 그 의무가 끝나지 않는다. 이제 매체는 특정 소수 공동체의 문화 공간으로서 역할을 해야 한다. 문학 매체는 문학 작품이란 영역에만 국한되어서는 곤란하다. 문학이란 매개를 통해 인간의 보편적 가치를 공유할 수 있는 장을 창출해야 한다. 새로운 시대를 살아가기 위해 개인의 창발이을 최대한 발휘될 기회를 제공해야 한다. 문학 작품이란 추상적 언어를 기반으로 하면서 더 나아가 소수 공동체 구성원의 인간적 스킨십을 창출할 필요가 있다. 함께 살아가고 이 공간이 우리 삶을 안전하게 지켜준다는 믿음을 줄 수 있는 리추얼을 개발하고 가꾸어야 한다. 앞으로 문학 매체가 나아가야 할 방향은 소수이지만 참여자의 축제를 기획하고 연출해야 할 것이다. 《수필미학》이 나아가야 길도 여기에 있다고 하겠다.

대구 지역 문학비평의 현주소

1.

　대구 지역 문학비평의 현주소를 보면 참담하기 그지없다. 이 지역 문학비평가로 이름을 내걸고 있는 필자로서는 참담한 현실에 대해 입이 열 개라도 할 말이 없다. 필자는 대구 지역 신문 신춘문예를 통해 등단해 대구 지역 문단에서 비평가로 30년 넘게 활동하고 있다. 더욱이 이 지역 문인협회가 주는 '대구문학상'도 수상했으며, 문인협회 부회장 및 평론분과 위원장까지 역임한 바 있다. 이처럼 오늘의 현실에 대한 책임을 통절히 깨달아야 할 처지인데 무슨 말을 보탤 수 있겠는가. 책임을 다하지 못한 점을 반성하면서 이 글을 시작한다. 앞으로 말하는 이야기가 모두 필자와 관계있는 것임을 잘 알면서도 글을 이어가는 것은 이를 계기로 대구 문단의 문학비평이 새로 태어나기를 간절히 소망하기 때문이다.

　대구 문단에는 문학비평이 없다. 우선 객관적 현실이 이를 잘 말해 준다. 대구 지역 문학을 대표하는 단체가 '대구문인협회'인데, 천 명에 육박하는 전체 회원 중 평론분과 위원회 소속은 10명도 안 된다. 그조차 모두 대구 문단에서 비평가로 활발한 활동을 보여주는 것도 아니다. 흐지부지한 극소수의 평론분과 위원회를 없애버리는 것이 좋겠다고 생각하는 사람도 있다. 비평가가 없다 보니 문인협회 기관지인 《대구문학》에 수록하는 평론을 비평가가 쓰지 않고, 대다수 장르별 문인이 담당한다. 시평은 시인이, 수필평은 수필가가 쓴다. 비평 쓰기가 비평가의 전유물이 아닐진대, 그것을 누가 쓰든 문제가 될 것이 있느냐고 반문하면 할 말이 없다. 더욱이 경계를 넘어 통섭이 이 시대 대세인데, 시인, 소설가, 수필가, 아동문학가라고 비평문을 쓰지 못할 이유가 어디 있겠는가? 중요한 것은 비평을 쓰는 시인이나 수필가가 비평적 역량이 있고 없고의 문제가 아니라, 비평을 전문적으로 담당할 비평가가 없어 그 일을 시인이나 수필가가 대신할 수밖에 없는 현실 자체이다. 이처럼 전문 비평가가 거의 없어 대구 문단에서 비평 기능이 제대로 작동되지 않는 것은 불을 보듯 뻔하다.

활동하는 비평가가 없는데, 비평 생산의 공간이 존재할 리 없다. 비평 생산의 물리적 공간이 부재하여 비평이 활성화되지 않고 비평가가 나타나지 않는 것인지, 비평가와 비평이 없으므로 비평 공간이 부재하는지는 모르겠으나, 대구 문단에는 비평을 생산하는 공간도 없고, 제대로 활동하는 비평가도 없다. 문학비평도 문학과 마찬가지로 언어 표현을 통해 생산되고 존재하는 만큼, 비평 생산의 대표 공간은 문학 저널이다. 전문 문예지, 제 단체의 기관지, 동인지, 신문 등이 이에 속한다. 그런데 대구 문단에서 이러한 문학 저널의 현실은 어떠한가. 기관지로서는 대구문인협회에서 발간하는 월간지 《대구문학》이 있다. 종합문예지로는 《사람의 문학》,《문장》 등이 계간지로 발간된다. 장르별 전문 문예지로는 시의 《시와 반시》, 수필의 《수필세계》와 《수필미학》이 전국적 지명도 를 지닌 계간지다. 그리고 시인협회, 소설가협회, 수필가협회, 아동문학 가협회 등과 같이 장르별로 협회가 결성되어 연간으로 회원 작품을 모 아 작품집을 발간한다. 그 밖에도 장르별 동인지가 연간으로 모습을 드 러낸다. 이 중 비평 공간이 활성화되고 있는 경우는 드물다. 겨우 구색 갖추기에 급급하다. 장르별 협회가 발행하는 작품집이나 동인지 등에 는 비평이 전혀 없다. 그나마 눈에 띄는 비평도 대체로 '월평'이나 '계간 평' 형태라서 작품 추수적이고 주례사 비평 수준에 머물고 있다. 문학 작 품을 해석, 평가하고 창작방법을 선도하는 메타담론으로서 비평 본연의 기능은 제대로 수행하지 못하고 있는 형편이다.

2.

문학비평은 작품을 심미적 기준에서 해석하고 평가하는 실제비평, 문 학과 관련된 철학적이고 개념적 사유에 무게를 두는 이론비평으로 양분 할 수 있다. 그런데 작품에 대한 이차 담론으로서 비평은 작품 추종자로 만족하든 추상적 개념과 논리를 생산하든 간에 이론을 떠나서는 불가 능하다. 작품에 관해 말하는 것이 비평의 존재 방식이기는 하지만, 비평 은 작품의 구체적인 물질성을 재현하는 등위진술이 아니라, 관념과 이론 을 생산하는 메타진술이기 때문이다. 여기에는 복잡하고 난해한 인문학 이론 체계의 개입이 필수적이다. 서구문학 수용과 함께 출발한 한국 근 대문학사에서 비평은 서구의 문학이론과 비평이론을 따라잡는 데 늘 숨

가빠했다. 특히 비평계에 '포스트 담론'이 일반적인 경향으로 자리 잡게 된 1990년 이후 비평은 본격적으로 이론 시대를 맞이한다.

이론비평은 전문성을 요구하는 만큼 강단비평의 전형적 산물이다. 비평은 작품을 해석하고 평가하는 일에 끝나지 않고 사회 문화적 영역으로 관심을 확대하는 한편, 인문학적 사유 전반을 포용하게 됨으로써 더욱더 대학강단에 밀착하게 된다. 결과 비평은 대학의 문학 전공자의 전유물이 되다시피 한다. 문예지나 신춘문예를 통해 비평가로 등단하는 대부분의 비평가가 대학 학위 과정에서 한국문학이나 외국문학을 전공한 사람이다. 문단에서 비평가로 활동하는 일은 이들에게 대학에 문학을 가르치는 교수로 자리 잡는 데 요구되는 하나의 스펙일 수도 있다. 이처럼 문학비평은 대학의 문학연구와 밀접한 관계에 있다. 이런 점에서 지역 문학비평의 융성과 침체는 그 지역 대학 문학 전공자의 인식과 실천에 좌우된다고 하겠다. 대구 지역 문단의 비평 부재도 상당 부분은 지역 대학 문학 전공학과의 성향이나 전공자의 지역 문학에 대한 관심과 무관하지 않다.

대학의 학술적인 문학연구 활동과 문단의 비평 활동이 철저히 이분화되어 있다는 점이 문제다. 대학은 제도적으로 문학 연구자에게 논문 쓰기를 요구하기 때문에 그들이 동시대 문학에 대해 비평적 관심을 두기란 여건상 쉬운 일이 아니다. 문학에 대한 학문적 연구와 비평 행위는 하나로 연결된 작업이다. 동시대 문학에 대한 이해와 관심이 소외된 문학연구는 자폐적인 논리에 빠질 가능성이 크다. 문단 현장비평은 대학의 학문적 연구가 이루어 낸 이론적 성과를 유용하게 활용함으로써 더욱 자신의 논리를 튼튼하게 구축할 수 있다. 대학과 문단 사이의 장벽이 제거되어야 한다. 대구 지역 문학비평이 안고 있는 심각한 문제도 바로 이 부분이다. 한국 문단에서 이루어지는 비평 대부분이 대학에 소속된 문학 연구자에 의해 수행되고 있다. 대구 지역은 어떠한가? 대학과 문단의 단절 현상이 그 어느 지역보다 두드러진다. 대구와 비슷한 상황에 있는 부산이나 인천은 다르다. 부산에서 발간되는 계간지 《오늘의 문학비평》을 놓고 보라. 부산 지역에서 발간되지만, 전국적인 문학비평 전문지로서 그 위상은 어떤 문예지의 추종도 불허한다. 전국의 필진이 두루 참여하고 있으나, 핵심 편집자와 필진은 부산 지역 대학에 적을 둔 문학연구자와 비평가들이다.

대구 지역 문학비평의 활성화를 위해서는 대학에서 문학을 연구하는 인재의 적극적인 참여 없이는 불가능하다. 물론 대학의 문학연구가 문학의 보편성이나 국민문학으로서의 한국문학 일반에 초점을 맞추는 것은 당연하다. 지역 문학의 특수성에 대한 관심은 부차적일 수밖에 없다. 지역 문단에 참여하거나 동시대의 문학에 관심을 쏟다 보면 학문으로서의 문학연구가 견지해야 할 진정성을 잃을는지 모른다. 하지만 앞에서 지적했듯이, 문학에 대한 학문적 접근과 비평적 접근은 분리되어 존재하는 것이 아니라 하나다. 지역 문학에 애정을 가지고 참여하는 것도 학문적 순수성만큼이나 가치 있는 일이다. 인문학이 진공 상태에서 허공을 향해서는 곤란하다. 오늘날 인문학이 가야 할 길은 대중의 삶과 현실 속으로 다가가는 실천적 지향이다. 그간 지역 대학에서 일구어 온 문학 일반에 대한 이론과 열정이 대학의 연구실 안에서만 머물지 말고, 현재 진행 중인 동시대 지역 문학에서 그 실천성을 확보할 필요가 있다는 말이다. 이것만이 대구 지역 문학비평을 소생시킬 수 있다.

3.

비평의 도움 없이도 문학 작품 생산이 잘 이루어지고, 문학판도 무탈하게 돌아갈 수도 있다. 작가는 비평가를 '소꼬리에 달라붙는 파리'와 같이 귀찮은 존재로 생각하기도 한다. 솔직하게 말해서 비평가를 반기는 시인이나 작가는 별로 없다. 그들 대부분은 속으로 비평이 탐탁잖지만 어쩔 수 없이 제도 속에서 공생 관계를 유지할 따름이다. 그런데도 굳이 비평이 존재할 이유는 어디 있는가? 다시 말해, 대구 지역 문학비평이 할 수 있는 일, 혹은 해야 할 일은 무엇인가?

일반적으로 지역 문학은 그 지역에 거주하는 문인이 생산하는 작품과 그들의 문학 활동 전체를 지칭한다고 볼 수 있다. 그러나 엄밀하게 말해, 지역 문학은 이러한 연고주의를 뛰어넘어 "'지역 현실 속에서 획득된 지역적 시선'을 바탕으로 형상화된 문학"[6]으로 그 개념이 좁혀져야 한다. 따라서 지역 연고 문인의 작품에 대해 심미적으로 해석하고 판단하는 행위만을 지역 문학비평이라고 할 수 없는 일이다. 지역 문학이나 지역 비평을 규정하는 핵심 요소는 '지역적 시선'이다. 이 '지역적 시선'은 지역 현실에 대한 인식과 애정을 전제로 한다. 물론 그 '애정'이 '지역감정'과 유사한 맹목적인 것이어서는 곤란하다. 이렇게 볼 때, 대구 지역 문학비평은 대구에서 활동하는 문인이 지역의 시선에서 형상화한 작품을 대상으로 삼아, 지역의 시선을 전제로 해석하고 그 의의를 판단하는 것이라고 할 수 있다.

대구 지역 문학비평도 '대구'라는 지역의 시선을 바탕으로 하여 대구 지역 문인들에 의해 생산된 작품에 보내는 관심에서 출발해야 한다. 그

6) 허정의, 〈지역문학비평과 지역의 가능성〉, 《오늘의 문예비평》, 2008년 여름호.

중에서도 대구 지역 현실과 문제를 문학으로 형상화한 작품의 의미를 심미적으로 해석하고 그 가치에 관해 적극적으로 발언하는 것이 대구 지역 문학비평이 해야 할 일이다. 그리고 과거의 문학 유산 중에서 대구 지역 문학으로서 가치를 지니는 작품을 발굴하여 재평가하는 것도 중요하다. 대구 지역 문학비평의 의무는 대구 지역 문학의 자율성과 존재 의의를 극대화하는 일이다. 다시 말해, 중앙 문학의 힘에 예속되어 희미해져 가는 대구 문학의 존재감을 높이는 것이다. 가끔 지역 문인 중에는 문학의 보편적 가치를 빌미 삼아 지역 문학의 의의를 경시하고 중앙 문학판에 소속되기를 욕망하는 사람도 있다. 물론 지역 문학의 가치가 문학 일반의 가치보다 우위에 있는 것은 아니지만, 그 나름대로는 고유한 존재 이유를 지닌다. 이러한 지역 문학의 고유한 가치를 지역 문인에게 널리 인식시켜 지역 문학의 위상을 높이는 일도 지역 문학비평이 담당해야 할 중요한 의무이다.

좋은 문장을 읽다

김용삼, 〈파약〉

나는 어른이 된 딸을 본 적이 없다. 시간을 거슬러 오르며 딸의 얼굴을 그려보지만 내 기억에 조각된 딸은 더 이상 자라지 않는 가시 선인장꽃처럼, 가슴 아린 열아홉에 멈추어 있을 뿐이다. 대학 새내기의 풋풋함도, 금쪽같은 하루를 쪼개 아르바이트로 학비를 보태야 하는 흙수저의 설움도 살피지 못했다. 대학을 마쳤다고, 아수라 같은 세상에서 애비를 향한 원망의 가시를 털어버릴 여유인들 있었으랴. 든든한 사랑이라도 나타나 애비의 빈자리를 채워주었으면 싶지만, 그마저 닿지 못할 간절한 바람인 것을 어찌하랴.

작가는 딸과 약속을 지키지 못한 아버지다. 그럴 만한 사연이 있다손 치더라도 책임은 전적으로 아버지 몫이다. 대가로 수십 년 동안 "그리움의 언덕에서 시시포스의 형벌"을 치르고 있다. 한번 꼬인 부녀간 매듭은 풀리지 않은 채 그대로이다. 문맥 너머에 잠재하는 아버지 마음을 헤아릴수록 감동은 배가한다. 회한, 그리움, 아픔, 상처, 원망, 용서, 미움이 복합된 작가의 감정을 섣불리 분석하지 말자. 독자의 사정권 안에 들어오지 않는 부분이다. 다만 우리는 그의 화법에 주목해 볼 따름이다. 생각과 감정을 표현하는 것이 글쓰기지만, 글이 생각과 감정을 만나는 순간 그것을 배반한다. 이것이 글의 장벽이고 한계이다. 고도의 숙련이 요구되는 대목이다. 언어라는 그릇에 감정을 담을 때 신중하지 않으면 모자라거나 넘치기 쉽다. 몇 줄 문장으로 딸과 약속을 지키지 못한 아버지의 회한, 딸을 그리워하는 아버지 심정을 이처럼 절실하게 드러내다니, 그 문장력에 놀란다. 비밀은 무엇일까. 언어 절제다. 말을 아낌으로써 감정을 더 강하고 선명하게 전달할 수 있다는 역설을 이 문장에서 확인한다.

최아란, 〈엄마와 딸과 그 딸〉

인간은 누구나 거대한 텍스트다. 그 장구한 콘텐츠를 담아낼 미디어가 아쉬울 따름이다. 종이는 평면적이고 캔버스에선 시간이 멈춘다. 악기는 음정과 음정 사이, 박자와 박자 사이를 표현할 길이 마땅찮고 필름 또한 국한적이다. 그래도 인류는 포기하지 않았다. 그랬더라면 역사는 아무것도 누적하지 못했을 것이다. 증오나 자부심도, 지혜나 반성, 교감과 상식 같은 것들이 실존을 공증하지 못한 채 소문처럼 떠돌다 휘발돼버렸을 것이다.

시공간에서 직조되는 인간의 삶은 구체적인 현실로 남을 것 같지만, 그 순간을 지나면 흔적 없이 휘발하고 만다. 일부가 기억으로 남거나 추억될 뿐이다. 언어 없이는 그것을 붙잡아 둘 방도가 없다. 할 수 없이 언어에 매달려 존재의 윤곽을 짐작하고 삶의 여정을 축적하는 것이 고작이다. 그런데 언어는 삶의 현실성과 입체성을 온전히 담아낼 수 없다. 글, 음악, 사진, 영상 어느 것도 한계를 지닌다. 언어에 의해 존재가 드러나고 정체성이 확립되지만, 언어가 닿는 순간 존재의 진실은 왜곡되고 만다. 여기에 허무와 단절과 소외가 자리 잡는다. 인간은 그래도 포기하지 않고 불구의 언어를 끌어안으며 역사를 기록하고 삶의 진실을 통찰해왔다. 작가의 위 문장은 이 점에 주목한다. 글 쓰는 일과 문학이 소중한 의미를 지니는 근거에 작가의 사유가 미치고 있다. 이 작가는 인류의 문식력을 향한 노력이 '실존을 공증'할 수 있을 것이라는 낙관적 태도를 보인다. 누가 여기에 찬물을 끼얹을 수 있으랴. 하지만 언어는 삶의 현실에서 방향 없이 미끄러지는 것을 어찌하랴. 인생의 구체적 물질성은 어디에도 없고 언어에 의한 소문과 추상만이 난무한다.

이상수, 〈초록의 완성〉

초록은 마중물이다. 계절의 밑바닥까지 저를 내려보내 마침내 신록을 길어 올린다. 겸양지덕의 자세는 언제나 타인 지향적이다. 인내한 자의 영광을 스스럼없이 열매에 양보한다. 저라고 왜 화려한 주연이 되고 싶은 적이 없었을까. 갈채와 스포트라이트를 받고 무대에 서고 싶은 적은 또 없었을까. 그러나 그는 자신의 경계를 결코 넘어서는 법이 없다. 지족

불욕 지지불태知足不辱 知止不殆], 만족할 줄 알면 욕되지 않고 그만둘 줄 알면 위태롭지 않다는 노자의 말을 가장 잘 실천하는 종족이다.

대지의 색깔이 연두에서 초록으로 변하면서 봄은 제 모습을 드러낸다. 그리고 한숨 돌리기도 전에 초록은 어느새 녹색에 주인 자리를 내준다. 여리고 애처로운 연두가 녹색으로 바뀌면서 대지는 마침내 생명으로 충만해진다. 연두와 녹색의 중간에서 징검다리 역할을 하는 것이 초록이다. 초록은 연두가 동토를 뚫고 생명의 출발을 알리도록 마중하고, 모든 것을 녹색에 넘겨주고 자신은 그것으로 할 일을 다 했다는 듯이 물러난다. 이 문장에서 작가는 초록을 생명 견인의 원동력으로 본다. 세상에 생명의 터전을 다져 놓고 자신은 소멸하는 성자의 상징으로 읽는다. 구름 사이로 나온 한 줄기 햇살처럼 신비롭고 반갑지만, 초록은 오래 머물지 않는다. 이를 작가가 겸양과 지족의 의미로 확장하면서 초록을 마중물로 본 것은 기발하다. 초록에 대한 감흥을 절제하면서 겸양과 지족까지 확장한 사유도 웅장하다. 웅장한 만큼 급하고 빈틈도 보인다. 늘 접하는 자연과 일상, 사소한 사물과 사건의 숨은 의미를 간취하는 것이 작가의 책무임을 이 문장을 통해 확인한다.

노혜숙, 〈지상 인터뷰〉

자본의 속성은 문학적 에토스를 염두에 두지 않는다. 알맹이 없는 허명을 얻기 위해 발바닥 불나게 뛰어다니는 작가들의 욕망을 먹고 무성하게 번식한다. 그리고 '윈-윈'이라는 아름다운 추문을 남긴다. 그 추문으로부터 자유로울 수 있는 용기야말로 불굴의 문학정신으로 가는 첫 걸음이 아닐까. 쓸모없음으로 억압에 대항하는 문학의 효용성, 그 중심에 있는 수필가 개개인의 각성도 절실한 과제지만 문학적 소명 의식을 가진 평론가들의 역할도 막중하다.

자본주의는 우리 삶의 현장 곳곳에 저급한 욕망을 수시로 드러낸다. 사고방식과 가치지향조차 돈에 의해 추동된다. 주위 눈치를 살피며 머뭇거리기라도 하면 애교로 봐 줄 수 있다. 먹고 살자면 어쩔 수 없는 일이 아니냐며 한발 물러설 여지가 있다. 하지만 노골적이다. 아름다운 명분과 합리적 논리 속에 감추어진 개인의 욕망과 집단이기주의는 우리 사회를 미세먼지처럼 뒤덮고 있다. 순수함과 진실을 중심 가치로 내세우는 예술이나 문학에서도 타락한 자본주의는 예외 없이 활개를 친다. 많은 문학인이 관성에 젖어 타락한 문학판의 현실을 제대로 인식지 못하고 그 속으로 빠져들어 문제 국면을 조성하는 데 일조한다. 자본주의의 폭력성과 부조리와 인간성 파괴에 맞서 저항하며, 어떻게 하면 인간답게 사느냐의 문제에 골몰하고 대안을 찾아 나서는 일이 문학의 길이 아니던가. 오늘의 문학인 대부분은 문학도 하나의 제도이기에 자본주의 체제를 벗어날 수 없다면서 문제를 회피하거나 타협하고자 한다. 노혜숙의 이 문장은 자기모순을 인식조차 못 하는 문학인의 안일한 태도에 일침을 놓고 있다. 문학인에게 문학정신과 소명 의식이 절실하다고 말한다.

김응숙, 〈신〉

신에 대한 믿을 수 없는 이야기도 있다. 나이 구십에 돌아가신 아버지는 병원을 찾은 내 손을 은밀하게 잡으며 자신의 경험을 이야기하셨다. 어느 날 논둑을 가다가 쓰러지셨는데 자신이 죽어 있더라는 것이다. 그러니까 영혼이 몸속에서 빠져나와 쓰러진 자신을 바라본다는, 어느 영화에서나 보았던 것 같은 이야기였다. 그런데 그때의 기분이 마치 오랫동안 자신의 발을 조이던 신을 벗어버린 느낌이라고 하셨다. 말할 수 없이 시원하고 편안하고 자유롭더라고 말하는 아버지의 목소리가 너무 맑아서 나는 덜컥 아버지의 말을 믿고 말았다.

인류가 수렵 단계를 거쳐 정주 생활 단계로 진입하면서 발을 보호하고 이동의 능률을 높이기 위해 고안한 것이 신이 아니겠는가. 태어나 신을 신기 시작하는 순간부터 자기 몸의 주체가 된다. 신을 신고 땅 위에 두 발로 서거나 걷고 뛰면서 이동한다는 것은 바로 생존의 기본 조건이다. 죽음은 움직일 수 없음을 말한다. 살기 위해서는 신이 필요하고, 신을 신고 있다는 것은 삶의 조건에 구속되어 있다는 말이다. 신은 발을 편안하게 하는 필수품이거나 멋을 부리는 장식 도구이지만, 한편으로는 실존을 상징하기도 한다. 그 신은 삶의 바탕이며 존재의 굴레이다. 살아 있는 한 발을 조이는 신을 벗어 던질 수 없다. 살아서 신 없이 맨발로 걸을 수 있는 것은 인간의 현실적 조건에서 자유로운 초월자만이 가능하다. 이 지점에서 몇 가닥의 생각이 스쳐 간다. 목숨을 끊는 사람 대부분은 신발을 벗어놓는다는 점이다. 둘째는 고흐의 그림 〈구두〉가 함유하는 의미다. 그리고 일터에서 집으로 돌아와 방 안으로 들어갈 때는 하룻

밤의 휴식을 위해 신발을 벗는다. 그것 또한 내일을 살아가기 위한 충전의 시간이 아니겠는가. 결국 인간은 생을 마감하면서 신을 벗을 수 있다.

여세주, 〈해체와 창조를 거듭하는 글쓰기〉

두 가지 예술작품(사진과 글)이 독자적인 가치를 지니면서 서로 통섭하는 관계에 놓이는 구성 방식이다. 사진과 글을 은유적 관계로, 이미지와 언어의 등가물로 병립시킨다. 은유의 고리로 잇되 내용이 겹치지 않으면 더 경제적이고 의미 확장의 파장도 커질 것이다. 사진은 언어를 내장한 이미지라면, 글은 이미지를 내장한 언어다. 사진이 외적 형체라면 글은 내면세계이다. 사진의 보여주기와 글의 말하기가 결합하여 각각이 닿지 못하는 것까지 인식하게 하는 퓨전의 효과를 발휘할 것이다.

사진과 문학, 전혀 다른 두 형식의 결합은 '퓨전'이란 바람을 타고 확산하고 있다. 포토포엠, 디카시, 포토에세이, 디카에세이 등이 그것이다. 특히 블러그나 홈페이지와 같은 온라인 공간의 많은 콘텐츠의 경우 글과 사진의 융합 형태가 큰 비중을 차지한다. 문제는 둘의 관계이다. 위의 필자가 제안하듯이, 가장 이상적인 것은 각자 독자적 가치를 가지면서 융합하여 상생 관계를 유지하는 형태다. 이론상은 그렇지만 실제로는 쉽잖다. 둘이 동일한 비중으로 이중주를 연출하기 어렵다는 것이다. 어느 하나가 다른 하나에 종속되거나 순종적인 경우가 대부분이다. 사진의 시각적 이미지가 지니는 의미가 글로 인해 깊이가 확장되거나 글의 의미가 사진에 의해 다양성을 지닐 때 퓨전은 심미성을 성취할 수 있다.

윗글에서 사진은 외적 형체고 보여주기라면, 글은 내면세계고 말하기라고 했다. 둘은 층위가 다른 언어지만, 기표라는 점에서는 동등하다. 표현에 따라 그 의미가 함축적일 수도 있고 설명적일 수 있다. 사진이 글을 설명하거나 글이 사진을 설명하는 관계가 되면 해석의 여지가 줄어든다. 둘 다 의미 노출이 최소화될 때 예술로서 고유성을 확립할 수 있을 것이다.

정수연, 〈필명〉

많이 쓰이고 불리다 보니 이젠 수연이란 이름(필명)이 더 친숙하다. 사회적 직책이 있는 것도 아니다 보니 가끔 관공서나 병원에 기재된 본명이 오히려 낯설게 느껴진다. 필명은 후광을 받아야 빛을 내는 달처럼 가족에 의존해야만 드러나는 관계성에서 벗어나게 해 준 이름이다. 역할놀이에서만 맴돌다 그들이 다 떠나고 나 혼자 뚝 떨어진 것 같은 절연감을 떨쳐주었다. 이 세상 하직할 때는 출생신고 된 본명 경숙으로 생을 마감하겠지만, 오롯이 나 자신으로 서도록 지켜주고, 독립적 존재감을 부여해 주었던 필명, 수연으로 기억되고 싶다.

작가의 필명 옹호의 변이다. 필명은 주체에게 복잡한 관계성에서 벗어나 오롯이 독립적 존재감을 부여해 준다는 것이다. 개인에게 붙여진 이름은 '나'라는 정체성의 기표이다. 한 존재의 정체성에 대한 인식은 그 이름을 디딤돌 삼아 이루어진다. '나'라는 존재도 이름, 즉 언어에 의해 마침내 성립한다. 하이데거가 언어를 존재의 집이라고 한 이유도 여기에 있다. 그런데 이 세상의 모든 사람은 유일한 존재다. 그 사람에게 붙여진 이름은 하나밖에 없음을 전제하는 고유명사다. 하지만 현실을 살아가는 사람은 누구나 고유명사로만 불리는 것이 아니라 사회적 관계에 따른 여러 가지 이름(언어)으로 규정된다. 한 여자는 누구의 딸, 아내, 어머니로 불리기도 하고, 사회 집단에서는 직명으로 불리기도 한다. 그럴수록 '나'의 정체성은 변질하기 일쑤다. 어느 경우든 '나'의 고유성을 고스란히 드러내 주는 이름은 없다. 수식어처럼 달라붙은 부수적인 이름은 나의 정체성을 흐리게 한다. 덕지덕지 먼지가 낀 이름을 던져버리고 글을 쓸 때만이라도 나를 오롯이 드러내는 필명이 필요했으리라.

문은주, 〈뺑소리 판〉

사람들 발에 툭툭 차이는 무심한 가지들을 야무지게 물고는 까치 한 마리가 날아오른다. 올려다보니 굴참나무 우듬지 아래에 이제 막 짓기 시작한 듯 잔가지가 얼키설키 원을 두른다. 얼마나 많은 시도를 했을까. 나무 아래에는 떨어진 삭정이가 널브러져 있다. 나도 내 보금자리의 꿈을 이루려 수많은 가지를 물어 날랐건만 이제 온통 사는 일의 근심이 되었다. 살지도 않을 집을 사고파는 것만으로 벌이하려는 그 장사꾼이 이 나무만큼이나 많은 갑남을녀의 둥지를 삭정이로 흩어지게 만들었다. '영끌'이라는 신조어가 부동산 시장에서 유행어가 되었다.

언론 매체까지 '영끌'이란 말을 서슴없이 사용한다. '영혼까지 끌어모은다'를 줄인 말이다. 20~30세대가 수단과 방법을 가리지 않고 모든 것을 다 끌어모아 집을 사려고 하는 현상을 지칭한다. 이 말은 현재 한국 사회의 암울한 현실을 잘 반영하고 있다. 천정부지로 치솟는 아파트 가격, 정부의 부동산 정책의 실패, 돈을 쫓아다니는 투기꾼, 겉으로는 국민을 위하고 정의와 평등을 외치면서 뒤로는 부의 탐욕을 버리지 않는 위정자와 재벌, 힘없는 자들의 편에 서야 할 인텔리겐치아의 타락 등은 한국 사회의 양극화와 불평등의 골을 깊게 만들고 있다. 까치가 작은 나뭇가지를 모으고 모아 둥지를 마련하듯이 서민은 힘든 노동을 감내하면 자기 집 마련에 온 힘을 쏟지만 자력으로는 불가능하다. 부지런하고 착하고 성실하게 사는 사람은 바보가 되는 세상이다. 돈에 대한 욕망이 영혼까지 지배하는 천박한 자본주의 체제에서 인간적 품격과 윤리는 사라진 지 오래다. 많은 사람이 이 사회의 불평등을 분노하고 비판하지만, 이 구조에 낙오자가 되지 않으려고 자기 스스로 불평등을 생산하는 주체가 되고 있는지 모른다.

박헬레나, 〈소명〉

인간이 우수한 지능과 함께 추상적인 사유를 한다는 점에서 창조주로부터 특별한 위치를 부여받았다. 반면에 각별한 책임과 역할도 주어졌다. 지구를 온전히 보전하고 인류뿐만 아니라 더불어 사는 다른 생명체의 미래도 함께 걱정해야 할 의무다. 다른 종들이 인간 없이도 수천만 년을 살아온 데 반해 인간은 많은 부분을 다른 종에 의지하고 그들 없이는 생존이 어렵다. 그런데도 지구 환경을 파괴하는 가장 악질적인 바이러스가 '인간'이란 말은 깊이 새겨들을 이야기다.

전 지구인이 코로나에 일상을 빼앗기고 말았다. 그 시간이 일 년을 넘겼다. 지금의 사태가 언제 끝날지 모른다. 대재앙이 코앞에 닥쳤는데도 인류는 자신을 반성할 줄 모른다. 정치는 이를 기회로 삼아 이기적 욕망을 더욱 노골적으로 드러낸다. 언론은 연일 백신 접종으로 곧 원상회복이 가능하니 조금만 더 참고 견디자고 희망가를 부른다. 대부분 그간 인간이 쌓아 올린 위대한 과학의 힘을 믿으며 일상의 평온을 가장한다. 눈앞에 벌어지는 위기를 극복하는 것이 우선이기는 하지만, 이 사태의 근본 원인을 찾는 데는 무관심하다. 돌부리에 걸려 넘어지는 데에도 그만한 원인이 있다. 하물며 이 엄혹한 현실을 초래한 데 아무 이유가 없겠는가. 인간은 자기 스스로 만물의 영장이라고 큰소리쳐 왔다. 그 오만함은 끝없는 욕망을 생산하며 자연을 훼손했다. 인간이 위대하다는 관념은 지금보다 더 큰 인류세의 재앙을 몰고 올 수도 있다. 상생과 공존을 입에 올리면서 한편으로는 자기 욕망에 매달리는 것이 인간의 본모습인가. 인류가 만물의 영장으로 진화한 근본 동력이 이기적 유전자였을지도 모른다고 생각하니 오늘의 현실이 더욱더 절망적이다. 생물 다양성의 중요성을 새삼 되새긴다.

라환희, 〈꽃물〉

길어진 맨드라미 그림자가 발치에 이른다. 꽃대를 세우느라 애달았는지 다른 해보다 더 작고 진한 꽃이 올려다본다. 텃밭 귀퉁이에 혀를 박고 있는 호미를 빼 든다. 손잡이까지 금세 녹이 오를 것 같은 호미가 질긴 소리쟁이 뿌리를 물고 늘어지는 동안 박새 떼 돌아왔는지 대숲이 소란스럽다. 장독대를 따라 우후죽순 밀고 올라오는 기억에 북을 돋운다. 잡풀에 몸살 앓던 맨드라미가 잎을 편다. 쪽문을 닫기 전에 그나마 말끔해진 장독대를 휴대폰에 담는다.

어릴 적에 살았던 옛집을 찾았다. 작년까지 어머니가 살았던 집이다. 장독대 주위의 맨드라미가 지난날 어머니에 대한 기억을 소환한다. 그 맨드라미는 어머니의 분신과 다름없다. 누구도 찾아와 돌보지 않아 애달았는지 어느 해보다도 더 진한 꽃을 피웠다. 온몸으로 자식을 키우고 사랑했던 어머니의 영혼이 맨드라미 꽃물처럼 딸의 마음을 적신다. 삶의 무늬로 새겨지는 추억은 대단한 것이 아니다. 꽃 한 송이, 소박한 음식, 따뜻한 말 한마디 등과 같이 사소한 것이 우리의 감수성을 불러일으킨다. 이러한 기억의 섬세한 감각을 깨우쳐 주는 것이 글쓰기가 아니겠는가? 유년의 추억이 새겨진 옛집, 그곳의 중심에 있었던 어머니, 어머니를 표상하는 맨드라미는 모두 기억 저편으로 멀리 사라졌을 것 같았는데, 소리쟁이처럼 질긴 기억으로 잠재했다. 묘사가 일품이다. 장독대, 붉게 핀 맨드라미, 녹슨 호미, 질긴 소리쟁이, 박새 떼, 대숲, 쪽문 등의 사물이 각자의 공간에 배치되어 전체적으로 화음을 이루면서 고향 집의 고즈넉한 풍경을 구현한다. 언어와 감성을 최대한 절제하였기에 담아낸 풍경이 소담스럽고 단정하다. 어머니는 그곳에 여전히 머물고 있다.

이상도, 〈치료적 글쓰기〉

자서전 쓰기를 통해 자신의 평생을 관통하는 핵심 감정을 깨닫고 정화하면 자신이 자기 삶의 주체적 주인이 되어 번뇌, 망상의 산물인 정신적 고통을 치유할 수 있다. 모든 글쓰기가 자신의 경험 속에서 글감을 찾겠지만, 특별히 수필은 자신의 삶 속에서 글감을 찾아낸다. 그리고 구체적인 자기 삶을 진솔하게 글로 쓰면서 자신을 성찰하게 되고 스스로 성장하고 성숙하는 계기를 만드는 치료적 글쓰기를 할 수 있다. 자서전 쓰기는 과거의 기억을 환기하여 씀으로써 오롯이 과거를 바라보지만, 수필은 과거의 기억 위에서 현재와 미래를 바라본다.

대부분의 글쓰기는 독자를 전제한다. 특정 부류든 불특정 다수든 독자가 내 글을 읽는다는 가정하에서 글을 쓴다. 독자를 의식하다 보니 글쓰기 과정에서 힘이 들어가거나 자아를 포장하기 쉽다. 반면에 자기 자신에 관해 말하는 형식인 치유적 글쓰기는 의사소통이나 정서적 감응을 목적으로 하는 글쓰기처럼 타자의 독서를 의식할 필요가 없다. 오롯이 나 자신과 대화하는 시간과 공간을 마련하는 것이 치유적 글쓰기다. 이것은 자기 내면에 억압되었던 생각과 감정을 발설함으로써 정신적 고통을 줄이는 것이다. '발설'이 핵심이다. 억울함, 분노, 슬픔, 외로움이 내 의식을 짓누를 때 한바탕 소리 내어 울고 나면 맺힌 응어리가 풀려 속이 후련해진다. 치유적 글쓰기의 원리도 이와 같다. 억눌렸던 복잡한 생각과 감정을 발설하고 나면 나 자신을 들여다보는 시야가 선명해진다. 수필이나 자기 이야기 쓰기는 이러한 치유적 기능을 발휘하는 최적의 방법이다. 많은 수필가가 자기 글을 읽고 공감해 주는 이가 없다고 불평한다. 애달 필요가 없다. 수필 쓰기는 자신을 발설하는 데 의의가 있다.

박세경, 〈화요일, 그 싱그럽던 오전 10시〉

선생님은 부지런하시고 책임감이 강해 항상 수강생보다 먼저 교실에 와 기다려 주셨고 결강이 없었다. 수필 강좌 외에도 고전연구와 창작에 열의가 대단하셔서 막간을 이용해 선인들의 해학과 유머를 한시와 함께 가르쳐 주곤 하셨다. 국어에 대한 자부심과 애착도 남달라 언어 순화를 역설, 꼭 필요한 대화체 외에는 비속어나 막말을 극히 터부시하셨다. 파당이나 무리 짓기를 경계하셨고 등단에는 초연해서 수강생의 작품이 최소한 5편 이상이 수준에 올라야 문단에 추천을 생각하셨다. 그러다 보니 17년간 선생님의 추천으로 등단한 제자가 열 명도 안 된다.

2019년에 작고한 수필가 정진권 선생님에 대한 회고다. 그간 우리 수필 창작 교육은 거의 학교 밖에서 이루어졌다. 수필 창작 교실은 새천년 시작부터 지금까지 성행하고 있다. 많은 사람이 수필 창작에 뛰어들어 문학의 꿈을 키웠다. 그 한가운데 창작을 지도했던 훌륭한 스승들이 있었다. 이들은 오늘의 한국 수필을 대중적 글쓰기로 자리 잡도록 그 토대를 닦은 주역이다. 그들의 노고와 순수한 정신이 밑거름되어 수필은 오늘의 성과를 얻었다. 정진권 선생님도 그러한 분이었다. 그가 어떤 자세로 수필 쓰기를 지도했는지 위 문장이 압축해서 말해 준다. 존경심을 불러일으킬 만했다. 지금 사회 교육 기관 곳곳에서 많은 사람이 수필 창작 교육에 참여하고 있다. 열정을 쏟는 분들께 박수를 보낸다. 하지만 가르치는 일이 얼마나 엄중한 일인지를 깊이 인식할 필요가 있다. 허세와 교만을 떨쳐버리고 진정성을 유지하는 것이 중요하다. 자신의 부족함을 깨닫고 겸손할 줄 알아야 한다. 문학 교육은 특별한 지식과 기술을 전수하는 것이 아니라, 삶과 세상을 통찰하는 안목을 길러주는 일이다.

이정인, 〈기억과 망각의 아포리아〉

수필은 거울 앞에 선 자기를 해석하는 일이다. 거울은 타자다. 타자로 부터 돌아온 자기를 만나는 일이다. 자신의 지나온 궤적을 쓴다는 점에서 '자기'와 가장 가깝고도 먼 문학이다. 수필이 아니라면 그저 삶의 에피소드로, 숨겨둔 트라우마로 남았을 기억들이 글을 씀으로써 스스로를 돌아보게 하는 매개체가 된다. 이러한 일련의 과정을 통해 '한 단계 거듭난 자기'를 마주하는 것이다. 이것이 리쾨르가 말하는 텍스트를 매개로 한 자기 이해의 여정이다.

수필가 대다수는 수필을 '문학' 안에 모셔 두려고 한다. 수필이 문학이라는 점을 당연시하고 강조한다. 주위 사람이 수필을 문학이 아니라고 말하면, 발끈하고 화를 낸다. 이들에게 문학성은 수필의 최종 도달점인 듯 보인다. 하지만 수필을 문학 안에만 가두면, 그 고유성이 희석될 가능성이 크다. 수필이 문학이기 전에 글쓰기의 보편성과 깊이 관련되어 있기 때문이다. 문학의 심미성보다는 글쓰기의 인식적 기능이 수필의 토대다. 호모 사피엔스는 문자를 사용함으로써 위대한 문명을 이루었다. 글을 쓰고 읽는 능력, 즉 문식력이 이를 가능하게 했다. 문식력은 자기 스스로 생각하고 자기를 반성하는 힘이다. 사고력을 확장하고 자기 성찰의 힘을 키우는 원동력이 바로 글쓰기이고, 이런 글쓰기의 기능을 가

장 잘 수행하는 것이 '수필 쓰기'다. 수필은 자기 성찰의 문학이다. 시간
속에 녹아 사라지는 삶의 흔적과 의미를 붙잡는 것이 글쓰기이고 수필이
다. 이런 점에서 수필 쓰기는 자기 성찰을 통해 자신의 존재 의미와 가치
를 확인하는 일이기도 하다. 나 자신을 제대로 이해하지 못하고서 세상
을 어떻게 통찰할 수 있겠는가. 수필 쓰기는 자신을 성찰하는 과정이기
에 값진 것이다.

박현기, 〈갓바위 노을〉

우물쭈물하다가는 피차 눈물 또 보일라
도망치듯 돌아서 나오는 하늘에 노을이 붉게 탄다.
갓바위 약사불이 성난 얼굴로 내려다보니
금방이라도 내 머리에 천둥벼락이 꽂힐 듯하다.
고려장이 따로 있나 이게 바로 고려장이지
아들 두 놈 나 늙은 후 본 대로 배운 대로
똑같이 내게 한들 무슨 할 말 있으리오.

가정 형편이 여의치 못해 늙어 병든 어머니를 요양원에 입원시키고 돌
아서는 아들의 심정을 고백한다. 속사정이 글에 속속들이 드러나지는
않지만, 어머니를 직접 돌보지 못하고 요양원에 의탁해야 하는 아들의
죄스럽고 아픈 마음이 오죽하겠는가. 우리는 초고령화 사회에 살고 있
다. 노인의 병듦과 죽음이 인식되고 관리되는 과정에서 인간다움을 점점

잃어가는 듯하다. 마지막 보루가 전통적 가족애일진대 그것마저 허물어지고 있는 실정이다. 이 작품은 다루는 주제보다 글의 형식이 특별하다. 가사체 형식을 취했다. 간혹 이런 형식을 접하지만, 수필 형식으로서 익숙한 것은 아니다. 가사문학은 소멸된 문학 장르이다. 물론 일각에서는 가사문학의 전통을 살리고 수필과 접목을 위해 애쓰고 있다. 하지만 가사체라는 형식을 실험적으로 채용할 수는 있어도 수필이 이를 전적으로 수용하기에는 한계가 있다. 문학의 많은 하위 장르는 역사적 성격이 강하다. 특정 시대의 문화적 흐름에 따라 장르는 생겨나기도 하고 사라지기도 한다. 4음보격 정형률의 가사체는 우리 전통 문학의 소중한 자산이지만, 현대적 부활은 쉽지 않다. 그 의의와 방법을 고민해 봐야 한다.

백자오, 〈아름다운 별〉

그런데 이렇게도 아름다운 우리 지구별에는 어느 때부터인가 이상한 일들이 일어나고 있다. 북극의 얼음이 녹고 사막화의 가속이 너무 빠르다고 사람들은 떠들긴 하지만, 어느 누구도 말뿐이고 개선에 대한 실질적인 실천이 거의 없어 보인다. 일회용 용기가 싫어서 배달 음식을 시키지 않는 사람이 과연 있기나 할까? 아니면 페트병이 재활용되는지 아닌지를 아는 사람은 또 얼마나 될까? 또는 종의 다양성이 무너지고 생태계의 균형이 깨어지는 걸 한 번이라도 생각은 하는 것일까?

지구 환경 혹은 생태계의 파괴가 인류의 삶에 어떤 영향을 미칠 것인지에 관해서는 많은 사람이 그 위험한 결과를 경고해 왔다. 지금은 기후 변화가 불러올 지구의 재앙과 묵시론적 시각이 갈수록 확산하고 있다. 지구의 위기 상황이 우리 코앞에 닥쳤다. 그런데 진짜 심각한 문제는 위기의 심각성에 대한 대다수의 '고정된 무관심'이라고 한다. 생태계 파괴와 기후변화가 개인의 삶에 구체적이고 직접적인 영향을 주는데도, 이것이 대부분에게 "추상적이고, 멀고, 고립된 현상"으로 보인다는 점이다. 우선 진실로, 혹은 심각한 문제로 받아들이는 것에서 시작해야 한다. 미래의 대재앙을 막기 위하여 지금 나의 작은 불편을 수용하고 희생을 감수할 태도를 지녀야 한다. 그다음은 무조건 실천이다. 위에서 저자가 지적했듯이, "어느 누구도 말뿐이고 개선에 대한 실질적인 실천이 거의 없어 보인다"는 점이 문제다. 정치와 제도와 기업이 이런 생태 의식을 지니고 실천하는 것도 중요하지만, 사회 구성원 개인의 마음가짐과 실천이 더 중요하다. 투명 페트병을 별도로 분리 배출해야 하려면 페트병에 부착된 라벨지를 떼는 방법부터 배워야 한다. 작은 실천에서 시작하자.

손민달, 〈생태수필을 위한 키워드〉

삶의 기억과 그 속에서 발견되는 가치를 찾아 독자에게 감동과 교훈을 주려는 것이 수필의 목적이라면 최소한 지속 가능하지 않은 물질문명의 폐해와 사람들이 왜 저토록 새로운 상품에 혈안이 되어 있는가 하는 것 정도에는 관심을 가질 필요가 있다. 또한 인간과 자연의 유기체적 관계성을 이해하고 사람과 사람이 함께 협력하고 배려하며 살아가는 생태 문명을 꿈꾸는 것 또한 수필가의 중요한 임무가 아닐 수 없다.

생태 의식을 반영하는 작품을 일러 '생태수필'이라고 하는데, 문학 용어로서 일반화된 것은 아니다. 수필 주제의 한 경향을 지칭한다. 지금 지구의 인류 전체가 '코로나'로 어려움을 겪고 있다. 이에 그 어느때보다도 지구 환경이나 기후 변화 등과 같은 생태계 문제가 심각하게 대두되고 있다. 수필을 포함하여 문학은 인간 삶과 세계에 관해 이야기하는 양식이다. 특히 일상의 경험에 밀착한 장르가 수필이 아닌가. 수필이 인간 생활의 구체적 현장에서 일어나는 일에 관심을 쏟는 것은 당연한 일이다. 이 지점에서 과연 수필은 어떤 방향으로 나아가야 하는가. 관습적 형식과 교조적 내용을 거부하고 자유로운 사유와 상상력을 발휘하는 장이 문학이다. 눈앞의 현실 문제에 관해 꼭 무엇을 해야 하는 것은 아니다. 하지만 한편으로 문학은 사회 공동체가 처한 위기의 현실을 외면하고서는 건강할 수 없다. 지금 우리 수필문학에 요구되는 바는 생태 의식이 확대하도록 바람을 불어넣는 일이다. 실천으로 이어지지 않고 말로 끝나서는 안 되겠지만, 우선 말로 목소리를 높이는 일부터 착수해야 할 것이다. 우리 생활 현장 곳곳에는 반생태학적 욕망이 스며 있다. 이를 발견하고 그 문제점을 환기하는 데 가장 적합한 글쓰기가 수필이다. 수필의 힘은 여기에 잠재하고 있다.

김상영, 〈점턱〉

턱밑에 붙은 심술보가 송두리째 파진다. 도톰한 점 한가운데 억센 털 하나 놀부처럼 자라고 있었지. 눈꺼풀 점은 따갑기도 해라, 눈물이 쏙 둘러빠진다. 콧잔등 옆 두어 점은 선글라스 끼고 내달렸기 때문인데, 오래 살고 싶어서 욕심보가 생긴 거야. 걸음마다 부대꼈으니 뿌리가 깊을밖에. 양 볼때기에 먹물처럼 눌어붙은 검버섯들이 통째로 지워진다. 소싯적 이발소에서 무딘 칼로 내려 긁힌 탓에 핀 저승꽃이다. 죽을 땐 한평생이 필름처럼 스친다더니, 점 하나마다 아롱진 내력이 생생하다.

성형외과에서 턱밑 점과 얼굴 검버섯을 제거하는 시술 정황을 묘사하고 있다. 대체로 묘사의 핵심은 구체성과 생생함이라고 생각한다. 맞는 말이다. 그런데 이 점을 너무 의식하면 언어를 낭비하기 쉽다. 많은 언어는 자연적으로 수식어 남발과 중언부언의 결과를 가져온다. 묘사의 기능은 독자에게 장면의 시각적 이미지를 선명하게 각인시키는 데 있다. 단지 장면 부각에 그치지 않고 그것을 매개로 내포적 의미를 풍성하게 해야 한다. 이런 점에서 묘사는 그 대상에 대한 강한 인상을 포착할 수 있는 쪽으로 이루어져야 한다. 그것은 강조의 방법이다. 언어의 촉수가 세세한 부분까지 미치기보다는 어느 하나를 두드러지게 보여주는 것이 중요하다. 언어의 살포보다는 절약이 더 효율적일 수 있다. 위 문장이 보여준 묘사의 특징은 언어의 절약이다. 수식어가 거의 없다. '-처럼'의 직유법을 세 번 사용하고 있으나 이는 수식어라기보다는 의미를 확장하는 역할을 한다. 분위기가 역동적이다. 현재형 시제를 사용한다든가 '-있었지.', '-거야.', '깊을밖에.' 등과 같은 문장 종결은 현장감을 더해 준다. 언어 절제, 문장 표현의 미세한 변화가 묘사의 효과를 극대화한 경우라고 하겠다.

김동혁, 〈생존 위기에 관한 반성문〉

문학은 환경을 위해 그동안 어떤 노력을 해왔는가? 불공평을 이유로 쉽게 불을 지르고 나뭇가지도 아무렇게나 꺾어가며 '인간'의 존엄만을 들이미는 부조리를 저지르지는 않았는가. 문학에서 환경은 거의 '스페이스'였을 뿐 '스테이지'가 되어 본 적이 드물다. 말하자면 인간의 이야기를 위한 하나의 배경으로 이용되고 있었을 뿐 환경이 그 주체가 되는 문학은 사실상 드물었다. (중략) 언제까지 '비와 눈', '더위와 추위'를 감정적인 대상물로 생각하며 글을 쓸 것인가.

20세기 후반에 이르면 생태주의 이념과 사상이 다양한 영역에서 관심의 대상이 된다. 과학 기술주의와 인간 중심주의 서구 근대문명에 의한 생태계 파괴가 심각한 문제로 대두되기 시작했기 때문이다. 근자에 와서 지구의 기후 문제는 인류가 직면한 최대의 위기로 인식되고 있다. 이것이 나에게만 국한된 것이 아니고 지금 당장 나한테 가시적인 영향을 주지 않는다는 이유로 대부분 외면하고 있다. 그간 문학이나 예술이 상태 문제에 전혀 무관심했던 것은 아니나 그것이 적극적인 생태의식을 실천하는 단계로 발전하지 못하고 환경보호라는 소극적인 차원에 머물렀다. 여전히 인간 중심주의 근처에서 서성였다. 문학이 인간 존재와 삶에 대한 탐구라고 한다면, 인간이 삶을 영위하는 데 직접적인 영향을 미치는 생태 문제를 그 중심으로 끌어들여야 할 것이다. 문학은 자연을 감정 의탁이나 찬미의 대상으로 바라보는 과거의 낭만주의 관점을 청산해야 한다. 이제 자연환경과 생태계는 이념의 울타리 안에 가두어 두어서는 안 된다. 인간 실존의 조건으로 받아들여야 한다. 생태주의는 문학이 가장 먼저 수행해야 할 과제이다.

류재홍, 〈밥 한 끼 합시다〉

함께 먹는 밥은 언제나 달고 맛있다. 혼자 먹으면 먹는 일 외에 달리 할 일이 없지만, 함께하면 덤으로 얻어지는 게 많아서이리라. 오가는 이야기 속에서 자신이 얼마나 편협한가를 돌아보기도 하고, 타인의 삶 속에서 나의 삶을 추스르는 힘을 얻기도 한다. 그러기에 마음 맞는 이를 만나면 "언제 밥 한번 같이 먹자"는 말을 하는 것인지도 모를 일이다. 밥 한 끼 하고 싶다는 말은 마음의 문을 열고 무슨 일이든 나누고 싶다는 뜻이지 않겠는가.

밥은 인간 생존의 기본 조건이자 본능적 욕망이고 문화이다. 생명을 유지하려면 밥이 해결되어야 하는데 지구상에는 아직 이 문제로부터 자유롭지 못한 사람이 적지 않다. '밥'이 넘쳐나 쓰레기로 버려지고 밥을 너무 많이 먹어 건강을 잃는 사람도 있지만 밥 부족으로 굶주리는 사람도 있다. 이는 현재 자본주의 사회가 구조적으로 안고 있는 모순이고 불평등이다. 그래서 밥을 부로 환원하여 독점하면 그것은 추한 욕심의 대상으로 전락하고 만다. 밥은 나누어질 때 문화가 되고 따뜻한 인간애를 발산한다. 사람들은 밥을 나누면서 타자와 교류하고 가까워지고, 그를 이해하게 된다. 이때 밥은 우리 사회를 결속하고 인간애를 나누는 매개 역할을 한다. 그런데 코로나로 이러한 밥을 함께할 기회를 잃고 말았다. 개인주의의 팽배로 광장에 모이기보다는 밀실로 숨어드는 경향이 갈수록 확산하는 데 코로나는 이러한 개인의 자폐적 삶을 더욱더 부추긴다. 인간 삶의 토대로서 환경이 위협을 받으면 개인의 삶도 위태로울 수밖에 없다. 코로나는 인류를 위기로 몰아가며 시험에 들게 하고 있다. 따뜻한 밥 한 끼를 마음 놓고 함께 나눌 수 있는 날이 빨리 회복되기를 간절히 소망한다.